RUHE SANFT AM NEUSIEDLER SEE

Lukas Pellmann wurde 1979 in Essen geboren und lebt seit 1990 in Wien. Er studierte Geschichte und Politikwissenschaft und arbeitete jahrelang als Journalist. Seit 2015 hat er mehrere Kriminalromane sowie einen Roman veröffentlicht. Daneben schreibt er unter anderem Kurzgeschichten mit Usern von derstandard.at, organisiert Foto-Ausstellungen mit der Wiener Instagram-Community und bloggt auf booksinvienna.at. www.lukaspellmann.at

LUKAS PELLMANN

RUHE SANFT AM NEUSIEDLER SEE

Kriminalroman

emons:

Bibliografische Information der Deutschen Nationalbibliothek
Die Deutsche Nationalbibliothek verzeichnet diese Publikation
in der Deutschen Nationalbibliografie; detaillierte bibliografische
Daten sind im Internet über http://dnb.d-nb.de abrufbar.

© Emons Verlag GmbH
Alle Rechte vorbehalten
Umschlagmotiv: lookphotos/Peter Umfahrer,
stock.adobe.com/Markus
Umschlaggestaltung: Nina Schäfer, nach einem Konzept
von Leonardo Magrelli und Nina Schäfer
Umsetzung: Tobias Doetsch
Gestaltung Innenteil: DÜDE Satz und Grafik, Odenthal
Lektorat: Christiane Geldmacher, Textsyndikat Bremberg
Druck und Bindung: CPI – Clausen & Bosse, Leck
Printed in Germany 2024
ISBN 978-3-7408-2226-2
Originalausgabe

Unser Newsletter informiert Sie
regelmäßig über Neues von emons:
Kostenlos bestellen unter
www.emons-verlag.de

Für all jene, die im Rahmen meiner »Rache am Neusiedler See«-Tour für die Pannonische Tafel oder eine der anderen Tafelorganisationen in Österreich, Deutschland und der Schweiz gespendet haben oder dies noch tun werden

Samstag

Wir müssen los! Jetzt!

»Komm mit, das wird lustig«, hatte die Prucknerin gesagt.

In jenem Moment, in dem ich eingewilligt hatte, hatte ich schon gewusst, dass ich meine Zusage bereuen werde. Aber es war Daniela Pruckner, *meine* Taxiprucknerin.

Die Dinge zwischen uns hatten sich in den vergangenen Wochen und Monaten weiterentwickelt. Da kam ich also nicht aus, selbst wenn ich gewollt hätte.

Wir hatten uns mittags auf den Weg nach Weiden am See gemacht. Es war das erste Novemberwochenende, und somit hatte es standesgemäße neunzehn Grad und schönsten Sonnenschein. Alte weiße Männer würden sagen, es sei nicht alles schlecht am Klimawandel. Dieselben würden sich dann im nächsten Frühjahr gehörig beschweren, wenn die nicht vom strengen Winterfrost vernichteten Schädlinge aus ihren Höhlen kriechen und ihnen ordentlich auf den Geist gehen würden.

Ich hatte ja nach wie vor keine Ahnung von Flora und Fauna, aber bereits einen Sommer am Neusiedler See hinter mir. In puncto kleiner Quälgeister wusste ich also, wovon ich sprach.

Weiden am See lag gleich neben Neusiedl und war eines dieser Straßendörfer, deren Zentrum sich rund um die Kirche und die örtliche Filiale der Pannonia Bank gruppierte. Auch hier dominierten die Weinbauern mit ihren Weingütern und Heurigen das Ortsbild. Am Rand der Gemeinde hatten sich Supermarkt und Drogerie angesiedelt, was die Wahrscheinlichkeit erhöhte, dass es keinen Greißler mehr im Ortszentrum gab und auch die älteren Bewohner zum Einkaufen auf die grüne Wiese hatschen mussten. Aber das würde erst in gut drei Jahrzehnten zu meinem Problem werden, sofern ich im biblischen Alter von fünfundsiebzig Jahren noch hier in der Gegend herumstrawanzen sollte.

Anders als die hohen Temperaturen, die es sich erst seit ein paar Jahren im November gemütlich eingerichtet hatten, gehörte das Martiniloben schon seit Menschengedenken zum November in Weiden dazu. Bevor die Prucknerin Bella und mich in ihr Taxi verfrachtet hatte, stellte ich mir darunter einen Gottesdienst vor, bei dem der heilige Martin gepriesen und ihm gehuldigt wurde. Doch wie das so ist mit der Phantasie, sie hat nur selten etwas mit der Realität gemein.

»Ich war heut Vormittag schon bei der Riedenwanderung dabei, das war so super«, sprudelte es aus der Taxiprucknerin hervor.

»Aha!«

»Der Hareter Markus hat das voll interessant gemacht. Hast du zum Beispiel gewusst, dass ...?«

Sie sah mich aufrichtig begeistert an. Mein Blick dagegen dürfte zwischen aufrichtigem Desinteresse und ebensolcher Langeweile hin- und hergeschwankt haben. Ein Ding der Unmöglichkeit, zu entscheiden, was überwog.

»Ach, warum erzähl ich dir das alles«, sagte sie schließlich resignierend. »Weißt, Niko, ein bisserl mehr Interesse für die Region und was sie ausmacht, das wär schon toll. Außerdem bist so schlecht drauf irgendwie in letzter Zeit.«

»Ich interessiere mich sehr für die Region«, entgegnete ich. »In Gols gibt's eine Wahnsinnsbrauerei.«

Sie seufzte.

»Ich schlaf schlecht«, gab ich außerdem noch zu Protokoll. »Da bin ich nicht so der Li-La-Launebär.«

»Ich hab schon g'wusst, warum ich dich nicht schon zur Wanderung mitgenommen habe«, erklärte sie etwas bockig, als wir kurz vor Weiden waren.

Sie hatte mich in der Früh im warmen Bett zurückgelassen, ihren Platz hatte kurz darauf Bella eingenommen. In ihr Schlabbermaul hatte ich an diesem Morgen als Erstes geblickt, nachdem ich meine müden Augen geöffnet hatte. Und da wunderte sich die Prucknerin darüber, dass ich nicht gar so happy war.

»Aber die Veranstaltung jetzt, die wirst dir anhören«, fuhr sie fort. »Und danach schauen wir zu den Winzern und kosten den ein oder anderen Wein. Und wenn ich ›wir‹ sage, dann meine ich auch ›wir‹.«

Oida. Bella hatte es gut, der blieb die Weintrinkerei erspart.

»Was für eine Veranstaltung ist das denn?«, tat ich so, als ob ich mich dafür interessieren würde.

»Eine Lesung«, erklärte die Prucknerin. Ich sah mich in Gedanken schon durch die Reben hirschen und Trauben zupfen. »Aber vorher holen wir noch unsere Weinglasbeutel.«

In Weiden angekommen, zerrte sie mich in einen Raum, in dem zwei Damen hinter dem Counter damit beschäftigt waren, Geld zu kassieren und im Gegenzug Täschchen auszugeben, die sich die frohen Kunden alsdann um den Hals hängten. In den Beuteln steckte, ich traute meinen Augen nicht, ein Weinglas. Was für eine phantastische Erfindung. Wenn ich das nächste Mal in Essen mit Ralf durch die Kneipen ziehen würde, bräuchten wir unbedingt ein solches Teil. Mit einem Bierglas wohlgemerkt.

Ich bekam meinen Weinglasbrustbeutel umgehängt, während die Prucknerin löhnte. Bella beäugte mich eifersüchtig.

»Weißt, Martiniloben gibt's in allen Weingemeinden rund um den See. Da öffnen die Winzer ihre Keller, und man kann von Weingut zu Weingut spazieren und den Jungwein kosten. Und natürlich auch alle anderen Weine, aber eigentlich geht's um den Jungwein.«

Ich traute mich nicht, ihr schon wieder mein »Aha«-Gesicht zu präsentieren. Also quälte ich mich zu einem Lächeln und murmelte etwas, das man mit viel Wohlwollen als »interessant« deuten konnte.

»Wenn der Jungwein schon ausgeschenkt wird, warum müssen wir dann jetzt noch lesen?«, fragte ich und hoffte, dass mir dieses Nachhaken nicht als Kritik oder gar Unwillen ausgelegt werden würde.

»Sei nicht so ein Depp«, erklärte die Prucknerin und haute mir mit den Fingern auf meine schwarze Baseball-Cap, sodass mir der Schirm ins Gesicht hing und der Depp nichts mehr sah.

Kurz darauf wusste ich auch, warum die Prucknerin so reagiert hatte. Denn anstelle einer Lesung im Weinberg fanden wir drei uns bei einer Lesung im Gemeindesaal wieder. Ich war mir nicht sicher, ob die Outdoorvariante mit den Weintrauben nicht sogar eher mein Fall gewesen wäre als eine schnarchige Buchlesung.

Ich sah zu Bella, die auf dem Sessel neben mir hockte. Für sie war der Fall klar, sie hätte eine Wanderung durch die Weinberge inklusive Kaninchen- und Rehjagd definitiv vorgezogen. Armer Hundemädchenbub.

Der Obmann des lokalen Weinbauernverbandes und eine der Winzerinnen hatten kurzen Prozess gemacht und die Veranstaltung mittels einiger warmer Begrüßungsworte eröffnet sowie anschließend an den Autor übergeben.

Der Typ trug eine Jeans und ein dunkelblaues Jackett sowie ein rotes T-Shirt, auf dem irgendwas mit Neusiedler See stand. Die Laiberln hatte ich schon des Öfteren in der Gegend gesehen. Schien so was wie eine regionale Trademark zu sein. Auf dem Kopf trug er ein Vogelnest, das ihm sein Friseur wohl als Frisur verkauft hatte.

Er schien mit seinem Kriminalroman guter Dinge zu sein und machte das ein oder andere Witzchen in seiner Einleitung. Nachdem es den Leuten im proppenvollen Gemeindesaal zu gefallen schien, war es nicht an mir, für schlechte Stimmung zu sorgen. Dazwischen sprach er über das Schreiben an sich, zum Beispiel, dass es ihm immer sehr schwerfalle, nach Beendigung eines Buches von den Protagonisten Abschied zu nehmen. Aha.

Ich ließ das ganze Schauspiel über mich ergehen und freute mich darauf, vielleicht ein paar Minuten Schlaf nachholen zu können. Die Nächte waren in letzter Zeit eine einzige Tortur. Immer wieder schreckte ich hoch, weil ich Stimmen oder andere Geräusche gehört hatte. Ob im Traum oder in echt, war dabei nicht so ganz klar ersichtlich.

Wenn ich mich so umsah, hatte ich einige Leidensgenossen um mich herum. Während sich die anwesenden Frauen bei den Witzchen und beim vorgelesenen Text sichtlich zu amüsieren schienen, schauten die meisten männlichen Begleiter gelangweilt durch die Gegend. Einem waren sogar schon die Augen zugefallen. Und das war nicht ich, ich schwöre.

Immerhin hatte der Autor dafür gesorgt, dass man abseits der Lesung auch noch ein bisschen Entertainment hatte, denn er hatte vor Beginn seines Vortrags einen Zettel mit sechs Quizfragen ausgeteilt. Im Anschluss wurde unter allen Teilnehmern mit den richtigen Antworten eine Flasche Wein verlost. Ich für meinen Teil verpasste also nichts, wenn ich nicht am Quiz teilnahm.

Aber je länger der Typ quatschte, desto mehr catchte er mich. Das lag nicht daran, dass ich plötzlich zum Buchliebhaber avancierte oder sein Geschwafel so unglaublich spannend war. Sondern am Inhalt seines Buches. Der Kerl hatte einen Kriminalroman geschrieben, in dem der Protagonist während einer Kreuzfahrt über den Neusiedler See einen Mord aufklären musste. Hä? Hatte da etwa jemand im vergangenen Sommer die Berichte der Lokalpresse zum Anlass genommen, mein Seeabenteuer in Form eines Kriminalromans herauszubringen?

Er hatte nun auf jeden Fall meine vollste Aufmerksamkeit.

»Was?«, schrie auf einmal die Prucknerin neben mir.

Auch ihr schien die Geschichte bekannt vorzukommen. Doch bei näherem Hinsehen bemerkte ich, dass sie nicht dem Kerl mit dem Vogelnest zugehört hatte, sondern auf ihr Handy starrte.

»Wir müssen los«, sagte sie im Befehlston zu mir.

»Aber jetzt wird es doch gerade spannend«, keifte ich.

So läuft das immer. Erst wird man angefixt, und wenn man dann voll dabei ist, wird man weggezogen.

»Wir müssen los! Jetzt!«

So schnell konnte ich gar nicht schauen, da war Bella schon zur Tür hinaus.

Brauchst net gleich eifersüchtig werden

»Und warum ganz genau fahren wir da jetzt hin?«
Die Prucknerin sah mich verständnislos an. So wie jemanden, dem man eine Sache schon zigmal erklärt hatte und von dem man nun aufgefordert wurde, es ein zigundzwanzigstes Mal zu tun.
»Nach Jois, zum Pasche!«
»Und was mach ma dort?«
»Da ist was passiert. Die Karin hat mir gerade geschrieben, dass wir unbedingt kommen sollen.«
»Wir? Warum *wir*?«
»Also ich«, besserte sie sich aus, als sie wieder einen auf »schnelle Gerdi« machte und im Ortsgebiet von Neusiedl konsequent Tempo fünfzig ignorierte. Schien die Exekutive nicht sonderlich zu stören, denn der Polizist, der am Hauptplatz auf Höhe des Reformhauses mit seiner Radarpistole stand, nickte uns nur freundlich zu und machte keine Anstalten, die Prucknerin rauszuwinken.
»Und warum fahren *wir* mit?«, wiederholte ich mich.
»Weil du vielleicht helfen kannst.«
»Bei was kann ich denn schon groß helfen?«, fragte ich, und gleich im nächsten Augenblick schwante mir Böses. »Wer ist Karin?«
»Die Tochter vom Pasche.«
Aha. Ich verharrte in abrupter Stille, versuchte so, das unweigerlich Kommende vielleicht doch noch abwenden zu können. Die Prucknerin tat mir den Gefallen, meine Frage im luftleeren Raum des Autos verkümmern zu lassen.
Ich sah auf die Rückbank. Bella hockte treudoof hinter mir und sah aus dem Fenster. Sie schien nichts Besonderes entdeckt

zu haben, genoss wohl einfach die nun an uns vorbeiziehende Landschaft, die sanften Hügel des Leithagebirges, die Weingärten und die Kreisverkehre. Sie musste gecheckt haben, dass ich sie beobachtete, denn nun richtete sie ihre Murmelaugen auf mich. Dieses gutmütige Tier, dessen Fell jetzt im Herbst wieder dunkler zu werden schien. Das war ein Phänomen. Im Winter hatte sie fast pechschwarzes Fell. Je wärmer und heller es im Frühling wurde, desto mehr mutierte sie zu einem braunen Fellknäuel. Sie sah mich an wie eine Freundin einen jahrelangen Freund, grundehrlich und mit einem Sabberfaden, der ihr aus dem Maul hing.

Im Kreisverkehr nahmen wir die Ausfahrt in Richtung Jois. Viel lieber hätte ich hier einen Stopp eingelegt und in der Alten Mauth einen geschmorten Rindsbraten zu mir genommen.

»Du solltest deinem Vordermann nicht zu dicht auffahren«, erklärte ich, mehr aus einem Reflex heraus.

Besserwisserische Mitfahrer waren mir ja eigentlich ein Graus. Aber wenn ich selbst der Beifahrer war, fand ich das schon in Ordnung so.

»Okay«, sagte die Prucknerin, drückte ordentlich aufs Gaspedal, überholte den Golf in einem absolut irrwitzigen Tempo und schnitt in einem ebenso irrwitzigen Manöver wieder auf unsere Fahrspur zurück. Gerade rechtzeitig, bevor ein stattlicher Lkw uns zu seinem neuen Kühlergrill verformen konnte.

»Besser so?«

»Viel besser«, erklärte ich, nachdem ich mich kurz vergewissert hatte, ob ich mir in die Hosen gemacht hatte.

»Du hast mir nie von einem Herrn Pasche erzählt«, stellte ich fest, als wir in Jois vom Ortseingangsschild sowie einer überdimensionierten schwarzen Hillinger-Weinflasche begrüßt wurden. Was es mit diesem Hillinger auf sich hatte, wusste sogar ein Bierfetischist wie ich.

»Brauchst net gleich eifersüchtig werden, Lauda«, konterte die Prucknerin, obwohl da eigentlich gar kein temporeicher Gegenstoß vonnöten war. War ja nur eine Feststellung gewesen. »Der Pasche ist ein alter Mann, jenseits der siebzig. Als Herr der alten Schule wesentlich charmanter als du, am Ende des Tages dann aber doch ein bisserl zu alt. Oder was meinst du, Bella?«

Die nicht minder charmante Hundedame wuffelte und ließ sich von uns nicht davon abhalten, weiterhin aus dem Fenster zu schauen. Seit wann war meine vierbeinige Begleiterin, die bei genauerer tierärztlicher Untersuchung ja eigentlich ein vierbeiniger Begleiter war, eigentlich im Team Prucknerin? Wer hatte sich denn die letzte Zeit aufopfernd um sie gekümmert, nachdem sie mitten im Winter total verlassen im Hof des Bahnhofsheiserls gestanden war? Das war ja doch wohl ich gewesen! Okay, und die Prucknerin. Und die alte Prucknerin. Und die kleine Nicole von Karners, die ab und zu mit ihr spazieren ging. Gut, also war Bella nicht nur im Team Niko. Aber sie lebte immerhin unter meinem Dach. Da konnte man sich ja wohl ein bisschen mehr Solidarität erwarten.

»Mit der Karin bin ich seit der Schule ziemlich eng, deshalb kenn ich auch ihren Papa schon urlang. Und dann, als ich den Taxiservice aufg'macht hab und er irgendwann nimma so gut beisammen war, hab ich ihn immer wieder gefahren, wenn er mal zu einem Arzt oder einer Therapie musste.«

»Dann scheint er ja nicht allzu armutsgefährdet zu sein, wenn er es sich leisten kann, dich regelmäßig als Chauffeurin zu buchen.«

»Na ja«, beschwichtigte die Prucknerin, »er ist kein Maximilian Plünder.« Was ein Glück. »Aber er hat mit seiner Frau dort oben beim Ochsenbrunnen schon ein sehr feines Anwesen. Die Pasches haben ursprünglich selber Wein angebaut, der Vater vom Hans hat dann aber schon früh damit begonnen, Weinerntemaschinen an andere Weinbauern auszuleihen und andere Geschäftsfelder zu erschließen. Wirklich groß rausgekommen sind sie dann aber erst, als sie ein total innovatives Weinflaschenrecycling aufgezogen haben. Das ist urspannend, da kann dir die Karin einiges erzählen.«

Bitte nicht.

»Und jetzt genießt er sein Altenteil in seinem Altersruhesitz?«, fragte ich.

»Ach i wo, das ist die Familienvilla, in der auch nach wie vor seine Kinder leben. Zugleich der Sitz seiner Firma. War früher mal ein Bauernhof, den sein Vater dann sehr mondän ausgebaut hat.«

»Vielleicht sollte ich auch Weinbauer werden«, erklärte ich. So eine Villa für Bella und mich. Hmm. Die Prucknerin würde dann in der herrschaftlichen Auffahrt mit dem Rolls-Royce auf uns warten, um Madame und mich zu einem Termin bei der Fuß- beziehungsweise Pfotenpflege zu kutschieren. Das hätte was.

»Glaub mir, die Zeiten sind vorbei. Wobei die Zeiten früher eigentlich auch nicht so waren, dass du als Weinbauer automatisch ein g'machter Mann warst.«

Sie hielt an der Ampel in Downtown Jois. Dank der Hinweisschilder war ich geografisch bestens im Bilde. In Fahrtrichtung ging es zum Hillinger. Links führte eine Straße zum Bahnhof und zum See, das wusste ich bereits, quasi alteingesessener Eingeborener. Jois franste so ein bisserl nach unten in Richtung See aus, leistete sich noch eine parallel zur Bundesstraße verlaufende Hauptstraße und war kein klassisches Straßendorf. Wobei der Joiser Bürgermeister und das Tourismusbüro mich wahrscheinlich teeren und federn würden, wenn sie erfahren würden, dass ich ihren schmucken Ort als »Dorf« bezeichnete.

Am Eck jener Gasse, in die die Prucknerin nun einbog, stand ein olivgrünes Eckhaus mit einem niedlichen Erkertürmchen. Was auf der Fassade zu lesen war, konnte ich nicht entziffern. Viele der ein- und zweistöckigen Häuser in der Gasse, durch die wir nun bergauf fuhren, verfügten über diese hohen Hofeinfahrten. Ein Hinweis auf den ursprünglich landwirtschaftlichen Charakter der Gebäude. Da musste also mindestens ein Traktor durchpassen.

Wir folgten dem Straßenverlauf auch dann noch, als die Häuser mit den Hofeinfahrten von Einfamilienhäusern neueren Errichtungsdatums abgelöst wurden. Dann verkündete auch schon ein weißes Schild mit blauem Rand, schwarzer

Schrift und rotem Diagonalstrich feierlich das Ende der Gemeinde Jois.

Nun könnte man annehmen, dass am Ende des Gemeindegebiets, dort, wo die Wiesen, Weingärten und Äcker samt den dazugehörigen Güterwegen das Zepter übernahmen, die Straße von minderer Qualität wurde. Aber Pustekuchen. Feinster, frisch aufgetragener Asphalt führte den Hang des Leithagebirges nach oben, so als ob die Straßenmeisterei erst gestern hier alles blank poliert hätte. Es war dieser jungfräuliche schwarze Straßenbelag, der noch nicht von der Sommersonne ausgebleicht worden war und noch nicht die Narben von einstmals eiskalten Wintern, vulgo Schlaglöchern, trug. Dazu edle Straßenlaternen, auf die die Lamperln unten in Jois sicher neidisch waren.

»Warum darf Bella eigentlich im Auto mitfahren? Ist deine Desiree nicht allergisch gegen Hundehaare?«

»Die Desiree ist mit ihrem Vater für eine Woche bei seinen Eltern in Niederösterreich«, klärte mich die Prucknerin über den Verbleib ihrer Tochter auf. Und gleichzeitig wusste ich somit nun, dass Stefan Krammer vom Landeskriminalamt nicht in der Gegend war. Da war mir gleich leichter ums Herz.

Als sich immer mehr Bäume an den Straßenrand gesellt und sich die Weingärten schließlich immer mehr in Wald verwandelt hatten, hinderte uns eine Schranke an der Weiterfahrt.

»Komisch, normalerweise steht die tagsüber offen«, wunderte sich die Prucknerin.

Aus dem kleinen weißen Häuschen neben der Schranke traten zwei Personen. Eine von ihnen hatte eine Sicherheitsphantasieuniform an, wie sie sich HR-Abteilungen von privaten Securityfirmen ausdachten, um ihren Mitarbeitern zumindest den Anschein von Autorität und Seriosität zu verleihen. Ein Unterfangen, das auch hier und jetzt kläglich scheiterte, denn der rührige alte Mann hätte eher mit einer Zeitung von gestern in den Aufenthaltsraum eines Seniorenheimes als in diese grün-graue Uniform gepasst. Auch das Kapperl auf seinem

Kopf, auf das in Manier eines Sheriffs aus dem Wilden Westen ein goldener Stern eingenäht worden war, ließ anstelle von Respekt eher Mitleid in mir hochkommen. Zum Glück hatte ich damals auf der MS Maximilian nicht eine solch lächerliche Uniform tragen müssen.

Flankiert wurde er von einem Polizisten in einem verdammt echt aussehenden Outfit.

»Servus, Michl, was genau ist denn passiert?«, erkundigte sich die Prucknerin, nachdem sie das Seitenfenster hatte heruntergleiten lassen.

»Was wollts ihr denn?«, antwortete der Polizist anstelle des Michls.

»Hallo, Lucki«, sagte Daniela, »die Karin hat mich verständigt. Es ist was passiert, oder?«

»Es gab einen Todesfall«, antwortete er.

»Oh nein«, schienen sich die Befürchtungen der Prucknerin zu bestätigen. »Der Hansl?«

Der Michl im Hintergrund nickte traurig, was jetzt doch irgendwie zu seiner Uniform passte.

Und obwohl der Michl die Befürchtungen der Prucknerin schon bestätigt hatte, war sich Lucki, ganz der staatstragende Polizist, nicht zu blöd, folgenden Satz zu sagen: »Das dürfen wir euch nicht sagen.«

Für den nächsten Todesfall sollten sich die beiden wohl ein bisserl besser abstimmen.

»Weißt eh, ich hab den alten Pasche oft g'fahren«, sagte nun wieder die Prucknerin.

»Jaja, das hat sie, das kann ich bestätigen«, erklärte der rüstige Security-Opa, nicht ohne Stolz in seiner Stimme.

Er konnte der Polizei helfen. Er konnte etwas beitragen. Er stand nicht umsonst da herum. Das hier war sein großer Tag.

»Immer montags, mittwochs und freitags«, fuhr die Prucknerin mit bedrückter Stimme fort.

»Die Stef ist oben, vielleicht kannst ihr ein bisserl was erzählen«, sagte Lucki. »Also wennst magst.«

»Sicher«, sagte die Prucknerin.

»Wer ist er da?«, beugte sich der Kieberer ein Stückerl hinunter und zeigte mit dem nackten Finger auf mich. Machte man eigentlich nicht, so was.

»Ich bin der Heilmasseur«, erklärte ich.

»Geh, Niko, das ist jetzt nicht der richtige Zeitpunkt für deine depperten Witze«, fuhr die Prucknerin mich an. »Aber stimmt schon, er g'hört zu mir«, sagte sie in Richtung Lucki.

Dieser schien darauf zu warten, dass der Security-Opa auch diese Aussage bestätigen konnte – doch umsonst. Trotzdem ließ er kurz darauf den Schranken hochfahren. Die Prucknerin startete den Elektromotor, und ihr neues Taxi schob uns langsam den sanften Hügel hinauf.

»Alles in Ordnung?«, fragte ich und legte meine Hand auf Danielas Schulter.

Sie nickte. Ich ließ meine Hand an Ort und Stelle.

Die Gartenanlage, durch die wir in – Pardon – Totenstille fuhren, hätte genauso gut in England oder Irland liegen können. Äußerst gepflegter Rasen, majestätische Bäume und bunte Gewächse, die wie Hortensien aussahen, zu beiden Seiten der kleinen Straße, die sich durch den großvolumigen Vorgarten schlängelte. Ob es wirklich Hortensien waren, wusste ich nicht. Um das Grünzeug mit meiner Pflanzen-App am Smartphone bestimmen zu können, hätte die Prucknerin anhalten und ich aussteigen müssen. Hätte die Prucknerin wohl nicht gut gefunden, wenngleich sie das Gewächs sicher schon längst identifiziert hätte, bevor ich überhaupt die App gestartet hätte. Aber war am Ende des Tages ja auch egal, was da für Zeugs wuchs.

Dahinten stand noch so ein weißer achteckiger Holzpavillon in der Gegend herum, den ich eher nicht im Leithagebirge vermutet hätte. Der hätte sich auch in einem Schloss von König Charles oder in der Verfilmung eines Skandinavien-Krimis gut gemacht.

Auf dem kieseligen Parkplatz, in den sich die Straße ergoss und für den wohl kein fescher, neuer Asphalt mehr übrig gewesen war, standen ein Rettungswagen und drei Einsatzfahrzeuge von unseren Freunden und Helfern. Dazu so ein edler schwarzer Leichenwagen. Ein Mercedes-Benz von jener seltenen Sorte, die noch über einen aufrecht auf der Kühlerhaube stehenden Mercedes-Stern verfügte. Bei einem Leichenwagen trauten sich die coolen Kids wohl nicht, den Stern als Souvenir abzubrechen.

Das eigentliche Highlight der Anlage erhob sich aber hinter dem Parkplatz in den blauen Himmel. Eingerahmt von Mammutbaum-ähnlichen Riesengewächsen stand da eine fesche dreistöckige Villa. Die Fassade war zwar weiß verputzt worden, die Struktur der Natursteine darunter war aber trotzdem noch gut erkennbar. Auf dem obersten Stock formten schwarze Schindeln das Dach, das lediglich von drei Dachlukenfenstern in seiner Perfektion gestört wurde.

Analog zur Parkanlage passte auch dieses Statement von Reichtum und Pracht nicht so recht ins Nordburgenland, sondern eher in nordeuropäische Gefilde. Dazu der leicht grünliche Bewuchs an der Fassade. War das Moos? Die Baumriesen sorgten für ausreichend Schatten hier in dieser Einöde. Ich wusste bereits von meinen Freunden in Rust, dass es rund um den See das ein oder andere Mikroklima gab. Warum dann also nicht auch hier in dieser Waldinsel?

»Ziemlich beeindruckend«, purzelten zwei Wörter aus mir heraus, die sich im Nachhinein als Eisbrecher gegen die Pruckner'sche Stille erwiesen.

»Voll schön hier, gell?«, gab sie mir recht.

Die beiden Polizisten, die vor der aus schwarzem Massivholz gezimmerten Doppeltür standen, nahmen keine weitere Notiz von uns. Auch dass mit Bella plötzlich ein Vierbeiner herumwuselte, schien sie nicht zu interessieren. Wir hatten immerhin die peinlich genaue Sicherheitsüberprüfung an der Schranke gemeistert, also schienen wir in den Augen der beiden die uneingeschränkte Erlaubnis zu besitzen, uns hier auf dem Grundstück bewegen zu dürfen.

»Wie kommt man zu solch einer Hütt'n?«, fragte ich, während wir uns der Eingangstür näherten.

»Du hörst mir nicht zu, oder?«

»Nicht, wenn es um Wein geht«, antwortete ich wahrheitsgemäß.

»Der Pasche Hans hat quasi das Weinflaschenrecycling erfunden. In den 1990ern hat er damit begonnen, richtig losg'angen ist es dann nach dem EU-Beitritt. Da hat er expandiert, nach Deutschland, Jugoslawien und sogar bis nach Frankreich. Bring die Flasche zum Pasche, hieß damals der Werbeslogan, der auf Ö2 rauf und runter gespielt wurde.«

Wenn ich für jeden Reim so gut bezahlt werden würde, könnte ich mir auch eine größere Hütte leisten. Wobei ich mich mit meinem Bahnhofsheiserl in Rust ja eh nicht beschweren konnte.

Das Innere der Villa spielte genauso alle Stückerl'n, wie uns das Äußere zuvor in Aussicht gestellt hatte. Eine geschwungene Stiege verband das Erdgeschoss mit den beiden oberen Etagen. Der Empfangsraum hatte alles, worüber sich auch die Anfangsszene eines Agatha-Christie-Krimis gefreut hätte. Ein kleiner Empfangstisch mit goldfarbenen geschwungenen Beinen, hinter dem ein teuer aussehender verwaister Sessel stand. Ölschinken in goldenen Rahmen an der Wand, alle Türklinken ebenfalls goldfarben. Im Schachbrettmuster gestalteter schwarz-weißer Marmorboden. Der Empfangstisch langweilte sich vereinsamt, der Privatsekretär war wohl gerade unpässlich.

Vor dem von der Wand protzenden riesigen Spiegel stand eine Anrichte aus dunklem Holz, die genauso gut in den Privatgemächern der Habsburger in Schönbrunn hätte stehen können. Von der Decke hing an einem ewig langen Kabel ein eindrucksvoller Kronleuchter, der sich im Musikvideo zum gleichnamigen Song von Sia außerordentlich gut gemacht hätte.

»Ist das moderne Kunst?«, fragte ich vor mich hin, als ob ich die Prucknerin angesprochen hätte. Über jenem Teil der Stiege, der das Erdgeschoss mit dem ersten Stock verband, hing ein Bild von einer schwarz gekleideten Frau. Der ausufernde weiße Kragen ihres Kleides wäre bei uns in der Schule als Kuchenkranz durchgegangen.

»Expressionismus. ›Bella mit weißem Kragen‹, ein echter Chagall«, sagte Daniela und beeindruckte mich nachhaltig. Bella sah aufmerksam zur Prucknerin. »Angeblich«, schob sie noch hinterher.

Ob der Schinken echt war oder nicht, war mir natürlich wurscht. Aber dass die Prucknerin über solch fundiertes Kunstwissen verfügte – alle Achtung! Ich stellte mir für einen kurzen Moment vor, wie Bella mit einem solchen Kuchenkranz um den Hals ausschauen würde, als wir auch schon in Empfang genommen wurden.

»Daniela, Bella, da seids ihr ja schon!«, rief der Poidl aus dem ersten Stock zu uns hinunter. Abgenommen hatte er über den Sommer, das sah man ihm an. Stand ihm gut. Durfte man ihm aber nicht sagen, da war er dann ein bisserl g'schamig. Er nahm das dann so auf, als ob er sich absichtlich runtergehungert hatte oder so. Er wollte seinen vierwöchigen Aufenthalt im Diät-Boot-Camp in der ungarischen Wildnis aber lieber so ausschauen lassen, als ob er die zwölf Kilogramm quasi im Vorbeigehen irgendwo verloren hätte.

»Ich bin eh auch da!«, rief ich der Vollständigkeit halber nach oben.

»Das sehe ich«, grummelte er. So langsam konnte er sich sein Ang'fressensein aber echt sparen.

Mit einer fast schon höfischen Leichtigkeit schwebte er die Treppe hinunter.

»Was ist denn passiert?«, fragte Daniela, als er bei uns angekommen war.

»Tot sind s'«, sagte der Poidl.

»Ermordet?«, erschrak die Prucknerin.

»Geh, naa, Daniela, sonst würden wir euch da ja nicht so am Tatort herumspazieren lassen.«

Da schilderte er seine Truppe jetzt ein bisserl professioneller und vorschriftshöriger, als ich sie in Erinnerung hatte.

Damals, im Steinbruch, als Carlotta Woods tot aufgefunden worden war, hatten die Arbeiter vom Plünder dort schon am Nachmittag wieder alles platt getrampelt. Ganz zu schweigen davon, als wir mit der MS Maximilian fröhlich nach Illmitz geschippert waren, ohne dass die Spurensicherung das gesamte Schiff auf Spuren zum Tod vom Weinkaiser gesichert hätte.

»Nimma woll'n dürften s' haben«, erklärte der Poidl.

»Der Hansl und die Liesl? Du meinst, sie haben sich hamdraht?«

»Schaut zumindest danach aus. Bis jetzt gibt's keine Anzeichen für Fremdeinwirkung.«

»Soll ich mir den Tatort mal anschauen?«, bot ich Unterstützung an.

Der Krammer vom LKA war nicht im Lande, insofern würde ich vielleicht auf einen Beamten treffen, der die Dienste eines ehemaligen LKA- und Spezialeinsatzgruppenbeamten zu schätzen wusste.

»Fix net«, sagte der Poidl und stellte sich mir auf dem ersten Stiegenabsatz protzig in den Weg. Blattelte sich richtig auf vor mir. Dafür reichte seine runtergehungerte Statur allemal. »So ein Zuagroaster wie du hat mit der Sache nix am Hut. Und das soll auch so bleiben.« Da hat man ihm jetzt so richtig die Freude im G'sicht angesehen, dass er mich ausg'stochen hat. Aber gut, jeder hat seine fünf Minuten Ruhm. Ich würde mich bei Gelegenheit revanchieren und ihm ordentlich was eintunken.

»Ist die Karin da? Und die anderen?«

»Die Karin ist drüben im Salon«, beantwortete er die Frage der Prucknerin und deutete zu der Tür, die unterhalb der geschwungenen Stiege irgendwohin führte. Vielleicht in besagten Salon. »Aber total fertig. Weiß net, ob die nicht vielleicht lieber in Ruhe g'lassen werden will.«

»Grad jetzt braucht sie eine Freundin«, erklärte die Prucknerin und machte sich auf den Weg zu besagter Tür, Bella dicht hinter ihr im Schlepptau. »Sonst hätt sie mich ja net sofort verständigt!«

»Und was mach ich jetzt hier?«, fragte ich in die unendliche Weite der Vorhalle.

»Keine Ahnung«, erklärte der Poidl. »An mir vorbei kommst jedenfalls nicht.«

»Bist wirklich noch immer ang'fressen wegen der Sache vor ein paar Wochen?«

Jetzt waren wir unter uns, die Mädchen kümmerten sich im Salon umeinander. Wir konnten also offen sprechen und etwaige Differenzen ausräumen. Wie Männer das halt so taten.

»Bevor du dich net bei mir entschuldigst, red ich gar net mehr groß mit dir.«

Sprach's und ließ mich stehen. So eine beleidigte Leberwurst. Na gut, dann halt den Mädchen hinterher in den Salon.

Ich wollte gerade loshirschen, da hörte ich ein seltsames Gepolter aus dem Keller. Dazu musste man wissen, dass die elegant geschwungene Stiege über eine weitaus weniger exquisite Fortsetzung ins Untergeschoss verfügte. Da stand eine braune Metalltür offen, ein Lichtschein erhellte den Beginn der Stiege. Noch mal Gepolter.

Ich sah mich um, erblickte niemanden von den Offiziellen, den ich auf die seltsamen Geräusche dort unten hätte aufmerksam machen und um Nachschau bitten können. Da war was. Fix war da was. Quasi Gefahr im Verzug.

Ich schlich die Stiege hinunter, es waren siebzehn Treppenstufen, also nicht gerade wenige, und lugte, unten angekommen, vorsichtig um die Ecke. Da war so eine Art Gewölbe. Vollgestellt mit Regalen, die ihrerseits vollgeräumt waren mit Zeugs. Werkzeuge, Schläuche, Flaschen, Kartons. Schwereres Gerät stand auf dem Boden verteilt. Sah nach landwirtschaftlichen Apparaturen aus, die man guten Gewissens in dieser feuchtkalten Atmosphäre vor sich hin schimmeln lassen konnte. Aber was wusste schon ein Stadtkind wie ich. Ich blickte noch mal nach oben, dorthin, wo die Prucknerin kurz zuvor in den Salon verschwunden war. Niemand zu sehen. Also hinein in den Keller.

Kurz darauf wieder Gepolter. Wobei ich es jetzt präziser

hören konnte. Es klang wie ein Ächzen von schwerem Metall, das nicht mehr so recht wollte und einfach in die Jahre gekommen war. Die Geräusche kamen von weiter hinten, das Gewölbe schien sich hinter einem großzügigen Bogendurchgang fortzusetzen.

Ich schlich weiter. Im nächsten Teil des Kellers bot sich mir das gleiche Bild. Ein schmaler Gang in der Mitte, links und rechts davon reichlich Gerät. An einer Seite des eindrucksvoll hohen Raumes befand sich ein Regal, das über und über mit grünen Weinflaschen vollgeräumt worden war. Im nächsten Raum standen zwei riesige längliche Tanks aus Edelstahl. An jeweils beiden Enden befand sich ein verschlossener Auslaufstutzen. Wie viel Wein da wohl in so ein Ding reinpasste? Tausend Liter allemal.

Ich fuhr mit der Hand den kalten Edelstahl entlang. Prüfte meine Fingerkuppen. Reichlich Staub darauf. Erneutes Ächzen. Es schauderte mich ein bisserl. Ich war ja nicht unbedingt ein schreckhaftes Wesen, aber da war jetzt schon eine kleine Prise Halloween mit von der Partie. Bis ich checkte, dass nicht ich das Geräusch ausgelöst hatte, sondern der Ton erneut von weiter hinten kam. Dieses Mal wesentlich lauter.

Ich hatte mich also offenbar bis auf wenige Meter dessen Ursache genähert. Wer oder was auch immer hinter dem nächsten Rundbogen sich an Metall zu schaffen machte, war wahrscheinlich zu beschäftigt, um darauf zu achten, ob sich jemand vom Nebenraum anpirschte. Zu sehr hatte er oder sie damit zu tun, schweres Gerät zu bewegen. Was darauf schließen ließ, dass es sich wohl eher um einen *Er* handelte. Um einen *Er*, der eventuell körperlich besser in Schuss war als ich.

Trotzdem schlich ich mich nun bis an die Mauer heran, stand ganz dicht an der feuchtkalten Steinwand. Die Fäulnis des Gemäuers breitete sich in meiner Nase aus. Roch wie eine Mischung aus eingeschlafenen Füßen und nasser Bella. Nur ungefähr dreißigmal schlimmer. Ich realisierte erst nach ein paar Sekunden, dass es nicht die kalte Wand war, die so roch. Die Geruchsbelästigung kam aus dem Raum nebenan.

Ich wagte einen Blick, entdeckte einen weiteren Edelstahltank. Dieser stand jedoch aufrecht und schien in das gesamte Gewölbe eingemauert zu sein. Das war schon mehr Zisterne als Tank, Wahnsinn. Sah allerdings nicht so gepflegt aus wie seine kleinen Brüder im Gewölbe davor. Das Ding hier sah alt aus, richtig alt. Und wirkte nicht so, als ob es in letzter Zeit für was auch immer benutzt worden war. Auch dieser riesige Bottich verfügte über einen Auslaufstutzen, der an einer runden Öffnung befestigt war, die einen Durchmesser von vielleicht achtzig Zentimetern aufwies.

In besagter Luke zerrte ein Kapuzenmann gerade an etwas herum. Als ob er in total umständlicher Manier etwas herauszuziehen versuchte. Der Kerl war ziemlich kräftig, es musste sich also um etwas reichlich Schweres handeln. Der Verschluss des Tanks schepperte immer wieder gegen dessen Außenwand. Daher das ächzende Geräusch, das mich hierhergeführt hatte.

»Ist da jemand?«, hörte ich auf einmal den Poidl hinter mir rufen.

Da hatte wohl noch jemand die offen stehende Kellertür entdeckt und war neugierig geworden. Was dazu führte, dass der Kapuzenmann mir plötzlich sein Gesicht zuwandte und mir in die Augen sah. Ich tat das Gleiche. Konnte ihm ja auch nicht woandershin schauen, er war ja komplett in Schwarz gekleidet. Viel mehr als die Augen war von ihm nicht zu erkennen. Neben der tief ins Gesicht hängenden Kapuze trug er auch einen schwarzen Schal um Nase und Mund. Wie bei einer Burka waren also wirklich nur die Augen zu sehen. Er drehte sich wieder um, ließ das Ding aus der Öffnung fallen und rannte einen schmalen Gang entlang, der mir bisher gar nicht aufgefallen war.

»Hier hinten!«, rief ich in Poidls Richtung und folgte dem Typen mit der Amateur-Burka.

Im Vorbeilaufen versuchte ich, das Ding, das aus der Öffnung des Tanks halbert heraushing, zu erkennen. Doch mein Hirn erklärte meinen Augen, dass sie sich geirrt haben mussten. Das, was sie dort gesehen haben wollten, hatte nämlich in einem Weintank nichts zu suchen.

Wir rannten eine Rampe aus Backsteinen hinauf, mehr schlecht als recht, denn die Ziegel waren weit entfernt davon, in einem ebenen Zustand und gut verputzt gewesen zu sein. Der Kerl war vielleicht fünfzehn Meter vor mir, als er am Ende der Rampe zu einer Tür gelangte, die nur angelehnt gewesen zu sein schien. Er stieß sie auf, helles Tageslicht durchströmte den engen Gang und blendete meine Augen, die auf einen solchen Lichtschwall nicht vorbereitet waren. Das sorgte dafür, dass ich über die Kante eines der Backsteine stolperte, woraufhin ich zwar nicht auf der Nase landete, aber immerhin ordentlich ins Trudeln geriet. Wäre mir wohl nicht passiert, wenn ich besser in Form und vor allem ausgeschlafen gewesen wäre.

Als ich im Tageslicht angekommen war, stand ich im Park der Villa. Von hier aus konnte ich den weißen Gartenpavillon sehen, der mir bei der Anfahrt ins Auge gefallen war.

Der Kerl war offenbar in die andere Richtung gerannt, denn ein paar der stattlichen Rhododendren am hinteren Ende des Grundstücks raschelten auffällig hin und her. Ich sprintete in dieselbe Richtung, vorbei an einem malerischen Naturteich, kämpfte mich durch das Gestrüpp, hechtete über eine Begrenzungsmauer und fand mich auf der anderen Seite des Grundstücks wieder. Dort war ein Weg. Nicht so schön und gut in Schuss wie die Privatstraße, auf der die Prucknerin und ich hergekommen waren. Aber ausreichend instand gehalten, damit eine schwarze Limousine auf ihm davonfahren konnte. Schnell genug, sodass ich weder Automarke noch Kennzeichen identifizieren konnte.

Onkel Wolfgang!

»Was war denn da los?«, fragte der Poidl. Er erwartete mich an jener Tür zum Garten, durch die ich zuvor den Kapuzenmann verfolgt hatte. »Ich hab dich im Keller gesucht. Aber gefunden habe ich dann etwas ganz anderes.«

»Was denn?«, fragte ich schnaufend.

»Bist ganz schön außer Atem«, stellte er fest.

Da klang fast ein bisschen Spott in seiner Stimme durch. Soll doch der Poidl mal einem Typen über ein Grundstück hinterherjagen, das gefühlt größer ist als zehn Fußballplätze. Ich warf einen Blick zu den Bäumen, hinter denen sich die Mauer verbarg. Na gut, vielleicht wie zehn Badmintonplätze.

»Wer auch immer das war, er hat etwas mit dem Ding in dem Weintank zu schaffen«, erklärte ich und marschierte an ihm vorbei. Am Ende des nach unten führenden Gangs, dort, wo sich diese Weinzisterne in den Raum ausbreitete, hatten bereits zwei Streifenpolizisten ein Absperrband gespannt und sich dahinter postiert. Sie schienen auf die Kollegen zu warten. Es würde ein kurzer Anfahrtsweg werden, denn es war nicht weit vom dritten Stock der Villa hier nach unten in das Kellergewölbe.

»Du darfst da net so einfach reinspazieren, das ist ein Tatort«, dozierte der Poidl.

»Das ist in erster Linie mal ein Fundort, würd ich meinen«, dozierte ich zurück.

Die beiden Polizisten tuschelten miteinander, schienen sich darüber zu amüsieren, dass ich mich mit dem Poidl da gerade ein bisschen anbitchte.

»Komm, schleich dich«, fuhr der Poidl fort, packte mich an der Schulter und schob mich weg, sodass ich die Öffnung des Weintanks nicht genauer unter die Lupe nehmen konnte. »Das ist nix für dich. Und wenn dich die Gruppeninspektorin hier unten sieht …«

»Dann passiert was?«, wollte ich jetzt eigentlich sagen. Doch noch bevor das Broca-Areal und der Motorcortex in meinem Hirn diese drei Begriffe auf die Reise zum Mund schicken konnten, war mir schon eine Dame zuvorgekommen und hatte besagte drei Wörter ausgesprochen.

Ich drehte mich um. Die kannte ich. Aber woher?

»Äh, ich wollte dem Herrn klarmachen, dass er hier unten nix verloren hat«, stotterte der Poidl herum.

Sie trug einen sportlichen grauen Anzug, dazu eine weiße Bluse und ebenso weiße Sneaker. Ihre roten Locken, die hier unten in dem fahlen Kellerlicht einen orangefarbenen Touch entwickelten, hatte sie zu einem Zopf gebunden. Die waren definitiv ein bisserl heller als jene der Prucknerin. Spitzbübischer Blick in ihren Augen, den auch die Brille nicht verbergen konnte.

»Schau an, der Sicherheitsoffizier. Immer wenn ich Sie sehe, liegt irgendwo eine Leiche«, sagte die Beamtin betont beiläufig, ohne mich dabei zu mustern, während sie sich bückte, um das halb aus dem Tank ragende Ding genauer zu betrachten. »Heute gar nicht auf hoher See unterwegs?«

Ach ja, klar, das war die Beamtin, die der Poidl im Sommer im Schlepptau hatte, als die Polizei vor Illmitz die Leiche vom Weinkaiser von Bord der MS Maximilian geschmuggelt hatte. Die hatte damals einen ziemlich toughen Eindruck bei mir hinterlassen und dem Poidl so ein bisserl die Show gestohlen.

Aber, Moment mal. Was hatte sie da eben gesagt? Leiche? Ich drehte mich wieder zu dem Tank. Fuck. Und was für eine Leiche das war. Erinnerte mich an eine Mumie aus einem Indiana-Jones- oder Piratenfilm. Hatten meine Augen vorhin doch recht gehabt, als ich im Vorbeilaufen einen Blick auf die Tanköffnung geworfen hatte.

»Das Leben auf See war dann doch nichts für mich«, stammelte ich. »Sie haben aber auch einen Ortswechsel vollzogen.«

»Geh, Niko, ich bitt dich, stör die Frau Gruppeninspektorin nicht und zupf dich«, versuchte der Poidl erneut, mich wie einen Auswechselspieler vom Spielfeld zu bugsieren.

»Sie haben den Toten gefunden?«, fragte sie, ohne auf meinen oder Poidls Kommentar einzugehen. Schien recht fokussiert zu sein, die Dame. Wie hieß sie noch gleich? Irgendwas Norddeutsches steckte da im Nachnamen, oder?

»Das wäre zu viel der Ehre, gefunden hat ihn jemand anders«, erklärte ich. »Als ich oben in der Halle war, habe ich

Geräusche aus dem Keller gehört. Inspektor ...« Verdammt, wie hieß der Poidl eigentlich mit Nachnamen? »Ihr Kollege hier«, ich deutete auf den Poidl, »wurde zeitgleich nach oben gerufen, deswegen bat er mich, hier unten Nachschau zu halten.«

Die Polizistin gab mir mit einem Blick zu verstehen, dass sie mir den Großteil meiner Aussage nicht abnahm. Ich hoffte trotzdem, damit vielleicht beim Poidl ein paar Punkte gutmachen zu können.

»Auf jeden Fall bin ich dann runter in den Keller und habe einen Mann dabei überrascht, wie er sich an der Luke dieser Zisterne zu schaffen gemacht hat. Als er mich bemerkt hat, ist er getürmt. Ich hinterher. Beim Weg hinter dem Grundstück habe ich ihn dann leider aus den Augen verloren.«

»Getürmt?«, fragte sie erstaunt. »Aus welchem Jahrhundert sind Sie denn hier gelandet, dass Sie solche Wörter verwenden?« War sie etwa von der Wortpolizei? »Können Sie den Mann beschreiben?«, fuhr sie fort, während sie immer noch die Mumie von allen Seiten betrachtete.

Das hier hatte echt was von einem Schatzversteck, irgendwo in einer vergessenen Höhle in der Karibik. Ein Pirat hatte es auf seiner Suche nach dem Gold zwar bis hierher geschafft, war dabei allen Fallen aus dem Weg gegangen. Doch in seiner Gier hatte er den letzten Hinterhalt, das ausströmende tödliche Gas oder etwas vergleichbar Heimtückisches, nicht bemerkt. Als er es schließlich realisiert hatte, hatte er noch versucht, aus der Höhle zu flüchten, doch er blieb auf halbem Wege – im Auslass des Tanks – liegen.

Ich würde diese Theorie aber wohl erst mal für mich behalten.

»Das ging alles recht schnell«, erklärte ich. »Groß, sicher größer als ich. Schlanke Statur, sportlich, sonst hätte er mich nicht so schnell abhängen können.«

Sie musterte mich mit einem Blick, der jenem vom Poidl ähnelte, als mich dieser nach der Rückkehr von meinem Sprint im Park in Empfang genommen hatte. Okay, vielleicht war ich wirklich mittlerweile ein bisschen außer Form. Die letzten Leistungstests beim LKA lagen aber halt auch schon ein Zeiterl zurück. Und wie gesagt, die vergangenen Nächte waren der reinste Horror gewesen.

»Haben Sie sein Gesicht gesehen?«

»Nein, nichts. Er trug einen schwarzen Kapuzenpullover.«

»Und in seinem schwarzen Kapuzenpullover ist er Ihnen dann davongerannt?«

»Eigentlich eher davongefahren«, trug ich zu meiner Verteidigung vor. »Schwarze Limousine, mehr habe ich aus der Entfernung nicht erkannt.«

»Interessant, dass sich ein ehemaliger Polizist an nur so wenige Details eines Flüchtenden erinnert«, bemerkte sie.

»Der Niko ist ja schon lang nicht mehr bei der Polizei«, beeilte sich der Poidl hinzuzufügen.

Nahm er mich in Schutz, oder ritt er mich dadurch tiefer rein? Hmm.

»So lange nun auch wieder nicht«, entgegnete ich. »Aber der Typ war einfach verdammt schnell. Keine Chance, mehr als die Rückansicht von ihm zu erkennen. Und dann ist er mir davongefahren.«

»Er dürft den Weg hinterm Ochsenbrunnen meinen«, präzisierte der Poidl.

Konnte er die Beamtin nicht wenigstens einmal mit ihrem Namen ansprechen, damit ich wieder wusste, wie sie hieß?

»Interessant«, sagte sie und widmete sich wieder der Mumie, während aus dem hinteren Bereich des Kellers Schritte und Gemurmel zu hören waren. Da rückte wohl die Kavallerie an. »Eine solch mumifizierte Leiche kenne ich nur aus dem Lehrbuch. Wie eine Mumie in einem ägyptischen Grab«, erklärte sie fasziniert.

Die starren Beine hingen ziemlich waagrecht aus der Öffnung des Tanks. Vielleicht hatten sich die Arme an der Öffnung verhakt, weswegen der Kapuzenmann sich schwer damit getan hatte, die Leiche aus dem Tank zu ziehen. Oder hatte er sie hier verstecken wollen?

Steffi! Der Polizist am Eingangstor hatte doch erwähnt, dass eine Stef bereits vor Ort sei, als ich mit der Prucknerin aufs Gelände gefahren war. Das war dann vielleicht der Name der Gruppeninspektorin.

Während der Poidl seinen kindischen Widerstand gegen meine Anwesenheit offenbar aufgegeben hatte, wagte Gruppeninspektorin Steffi einen Blick in den Tank. Ohne eine Miene zu verziehen, steckte sie ihr Gesicht zwischen dem Rand der Öffnung und der Mumie hindurch. Alle Achtung, die war hart im Nehmen, die Frau. Ich war ja schon froh, dass es mir halbwegs gelang, diesen latent muffigen Geruch durch konsequente Mundatmung von meinen Riechzellen in der Nase fernzuhalten.

»Das Gesicht hat die Zeit im Tank nicht so gut überdauert wie der Rest des Körpers«, stellte sie fest, während sie sich wieder aufrichtete und sich die Hände rieb, um allfälligen Staub oder Dreck loszuwerden. »Wo bleibt denn die Rechtsmedizin?«, rief sie ungeduldig in die Weiten des Kellers.

»Schon da, so schnell schießen die Eisenstädter auch wieder nicht!«, erklärte kurz darauf ein Kerl in weißem Anzug. In der Hand hielt er einen silberfarbenen Koffer. Klischee olé. »Hat man ja auch nicht jeden Tag, dass man in einem Haus zwei verschiedene Tatorte beackern muss.« Der Kerl sollte mal in Wien oder im Ruhrgebiet für die Pathologie arbeiten, da würde er es auch mal mit drei und mehr Orten in einem Gebäude zu tun bekommen, an denen Leichen rumlagen. »Besteht ein Zusammenhang mit den beiden Toten im dritten Stock?«

»Unwahrscheinlich«, erklärte die Polizistin, »zumindest kein direkter Bezug. Aber wer weiß das schon. Vielleicht haben sie die Leiche hier unten entdeckt, und der Fund hat sie so sehr mitgenommen, dass sie nicht mehr leben wollten?«

Die Gruppeninspektorin lachte. Der Pathologe lachte. Der Poidl wirkte peinlich berührt, rang sich aber trotzdem zu einem Grinsen durch.

Der Gerichtsmediziner machte sich ans Werk. Angesichts des Geruchs hier unten hätte ich vollstes Verständnis dafür gehabt, wenn er sich eine Mentholpaste oder etwas anderes unter die Nase gerieben hätte. Pathologen, die sich bei einer Untersuchung absichtlich des Geruchssinns beraubten, gehörten aber genauso ins Fernsehen wie jene, die bei der Obduktion klassische Musik hörten oder außerhalb der Pathologie selbst zu ermitteln begannen.

Steffi, der Poidl und ich verzupften uns nach oben und ließen die Herrschaften ihre Arbeit tun.

Unter den Anwesenden im Wohnzimmer herrschte gedämpfte Stimmung, fast schon – nun ja – Totenstille. Die Taxiprucknerin unterhielt sich in dezenter Lautstärke mit einer mir unbekannten Frau. Beide saßen an einem modernen Glastisch. Auf der Couchlandschaft ein Mann, der uns drei nun mit großen Augen anglotzte. Dezent im Hintergrund hielt sich einer im klassischen schwarzen Frack und mit weißen Haaren. Er stand neben einem schönen alten Sekretär und schien auf weitere Instruktionen zu warten.

»Ich weiß, dass das heute ein schwerer Tag für Ihre Familie ist«, sagte die Gruppeninspektorin zu der Runde. »Aber die Ausgangslage hat sich noch mal verändert, sodass ich Ihnen leider noch einige Fragen stellen muss.«

Die Prucknerin sah mich verständnislos an. Sie konnte sich nicht erklären, warum ich hier neben der Gruppeninspektorin und dem Poidl Aufstellung genommen hatte und was die nochmalige Befragung sollte. Ich verließ meine Position und absentierte mich ein bisschen von den beiden Polizisten, was zumindest der Poidl mit Genugtuung zur Kenntnis zu nehmen schien.

»Inwiefern hat sich denn die Ausgangslage verändert?«, fragte der Mann auf der Couch. Das war so ein Schönling, in akkuratem Jackett und hübschem Hemd, die Haare so ein bisschen nach hinten gegelt, trotzdem verfügten sie über das nötige Volumen. Sportliche Statur und groß. Er hätte auch eine halbe Stunde zuvor mit einem Kapuzenpullover durch die Parkanlage rennen können.

»Kann mir jemand von Ihnen sagen, was es mit dem großen Tank auf sich hat, der unten im Keller steht? Wird der noch benutzt?«

»Welchen meinen Sie denn?«, fragte nun die Frau, die neben der Taxipruicknerin saß. Sie erhob sich, vielleicht um ihrer Position den nötigen Ausdruck zu verleihen. »Wir verfügen über drei Weintanks, noch von früher.« Die Frau hatte lange dunkle Haare und unglaublich große und ausdrucksstarke Augen, mit denen sie die Polizistin fixierte. Ihr Blick verriet so eine innere Stärke, ohne dabei jedoch furchteinflößend zu wirken. Dazu trugen auch die weichen Gesichtszüge und die grundsätzlich zarte Statur bei. Sie trug ein lockeres rotes Kleid, das fast bis zum Boden reichte. Eher was für den Sommer. Ich stellte mir vor, wie sie in diesem Kleid über eine Wiese schwebte, während ihr Antlitz dabei von der untergehenden Sonne in ein warmes Licht getaucht wurde. Keine Ahnung, wie ich da gerade drauf kam. Machte wohl der warme November in Kombination mit meinen unausgeschlafenen Nächten aus mir.

»Es geht um den großen Tank im hintersten Kellergewölbe. Von dort führt eine Rampe in den Park«, präzisierte Steffi. »Wird der noch genutzt?«

»Schon lange nicht mehr, nein«, entgegnete die über die Wiese laufende Frau. »Die Tankanlagen stammen noch aus der Zeit, als unsere Familie selber Wein angebaut und verarbeitet hat. Die Rieden in der Umgebung unseres Anwesens, vor allem Satz, Freudhofer und Altenberg, haben wir früher allesamt selbst bewirtschaftet. Bevor das Recyclinggeschäft irgendwann immer einträglicher wurde und wir die Weingärten an Bauern aus der Umgebung verpachtet haben. Die Zisterne, die Sie meinen, hat ein Fassungsvermögen von über fünfzehntausend Litern. Darin hat die Familie früher den Landwein gelagert. Aber das ist schon lang vorbei.«

»Was ein schwerer Fehler war«, brachte sich der schöne Kerl auf dem Sofa ein und schüttelte energisch seinen schmalen Kopf, »das habe ich ja schon oft gesagt!«

»Nur weil man etwas oft sagt, heißt das noch lange nicht, dass es deshalb wahrer wird«, entgegnete die Frau.

Die Taxiprucknerin und Bella verfolgten das Schauspiel gebannt, genauso wie der wie ein Butler wirkende Weißhaarige am anderen Ende des Raumes. Er schien von der Auseinandersetzung peinlich berührt zu sein und begann damit, verlegen den Sekretär neben sich abzustauben.

»Können Sie in etwa abschätzen, wie lange der Tank schon nicht mehr genutzt wird?«

»Viel zu lange jedenfalls«, erklärte der Typ.

Der wirkte irgendwie unentspannt. Im wörtlichen Sinn. Konnte der nicht ruhig sitzen bleiben? Machte mich nervös.

»Wir wissen es mittlerweile, Norbert, lass gut sein!«, bügelte die Frau ihn nieder. »Ich müsste Ihnen das in den Unterlagen nachschauen«, fuhr sie in Richtung der Gruppeninspektorin fort. »Aber dreißig Jahre werden das sicher schon sein. Ich kann mich jedenfalls nicht daran erinnern, die Befüllung der Behälter selbst miterlebt zu haben.«

»Und seitdem ist mit den Tanks da unten nichts mehr passiert?«, hakte Steffi nach.

Der Kerl auf der Couch schüttelte nach wie vor den Kopf und setzte dazu ein ungläubiges Lächeln auf. Dazu verschränkte er die Arme vor dem Körper, typische Trotzhaltung. Und dann spannte er für einen kurzen Moment die Schulterblattmuskulatur an. War das eine Dehnübung?

»Nein, soweit ich weiß, insbesondere seitdem ich in die Leitung des Unternehmens eingebunden bin, wurden diese Tanks nicht mehr benutzt.«

»Das ist ja der nächste Witz, Karin«, fuhr der Kerl namens Norbert fort. »Dass du von Vater in die Leitung eingebunden wurdest.«

»Herr Pasche, sofern Ihre Wortmeldungen nichts zur Erweiterung unseres Erkenntnisstands beitragen, würde ich Sie bitten, Ihre private Meinung zur Unternehmensführung außen vor zu lassen«, schob die Gruppeninspektorin dem Typen einen rhetorischen Riegel vor.

Ich fand das aus taktischen Gründen nicht ganz so clever. Je deutlicher hier die Konflikte ausgetragen wurden, desto hilfreicher wäre das wahrscheinlich für die Ermittlungen.

»Sie haben mir in meinem eigenen Haus ja wohl nichts vorzuschreiben«, echauffierte sich Norbert und erhob sich von seinem gemütlichen Couchuntersatz.

»Das ist immer noch unser Haus«, erklärte die hinter ihm stehende Frau. Mein detektivisches Gespür sagte mir, dass das wohl seine Schwester war. Ihre Wortmeldung schien den Kerl nicht gerade zu beruhigen.

»Frau von Kiel, können Sie uns endlich mal sagen, was diese Fragen zu unserem Keller sollen? Und warum Sie uns damit in dieser schweren Stunde für die ganze Familie behelligen?«, fragte sie.

Von Kiel. Das war ihr Name! Na endlich! Ich wusste doch, es hatte irgendwas mit Norddeutschland zu tun.

Sie sah zum Poidl, der ihren Blick nichtssagend retournierte.

»Wir haben eine weitere Leiche in besagtem Weintank gefunden«, erklärte die Gruppeninspektorin.

Die überschaubare Zuhörerschaft blickte sie erstaunt an.

»Sie haben was?«, fuhr der stehende Sofatyp fort.

»Es dürfte sich um einen Mann handeln. Dem Zustand der Leiche zufolge dürfte die Leiche schon sehr lange dort unten im Tank gelegen haben.«

»Onkel Wolfgang!«, rief der Kerl plötzlich aus und hielt sich vor Entsetzen die Hand vor den Mund.

Entweder er hatte da gerade tatsächlich eine schreckliche Eingebung zu seinem Onkel gehabt oder er war ein verdammt schlechter Schauspieler.

Darauf hat hier echt niemand gewartet

Es gab da diesen Onkel in meiner Familie, den ich immer recht seltsam fand. Und nicht nur ich, wie ich glaube.

Gregor, der von allen nur Greg genannt werden wollte, hatte einen leichten Hang zu seltsamen Gestiken. Es hatte was von einem Tourettesyndrom, wenn er mal wieder seine Handfläche in der Achselhöhle des anderen Arms einklemmte und, begleitet von erratischem Augenzucken, »Nik, nik, nik« rief. Wie Jack Nicholson in »Easy Rider«. Oder wenn er sich während des Abendessens einfach mal so das T-Shirt auszog und vor allen Anwesenden einen Eurodance-Beat tanzte. Niemand wusste, was es mit solchen Aktionen auf sich hatte. Aber mit der Zeit gewöhnten sich alle an seine seltsamen Marotten. Bis auf das Mitglied einer Rockerbande, dem er quasi im Vorbeigehen den Vogel zeigte. In Gregs Verständnis war das nur ein humoriger Gag, der Rocker dagegen, der schlug Greg ganz humorlos krankenhausreif.

Was ich mit dieser kleinen Anekdote sagen will, ist, dass man einen Onkel nicht gleich in einem Weintank einsperren und verrotten lassen muss, wenn man mit ihm nicht zurechtkommt. Wolfgang Pasche, der Onkel von Karin und Norbert, musste also etwas wirklich Schlimmes angestellt haben oder jemand wirklich Schlimmem im Weg gestanden haben, dass er dieses Schicksal hatte erleiden müssen. Falls es sich denn bei der Mumie aus dem Weintank tatsächlich um die luftgetrocknete Variante von ihm handelte.

»Du kannst echt froh sein, dass du ein Hund bist«, sagte ich zu Bella.

Wir hatten uns zum Luftschnappen auf die großzügige Terrasse verzogen, die sich hinter der Villa in die Parklandschaft schmiegte. Von hier hatte man die Gartenanlage schön im Blick, bis hinunter zum Ochsenbrunnen. Der Teich wurde von einigen Bäumen eingerahmt, den Quellbach, der in diesen mündete, hörte man bis hier oben malerisch plätschern. Wenn man die Augen schloss, konnte man sich für einen kurzen Moment im Paradies wähnen, das Gesehene und Gehörte aus dem Inneren der Villa vergessen. Nicht daran denken, dass in dem Haus drei Leichen lagen. Dass hier irgendwo in der Gegend Mafiapate Vito Violino sein Unwesen trieb. Was sein

Clan mit meiner Frau Luise gemacht hatte. An alles und nichts denken. Die Gedanken schossen durch meinen Kopf, wie sie es oft taten, wenn ich mich mal für einen Moment gehen ließ, zur Ruhe kam. Erst als Bella meine vom Gartensessel herabhängende Hand ableckte, kam ich wieder hierher zurück, in den großzügigen Garten der Villa Pasche.

Ich ließ sie gewähren, bis sie irgendwann genug Salz von meiner Haut aufgenommen hatte. Danach plumpste sie mit einem zufriedenen Seufzer neben mich auf den Boden, und ich streichelte ihr über das dunkle Fell. Es war ein seltsamer Hund, der mir da vor einem Jahr im Innenhof des Ruster Bahnhofsheiserls plötzlich gegenübergestanden war.

»Du bist mir schon sehr wichtig, weißt du das?«, sagte ich zu Bella.

Im Job konnte ich ja zur Not der harte Hund sein und mich mit anderen Leuten fetzen, Konflikte austragen, jemanden rhetorisch an die Wand klatschen. Im Privatleben dagegen, da hielt ich Konflikte nicht aus. Und wenn es nur der Poidl war, der seit Wochen auf mich ang'fressen war. Oder wenn die Prucknerin mich wegen eines blöden Witzes deppert anging. Damit konnte ich nicht umgehen. Konnte ich nie. Diese zwischenmenschlichen Misstöne waren ein bisserl dings für mich.

Ich kraulte Bella noch eine Weile an ihrem Hals. Das mochte sie besonders gerne. Und ich auch.

»Tut mir leid, dass ich vorhin so schnippisch zu dir war«, hörte ich auf einmal die Prucknerin hinter mir sagen. Sie nahm meine Hand. »War nicht so gemeint.«

»Weiß ich doch«, sagte ich, obwohl ich das so richtig gar nicht wusste. Aber was sollte ich denn stattdessen sagen? Dass ich aus irgendeinem Grund gerade ein emotionales Zniachtl war?

»Ich kenn die halt alle hier, das nimmt einen mit. Gerade die beiden alten Pasches, das waren so herzige und liebe Leute. Die waren schon eine Ewigkeit beisammen und immer noch so lieb miteinander. Haben sich Bussis gegeben, wenn sie einander begrüßt haben. Einmal habe ich sie hier im Park gesehen, wie sie händchenhaltend über die Wiese spazieren gegangen sind.« Sie verstärkte den Druck ihrer Hand, als sie das sagte. »So als ob sie gerade frisch verliebt wären. Das war so irrsinnig schön zu erleben und zu spüren, wie so ein altes Paar so liebevoll miteinander umging.«

Ich sah auf die Wiese. Stellte mir vor, wie ein altes Ehepaar händchenhaltend spazieren ging. Und dann stellte ich mir unweigerlich vor, wie Luise und ich dort spazieren gingen. Das fühlte sich im ersten Moment wunderschön an. Im zweiten Augenblick brach es mir das Herz. Ich ließ Danielas Hand los.

»Wer weiß, was die in ihrer Ehe alles durchmachen mussten. Die waren sicher nicht all die Jahre turtelnd und happy unterwegs.«

»Schon klar, Mr. Romantic«, motzte die Prucknerin.

»Kanntest du auch diesen Onkel Wolfgang?«

Eleganter Themenwechsel. Wäre das eine olympische Disziplin, ich wäre mehrfacher Goldmedaillengewinner.

»Magst nicht endlich mal mit dem Poidl reden?«, erwiderte die Prucknerin.

Hoppla, da machte mir jemand den Platz auf dem obersten olympischen Podestplatz streitig.

»*Er* ist doch ang'fressen auf *mich*. Warum soll *ich* also mit ihm reden?«

»Na ja, hat ja einen Grund, dass er ang'fressen ist auf dich. Und damit hast du wahrscheinlich auch nicht wenig zu tun.«

»Ach was«, sagte ich, während Bella sich elegant auf die Seite warf und mir ihren Bauch präsentierte. »Der soll sich mal nicht so haben wegen diesen depperten Postkarten.«

»Na, hör mal, du hast ihn zusammen mit deinem Freund in Deutschland ordentlich verarscht.«

»Das hat sich irgendwie verselbstständigt«, entgegnete ich.

»Aber die Idee kam dabei ja wohl von dir!«

»Ja eh. Aber das war ja noch nicht so schlimm. War doch nur ein Mail von einem erfundenen Postkarten-Fan vom Poidl.«

»Nur ein Mail? Dein Freund hat den Poidl nicht einfach nur

um eine seiner selbst gemalten Postkarten gebeten. Er hat so getan, als ob er sich via E-Mail in den Poidl verlieben würde.«

»Aber davon wusste ich ja nichts. Das hat Ralf dann halt so weitergesponnen, weil er es lustig fand, wie sich der Poidl via E-Mail in eine wildfremde Person verliebt.«

»Aber du hast damit angefangen!«

Im Inneren der Villa wurde es wieder etwas lauter. Die schienen sich nicht gerade grün zu sein.

»Aber auch nur, weil er im Sommer nach meinem unfreiwilligen Zusammentreffen mit Vito Violino auf dem Adeg-Parkplatz so deppert reagiert hat.«

»Hey«, pudelte sich die Prucknerin auf. »Er hat dich davon abgehalten, einen Menschen totzuprügeln! Dafür solltest ihm eigentlich dankbar sein.«

Einen Menschen, der für den Tod meiner Frau mitverantwortlich war.

»Er hätte es ja trotzdem nicht gleich zur Anzeige bringen müssen«, sagte ich eingeschnappt.

»Sei bloß froh, dass er euren Radau damals g'hört und Schlimmeres verhindert hat. Sonst würdest jetzt wahrscheinlich nicht hier mit mir auf der Terrasse sitzen, sondern mit ein paar Schleppern und Gewalttätern in Eisenstadt in der Wiener Straße.«

»Na und, wen hätt's gekümmert?«

»Du bist manchmal echt so ein selbstgerechtes Arschloch, weißt du das?« Ups. »Es gibt da draußen, außerhalb deines Planetensystems, das sich ausschließlich um die Sonne Niko zu drehen scheint, Leute, denen du etwas bedeutest und denen du nicht wurscht bist!«

Pause.

»Und was ist jetzt mit diesem Onkel Wolfgang?«

Ich wollte nicht über den letzten Sommer sprechen. Ich wollte nicht über Vito Violino oder den Poidl sprechen. Ich wollte das tun, was ich am besten konnte, wenn mich Dinge fertigmachten, die ich nicht ändern konnte. Mich ablenken. In andere Aufgaben stürzen.

»Ich pack dich manchmal wirklich net, Nikolaus Lauda.«
Sie schüttelte den Kopf und zeigte mir ihren Rücken,
sah in den Garten hinaus. Ich konnte richtig spüren, wie sie
schnaubte. Wie eine Seekuhmama, die die Geduld mit ihrem
vertrottelten Baby verlor. Wäre es nicht so warm gewesen,
man hätte den Dampf ihres Atems in schönsten Wolken ent-
schwinden sehen können.

»Frag die Familie halt selbst, wenn dir das wichtiger ist, als
dein eigenes Leben in Ordnung zu bringen.«

»Mein Leben ist in Ordnung«, erklärte ich trotzig.

Sie drehte sich wieder zu mir um. Ihre Wangen leuchteten.
Da war Verzweiflung in ihren Augen. Aufrichtige Verzweiflung.

»Da ist gar nix in Ordnung, Nikolaus Lauda. Ich hab 'dacht,
dass dir das alles hier guttun würde. Dass dir der See, die Leute,
die Bella und, ja, auch ich guttun würden. Aber jetzt gerade
kotzt du mich nur an mit deiner Scheiß-Einstellung. Darauf
hat hier echt niemand gewartet! Und ich schon gar nicht! Die
Luise wirst du auch nicht zurückbekommen, wenn du dich
hier selbst kasteist.« Sprach's und verzog sich ins Innere.

»Wenigstens auf dich kann ich mich verlassen«, sagte ich
zu Bella.

Meine hübsche Vierbeinerin sah auf. Als ehemaliger Polizist
erkennt man diesen Blick sofort. Ein Verdächtiger überlegt für
den Bruchteil einer Sekunde, ob er sich aus dem Staub machen
oder sich in sein Schicksal fügen und dem Polizisten ergeben
soll. Bella entschied sich in diesem Moment dafür, bei mir zu
bleiben. Aber ihr Blick machte mir sehr deutlich, dass ich den
Bogen besser nicht überspannen sollte.

Raus mit Ihnen, Sie Leichenfledderer!

»Sie sind ja immer noch da«, wurde ich nicht übertrieben
freundlich empfangen, als ich mit Bella zurück ins Wohnzimmer der Pasches trat.

Ich blickte mich um. Von der Taxiprucknerin und vom Poidl war nichts mehr zu sehen. Auch Gruppeninspektorin Steffi war nicht mehr da.

»Äh, ja«, sagte ich. Viel mehr fiel mir auch nicht ein. »Ich habe wohl ein bisschen die Zeit übersehen.«

Verdammt. Wenn die Prucknerin wirklich schon gefahren war und auch die Polizei ihre Zelte abgebrochen hatte, konnte ich jetzt zuschauen, wie Bella und ich zurück nach Rust kamen. Ein Taxi konnte ich mir wohl in die Haare schmieren, war die Prucknerin doch das einzige Taxiunternehmen auf dieser Seite des Neusiedler Sees. Und ein Blick auf die Uhr verriet mir, dass ich mich sputen sollte, wenn ich den nächsten Zug erwischen wollte.

Neben den beiden Geschwistern und dem weißhaarigen Sekretär war nun eine weitere Person anwesend. Eine eher mitteljunge Frau in Fitnessklamotten. Die schien frisch aus dem Citylife in Neusiedl zur Runde dazugestoßen zu sein. Sie trug eine Glatze. Aber auch ohne Haarpracht war ihr die Verwandtschaft zu Karin Pasche deutlich anzumerken. Waren das Zwillinge?

»Ich muss dann auch mal los«, erklärte ich.

»Warten Sie«, sagte Karin Pasche, die zuvor mit der Taxiprucknerin zusammengesessen war und sich anschließend das Rededuell mit ihrem Bruder geliefert hatte. »Sie waren doch auch im Keller. Können Sie uns sagen, was Sie dort … ich meine, wie Sie …?«

Die Frau stand da ziemlich verloren und alleine im Zimmer, als ihr die Worte stockten.

»Nun ja«, sagte ich, während Bella sich neben mir hinhockte. Sie schien zu ahnen, dass wir jetzt doch nicht so schnell von hier fortkommen würden. »Das war alles ein ziemliches Durcheinander.« Ich wollte natürlich nicht allzu viel verraten, denn die Gruppeninspektorin wäre nicht so happy gewesen, wenn ich hier Details aus den Ermittlungen offenbaren würde, die sie vielleicht bewusst zurückgehalten hatte. »Ich habe auch gar nicht richtig gesehen, wer oder was da lag.«

»Und die … die Leiche lag tatsächlich im Weintank?«, fragte die Fitnessfrau.

Ihr figurbetontes Outfit gab ziemlich viel von ihrer braun gebrannten Haut frei. Erst jetzt sah ich, dass sie keine Sportschuhe trug, sondern feste Wanderschuhe. Interessant.

»Ja, soweit ich das einschätzen konnte. Aber viel mehr kann ich Ihnen wirklich nicht sagen«, erklärte ich. »Ich muss jetzt auch los, damit wir noch den Zug unten erwischen.«

»Guten Abend, zusammen!«, bohrte sich auf einmal eine sonore Stimme in die Stille des geschockten Wohnzimmers. »Ich brauch mich ja wohl nicht vorzustellen. Als ich gehört habe, was passiert ist, habe ich alles stehen und liegen gelassen und bin zu Ihnen geeilt, um Ihnen und euch in dieser schweren Stunde beizustehen.«

»Dass Sie sich hierhertrauen, ist ja die Höhe!«, rief Karin Pasche. »Raus mit Ihnen, Sie Leichenfledderer, Sie unverschämter!«

Der unverschämte Leichenfledderer schien nicht sehr beeindruckt davon zu sein, dass Karin Pasche mit seiner Anwesenheit nicht allzu viel anfangen konnte. Er sah aus wie jemand, der frisch aus dem Strandbad kam. Kurze Hose, weiße Socken lugten aus den Sandalen und dazu ein Hawaiihemd. Reichlich unrasiert und dadurch fast mehr Haare im Gesicht als auf dem Kopf, dazu eine Brille mit mintgrünem Gestell. In der Hand trug er einen Aktenkoffer, den er nun auf dem Esstisch abstellte. Mich und Bella würdigte er keines Blickes.

»Karin, lass ihn ausreden, bevor du wieder wie eine Furie durch das Zimmer tobst«, ergriff Norbert Partei für den Überraschungsgast.

»Das war ja klar«, schnaubte sie und warf ihrem Bruder eine wegwerfende Handbewegung zu.

»Schauen Sie, liebe Karin, je eher Sie mich meinen Job machen lassen, desto eher sind Sie mich wieder los. Versuchen Sie es also von der positiven Seite zu sehen.«

»Sie von der positiven Seite zu sehen? Eher würde ich mir in den Fuß schießen«, erklärte sie. »Sag du doch auch mal was!«, versuchte sie, die Fitnessfrau auf ihre Seite zu ziehen.

»Lass ihn ausreden. Er ist immerhin der Anwalt der Familie«, antwortete diese jedoch.

»Ein Scheiß ist er!«, wurde Karin noch ein bisschen deutlicher.

»Ich wurde über das traurige Ableben von Ihrem Herrn Papa und Ihrer Frau Mama informiert und bin sofort in die Kanzlei, um das Testament zu holen. Es handelt sich dabei um einen Wunsch Ihres Vaters, der Sie davor bewahren wollte, sich über das Erbe zu zerstreiten. Ein Wunsch, der wohl nicht ganz unbegründet war, wenn ich mir die Versammlung hier so anschaue.«

»Sparen Sie sich Ihren Sarkasmus«, sagte Karin.

»Jedenfalls«, fuhr der Herr Anwalt ungerührt fort, »darf ich Ihnen den Letzten Willen Ihres Vaters in aller Kürze vortragen.« Er zog eine Dokumentenmappe aus seinem Koffer, legte diese auf den Tisch und öffnete sie. Und dann begann er, mit seiner tiefen, vom Dialekt nicht ganz freien Stimme vorzutragen: »Das Testament wurde vor Zeugen am 4. Oktober 1980 unterfertigt und hat somit per Eintragung ins Testamentsregister am 7. Oktober 1980 Gültigkeit erlangt.«

»1980? Wollen Sie uns verarschen?«, rief Karin gleich mal wieder dazwischen. »Das war vier Jahre vor der Geburt von Lena und mir! Was soll das für ein Testament sein?«

»Der Sohn Norbert hat am 2. Oktober 1980 das Licht der Welt erblickt, was wohl mit ein Motiv Ihres geschätzten Herrn Vaters war, diesen Letzten Willen anzufertigen. Wenn ich dann bitte fortfahren dürfte.«

»Tun Sie, was Sie nicht lassen können. Das hat ohnehin alles keinen Bestand, denn unser Vater hat mir bereits vor drei Jahren die Geschäftsführung der Firma übertragen.«

»Das werden wir ja sehen«, meldete sich Norbert zu Wort.

»Hiermit erkläre ich«, begann der Anwalt weiterzulesen, »im Vollbesitz meiner geistigen Kräfte, meine geliebte Frau Elisabeth Pasche, geborene Kaufmann, zur Alleinerbin meines gesamten Besitzes. Für den Fall, dass meine Frau zum Zeitpunkt meines Todes ebenfalls bereits verstorben sein sollte, geht das gesamte Erbe auf meinen Sohn Norbert über.«

»Das«, sagte Karin nun mit Nachdruck und baute sich vor dem Anwalt auf, »wird Sie teuer zu stehen kommen. Denn dagegen werde ich vorgehen. Und du«, rief sie in Richtung ihres Bruders Norbert, »brauchst dich gar nicht zu freuen. Das wird nicht lange vor Gericht Bestand haben!«

»Bevor Sie unüberlegte Schritte setzen und gegen den Letzten Willen Ihres geschätzten Vaters vorgehen, sollten Sie vielleicht erst mal ein paar Nächte darüber schlafen«, sagte der Anwalt. »Ich kann mir vorstellen, dass das für Sie alle keine leichte Situation ist.« Er zückte eine Visitenkarte und hielt sie ihr entgegen. »Wenn Sie meine Unterstützung benötigen, ich bin jederzeit für Sie erreichbar.«

Karin Pasche nahm die Visitenkarte entgegen, setzte ein erkennbar falsches Grinsen auf und zerriss das kleine Kärtchen in viele kleine Einzelteile, die sie dem Anwalt anschließend, wie vor sich hin rieselnden Schnee, fein säuberlich ins Revers seines Hawaiihemdes streute. »Ihre Unterstützung, die können Sie sich in Ihren werten Hintern schieben, Herr Schweigl.«

»Sie wollten zum Zug, oder?«, fragte sie plötzlich in meine Richtung. Ich blickte zu Bella, die mir einen angsterfüllten Blick zuwarf. »Ich fahre Sie schnell runter. Ich brauche frische Luft.«

Karin Pasche hatte sich immer noch nicht ganz beruhigt, als sie ihren Cupra aus der herrschaftlichen Garage der Villa manövriert hatte. In dem Anbau hatten locker vier Autos Platz.

»Ihren Hund können Sie auf die Rückbank geben«, sagte sie, als sie neben Bella und mir zum Halten kam.

Wobei das eher wie ein Befehl klang.

»Ist ja eigentlich nur den Hügel hinunter, immer geradeaus, da kann nicht viel passieren«, flüsterte ich Bella zu, als ich ihr die Tür zur hinteren Sitzreihe öffnete.

Sie machte einen eleganten Satz, und kurz darauf sausten wir an dem weißen Häuschen und dem geöffneten Schranken vorbei nach unten dem See entgegen.

»Unangenehme Situation«, sagte ich, damit irgendjemand was sagte.

Reden half vielleicht, die Emotionen runterzukühlen und die Konzentration für das Wesentliche zu erhöhen: die Fahrsicherheit.

»Beschissene Situation«, antwortete Karin Pasche. »Genau davor habe ich meinen Vater immer gewarnt. Angebettelt habe ich ihn, dass er bitte ein aktuelles Testament aufsetzen solle. ›Jaja‹, hat er dann immer nur geantwortet. Ich mein, ich konnte ihn ja eh verstehen. Wer beschäftigt sich schon gerne mit dem eigenen Tod? Aber sich mit Schlaftabletten umzubringen, ohne vorher alles Nötige geregelt zu haben … Bei unseren Familienverhältnissen! Da ist doch Streit vorprogrammiert.«

Ihre enormen Augen scannten aufmerksam die Umgebung der frisch asphaltierten Straße ab. War ja eigentlich gar nicht notwendig, die feschen Lamperln leuchteten die langsam dunkel werdende Szenerie hervorragend aus.

»Das kann ich mir gut vorstellen«, erklärte ich. »Wer hat denn die beiden gefunden?«

»Alfred, unser Sekretär«, antwortete sie.

»Und gab es einen Abschiedsbrief?«

»Ja«, sagte sie. »Die Polizistin hat ihn uns vorgelesen, behalten durften wir ihn aber nicht. Beweismittel!«, schnaubte sie, als sie recht knapp an zwei Spaziergängern vorbeiraste. »Aber es war nur ein ›Lebt wohl‹. Keine Begründung, nichts. Wobei wir alle schon lange wussten, dass es der Mama nicht gut ging.«

Und schon waren wir unten bei der Bundesstraße. Wow, das war flott gegangen. Mit einem schnellen Satz, gerade rechtzeitig, bevor der nahende Verkehr uns erwischen konnte, ging es weiter geradeaus in Richtung Bahnstation und See. Vorbei an all den Höfen und Wohnhäusern, deren Blumen vor den Fenstern und in den Beeten nach wie vor in sommerlicher Stimmung waren.

Vor dem Kinderspielplatz ging es rechts rein, in eine Gasse, die nicht so wirkte, als ob sie für den offiziellen Autoverkehr freigegeben wäre. Das war hier die Rückseite der Höfe von der unteren Hauptstraße, und dementsprechend war auch die Qualität des Asphalts. Ein ordentliches Gepolter war das, speziell Bella wirkte sehr unglücklich auf der Rückbank. Aber nach einem weiteren Abbiegemanöver in die Bahnstraße waren wir schließlich sicher an der Bahnstation angekommen. Drei Minuten vor Abfahrt des Regionalexpresses, der uns nach Eisenstadt bringen würde, von wo wir mit dem Bus nach Rust weiterfahren würden.

»Wer sind Sie eigentlich?«, fragte sie, nachdem ich Bella und mich aus dem schönen Auto gewuchtet hatte.

Interessante Frage, nachdem man quasi den Nachmittag miteinander verbracht hatte.

»Ich bin der Niko«, antwortete ich, »ein Freund von der Daniela.«

»*Ein* Freund, jaja«, sagte sie viel- und nichtssagend gleichermaßen. »Ich erinnere mich. Und was machen Sie, wenn Sie nicht gerade in fremden Kellern tote Menschen finden?«

»Ich bin Privatdetektiv.«

Ihr Blick verriet mir, dass wir uns wohl nicht zum letzten Mal gesehen haben dürften.

18. Juli 1995, 18:02 Uhr

»Papillon? Was soll denn das sein? Klingt wie ein James-Bond-Gspusi aus einem Agententhriller.«

»Wenn das dein größtes Problem ist, ist ja alles gut«, erwiderte er, schaltete in den fünften Gang und beschleunigte das graue Mercedes-Coupé.

Bald würde er sich wieder einbremsen müssen. Nach der Abzweigung nach Oggau dauerte es nicht lange, bis sie die Ortseinfahrt nach Schützen erreichten. Es wurde wirklich Zeit, dass hier eine Umgehungsstraße gebaut wurde. Aber um die Herausforderungen der Verkehrsinfrastruktur im Nordburgenland mussten sich andere kümmern. Sie waren heute in einer anderen Mission unterwegs.

»Wie lange kennst du diese Frau schon?«

Er antwortete nicht sofort. Und immer wenn das so war, wusste Wolfgang, dass da etwas war. Fremden gegenüber hatte Hans keinerlei Scheu, aus dem Stand heraus die wildesten Lügengeschichten zu erfinden. Das tat er genauso in der Familie. Doch sein eigener Bruder hatte mit der Zeit ein Sensorium dafür entwickelt, wenn ihm Hans eine Lüge auftischen wollte. Dann ließ er sich Zeit, suchte nach Worten, wägte ab.

Nach all den Jahren war es immer noch wie damals in ihrer Kindheit. Hans, der Ältere von beiden, der die Verantwortung trug und dafür sorgte, dass alles seine Ordnung hatte. Eine Ordnung, die Hans für richtig hielt und für deren konsequente Aufrechterhaltung er sich nicht zu rechtfertigen oder gar zu schämen pflegte.

Da machte es keinen Unterschied, dass beide mittlerweile erwachsen und – zumindest auf dem Papier – gleichberechtigte Geschäftsführer der Pasche GmbH waren.

»Du musst nicht alles wissen, Brüderchen«, erklärte Hans mit diesem altvaterischen Ton, der Wolfgang an ihren Vater erinnerte. *Auch wenn Hans es nicht zeigte, wusste Wolfgang, dass sein Bruder ganz tief in seinem Inneren lächelte und es genoss, so mit ihm zu reden.*

»*Warum nimmst du mich dann überhaupt mit?*«*, fragte Wolfgang.*

Er spürte das Pulsieren des Blutes in den Adern seiner Schläfe.

»*Weil du darauf bestanden hast*«*, antwortete Hans kühl, während er das Auto widerwillig auf die im Ortsgebiet erlaubten fünfzig Stundenkilometer herunterbremste.* »*Du hast dich aufg'spielt wie ein Kasperl gestern Abend, erinnerst dich nimma?*«

Dem Zufall war es zu verdanken gewesen, dass Wolfgang überhaupt erfahren hatte, dass für den heutigen Abend eine Besprechung geplant war. Ein Treffen, das Hans sonst wohl unter den Tisch hätte fallen lassen, wenn nicht zufällig Liesl beim gemeinsamen Abendessen gefragt hätte, wann er gedenke loszufahren und ob er sie nicht vielleicht nach Eisenstadt mitnehmen könne. Doch die Abfahrt um achtzehn Uhr kam für sie zu spät. Aber durch ihre Frage war Wolfgang auf Hans' Termin aufmerksam geworden. Wobei Hans ein bisschen zu schnell nachgegeben hatte, als es darum ging, dass Wolfgang ihn zu diesem Termin begleiten wollte.

»*Ich habe ja wohl ein Recht darauf, in strategische Vorgänge der Firma involviert zu sein*«*, fauchte Wolfgang.*

»*Du hast ein Recht auf deine monatliche Apanage und sonst auf nix.*«

»*Also, wer ist die Frau, und was hat sie mit unserer Firma zu tun?*«

Hans schnaubte. Er war es nicht gewohnt, Geschäftsinterna mit seinem kleinen Bruder zu besprechen. Diese Dinge überhaupt mit irgendwem zu besprechen. Hans war die Eigenbrötelei in Person, eine Charaktereigenschaft, die er von ihrem Vater geerbt hatte. Wolfgang dagegen, er war der kommunikative und offene, derjenige, der in der Werbung das Unternehmen nach außen vertrat, der das Gesicht der Firma Pasche war, vom Cover des Angebotskatalogs lächelte, jedes Jahr, immer und immer wieder.

Ein Gesicht, das seit einigen Jahren jedoch spürbar Schwierigkeiten dabei hatte, die negativen Geschäftszahlen positiv nach außen zu verkaufen. Seit fünf Jahren hatte die Pasche GmbH kein positives Geschäftsergebnis mehr zu vermelden gehabt. Sie lebten von der Substanz der fetten Jahre zuvor. Was paradox war, denn der Fall des Eisernen Vorhangs hatte ihnen direkt vor der eigenen Haustür einen riesigen neuen Markt eröffnet. Auch in Ungarn, der Slowakei und den übrigen Ländern des ehemaligen Ostblocks trank man schließlich gerne und viel Wein. Und während Dutzende österreichische Firmen sich eine goldene Nase im wilden Osten verdienten, schaffte es die Firma Pasche nicht, die sich bietenden Chancen zu nutzen.

Im Gegenteil, für Wolfgang wirkte es so, als ob die Ostöffnung ein Hemmschuh der eigenen Geschäftstätigkeit gewesen wäre. Wie ein Bremsklotz, der seit sechs Jahren an ihnen haftete. Oder lag es an Hans, der ebenfalls vor sechs Jahren die Geschäfte vom Vater übernommen hatte? »Neue Zeiten erfordern neue Gesichter«, hatte ihr Vater damals staatstragend erklärt, nachdem er all die Jahre zuvor peinlichst darauf geachtet hatte, Hans nicht zu sehr in die Angelegenheiten der Firma zu involvieren. Damals war es Hans genauso ergangen, wie es nun Wolfgang widerfuhr.

Ob diese ominöse Geschäftspartnerin, die sie an diesem Abend treffen sollten, der Firma einen neuen Impuls geben konnte?

»Wir stehen schon seit vielen Jahren in gutem Kontakt«, erklärte Hans.

»Was heißt das, in gutem Kontakt? Was für ein Kontakt soll das sein?«

»Sie öffnet uns Türen, verschafft uns neue Partner, so was halt«, antwortete Hans, und mit jeder Silbe war ihm anzumerken, wie unangenehm ihm dieses Gespräch, überhaupt diese ganze Situation war.

»Viele Türen können das in den vergangenen Jahren ja nicht gewesen sein«, bemerkte Wolfgang.

»Was weißt denn du, du hast doch keine Ahnung!«

»Ja, ganz genau. Wie soll ich die denn aber auch haben, wenn erst unser Vater und dann du mich komplett außen vor lasst und mich lediglich als Grüßaugust in die Auslage stellt?«

Den Rest der Strecke bis nach Eisenstadt füllte das Autoradio die Stille des Innenraums der Mercedes-Limousine aus. Das als Geheimtipp angekündigte »Waterfalls« von TLC, die aktuelle Nummer eins »Have You Ever Really Loved a Woman« von Bryan Adams sowie »Back for Good« von Take That. Letzteres hatte nach Meinung der Radiomoderatorin definitiv das Zeug zum Evergreen, auch wenn der Song in Kürze aus den Charts fallen werde.

Wolfgang dagegen fiel aus allen Wolken, als er realisierte, wo das Treffen mit der Geschäftspartnerin stattfinden sollte.

»Wir fahren nicht ins Stadion, oder?«, fragte er irritiert.

»Und wie wir das tun«, sagte Hans.

»Ein Geschäftstreffen am Fußballplatz? Wer hat sich denn diese grandiose Idee einfallen lassen?«

»Du Dummerle. Überleg doch mal. Wenn wir uns in einer Suite im Hotel Burgenland treffen würden, wäre das total auffällig. Da würden die Angestellten aufmerksam sein und registrieren, was sich abspielt, wer sich da mit wem trifft. Im Stadion aber, mit zehntausend anderen Leuten, da achtet niemand auf zwei Personen, die sich miteinander unterhalten.«

»Als Nächstes erzählst du mir, dass sich in deiner Armbanduhr ein Zeitzünder befindet und du aus den Scheinwerfern deines Angeber-Mercedes Raketen abfeuern kannst.«

So ein Schwachsinn. Erst dieser depperte Agentenname der Geschäftspartnerin, Papillon. Jetzt diese weit hergeholte Erklärung für das ach so geheimnisvolle Treffen.

»Da vorne kommen wir nicht weiter«, sagte Wolfgang, als er die Absperrung am Beginn der Bergstraße entdeckte. Ein Polizist stand neben einer temporären Straßensperre und be-

fahl den Autofahrern, auf der Stelle umzukehren. Der einzige Verkehr, der sich hinter ihm die Bergstraße hinaufschlängeln durfte, waren Fußgänger, von denen die allermeisten grün-weiße Kluft trugen.

»Natürlich kommen wir dort vorne durch«, entgegnete Hans. »Aber es ginge schneller, wenn die ganzen Depperten sich gleich auf der Wiese am Feiersteig einen Parkplatz suchen würden! Schleichts euch halt, ihr Scheißhäusln!«

»Und was macht dich da so sicher?«

»Ich sponsere nicht umsonst Eintracht Eisenstadt«, sagte Hans.

Verärgerung und Ungeduld waren deutlich zu spüren. Sein Bruder wäre kein guter Pokerspieler, dachte Wolfgang. Vielleicht trug dieser Umstand dazu bei, dass geschäftliche Verhandlungen in den vergangenen Jahren eher ungünstig für die Firma ausgefallen waren?

»Du sponserst den Verein?«, fragte Wolfgang überrascht. »Oder sponsern wir den Verein? Als Firma?«

»Ich bin die Firma«, erklärte Hans und sah Wolfgang zum ersten Mal während der Fahrt in die Augen. Hast du das immer noch nicht kapiert?, fragte sein Blick.

Ohne sich nach einem Ausweis oder einer Berechtigungskarte zu erkundigen, schob der Polizist die Straßensperre zur Seite, als er das Auto der beiden Männer entdeckt hatte.

»Siehst du«, sagte Hans selbstzufrieden, nachdem sie die Absperrvorrichtung passiert hatten. »Ich komme überall rein.«

Dicht an dicht standen geparkte Fahrzeuge entlang der schmalen Gassen. Hans' Überlegenheitsgefühl konnte dadurch genauso wenig geschmälert werden wie durch jene zu Fuß gehenden Fans, die ihn bei der Fahrt hinauf zum Lindenstadion zu Schritttempo zwangen.

Sie parkten schließlich auf einem für Ehrengäste frei gehaltenen Parkplatz in der Gasse, die direkt am Stadion entlangführte. Es waren Gesänge und Schlachtrufe zu hören. Da schien bereits ein Spiel zu laufen. Warum sind dann all die

Fans noch hier draußen?, wunderte sich Wolfgang. Die Brüder schlenderten die Rosentalgasse hinunter bis zum Eingang, Hans stets diesen einen halben Schritt voraus. So wie es immer schon war bei den beiden Brüdern.

Sonntag

Ein bisserl wie mit Elvis Presley

Wie ich es gehasst hatte, wenn meine Mutter ein Taschentuch mit dem eigenen Speichel angefeuchtet hatte, um mir damit im Anschluss die dreckigen Mundwinkel zu säubern. Es gibt wohl kein Kind auf der Welt, das kein Trauma aus diesem vermeintlich wohlmeinenden mütterlichen Tun entwickelte. Am schlimmsten war es, wenn es sich dabei um ein bereits benutztes Taschentuch handelte, das dann notdürftig am Rand geglättet wurde, um den Anschein zu erwecken, es sei neuwertig.

Trotz dieser traumatischen Erlebnisse gaben Frauen diese Erfahrung später an ihre eigenen Kinder weiter. Erst diese Übertragung von Generation zu Generation machte es überhaupt möglich, dass dieses aus der Zeit gefallene Ritual so lange überdauern konnte. Vielleicht fühlte man sich als Jungmutter besser, wenn man die im Kindesalter erlittene Schmach an den eigenen Nachwuchs weitergeben konnte? Konnte man sich von der mütterlichen Spucke vielleicht reinwaschen, wenn man diese an die nächste Generation weitergab? Und warum schienen Söhne beziehungsweise Väter dagegen immun zu sein?

Nie habe ich einen Vater dabei beobachtet, dass dieser seinem Kind mit einem eigens angefeuchteten Taschentuch den Mund reinigte. Oder lag dies an der auch in der Gegenwart ausgeprägten Verweigerungshaltung der männlichen Spezies, sich um das äußere Erscheinungsbild des eigenen Nachwuchses zu scheren oder gar zu kümmern?

All diese Gedanken wanderten durch meinen verschlafenen Kopf, nachdem Bella mich mit der Zunge wach geschleckt hatte. Das besonders Abstruse an dieser Situation war, dass es mir weniger ausmachte, von einem Hund im

Gesicht abgeleckt zu werden, als damals den Speichel meiner eigenen Mutter an derselben Stelle erdulden zu müssen. Ich drehte mich um. Von der Taxiprucknerin keine Spur. Hatte sie gestern etwas von Frühschicht erzählt? Am Sonntag? Ich wusste es beim besten Willen nicht mehr. Nach unserer kleinen Auseinandersetzung auf der Pasche'schen Terrasse hatte sie jedenfalls am Abend noch zu mir geschaut. Viel geredet hatten wir nicht miteinander, aber ihre bloße Anwesenheit hatte gutgetan.

Auch diese Nacht war ein einziger Alptraum gewesen. Wieder diese Stimmen, die durch meinen Kopf wanderten. Und wieder war Luise dabei gewesen, die mir Vorwürfe gemacht hatte, dass ich sie in diese ganze Sache mit Vito und seinem Mafiaclan reingezogen hätte. Dass ich schuld daran sei, dass Vitos Killerkommando sie ermordet habe. Hätte ich mich nicht so sehr in meine Ermittlungen gegen seine liebe Familie verbissen, wäre sie noch am Leben. Wie ich mit dem Gefühl leben könne, ihr Leben ausgelöscht zu haben. Das Leben jener Frau, die ich vorgegeben hatte zu lieben.

Selbst als ich irgendwann aus dem Schlaf hochgeschreckt war, war ihre Stimme weiterhin zu hören. Ganz leise, nur für ein paar Sekunden vielleicht. Das war es, was mich am meisten fertigmachte. Wie konnte das sein? Luise war tot. Seit vier Jahren nun schon. Sie konnte und durfte nicht hier sein und mir Vorwürfe machen. Oder meldete sich da einfach nur mein schlechtes Gewissen wegen der Prucknerin? War ich noch nicht bereit dafür, eine andere Frau an meiner Seite zu haben? Dabei gingen wir es ja eh harmlos an, wie zwei Teenager, die noch nicht so genau wussten, was sie nun miteinander anfangen sollten. Doch Daniela wusste das ziemlich sicher, nahm aber ganz offensichtlich Rücksicht darauf, dass ich keinen Plan hatte.

Am Ende des Sommers, als mir die Angst um Daniela nach ihrem Unfall noch in den Knochen gesteckt hatte, hatte ich ihr die Tür zu meinem verschlossenen Reich einen Spaltbreit geöffnet. Wir hatten viel Zeit miteinander verbracht, waren mit Bella in den Weingärten und auf den Spuren meiner Vergangenheit in Wien unterwegs gewesen. Doch viel mehr als ein schüchternes Händchenhalten oder ein Bussi war bei mir nicht zu holen gewesen. Ich hatte schon einmal eine Frau verloren, die ich zu nahe an mich herangelassen hatte. Das würde mir nicht noch mal passieren. Dass Daniela es sich im Lauf der Zeit zur Gewohnheit gemacht hatte, bei mir im Bahnhofsheiserl zu nächtigen, hatte ich zur Kenntnis genommen, mit der Zeit auch lieb gewonnen. Ich fühlte mich dadurch weniger allein. Das tat auf der einen Seite sehr gut. Auf der anderen Seite fühlte es sich falsch an. Und fütterte obendrein mein schlechtes Gewissen gegenüber Luise.

Ich öffnete die Kühlschranktür, stellte die Milch auf den Küchentisch und holte die Schüssel mit dem Hundefutter heraus, die Bella gestern Abend stehen gelassen hatte. Sie mochte allzu kaltes Essen nicht, was ich gut verstehen konnte. Aber alles, was nicht im Kühlschrank oder woanders luftdicht versteckt wurde, war im Bahnhofsheiserl unweigerlich Kolonnen von Ameisen ausgeliefert. Was das betraf, sehnte ich den Beginn der kalten Jahreszeit herbei. Aber wirklich nur was das betraf.

Apropos luftdicht. Ich hatte keine Ahnung, was es brauchte, um eine menschliche Leiche zu mumifizieren. So ein Fall war mir in meiner gut zwanzigjährigen Polizeikarriere noch nie untergekommen. Ganz, ganz weit hinten in meinem Kopf meinte ich, mich an den luftg'selchten Pfarrer zu erinnern, dessen Leiche irgendwann in Oberösterreich aufgetaucht war. Ansonsten war ich auf diesem Gebiet komplett blank. Also startete ich eine fachmännische Onlinerecherche und versuchte herauszufinden, was es brauchte, um sich als Mensch in eine Mumie zu verwandeln.

Der menschliche Verwesungsprozess dauerte unter normalen Bedingungen in einem Holzsarg rund vier Jahre, erfuhr ich da. Rascher Wasserentzug und eine kalte Lagerung der Leiche begünstigten den Prozess der Mumifizierung, da Bakterien und anderes Viehzeugs eine gewisse Temperatur benötigten, um ihr muffeliges Werk zu vollführen. Good old Ötzi war für

Letzteres ein gutes Beispiel, der stand quasi sinnbildlich für die Bofrost-Methode der Mumifizierung.

So kalt war es im Weintank der Villa Pasche gewiss nicht gewesen. Dafür war es trocken. Und es fehlte wahrscheinlich Sauerstoff. Auch diese beiden Faktoren konnten sich begünstigend auf eine Mumifizierung auswirken. Das reichte mir schon als Begründung, viel tiefer wollte ich in die Materie gar nicht eintauchen. Denn da ging es unter anderem um sich selbst zersetzende Organe und allerlei andere Schauergeschichten. Damit brauchte ich mir nun wirklich nicht diesen fabulösen Sonntagmorgen zu verderben. Und die Information, die mich am meisten interessierte, war ohnedies nicht so einfach zu bekommen: Wie lang dauerte es eigentlich, bis sich eine solche Leiche auf natürlichem Wege mumifizierte?

Auf den Gerichtsmediziner zu hoffen war vergebliche Liebesmüh. Eine solche Analyse dauerte wahrscheinlich ein bisschen länger als bei einem herkömmlichen Toten, den es erst vor ein paar Stunden erwischt hatte. Und selbst wenn der Kapazunder aus Eisenstadt seinen Job gut und schnell erledigte, würde ich wohl nicht unbedingt als Erstes von seinen Ergebnissen unterrichtet werden.

Ich setzte mich zum Tisch, um Bella Gesellschaft zu leisten. Bei mir selbst würde es noch einige Stunden dauern, bis das Hungergefühl einsetzen würde. Der Kebabteller von Badem unten auf der Oggauerstraße mit Reis, nicht mit Pommes, hatte gestern Abend gute Dienste geleistet, und so wie sich mein Magen anfühlte, tat er das noch immer. Da wollte ich ihn nicht mit zusätzlichem Essen belästigen.

Das schreckliche Gejaule der Türglocke befreite Bella und mich wenig später aus unserer Frühstückslethargie. Seitdem ich das Ding das erste Mal gehört hatte, damals, als Stefan Krammer nach dem Mord an Carlotta Woods vor unserer Tür gestanden hatte, nahm ich mir bei jedem Ertönen vor, mir eine neue Glocke zuzulegen. Was gar nicht so einfach war, denn anders als bei einem Handyklingelton, für dessen Wechsel es nur ein paar Fingertippser brauchte, überstieg die Haustonanlage meine technischen Fähigkeiten um einiges. Allein die Tatsache, dass wir die Türglocke nicht sehr häufig zu Gehör bekamen, linderte mein dezent schlechtes Gewissen.

Ich schleppte mich nach draußen, flankiert von Bella, die wohl froh war, nicht länger das halb gefrorene Hundefutter anstarren zu müssen.

Es war ein schöner und erneut warmer Herbstvormittag. Eigentlich gab es bisher keinen Grund für schlechte Laune. Eigentlich.

»Sie habe ich nicht so schnell erwartet«, sagte ich kurz darauf zu Karin Pasche.

»Klingt nicht nach einem Kompliment«, erwiderte sie.

»Kommt drauf an«, sagte ich.

»Auf was?«

Damit war ich zu dieser frühen Morgenstund überfordert.

»Das überlege ich mir, während ich Sie hereinlasse.«

Ich machte einen Schritt zur Seite und ließ sie in den wenig feudalen Innenhof des Bahnhofsheiserls eintreten. Mir war der Zustand meiner eigenen vier Wände ja in der Regel recht wurscht, zumal ich mich noch nicht sehr lang um das Bahnhofsheiserl kümmerte. Für dessen Innenhof galt das erst recht. Während andere Hausbesitzer sich wahrscheinlich sofort darangemacht hätten, hier eine hübsche neue Gartengarnitur und dort eine fesche Blumenampel zu installieren, hatte ich nicht einen Finger gerührt, um hier auch nur einen Quadratzentimeter zu verschönern.

Aber wenn eine Lady wie Karin Pasche hier hereinstolzierte, kam ich mir jetzt doch ein bisschen schäbig vor. Zumindest die ersten Herbstblätter, die es sich im Hof gemütlich gemacht hatten, hätte ich zur Seite fegen können. Oder mal den Boden mit dem Gartenschlauch abspritzen, den verdörrten Rasen mit einer feinen Asphaltdecke von seinem Schicksal befreien oder die Fenster putzen, deren Staub- und Dreckschicht dank der angrenzenden Bundesstraße mittlerweile einen natürlichen Sonnen- und Sichtschutz bildete.

»Wollen Sie etwas trinken?«, fragte ich leichtsinnigerweise.

Ich hatte natürlich nicht wirklich etwas da, das ich hätte kredenzen können.

»Das ist nett, aber nicht notwendig, danke«, sagte sie, während sie etwas unschlüssig im Hof stehen blieb.

Ich befreite die in die Jahre gekommene Gartengarnitur von Zeitungen, Sackerln und allerlei anderem Krimskrams, entdeckte dabei Bellas Kauspielzeug in Form einer Bierflasche, das wir seit einer gefühlten Ewigkeit gesucht hatten.

Dann nahmen wir Platz, was ganz und gar nicht im Sinne von Bella war, die schwanzwedelnd neben uns stand und immer wieder das Kauding aus ihrem sabbernden Mund auf den Boden fallen ließ, um es kurz danach wieder aufzunehmen. Und wieder fallen zu lassen. Und so weiter und so fort. Sie musste uns für besonders doofe Exemplare der menschlichen Spezies halten, weil wir auch nach dem zehnten Mal nicht zu kapieren schienen, woraus die uns von ihr zugedachte Aufgabe bestand. Aber dass Menschen nicht gerade die cleverste Entwicklung innerhalb der Evolution waren, musste auch Bella irgendwann realisieren. Besser früher als später.

»Was kann ich für Sie tun?«, fragte ich.

»Ich möchte, dass Sie sich ein bisserl umhören.«

»So grundsätzlich oder in Bezug auf etwas Spezielles?«

»Sie wissen genau, worum es mir geht.«

»Wie kommen Sie darauf, dass ich das könnte? Also mich umhören?«

»Ich habe mich bei der Daniela über Sie erkundigt. Sie meinte, dass Sie ein grundehrlicher Kerl mit einem guten Gespür wären.«

»Echt? Das hat sie gesagt?«

»Ja, das hat die Daniela gesagt. Sie hat auch gesagt, dass Sie gerade wohl ein bisserl in der Midlife-Crisis stecken und manchmal Ihre guten Benimmregeln vergessen. Aber sie hat g'meint, das soll ich Ihnen besser nicht sagen. Das war nur eine Hintergrundinfo für mich, damit ich weiß, worauf ich mich bei Ihnen einlasse.«

»Sie haben gut daran getan, es mir nicht zu sagen.« Sie lächelte. »Scheint Sie ja nicht abgeschreckt zu haben«, erklärte ich.

»Ach, wissen Sie, Privatdetektive sind hier am Neusiedler See nicht gerade inflationär anzutreffen.«

»Ich verstehe.«

»Also, sind Sie interessiert? Beziehungsweise haben Sie überhaupt Zeit und Ressourcen für einen Auftrag? Sie wirken sehr beschäftigt.«

»Nur mit meinem Midlife-Crisis-Kram, das kann ich aber ein bisschen hintanstellen, da gibt's keine Eile«, sagte ich und blickte zu Bella, die auch nach dem gefühlt sechzehnten Mal keine Anstalten machte, mit ihrer Kauknochen-Animation aufzuhören.

»Sehr gut«, sagte Karin Pasche zufrieden. »Ich möchte, dass Sie herausfinden, ob das bei Hermann Schweigl hinterlegte Testament meines Vaters tatsächlich rechtens zustande gekommen ist beziehungsweise ob es eine aktuellere Version dessen gibt. Und ich möchte wissen, ob er und mein Bruder Norbert geheime Absprachen zum Nachteil der anderen Geschwister getroffen haben.«

»Also in erster Linie zu Ihrem Nachteil.«

»Ja, angesichts der Tatsache, dass es der Wunsch unseres Vaters war, dass ich die Unternehmensführung innehabe. Aber es ist ja nicht so, dass nicht auch meine Geschwister von einer erfolgreichen Unternehmensführung profitieren würden. Wir verfügen alle über die gleiche Anzahl von Anteilen an der GmbH, finanziell wäre es also nicht zum Nachteil von Norbert und Lena.«

»Wie wurde denn fixiert, dass Sie das Unternehmen führen sollen? Gibt es da etwas Schriftliches?«

Karin Pasche schüttelte ganz sanft den Kopf.

»Nein, das ist ja das Problem. Mein Vater war der irrigen Annahme, dass ein solches Schriftstück nicht nötig sei, da alle in der Familie an einem Strang ziehen.«

»Das konnte man ja gestern eindrucksvoll beobachten«, erklärte ich.

»Mit der Einsetzung von mir als Geschäftsführerin hat er ja quasi Fakten geschaffen. Falls er damals tatsächlich dieses Testament aufgesetzt haben sollte, bin ich mir sicher, dass er dessen Existenz im Laufe der Jahre einfach nur vergessen hatte.«

»Sind denn Ihre Geschwister in die Firma irgendwie eingebunden?«

»Nein, das ist ja das Absurde. Alle haben sich in den letzten Jahren vor der Verantwortung gedrückt, als es darum ging, sich in die Materie einzuarbeiten. Jeder von ihnen hätte an meine Stelle treten können, wir hätten die Geschäftsführung auch unter uns aufteilen können. Aber alle waren sie mit ihren fancy Lebensentwürfen beschäftigt. Ein in die Jahre gekommenes Unternehmen übernehmen und zukunftsfit machen? Das hat die alle nicht interessiert. Kein Wunder, da steckt ja auch eine Menge Arbeit drin. Und es ist natürlich nicht so cool und aufregend, wie wenn man sich auf TikTok und in der Bezirkszeitung als Entrepreneur feiern lässt. Dass sie nur Verlust einfahren und ihr Leben auf Kosten der Firma finanzieren, vergessen sie in ihren Jubel-Postings dazuzuschreiben.«

»Vielleicht fürchten sie darum, dass Sie ihnen als Geschäftsführerin den Geldhahn zudrehen? Jetzt, da Sie die alleinige Kontrolle innehaben könnten?«

»Ach was, das ist alles schriftlich fixiert. Jeder von ihnen bekommt eine vertraglich festgelegte Summe auf Lebenszeit, sofern die Unternehmensgewinne dies zulassen. Da muss sich niemand fürchten.«

»Warum sollte sich ein Anwalt wie Hermann Schweigl denn darauf einlassen, da etwas zu mauscheln? Er könnte seine Zulassung verlieren, wenn man ihm auf krumme Geschäfte draufkommt.«

»Hören Sie sich mal in der Branche ein bisserl um. Der Herr lebt und arbeitet getreu dem Motto ›Ist der Ruf erst ruiniert …‹«

Könnte auch mein Lebensmotto sein.

»Und auf so jemanden hat Ihr Vater vertraut?«

»Schweigl war nicht immer so. Und aus alter Verbundenheit hat mein Vater sich keinen neuen Unternehmensanwalt gesucht. Unser Vater war mit dem älteren Bruder vom Schweigl sehr gut befreundet. Der war auch Rechtsanwalt, hat jene Kanzlei aufgebaut, die Hermann später übernommen hat. Als der früh an Krebs verstorben ist, hat mein Vater ihm versprechen müssen, dass er sich um dessen Bruder kümmert. Auch der Bruder vom Schweigl hat schließlich gewusst, was für einen Hallodri er da in der Familie hat.«

»Was hat es mit Ihrem Onkel Wolfgang auf sich? Warum hat Ihr Bruder gestern Abend vermutet, dass es sich bei der Leiche im Weintank um ihn handeln könnte?«

»Onkel Wolfgang ist schon lange wie vom Erdboden verschluckt. Um ihn und sein Verschwinden ranken sich allerlei Gerüchte, wirklich wissen tut man aber nicht, wo er abgeblieben ist. Es ist ein bisserl wie mit Elvis Presley. Immer wieder mal meldet sich jemand bei uns und erklärt, Wolfgang wurde in Eisenstadt, in Wien oder auf einem Flughafen in Australien gesichtet.«

»Wann ist er verschwunden?«

»Im Sommer 1995.«

»Und es gibt keine Spur von ihm?«

»Nichts, nada. Das war ein schwerer Schlag für Hans, unseren Vater. Er war am Boden zerstört und hat den Verlust seines Bruders nie verwunden. In dem Sommer damals war er total neben der Spur, hat wahllos lang gediente Mitarbeiter gefeuert, und die Firma kam ins Schlingern.«

»Und eine Erklärung für das Verschwinden gibt es nicht?«

»Ach, wissen Sie, im Ort haben sich natürlich sofort Gerüchte entwickelt. Aber die Polizei und die Behörden haben alles überprüft. Ohne Ergebnis. Onkel Wolfgang war einfach weg.«

»War Ihre Mutter krank?«, wechselte ich das Thema.

Sie nickte.

»Meine Mutter hatte Krebs im Endstadium. Und mein Vater

wollte sie wohl nicht alleine gehen lassen. Sie hielten sich an den Händen, als unser Mitarbeiter sie gefunden hat.«

Zum ersten Mal konnte man in der Mimik der toughen Businessfrau nun so was wie eine emotionale Regung wahrnehmen.

»Ich verstehe. Nun, ich kann schauen, was sich machen lässt«, erklärte ich. »Mein Spezialgebiet sind Erbstreitigkeiten aber nicht gerade.«

»Dann machen Sie sie zu Ihrem Spezialgebiet«, erklärte mein Gegenüber forsch. »Was kosten Sie?«

»Siebzig Euro pro Stunde, plus Spesen.«

»Sie verkaufen sich ein bisserl zu billig, Herr Lauda.«

»Freundschaftspreis für Bekannte von der Daniela«, antwortete ich. »Woher kennen Sie beide sich eigentlich?«

»Die Daniela und ich? Wir kennen uns schon ewig. Noch aus der Schule, glaube ich.«

»Darf's für die Bella noch ein Extraradl von der Extrawurst sein?«

Ich bezweifelte, dass auch nur eine Fachangestellte beim Adeg wusste, wie ich mit Vor- oder Nachnamen hieß. Aber Bella war eine allseits geschätzte Kundin, auch wenn sie draußen vor dem Supermarkt warten musste.

Anschließend hockten wir gemeinsam auf dem Bankerl vor der evangelischen Kirche. Ich genoss mein Käsewurstsemmerl mit Gurkerl, Bella verschlang ihr nicht gerade kleines Portiönchen vom Faschierten, das ich ihr zusätzlich zur Extrawurst gekauft hatte. Zum Klang der Störche, von denen auch heuer wieder einige in Rust überwinterten, marschierten wir anschließend zum Ziel unseres Spaziergangs: zur Buchhandlung von Danielas Bruder Johannes.

Davor trafen wir am Ruster Rathausplatz aber noch auf jemand anders aus der Familie.

»Grüß Sie, Frau Pruckner, wie geht's denn immer so? Hamma heut schon wen um'bracht?«

»Jaja«, sagte die alte Dame, »sie kommt schon bald, die Fracht!«

Eleonora Pruckner, die Mutter von Daniela, zuckelte mit ihrer Gehhilfe gemächlich auf uns zu. Niemand wusste so genau, wie viel sie noch mitbekam, was von ihrer Schwerhörigkeit oder Schusseligkeit gespielt und was davon echt war. Doch wie auch immer es ihr ging, sie tat stets so, als ob sie sich freuen würde, Bella und mich zu sehen.

»Ja, hallo, Bella, wie geht's dir denn? Und den Piko hast ja auch dabei!«

»Niko!«, besserte ich sie aus, wider besseres Wissen, denn sie hatte mich noch nie mit meinem richtigen Namen angesprochen. Und würde das in diesem Leben wohl auch nicht mehr tun.

»Ist Ihr Sohn eh in der Buchhandlung?«, fragte ich.

Sie war stehen geblieben und sah uns mit großen Augen an. Das war jetzt einer dieser Momente, in denen so eine peinliche Gesprächspause zu entstehen drohte.

»Jaja, die Buchhandlung ist ein Stückerl weiter, nicht zu verfehlen. Gleich nach der Bank«, erklärte sie und zeigte den Rathausplatz hinunter.

»Wir müssen dann auch mal weiter«, sagte ich schließlich, um die Verabschiedung einzuleiten.

»Ja, heut ist's recht heiter«, antwortete sie und ließ von Bella ab.

Ich fühlte mich beobachtet, als wir die paar Meter weitermarschierten, unterließ es aber, mich noch mal zu ihr umzudrehen.

»Servus, Johannes«, begrüßte ich den Buchhändler, der hinter seiner Budl saß. »Nicht viel los?«

»Ach, passt schon«, antwortete er. »Was führt euch her, ist euch der Lesestoff ausgegangen?«

»Eigentlich nicht so wirklich«, erklärte ich als bekennender Nichtleser.

Bella machte es sich in jener Ecke der Buchhandlung gemütlich, in der sie verlässlich einen Napf mit Wasser vorfand. Noch bevor sie sich beschweren konnte, hatte Johannes ihr auch die Leckerlis hingestellt.

»Kannst du mir vielleicht etwas zur Pasche GmbH erzählen?«

Johannes Pruckner war nicht nur ein versierter Buchhändler und der Bruder meiner Lieblingstaxiunternehmerin, sondern kannte sich auch ausgezeichnet in der Gegend aus. Er organisierte Führungen und betätigte sich als Archivar und Historiker. Wenn jemand etwas über die Geschichte und das Wesen eines Unternehmens am Neusiedler See wusste, dann hoffentlich er.

»Vom Pasche in Jois, meinst du?«, fragte er und richtete sich die Brille. »Da ist gestern was passiert, oder?«

»Spricht sich schnell herum.«

»Ist einer der größten Arbeitgeber der Region und eine internationale Erfolgsstory. Und im Gegensatz zum Plünder total positiv besetzt und überall beliebt. Ein Jammer, was da passiert ist.«

»Ja, war nicht fein«, gab ich ihm recht, ohne zu wissen, was genau er meinte. Den Selbstmord der alten Pasches oder den Fund der Mumie im Weintank. »Und so wie es ausschaut, wird das Erbverfahren auch nicht gerade fein. Der Sohn und die beiden Töchter scheinen sich nicht ganz grün zu sein.«

»Das hast oft, wenn es um die Nachfolge geht«, erklärte Johannes. »Aber es war auch schon früher nicht ganz spannungsfrei«, fuhr er fort.

»Du spielst auf Wolfgang Pasche an?«

Er nickte. Johannes Pruckner enttäuschte mich mal wieder nicht, wenn es um Neusiedler-See-Know-how ging.

»Eine mysteriöse Geschichte, die das Zeug zum Thriller hätte«, erklärte er.

»Zum Thriller sogar? Ich hätte eher auf einen Beitrag in ›Aktenzeichen XY‹ oder in einer True-Crime-Reportage getippt.«

»Kommt wohl drauf an, für welche Zielgruppe du den Fall aufbereiten willst«, sagte Johannes und lachte. »Es gab damals Gerüchte, dass Wolfgang und Hans in Streit darüber geraten waren, wie sehr sie infolge des österreichischen EU-Beitritts die Expansion des Unternehmens vorantreiben sollten. Wolfgang träumte wohl von einem weltweit aktiven Konzern, der das Flaschenrecycling revolutionieren und somit einen bedeutenden Beitrag für den Klimaschutz leisten könnte. Hans Pasche dagegen wollte kleinere Brötchen backen, sich nur Schritt für Schritt vorwagen, erst Österreich, dann langsam ins benachbarte Ausland. Nur ned hudln, wie es so schön heißt.«

»Und darüber gab es Streit?«

»So heißt es, ja. Es soll angeblich auch schon Anwaltstermine gegeben haben, bei denen über die Aufspaltung des Unternehmens in eine internationale Holding und ein österreichisches Stammhaus beraten und verhandelt wurde.«

»Zufällig bei einem Anwalt namens Schweigl?«

»Der war damals wohl mit involviert in die ganze Geschichte. War lange Jahre Haus- und Hofanwalt vom Pasche.«

»Und der Wolfgang Pasche ist nie wieder aufgetaucht?«

»Nie wieder, der war einfach weg. Vor einem Jahr, als der Wasserstand vom See so niedrig war, gab es einige, die darauf gewettet haben, dass bei weiter sinkendem Pegel der Wolfgang irgendwann wieder auftauchen würde. Aber das glaub ich nicht. Plötzlich auftauchende Leichen gibt's vielleicht in amerikanischen Stauseen, aber net da bei uns am Neusiedler See.«

»Kennst du die Kinder vom Pasche?«

»So ein bisserl, ich glaub, die Daniela kann dir da mehr sagen. Die ist mit der Karin recht eng.«

»Und der Firma geht's gut? So rein wirtschaftlich?«

»Würd ich schon meinen, ja. Die machen ja mittlerweile wesentlich mehr als nur Flaschenrecycling. Und das ist ja die Ironie der G'schicht, dass der Hans dann eh den Weg eingeschlagen hat, den der Wolfgang damals eigentlich gehen wollte. Nur halt alles ein bisserl später.«

»Inwiefern?«

»Die haben total diversifiziert, sind mittlerweile eher ein Logistikunternehmen, das sich nebenbei auch um Weinflaschenrecycling kümmert. Die haben ein ausgeklügeltes System entwickelt, das sie in die Lage versetzt, vollautomatisch regionale Produkte aus Ostösterreich in die gesamte Welt zu verschicken und umgekehrt Waren aus aller Welt nach Österreich zu importieren. Die können genau berechnen, wann wie viele ihrer Flaschen zum Beispiel aus Frankreich zurückkommen, und verknüpfen dieses Wissen mit dem Bedarf an französischen Waren in Ostösterreich. Dann kommen mit einer Lieferung eben nicht nur Flaschen retour, sondern auch Käse und Gänseleberpastete. Und wenn Wein oder Flaschen nach Frankreich gehen, werden auch immer andere Produkte von da aus der Region mitgeschickt, die gerade bei den Franzosen gefragt sind. Das ist der Wahnsinn, wie die das logistisch hinbekommen.«

»Und das alles hat der Hans Pasche auf die Beine gestellt?«

»Er hat sich die richtigen Leute dafür geholt. Das hat er immer können, erzählt man sich. Der hatte ein gutes Gespür für Menschen.«

»Offenbar nicht, wenn es darum ging, das Erbe unter seinen Kindern aufzuteilen. Daran scheitern Familienunternehmen ja oft«, sagte ich.

»Ja, so gut die auch aufgestellt sind, der erste richtige Knackpunkt kommt verlässlich, wenn die zweite an die dritte Generation übergibt.«

»Warum erst dann? Warum nicht schon, wenn der Firmengründer das erste Mal übergibt?«

»Weil die erste Generation der Firmenerben meistens noch richtig eng mit der Geschäftsidee des Gründers aufwächst«, dozierte Johannes Pruckner. »Der ganze Spirit, die Idee dahinter, der ganze Fleiß und die Zeit und die Arbeit, die von der Elterngeneration in das Unternehmen gesteckt wurden, um es erfolgreich und groß zu machen. Das alles hat die erste Erbengeneration noch leibhaftig mitbekommen, oftmals auch unter großen eigenen Entbehrungen. Es ist ja net nur lustig, wenn der eigene Vater oder die eigene Mutter oder sogar beide Elternteile die ganze Zeit in der Firma hocken und keine Zeit für den Nachwuchs haben. Den Lohn all dieser Anstrengungen will der Nachwuchs, so er denn nicht komplett in Opposition gegangen ist, bewahren. Die Enkel sind davon schon zu weit weg. Die kennen die Gründungsgeschichte oftmals nur aus der Firmenchronik, aber die spüren das nicht. Denen fehlt die emotionale Bindung. Die erste Generation baut das Unternehmen auf, die zweite Generation führt es weiter, und die dritte zerstört es. Dieses Sprichwort kommt nicht von ungefähr.«

»Es warst nicht zufällig du, der die Firmenchronik der Pasches geschrieben hat?«, fragte ich.

Johannes lächelte. »Leider nicht. Hätte ich aber echt gerne gemacht.«

Bella und ich verließen die Buchhandlung und machten uns auf den Weg zum Bus, um dem Schweigl einen Besuch abzustatten.

Die alte Prucknerin war zwischenzeitlich verschwunden. Aber ich würde ihr schon wieder mal über den Weg laufen, da war ich mir sicher.

Ich bella dir auch gleich eine!

Lieber hätt ich mich ja ins Café Landhaus auf ein kleines Bier gesetzt, auch wenn die Bierwerbung an der Fassade des Lokals darauf schließen ließ, dass sie nicht meine bevorzugte Biermarke als Sorte des Hauses zapften. Aber zur Not hätte es diesbezüglich auch ein Ausflug ins Obersteirische getan.

Das Café Landhaus befand sich im selben Gebäude wie die Kanzlei jenes Rechtsanwalts, der sich seit Jahrzehnten um die Belange der Firma Pasche kümmerte. Das Haus bestand aus dem Erdgeschoss sowie einem ersten Stock, alles miteinander in einem sanften Rosé-Farbton gehalten. Die Fenster in der oberen Etage ließen darauf schließen, dass sich dort eine oder mehrere Wohnungen befanden. Gleich gegenüber stand in wesentlich protzigerer Statur das Zuhause der burgenländischen Landesregierung.

Die drei breiten Fenster der Kanzlei waren großteils mit Folie abgeklebt worden, sodass von außen nicht ersichtlich war, ob sich jemand im Inneren befand. Das war wohl auch Sinn und Zweck der Aktion, quasi Wahrung der Diskretion bei juristischen Mauscheleien. Ich platzierte Bella auf dem schmalen Grünstreifen, der neben dem Gebäude so tat, als ob er eine gepflegte Rasenfläche wäre.

Mit Gestiken und einer Mimik, wie sie auch die besten Hundetrainer der Welt im Fernsehen nicht besser hinbekommen hätten, weihte ich sie in meinen verwegenen Plan ein. Ich würde an die Tür des Anwalts klopfen, und wenn diese nicht geöffnet werden würde, würde ich mir auf alternative Art und Weise Zutritt verschaffen, um im Inneren nach verwertbarem Material zur Causa Pasche zu suchen. Falls doch jemand die Tür öffnen sollte, würde ich kurzfristig die Taktik ändern und mir je nach Statur meines Gegenübers einen Alternativplan überlegen.

Bella hätte auch einfach die Pfoten über die Augen legen können. Allzu großes Vertrauen schien sie nicht in mein Vorhaben zu setzen. Aber irgendwie mussten wir ja weiterkommen.

Ich klopfte also an die Tür und wartete. Klopfte erneut. Wartete erneut. Klopfte noch einmal. Wartete. Es tat sich nichts. Ich trat zwei Schritte zurück, versuchte, trotz folierter Fenster zu erkennen, ob im Inneren eine Bewegung auszumachen war. Doch da war nichts. Ich blickte zu Bella, die mir ihr Hinterteil zuwandte und die Aussicht in Richtung Landhaus genoss. Ich blickte mich um. Auf dem Gehweg war weit und breit niemand zu sehen. Die Ampel an der Kreuzung stand auf Grün, es bildete sich also gerade keine wartende Autoschlange hinter mir, deren Fahrerinnen und Fahrer vor lauter Langeweile mir dabei zuschauen konnten, wie ich versuchte, die Tür auf nicht ganz legale Weise zu öffnen.

Ich zog mein Türöffnerwerkzeug aus der Innentasche meiner Jeansjacke, setzte den Pick am Schloss an, und – Abrakadabra – schon öffnete sich die graue Pforte. Leider ein bisschen zu schnell und nicht unbedingt dank meines Zutuns, denn ich blickte kurz darauf in die Augen eines mächtig großen und austrainierten Kerls.

»Hey, was treibst du denn hier?«

»Ich dachte, es wäre niemand da«, stammelte ich, was leider keine sehr intelligente Reaktion war.

»Und dann hast 'dacht, du brichst gleich amal bei uns ein, gönns?«

Der Typ hätte in den 1980ern der perfekte Protagonist für eine Episode der ORF-Alltagsgeschichten, Titel »Im Fitnesscenter«, sein können.

»Also eigentlich suche ich nur meinen Hund«, machte ich dem Detektivstand keine große Ehre.

Dabei hatte ich noch nicht mal eine Detektivprüfung abgelegt, insofern musste sich da gerade niemand wegen mir genieren.

»Bella!«, rief ich mit dem Hauch einer Verzweiflung in der Stimme an dem Dolph Lundgren vorbei in die Kanzlei.

»Ich bella dir auch gleich eine«, schrie er mir ins Gesicht und wollte gerade dazu ausholen, mir tatsächlich eine ordentliche Watschn zu verpassen.

Da kam zum Glück plötzlich ein Hund um die Ecke. Und zu meinem noch größeren Glück war es tatsächlich meine liebe treue Weggefährtin.

»Ja, hallo, Bella, da bist du ja! Wo warst du denn?«

Sie spielte perfekt mit und wedelte mit dem Schwanz. Ich bückte mich zu ihr runter und streichelte ihr übers Kopferl. Sie schleckte mir das Gesicht ab, was ich in diesem Moment nur allzu gerne über mich ergehen ließ. Meine Mutter mit ihrem bespuckten Taschentuch wäre froh gewesen, wenn ich nur ein einziges Mal so happy über ihren Hygieneeinsatz gewesen wäre.

»Alles in Ordnung, ich brauche Ihre Hilfe nicht mehr«, erklärte ich.

Und dann gab ich mit Bella an meiner Seite ordentlich Fersengeld.

Das war ein ziemlicher Schuss in den Ofen. Doch das änderte nichts daran, dass ich noch mal wiederkommen und irgendwie an dem Typen vorbeikommen musste.

Wenn mir in Rust nach Gesellschaft war, die über die Anwesenheit von Bella hinausging, dann war das Spritzenhaus the place to be. Die umgebaute ehemalige Feuerwache, optimal am zentralen Verkehrsknotenpunkt gelegen, war der inoffizielle Treffpunkt des Ruster Who's who, zu dem ich mich nun schon seit einiger Zeit dazuzählen durfte. Daran änderte auch nichts, dass der Poidl in letzter Zeit ein bisserl einen Pick auf mich hatte.

Seit meinem Einsatz als Sicherheitsheinzi auf dem Schiff von Maximilian Plünder hatte ich keinen Auftrag mehr gehabt, was mich zwischenzeitlich dazu gezwungen hatte, im Tiermarkt in Eisenstadt zumindest stundenweise auszuhelfen. Schließlich braucht man nicht nur Geld für Nahrungsmittel, sondern auch eine Krankenversicherung. Solange ich zwei gesunde Hände und ein halbwegs funktionierendes Hirn hatte, wollte ich mich nicht auf der sozialen Hängematte ausruhen. Das war meine Sache nicht.

Doch da ich nicht unbedingt eine Karriere als Marktleiter im Einzelhandel anstrebte, kam mir der Auftrag von Karin Pasche gerade recht. Er stellte mich nur vor gleich mehrere Herausforderungen. Das Hinterherschnüffeln bei einem Anwalt behagte mir zum Beispiel nicht sonderlich. Das lag nicht nur daran, dass ich Anwälte noch nie besonders gemocht hatte. Zu oft hatte ich es erlebt, dass ein Rechtsverdreher einen Schuldigen doch noch vor seiner gerechten Strafe bewahrt hatte, nur weil er irgendeinen kleinen dummen Verfahrensfehler aufgespürt hatte. Zum anderen standen Anwälte unter hochgradigem Schutz des Rechtssystems. Da verstanden die Instanzen keinen Spaß. Deshalb musste ich besonders vorsichtig vorgehen und mich bestmöglich absichern.

Am Stammtisch war die bekannte Runde versammelt. Die Prucknerin, Bürgermeisterin Josef, Weinbauer Castle, Bankchef Rudolf Schumich und der Poidl, dazu noch ein paar Gesichter, die ich vom Grüßen auf der Straße oder im Adeg kannte, zu denen mir aber Name und Hintergrund fehlten.

»Guten Abend«, sagte ich und hockte mich dazu.

»Hast einen neuen Auftrag, hab ich g'hört«, sagte die Prucknerin.

»Hab ich dir zu verdanken, hab ich g'hört«, antwortete ich und lächelte sie an.

»Ist schon wieder jemand um'bracht worden?«, fragte Josef überrascht. »Ich dachte, dass die beiden Pasches Selbstmord begangen haben?«

Unter Bürgermeistern sprachen sich die neuesten Infos wohl noch ein bisserl schneller herum als beim normalen Fußvolk.

»Eh«, antwortete ich. »In der Villa Pasche wurde aber noch eine Leiche gefunden, die dort schon ein Zeiterl gelegen haben dürfte.«

Daniela weihte Josef in die gestrigen Geschehnisse ein und achtete dabei darauf, nur bloß nicht zu viel zu verraten, damit der Poidl sich nicht zu sehr um das Ermittlungsverfahren sorgen musste. Wobei es unwahrscheinlich war, dass Josef oder irgendein anderer hier am Tisch in den Fall verwickelt war. Aber Ordnung musste sein.

»Die armen Leut«, sagte Josef, als die Prucknerin mit dem Bericht fertig war.

Dann nahm sie einen ordentlichen Schluck aus ihrem Weinglas. Um genau zu sein, leerte sie es auf Ex, was man als Bürgermeisterin heutzutage wohl können muss. Trotzdem beeindruckend, für einen passionierten Biertrinker wie mich allemal.

»Und die Kinder gehen jetzt wirklich aufeinander los?«, fragte sie in die Runde.

»Sie sind sich zumindest nicht ganz grün«, antwortete Daniela. »Aber unser Niko wird jetzt vielleicht ein bisserl Licht in die Angelegenheit bringen.«

»Er wird sich zumindest bemühen«, sagte ich und sah in die Runde. Gerade als ich ein versöhnliches Wort zum Poidl rauszwängen wollte, stupste Bella mich unterm Tisch an. »Magst raus?«

Würde ich jetzt sagen, dass sie in diesem Moment nickte, würde man mich – zu Recht – für total deppert halten. Aber ich schwöre, es sah wirklich so aus. »Dann geh halt, du kennst dich doch aus.« Erneut stupste sie mich an. »Na gut, bist ein Gesellschaftstier. Dann komme ich mit.«

»Ich schließe mich euch an«, erklärte die Prucknerin zu meiner Überraschung, und kurz darauf fanden wir uns im Rosengarten wieder, der den Franz-Josef-Platz in zwei Hälften teilte. Bella ließ uns allein, und ich hatte fast den Eindruck, als ob das genau ihr Plan gewesen wäre: der Prucknerin und mir eine ungestörte Gelegenheit zum Plaudern zu verschaffen.

»Hast dich wieder beruhigt?«, fragte ich die Prucknerin auf meine unnachahmlich einfühlsame Art und Weise. Aber hey, ich war einfach nur ein Kerl, der angeblich in der Midlife-Crisis steckte. Da musste man nicht einfühlsam sein.

»Du bist so ein Toudl«, sagte Daniela und lachte. »Wenn sich hier jemand beruhigen sollte, dann ja wohl eher du.«

»Ein Toudl?«

»So hat mich der Johannes neulich g'nannt. Ich kannte den Begriff auch nicht, wohl hianzische Mundart.«

»Wenn sich jemand beruhigen sollte, dann wohl der Poidl«, spielte ich den Ball weiter.

»Der hat allen Grund, auf dich ang'fressen zu sein. Aber das habe ich dir ja schon x-mal erklärt«, retournierte sie den Ball volley. »Und damit das klar ist: Ich hab kein Problem mit dir. Du hast ein Problem mit dir selbst und lässt das an allen anderen aus.«

»Seit wann wohnt in dir eine Hobbypsychologin?«

»Allein durch deine kindischen Kommentare checkt man sofort, dass du dich nicht mit dir selbst beschäftigen kannst oder willst. Dabei wäre das dringend nötig.«

»Ach so?«

Die Nachmittagssonne tauchte den Platz in ein so schönes und warmes Licht. Das passte gar nicht zu dieser Art von Unterhaltung. Bella schnüffelte sich die gepflegten Wege entlang, an deren Rändern die Sträucher ihre Rosen längst verloren hatten. Ein Traktor ratterte vorbei, am Himmel waren Vögel in V-Formation zu sehen. Kraniche vielleicht. Ich sah sie an, als wenn es das erste Mal wäre.

»Heast, Poidl«, sagte ich, als Bella und ich wieder ins Spritzenhaus zurückgekehrt waren. Daniela hatte eine Fahrt hereinbekommen, und da alle anderen Fahrer unterwegs waren, musste die Chefin selbst einspringen.

»Dir hör ich fix net zu«, fuhr er mir gleich in die Parade.

»Das gibt's ja net, ihr zwei Bissgurrn«, rief Josef auf einmal aus. »Ihr bleibts da jetzt sitzen und gebts a Ruh.« Die Bürgermeisterin marschierte zur Bar. Kurz darauf kehrte sie zum Stammtisch zurück. »Ich sag euch jetzt amal was. Ihr reißts euch jetzt gefälligst z'samm, ihr depperten Mannsbilder. Ihr seids da net im Kindergarten«, erklärte Josef schroff. »Gibt's ja net. Seit Wochen tuts ihr da so deppert herum. Gehts raus und schlagts euch die Köpfe ein oder klärts das wie Männer bei einem Schnapserl.« Sie sah den Poidl und mich so an, als ob ihr nicht wirklich nach Späßen zumute wäre. »Ihr anderen schleichts euch«, schickte sie den Bankdirektor und Castle weg, die ihrerseits sofort spurten und sich mit ihren Gläsern verzupften. Auch Bella zwängte sich unter dem Tisch hervor und trottete mit herunterhängendem Schwanz in Richtung Bar.

»Ich muss dann eh wieder zurück zur Lese«, war noch von Castle zu hören.

Weinlese? Im November?

»Von euch will ich erst wieder was hören, wenn ihr euch ausgesprochen habts. Habts ihr zwei Deppen das verstanden?«

Ohne eine Antwort abzuwarten, wandte sie sich von uns ab, ging zum benachbarten Tisch, hockte sich zu den drei

Herren dazu und begann innerhalb einer Zehntelsekunde den lustigsten und entspanntesten Small Talk, den man sich nur vorstellen konnte. Das nennt man dann wohl Bürgermeisterqualitäten.

Der Poidl hatte das Malen seiner Postkarten eingestellt, vermied es jedoch, mich anzusehen. Er fixierte einen Punkt an der gegenüberliegenden Wand, von der wir beide wussten, dass sie viel zu weit weg war, als dass er dort irgendwas erkennen konnte.

»Es tut mir leid«, sagte ich.

»Das sagst jetzt nur so, weil Josef uns grad so z'sammg'schissen hat.«

»Eh. Aber ich sag es zumindest.«

»Weißt, mich hat das wirklich verletzt. Dass du und dein deutscher Freund euch einen Spaß mit mir erlaubt habt. Ich mein, da ging es um meine Gefühle. Damit macht man keine Scherze. Schon gar nicht, wenn man vorgibt, ein Freund zu sein.«

»Ich bin dein Freund, Poidl«, sagte ich.

»Das sagst jetzt auch nur so dahin.«

»Nein. Wennst mir wurscht wärst, wäre es mir auch wurscht gewesen, dass du dich damals auf die Seite von diesem Mafiaarschloch geschlagen hast.«

»Wenn ich mich auf eine Seite schlage, dann ist es die Seite des Rechts«, antwortete er und schaute nun erstmals zu mir, direkt in mein Gesicht.

»Der Typ hat die Luise umbringen lassen!«, sagte ich mit noch mal deutlich mehr Nachdruck. »Der kann gar nicht auf der Seite des Rechts stehen. Und du somit auch nicht.«

»Hat er nicht«, entgegnete der Poidl.

»Ist doch klar, dass er das nicht zugibt.«

»Es geht gar net darum, ob er was zugibt oder nicht. Nachdem du ihn im Sommer vor dem Adeg krankenhausreif geprügelt hattest, habe ich mit den Kollegen in Deutschland telefoniert. Mit deinen Kollegen, Niko, hast mich?«

»Du hast mit Ralf telefoniert?«

»Keine Ahnung mehr, wie der Piefke g'heißen hat. Aber er hat die Version von Vito Violino bestätigt.«

»Ralf hat was?« Wie konnte Ralf das tun, verdammt noch mal? Er war in derselben Ermittlergruppe wie ich. Wir hatten Vito und seinen Clan über mehrere Jahre observiert und gejagt. Und warum hatte Ralf mir nichts davon erzählt?

»Wie gesagt, keine Ahnung, ob das dein Ralf war oder sonst wer. Jedenfalls steckt hinter dem Anschlag auf die Luise der Bruder vom Violino. Und nicht Vito.«

»Ja klar. Und um mir das zu sagen, ist der arme Tropf extra aus Deutschland nach Rust gekommen?«

»Geh, red net so einen Schmarrn. Der ist vor seinen eigenen Leuten abg'haut!«

»Hahaha.« Das war ja wohl der Witz des Jahrhunderts. So ein Schwachsinn. Man konnte Vito Violino allerhand zutrauen, aber seine eigenen Leute hatte er im Griff. Da gab's null Grund, sich aus seinem gemachten Nest wegzubewegen.

»Wirklich, Niko.«

»Mal abgesehen davon, ich würde dir diese Geschichte tatsächlich glauben.«

»Das ist kein G'schichterl«, unterbrach er mich.

»Okay, tun wir mal so.« Augenrollen beim Poidl, aber da musste er jetzt durch. »Warum um Gottes willen sollte Vito, wenn er sich aus dem Staub macht, sich ausgerechnet hierher nach Rust absetzen? Wo er doch ganz genau weiß, dass ich hier bin? Seine Häscher haben mich doch damals auch hier aufgespürt. Ein blöderes Versteck für ihn gibt es doch nicht.«

»Genau deshalb ist er hergekommen, Niko.«

»Weshalb?«

Ich musste mich nicht mal dumm stellen. Ich checkte wirklich nicht, was der Poidl hier versuchte mir einzureden.

»Er ist hergekommen, weil es nur einen Menschen gibt, bei dem er sich sicher war, dass er ihn nicht an seinen Clan verraten würde. Und der sich gleichzeitig, auf gut Österreichisch, nix scheißt und sich zu wehren weiß. Und dieser Mensch bist du, Niko. Er ist wegen dir hier.«

»Das wird ja immer schöner!«, entfuhr es mir, und ich musste mich wirklich beherrschen, nicht erneut in schallendes Lachen auszubrechen. »Und diesen Quatsch glaubst du ihm?«

»Nicht nur ich. Auch deine Kollegen in Deutschland sind überzeugt davon.« Sprach's und erhob das kleine Stamperl mit der klaren Flüssigkeit. »Und wennst es mir und deinen Kollegen nicht glaubst, dann frag ihn halt selbst. Er arbeitet bei der Tempelrutsche. Prost!«

18. Juli 1995, 19:34 Uhr

Es war ein schöner Sommerabend. Dabei hatte der Wetterbericht eigentlich wechselhaftere Bedingungen angekündigt, Regenschauer inklusive. Doch weit und breit war nichts zu sehen von Regen oder dunklen Wolken.

»Nichts zu sehen« war auch das Motto in den Kurven hinter den beiden Toren. Dort hatten Fans an verschiedenen Stellen Rauchbomben und bengalische Feuer gezündet. Sie wirkten wie die Rauchzeichen einer geheimen Sprache, die nur sie verstanden. Dazu wurden wie wild grün-weiße Fahnen geschwenkt. Einige von den Flaggen waren größer als ein Mensch.

Dann kamen die Mannschaften aus dem in Schönbrunner Gelb gehaltenen Clubhaus, vor dem Hans und Wolfgang standen. Grün-schwarz gestreift die einen, mit weißem Diebels-Aufdruck. Ganz in Weiß mit gelb-schwarzer Avanti-Werbung die anderen. Die Zuschauer, die neben den beiden Brüdern auf der Terrasse vor dem Clubhaus standen, applaudierten artig. Auch von den Dachfenstern im ersten Stock des Gebäudes kamen Anfeuerungsrufe.

Die Teams marschierten nebeneinander die Steintreppe, die über einen imaginären Burggraben führte, hinunter aufs Feld. Hinter ihnen kamen die Betreuer und die Trainer. Der Coach der Mannschaft mit den grün-schwarzen Dressen wurde besonders gefeiert. Wolfgang konnte sich nicht erklären, warum das so war.

»Wann kommt denn deine Bekannte?«, fragte Wolfgang.

Er suchte die Banden nach Werbung für ihre Firma ab. Römerquelle, Raiffeisen, Elektro Radics. Alle waren sie da, doch von der Pasche GmbH war weit und breit keine Spur.

Die beiden Kurven und die gegenüberliegende Tribüne mit dem tief über den Sitzplätzen hängenden Dach waren ziemlich gut befüllt. Es war ein kompaktes Stadion, bei Weitem nicht die

Ausmaße des Praterovals in Wien. Aber so um die zehntausend Zuschauer konnten durchaus den Weg hierher gefunden haben, schätzte Wolfgang. Doch vom Schätzen hatte er genauso wenig Ahnung wie vom Fußball.

»Sie kommt schon noch, keine Sorge«, antwortete Hans. »Prost!«

Er hielt ihm einen Becher mit einer gelblichen, leicht sprudeligen Flüssigkeit unter die Nase.

»Ist der Wein, den sie hier ausschenken, wenigstens von unserem Weingut?«, erkundigte sich Wolfgang.

»Aber geh, unsere edlen Tropfen kannst doch dem Gesocks nicht anbieten.«

Sie stießen an und verfolgten das Spiel. Hier auf der Terrasse gab es keine Rauchbomben und keine Fangesänge, wie sie immer wieder in anderen Ecken des Stadions angezündet und angestimmt wurden. Aber auch hier standen Leute, die sich dem Anlass entsprechend gekleidet hatten, großteils in Grün und Weiß. Trikots, Schals, sogar eine Jeansweste mit zahlreichen Aufnähern. Der Kerl, der sie spazieren führte, trug nichts darunter. Er sah aus wie ein Türsteher, und die Aufnäher verrieten, dass er kein Problem mit derben Ausdrücken oder Aufrufen zu Gewalt zu haben schien.

»Wer spielt hier überhaupt?«, fragte Wolfgang.

»Testspiel«, antwortete Hans, »Rapid gegen Borussia Mönchengladbach. Gute Truppe haben die Piefke da beisammen, im Juni Pokalsieger in Deutschland geworden, genauso wie die Rapid. Bei Gladbach sind einige europäische Granaten dabei, Stefan Effenberg, Martin Dahlin, Uwe Kamps, durch die Bank Top-Spieler. Die sind gerade im Seehotel in Rust auf Trainingslager.«

»Hast wenigstens die mit unserem Wein ausgestattet? Wären tolle Werbeträger, wenn sie den in die Kamera halten und die deutschen Zeitungen das abdrucken.«

»Na, da ist uns der Pautsch Leitner aus Gols zuvorgekommen.«

Das wäre nicht passiert, wenn Hans es zulassen würde,

dass sich Wolfgang mehr in der strategischen Ausrichtung des Unternehmens engagieren könnte. Wenn er ihm mehr zutrauen würde.

»Und wann kommt jetzt deine Bekannte?«

»Wolferl, stress dich net, sie kommt schon. Oder willst, dass ich zum Autotelefon zurücklaufe und sie anrufe?«

Das Fußballspiel plätscherte vor sich hin. Für Wolfgang jedenfalls. Er sah in einem solchen Match nichts, was ihn hätte faszinieren können. Männer in kurzen Hosen und bedruckten T-Shirts, die einem Ball hinterherjagten. Das hatte etwas zutiefst Infantiles. Und dazu all die Menschen, die sich das ansahen und dabei reichlich Alkohol tranken, sich gehen ließen und wahrscheinlich gar nicht so selten aneinandergerieten. Der einzige Sinn, den Wolfgang darin identifizierte, war eine gewisse Art soziales Ventil. Wenn die Leute hier die Sau rauslassen konnten, würden sie das vielleicht nicht an anderer Stelle tun müssen.

Und kurz darauf ließ zumindest ein kleines Grüppchen der Fans ordentlich die Sau raus, denn die Mannschaft mit den grün-schwarzen Trikots hatte soeben ein Tor erzielt.

»Der Dahlin war's, ich hab's dir ja g'sagt!«, rief Hans triumphierend, so als ob er einen entscheidenden Beitrag zum Tor geleistet hätte.

»Da komme ich wohl zu spät«, sagte plötzlich eine Frau, die sich neben Hans stellte.

Wolfgang hätte sie fast gar nicht wahrgenommen, weil der Trubel infolge des Tores so einnehmend gewesen war. Ihre Hände ruhten auf der Steinmauer vor ihnen, Wolfgang konnte sie gar nicht richtig sehen. Sie trug ein Kopftuch. Ihre Frisur war nicht zu erkennen.

»Du kommst nie zu spät«, erwiderte Hans, ohne die Frau anzuschauen.

Sie blickte nicht zu den beiden Brüdern, sondern verfolgte das Geschehen auf dem Platz. Auch ihr Gehabe glich eher einer Szene aus einem Agentenfilm. Zwei Menschen, die nicht wollten, dass ihr Treffen von den umstehenden Leuten als solches wahrgenommen wurde.

Wolfgang beugte sich vor, um der Frau die Hand zu reichen. »Wolfgang Pasche, guten Abend«, sagte er, während seine Hand einsam in der Luft hing.

Die Frau sah nun erstmals zu Hans. Erst jetzt bemerkte Wolfgang, dass sie eine riesige Sonnenbrille trug, die weit mehr als ihre Augen vor der mittlerweile tief stehenden Sonne verdeckte. Da war ein ganz dezentes Kopfschütteln zu vernehmen, und er war sich sicher, dass sie geseufzt hatte.

»Ich weiß, wer Sie sind«, erklärte sie.

Wolfgang zog seine Hand zurück, während Hans nach wie vor ungerührt das Geschehen auf dem Feld verfolgte. Und daran änderte sich auch nichts bis zum Halbzeitpfiff. Eine gute halbe Stunde standen sie zu dritt an dieser Mauer, ohne auch nur ein Wort miteinander zu wechseln. Man hätte sie wirklich für Fremde halten können, die rein zufällig nebeneinander an diesem Ort standen.

»Ich hole uns noch etwas zu trinken«, sagte Hans und verschwand, kurz nachdem der Schiedsrichter die Mannschaften zum Pausentee gerufen hatte.

Hans hatte sich nicht bei Wolfgang oder seiner Bekannten erkundigt, ob jemand etwas zu trinken haben wollte. Jemand wie Hans Pasche hatte es nicht nötig, zu fragen, er entschied einfach.

Was Wolfgang sonst zur Weißglut bringen konnte, war ihm in diesem Moment nur allzu recht. So bot sich immerhin die Möglichkeit, mit der Unbekannten ins Gespräch zu kommen. Sie kennenzulernen, sie vielleicht ein bisschen auszuhorchen. Mehr über die Art der Türen zu erfahren, die sie laut Hans für die Pasche GmbH zu öffnen imstande war.

»Ein ungewöhnlicher Ort für eine geschäftliche Besprechung, meinen Sie nicht?«, startete Wolfgang einen ersten Versuch.

Er sah sich um, die Schlangen vor der Kantine waren ziemlich lang. Hans würde ein Zeiterl brauchen, um sich wieder bei ihnen einzufinden.

»Wo hätten Sie sich denn lieber getroffen? In einem langweiligen Büroraum mit stickiger Luft und einem Glas Wasser auf dem Tisch?«

»Nun ja, das wäre zumindest dem Anlass angemessener gewesen.«

»Vielleicht, ja«, sagte sie. Da war der Anflug eines Lächelns. »Das Treffen hier heute war Hans' Idee. Er ist manchmal ein bisserl extravagant. Aber das wissen Sie wahrscheinlich wesentlich besser als ich«, fuhr sie fort.

»Das kann man wohl sagen, ja«, gab Wolfgang ihr recht und lachte.

»Ihr Bruder hält große Stücke auf Sie, wissen Sie das eh?«

»Wirklich?«, erklärte Wolfgang verwundert. Das hörte er zum ersten Mal.

»Er kann das vielleicht nicht zugeben. Bei Brüdern ist das ja immer so eine Sache, noch dazu wenn es um ein Familienunternehmen geht.«

»Er kann das nicht zugeben?«

Wolfgang hatte noch nie die Gelegenheit gehabt, offen mit jemandem über Hans zu reden. Er hatte ein gutes Verhältnis zu Hans' Ehefrau, wäre aber nie im Leben darauf gekommen, sie auf Marotten oder gar Emotionen ihres Mannes anzusprechen. Mit den Eltern und Geschwistern konnte man sowieso nicht über Gefühle oder innerfamiliäre Konflikte sprechen, da wurde sofort abgeblockt. Und so was wie Freunde, gar gemeinsame, hatte Hans nicht.

Sein Bruder lebte für die Firma. Nur für die Firma. Das war etwas, das Wolfgang nicht im Ansatz nachvollziehen konnte. Er selbst musste regelmäßig raus, musste atmen, musste sich anderen Einflüssen und Ansichten aussetzen, um daran zu wachsen.

»Wir verharren unser Leben lang in jenen Rollen, die wir als Kinder innehatten. Er war damals der große Bruder, der alle Kämpfe mit den Eltern ausfechten musste, der immer schon Verantwortung übernehmen musste. Sie dagegen waren der kleinere Bruder, der auf den Wegen, die Hans mühsam freikämpfen hatte müssen, ganz gemütlich entlangspazieren konnte.«

»Von gemütlich konnte keine Rede sein«, warf Wolfgang ein.

»Jaja, das ist Ihre Wahrnehmung. Aber ich rede davon, wie es sich für Hans angespürt hat.« Wer ist diese Frau?, fragte sich Wolfgang. Wirklich eine Geschäftspartnerin? Oder war sie eine Psychologin? »Helfen Sie ihm dabei, aus seiner Rolle als großer Bruder herauszukommen und Sie als eigenständige Persönlichkeit mit Know-how wahrzunehmen.«

»Und wie soll ich das machen?«, fragte Wolfgang.

»Vielleicht wäre es eine Option, einen Schritt zur Seite zu machen. Bauen Sie sich etwas auf, mit dem Sie Ihren Bruder beeindrucken können.«

Ach, daher weht der Wind, dachte sich Wolfgang. Die Frau war weder Geschäftspartnerin noch Psychologin, sondern einfach nur eine Gehilfin seines Bruders, die Hans dabei dienlich sein sollte, Wolfgang aus der Firma rauszudrängen.

»Die Trockenzeit ist vorbei«, platzte auf einmal Hans in das Gespräch. »Habts ihr euch eh gut verstanden?«

Er reichte zwei der drei Plastikbecher weiter und prostete der Frau und Wolfgang zu.

»Bestens«, erklärte die Frau, deren Namen Wolfgang noch immer nicht kannte.

Montag

Moral muss man sich leisten können

Der Fußmarsch von der Bahnstation in Jois hinauf zur Villa Pasche, er war ein beschwerlicher. Was mit der Rennfahrerin Karin Pasche im Auto abwärts in weniger als fünf Minuten erledigt war, zog sich per pedes und bergan wie ein zäher Kaugummi. Und das lag nicht nur daran, dass Bella jedes Straßenschild und jede Hausecke dafür nutzte, die neuesten Nachrichten zu lesen.

Dass ich gestern Abend mit dem Poidl noch das ein oder andere Mal auf unsere Versöhnung angestoßen hatte, verbesserte meinen aktuellen Zustand und meine Leistungsfähigkeit nicht wesentlich. Aber wenigstens waren unsere Dissonanzen nun halbwegs ausgeräumt. Auch wenn ich ihm das Märchen vom unschuldigen Vito Violino nach wie vor nicht so richtig abnahm. Aber vielleicht gab es ja eine Möglichkeit, die Anwesenheit des Mafiapaten wenigstens zu meinem Vorteil zu nutzen. Wenn ich ihn schon nicht zum Mond schießen konnte.

»Sie schauen scheiße aus«, empfing mich Karin Pasche.

Was man von ihr und ihrem Businessoutfit nicht gerade behaupten konnte. Allein das Rouge wirkte ein bisserl zu dick aufgetragen, mokierte sich mein innerer Style-Experte, kurz bevor er sich wieder für mehrere Jahre in seine verstaubte Ecke zurückzog.

»Ich freue mich auch, Sie zu sehen.«

»Sind Sie etwa von Rust hierher gelaufen?«

»Zumindest fühle ich mich so«, antwortete ich. »Aber eigentlich war's jetzt nur der Weg von der Bahnstation.«

Bella strawanzte an uns vorbei in die großzügige Vorhalle der Villa.

»Von jener in Eisenstadt?«

So langsam konnte ich nachvollziehen, warum Karin Pasche und die Taxiprucknerin sich gut verstanden.

»Haben Sie vergessen, dass Ihnen ein Spesenbudget zusteht? Sie könnten mit dem Taxi durch die Gegend fahren, sofern Sie es mir bei der Abrechnung inhaltlich begründen können.«

»Fürs Erste wäre ich schon mal zufrieden, wenn Sie mich reinlassen würden. Unser Gequatsche hier geht schließlich auch auf Ihr Konto.«

»Zeit ist Geld, so lobe ich mir das.«

Ich folgte ihr in den ersten Stock der Villa. Mehrere Türen gingen hier vom Gang ab, einige davon standen offen. Das hätte ich beim Schweigl in Eisenstadt auch gut brauchen können.

Was ich erst jetzt checkte: Das waren in dieser Etage allesamt Büros. Zumindest ein Teil der Verwaltung des Pasche-Imperiums wurde wohl von hier aus erledigt. Bürotrubel und geschäftliche Hektik waren gerade aber nicht angesagt, was ich nachvollziehen konnte. Immerhin hatten sich nur zwei Tage zuvor in der obersten Etage die Pasches das Leben genommen.

»Nicht viel los«, kommentierte ich die Szenerie.

»Es wäre genug zu tun«, gab mir die vor mir herstolzierende Karin Pasche recht. Wie Frauen in solch hohen Schuhen unfallfrei gehen können, wird mir immer ein Rätsel bleiben. »Aber in dieser Woche mache ich keinem der Mitarbeiter einen Vorwurf, wenn er oder sie eine Auszeit braucht …«

Sie schritt weiter voran, sodass ich in diesem Moment ihrer Mimik nicht entnehmen konnte, wie sie sich fühlte. Was der Tod ihrer Eltern mit ihr machte. Mein Vater und meine Mutter lebten noch, führten eine sehr harmonische Ehe miteinander. Ich gehörte nicht zu jener Sorte Polizist, die sich auf eine verkackte Kindheit rausreden konnte, wenn es darum ging, der Polizeipsychologin die Gründe für die eigenen Unzulänglichkeiten vorzubeten. Den Schlamassel, der sich Nikolaus Lauda nannte, hatte ich schon schön selbst zu verantworten, da waren meine Eltern fein raus.

An der vierten Tür marschierten wir nicht vorbei, sondern

traten ein. »Junior Management«, stand auf dem Schild unter dem Namen von Karin Pasche, was in meinen Ohren ein bisschen despektierlich klang.

Ihr Büro entsprach dagegen dem, wie man sich das Büro einer Juniorchefin vorstellte. Moderne Kunst mit vielen Strichen und Punkten an der Wand, eine stylishe Vase in der Form zweier Lippen langweilte sich einsam und verlassen, und dahinter an der Wand hing etwas, das wohl ein Schimpanse in der Therapiegruppe im Tiergarten Schönbrunn aus Quadern und Rechtecken gebastelt hatte. Sosehr mir als Kunstbanausen das alles nichts sagte, so stimmig empfand ich die Gesamtkomposition, in deren Mitte nun Karin Pasche an ihrem Schreibtisch Platz genommen hatte.

»Wie geht's Ihnen?«

»Den Umständen entsprechend«, sagte sie kühl.

»Hatte es sich eigentlich angedeutet, dass sich Ihre Eltern umbringen könnten? Wenn sie es denn getan haben?«

»Was soll das heißen, ›wenn sie es denn getan haben‹?«, äffte sie mich im zweiten Teil des Satzes nach. »Dass sie es getan haben, ist ja wohl mehr als offensichtlich.«

»Haben Sie denn von der Polizei schon etwas gehört? Eine abschließende Mitteilung über den Tod?«

»Ich habe Sie nicht damit beauftragt, den Selbstmord meiner Eltern zu untersuchen«, maßregelte sie mich. »Sondern um die Mauscheleien von diesem Winkeladvokaten und meinem Bruder Norbert unter die Lupe zu nehmen.«

»Was, wenn beides miteinander zu tun hat?«

»Sie meinen, mein Bruder hat meine Eltern ermordet?«

»Ich meine gar nichts, ich mache nur meinen Job«, erklärte ich. »Wenn wir versuchen, den bedauernswerten Tod Ihrer Eltern von der objektiven Seite zu betrachten – wer profitiert davon? Wer hat einen Nutzen oder einen Vorteil?«

»Objektive Seite, wenn ich so was schon höre. Dort oben lagen meine Eltern, tot. Da ist gar nichts objektiv zu betrachten, das ist einfach ein unfassbares Drama und für uns alle eine emotional sehr, sehr schwierige Situation.«

»Ihr Bruder und Hermann Schweigl scheinen mit der Situation aber recht gut umgehen zu können«, kommentierte ich. Und Karin Pasche eigentlich auch. Aber diesen Gedanken behielt ich lieber für mich.

»Norbert und Hermann mögen hinterhältige Schurken sein, aber sie sind keine Mörder. Weder der eine noch der andere«, erklärte sie. Der Rotton auf ihren Wangen schien zu pulsieren. »Sie reden hier immerhin über meinen Bruder, ich bitt Sie!«

»Wie geht's denn dem Unternehmen?«, mäanderte ich thematisch ein bisserl weiter.

»Es wäre vermessen zu sagen, dass die Dinge gut stehen. Aber wir kämpfen uns durch und stehen kurz davor, einen bedeutenden Schritt in eine abgesicherte und positive Zukunft zu unternehmen.«

»Was macht Ihnen und dem Unternehmen denn zu schaffen?«

»Coronapandemie, die unsichere Situation in der Welt. Unser gesamtes Russland-Geschäft ist durch den russischen Angriffskrieg eingebrochen. In Russland wurde viel Wein aus Österreich getrunken, und dank unserem speziellen Geschäftsmodell wurden dort auch sehr viele regionale Produkte aus Österreich konsumiert. Von heute auf morgen war das komplett weg, finito.«

»Muss man nicht damit rechnen, wenn man sich in solche Märkte vorwagt?« Ich war ein mindestens genauso qualifizierter Ökonom wie Style-Experte. Aber dass es mäßig sinnvoll ist, seine unternehmerische Expansion in einer Willkürdiktatur voranzutreiben, hätte sogar ich in einer einleitenden Weiterbildung der Wirtschaftskammer kritisch anmerken können.

»Sie sind lustig, wissen Sie das?«

»Mir wurde schon vieles gesagt«, erwiderte ich, »das gehört allerdings eher nicht dazu.«

»Moral muss man sich leisten können. Wir tragen die Verantwortung für mehrere hundert Arbeitsplätze. Wollen Sie jemandem kündigen, dessen Vater schon für Ihr Unternehmen gearbeitet hat, nur weil Sie Ihre Geschäfte ausschließlich in lupenreinen Demokratien machen wollen? Da würden nicht viele Exportmärkte überbleiben, das kann ich Ihnen versichern.«

»Aber es kommt doch aufs Gleiche raus. Wenn Ihr Unternehmen jetzt in Schwierigkeiten steckt, weil der russische Markt nicht mehr funktioniert. Dann müssen Sie diesen Mitarbeitern ja vielleicht auch kündigen.«

»Durch unsere Aktivitäten in Russland ermöglichten wir unseren Mitarbeitern zwanzig Jahre lang Lohn und soziale Absicherung, zahlten dazu eine ganze Menge an Steuern und Sozialleistungen. Fragen Sie doch mal die Mitarbeiter und den Staat, ob das ›aufs Gleiche rauskommt‹.«

Das konnte ich mir wohl sparen.

»Was macht Ihr Bruder denn? Beruflich, meine ich.«

»Er hat ein kleines Start-up gegründet, dessen Geschäftsmodell mir nach wie vor nicht ganz klar ist.«

»Was kann man sich darunter vorstellen?«

»Norbert bezeichnet sich als Jobhopper. An einem Tag arbeitet er in einem Restaurant, am nächsten Tag ist er bei der Müllabfuhr, und am dritten Tag ist er als Schilfschneider unterwegs. Seinen Joballtag dokumentiert er via Social Media.«

»Damit verdient man Geld?«

»Nicht so wirklich. Wie erwähnt, er lebt von dem, was die Pasche GmbH monatlich an ihn auszahlt. Ich kann mir nicht vorstellen, dass er von den Firmen, die er auf diese Weise auf Social Media featured, mehr als ein paar Brotkrumen oder Sachleistungen bekommt. Ein Restaurant lädt ihn als Dankeschön zum Essen ein, das wird's gewesen sein.«

Ich überlegte, welches Goodie ihm wohl die Müllabfuhr oder die Schilfschneider zukommen lassen konnten.

»Wie viel bekommt Ihr Bruder denn von der Pasche GmbH?«

»Es gibt eine goldene Regel in der Familie Pasche. Fünfundsiebzig Prozent des Gewinns müssen in die Firma reinvestiert werden. Das restliche Viertel teilen sich meine Eltern und wir drei Kinder.«

»Jetzt also nur noch die drei Geschwister«, besserte ich sie aus.

»Schaut so aus, ja. Wobei, wer weiß, was aus den Umtrieben meines Bruders mit diesem Anwalt noch herauskommt.«

»Und was macht Ihre Schwester?«

»Lena? Die versucht auch, aus ihren Ideen irgendwie Profit zu schlagen. Sie geht im Gegensatz zu Norbert aber ein bisschen realistischer mit der Bewertung ihres Erfolgs um.«

»Wie darf ich das verstehen?«

Plötzlich kam Bella zu uns ins Büro hereinmarschiert und legte sich neben mich auf den Boden. Sie roch verdächtig nach Mehlspeise.

»Sie fährt nicht in der Gegend herum, um der ganzen Welt vorzumachen, dass sie als Dekorateurin ach wie erfolgreich ist.«

»Ist sie das denn nicht?«

»Sie hat einen Zwanzig-Stunden-Job in einem Möbelhaus. Entscheiden Sie, ob man dabei von einem Erfolg sprechen kann. Eigentlich lebt Lena genauso vom Geld unserer Firma wie auch Norbert.«

»Und wie Sie.«

»Und ich, ganz genau. Mit dem Unterschied, dass ich auch etwas dafür tue, dass wir alle von der Firma leben können.«

Das sagte sie jetzt nicht ohne Stolz in der Stimme.

»Wer von Ihnen beiden ist eigentlich die Ältere?«

»Ich bin neunzehn Minuten vor Lena auf die Welt gekommen. Das macht mich dann wohl zu so was wie der Älteren. Aber das hat bei uns nie eine Rolle gespielt.«

»Sie haben eingangs erwähnt, dass es der Firma nicht so gut geht, Sie aber kurz davorstehen, einen großen Schritt –«

»Einen bedeutenden Schritt«, korrigierte sie mich sofort.

»Wie auch immer«, entfuhr es mir. Ich mochte es nicht, unterbrochen zu werden, schon gar nicht wegen solch kleiner Dinge. »Auf jeden Fall einen Schritt in eine gute Zukunft zu setzen. Wie darf ich das verstehen?«

»Würden Sie uns den Gefallen tun und die Tür schließen?«

Ich drehte mich um. Auf dem Gang war nicht gerade viel los. »Oder hätte ich diese Dienstleistung bei Ihnen extra dazubuchen müssen?«

Da war ich jetzt irgendwie schmähstad. Und weil mir kein geeigneter Konter einfiel, stand ich auf, schloss die Tür und setzte mich wieder auf meinen Sessel. Bella warf mir einen mitleidigen Blick zu. Dabei war sie die Erste, die sofort allerlei Kunststückerln vollführen würde, nur um ein kleines Stückerl Wurst zu bekommen. Tz!

»Nach Rücksprache mit meinem Vater bereite ich den Einstieg eines Investors vor«, erklärte Karin Pasche, ohne auch nur ein bisschen ihrer kostbaren Atemluft für ein läppisches »Danke« an mich zu verschwenden.

»Und das ist wohl noch nicht allgemein bekannt, weswegen ich die Tür schließen sollte?«

»Blitzgneißer«, kommentierte sie meine meisterliche Kombinationsgabe. »Grundsätzlich steht der Deal. Aber es ist noch nichts unterschrieben, deswegen hänge ich es nicht an die große Glocke.«

»Bringt der Tod Ihrer Eltern den Deal nicht in Gefahr? So wie ich den Anwalt verstanden habe, können Sie ja nun zumindest nicht mehr allein entscheiden.«

»Das konnte ich schon zuvor nicht, denn mein Vater hat alle Entscheidungen absegnen müssen. Was aber in den letzten Monaten eine reine Formalie war, denn er hat mir vertraut. Und mir auch einiges zugetraut«, antwortete Karin Pasche. »Aber es stimmt schon, Norbert kann mir einen Strich durch die Rechnung machen. Zumindest vorübergehend. Aber wenn Lena und ich uns einig sind, kann Norbert sich mit seinem Testament brausen gehen. Dann entscheiden wir mit zwei zu eins.«

»Aber wenn Norbert als Alleinerbe eingesetzt ist?«, hakte ich nach.

»Das ist nicht viel wert, da das Testament mehr als vierzig Jahre alt ist und zudem vor der Geburt von Lena und mir angelegt wurde. Uns beiden steht mindestens der Pflichtteil zu, und mit diesem Pflichtteil sowie den Anteilen, die die Arbeiter und Angestellten halten, können wir Norbert jederzeit überstimmen. Es wäre aber natürlich eine wesentlich sauberere Lösung, wenn wir mit einer Stimme sprechen würden.«

»Wo finde ich denn Ihre Geschwister?«

»Wo Sie Norbert heute finden, erfahren Sie auf seinem Tik-Tok- oder LinkedIn-Account«, sagte sie und tippte währenddessen mit dem Zeigefinger auf das Display des vor ihr auf dem Schreibtisch liegenden Handys. »Und wo Sie Lena finden …«, sie legte eine kunstvolle Pause ein, »… sie arbeitet in einem Möbelhaus in Wien. Aber ob sie dort heute anzutreffen ist, weiß ich nicht.«

»Können Sie mir vielleicht die Telefonnummern der beiden geben?«

»Sie sind mir ja ein Detektiv«, kommentierte sie und zückte Stift und Papier. »Und wenn Sie mir noch den Ratschlag gestatten, Herr Lauda.«

»Immer doch.«

»Gönnen Sie sich ein Taxi für die Fahrten.«

Mit mir war nicht gut Taxi fahren

Ich befolgte Karin Pasches Rat und ließ mir über die Taxipruckerin ein Gefährt samt Fahrer für Bella und mich schicken.

»Wohin geht's?«, fragte der mir unbekannte Taxilenker. Ich nannte ihm die Adresse, und los ging's auf die rund zwölf Kilometer lange Etappe vom Nord- an das Nordostufer des Neusiedler Sees.

Unten in Jois mussten wir an der Ampel warten, bis wir auf die Bundesstraße einbiegen konnten. Bellas Hecheln übte eine beruhigende Wirkung auf mich aus. Das sollte sie mal in der Nacht neben dem Bett machen, vielleicht tat ich mir dann auch leichter mit Einschlafen?

Schlagartig vorbei war es mit meiner Beruhigung jedoch, als kurz darauf ein dunkler Mercedes-Bus hinter uns zu stehen kam. Ich drehte mich routinemäßig um. Die hell strahlende Sonne spiegelte sich in der Windschutzscheibe, deswegen konnte ich nicht exakt erkennen, wer den Kleinbus steuerte. Aber ich glaubte, einen bärtigen Typ mit Basecap zu erkennen. Neben ihm eine Frau. Meine Frau. Luise.

»Bleiben Sie stehen!«, rief ich, als der Taxifahrer losgefahren war.

»Aber jetzt ist grün«, wunderte er sich.

Ich sprang aus der Tür und warf diese hinter mir ins Schloss, damit Bella nicht auf die Straße rennen konnte. Der Fahrer des Kleinbusses hinter uns ärgerte sich über die unnötige Fahrtbehinderung, hupte und zog an uns vorbei. Mit Luise neben sich. Unsere Blicke trafen sich in der Mitte, folgten einander, bis der Bus nach links abgebogen war. Auf der Seite des Busses prangte ein Schriftzug: »WeinX1Tours«, das X zog sich in roter Farbe fast über die gesamte Breite.

Ich rannte zur Kreuzung, dem Bus hinterher, folgte ihm auf der Straße, musste abbremsen, als ein parkendes Auto plötzlich losfuhr und vor mir auf der Fahrbahn auftauchte. Ich wechselte auf den parallel verlaufenden Gehweg und sah, wie der Bus keine hundert Meter entfernt auf der rechten Straßenseite stehen blieb.

Hatte Luise mich auch erkannt? Hatte sie den Fahrer dazu gedrängt, stehen zu bleiben? Das Adrenalin jagte vom Nebennierenmark aus über die Blutbahnen Schockwellen durch meinen gesamten Körper, die mich in einer Schnelligkeit laufen ließen, die ich auch zu Hochzeiten bei den Leistungstests des LKA nicht hätte auf die Laufbahn bringen können. War es wirklich Luise? Meine vom Violino-Clan ermordete Frau? Jene Frau, von der ich all die Nächte geträumt hatte?

Aus dem Bus stiegen Menschen und verschwanden in einem Haus. Als ich dort angekommen war, hatte der Typ mit der Basecap den Bus gerade abgeschlossen und war ebenfalls im Gebäude verschwunden. Ich stieß die Tür auf und fand mich inmitten eines gemütlich eingerichteten Innenhofes wieder, der wohl als Gastgarten genutzt wurde.

»Luise! Wo bist du?«, rief ich und kam mir dabei vor wie Sylvester Stallone, der blutüberströmt und abgekämpft nach dem siegreichen Boxkampf im ersten Rocky-Film nach seiner Freundin Adrian ruft.

»Hey, hey, Meister, immer mit der Ruhe!«, kam der Basecap-Typ auf mich zu. Der klang sehr bundesdeutsch in seiner Aussprache, was mir in diesem Moment aber ziemlich egal war. »Wen suchst du denn?«

»Meine Frau!«, rief ich ihm in der gleichen Lautstärke ins Gesicht. Die anderen Leute in dem Innenhof, darunter wohl auch die Passagiere aus dem Bus, sahen mich verständnislos an.

»Wie heißt denn deine Frau?«, fragte der Kerl und blieb dabei bewusst ruhig.

Offenbar ahnte er, dass er es da gerade mit jemandem zu tun hatte, der nicht ganz bei Sinnen war.

»Kennt hier jemand eine Luise?«, fragte er anschließend in die Runde.

Die Leute schüttelten die Köpfe. Und selbst wenn jemand unter ihnen war, der eine Luise kannte, würde er sie wohl nicht an einen verschwitzten Irren wie mich ausliefern.

Ich ließ meinen Blick panisch durch die Runde gleiten. Doch von Luise keine Spur.

Ich rannte ins Innere des Lokals und fand mich in einer feschen Weingreißlerei wieder, der ich trotz meiner Vorliebe für Bier im Normalzustand wohl gerne einen Besuch abgestattet hätte. Auf der Budl standen Einmachgläser mit einer roten Flüssigkeit. Die Etiketten auf den Gläsern verrieten, dass es sich beim Inhalt um »Michi's wöödbeste Currysoße« handelte. Aber außer einer Frau hinter der Budl war sonst keine Person zu sehen.

»Ist hier gerade eine Frau reingekommen?«, fragte ich hektisch.

»Nein, hier ist niemand«, erklärte die überraschte Frau mit

dezentem Tiroler Akzent. »Außer mir«, fügte sie noch der Vollständigkeit halber hinzu.

»Deine Luise scheint nicht hier zu sein«, sagte der Kerl mit der Basecap, der plötzlich hinter mir aufgetaucht war. »Können wir dir sonst irgendwie helfen?«

»Aber sie saß vorhin in dem Bus noch neben dir!«, blaffte ich ihm ins Gesicht.

»Jetzt gerade?«, fragte er erstaunt.

»Ja!«

»Da saß niemand neben mir.«

»Aber ich habe sie doch neben dir gesehen, gerade eben an der Kreuzung!«

»Unmöglich. Ich war mit fünf Mann auf Neusiedler-See-Tour mit Weinverkostungen und allem Drum und Dran. Erst beim Stefan Zehetbauer in Schützen und danach beim Tom Strommer in der Kellergasse in Purbach, Junggesellenabschied. Da war keine Frau dabei, Ehrenwort.«

»Die Wartezeit zahlen Sie aber fix!«, erklärte der Taxifahrer eingeschnappt. »Ich hoff, jetzt könn ma normal weiterfahren. Gibt's ja net ...«

Er hatte, inklusive Bella, vor der Weingreißlerei gewartet. Und jetzt saß ich wieder neben ihm.

Was war das gerade? Eine Halluzination? Eine Fata Morgana? War ich komplett am Durchdrehen? Machten mich die Stimmen aus meinen Träumen verrückt? Ich wusste nur eines: Lange hielt ich diesen Zustand nicht mehr aus.

»Hättest da nicht rechts rausfahren müssen?«, maulte ich den Fahrer an, als er beim Kreisverkehr hinter der Alten Mauth geradeaus in Richtung Parndorf düsen wollte.

»Über die Autobahn geht's schneller«, antwortete er.

Was – je nach Verkehrslage in Neusiedl und Weiden – vielleicht sogar stimmen mochte, trotzdem ergab das ein paar stattliche Kilometer mehr auf der Taxiuhr. Und überhaupt, was war aus der Einbindung des Fahrgastes geworden, wenn es um die Route der Taxifahrt ging?

»Zum einen ist das nicht gesagt, zum anderen hättest mich ja auch einfach fragen können, bevor du in den Kreisverkehr eingebogen bist.«

Nach einem Erlebnis wie gerade eben in Jois war mit mir nicht gut Taxi fahren.

Wir fuhren einige Meter weiter, bis der Fahrer die Einfahrt zu einem Güterweg nutzte, um in einem günstigen Moment umzudrehen. Gerade früh genug, damit die Unternehmenszentrale vom Neusiedler-See-Oligarchen Maximilian Plünder am Horizont noch nicht zu sehen war. Der Anblick hätte meine Laune wohl auch nicht gerade verbessert.

»Ich werde mal die Daniela Pruckner fragen, wie hinsichtlich der Routenauswahl die Firmenphilosophie bei euch ausschaut«, muffelte ich.

Mehr hat's nicht gebraucht. Den Blick, den er nun Bella und mir im Rückspiegel zuwarf, hätte Ryan Phillippe in »Ich weiß, was du letzten Sommer getan hast« nicht besser hinbekommen. Nämlich in genau jener Szene, in der er realisiert, dass der Tote, den er und seine Freunde kurz zuvor ins Meer bugsiert hatten, gar nicht so richtig tot war.

»War keine Absicht, Chef«, sagte er mit zittriger Stimme und nahm im Kreisverkehr nun die korrekte Ausfahrt.

Kurz darauf lud er mich in Gols in der Hauptstraße ab, gleich hinterm Nittnaus. Das Trinkgeld für die Fahrt hatte ich mir gespart. Konnte ich vielleicht jetzt noch für mein Zusammentreffen mit Norbert Pasche gebrauchen. Der arbeitete nämlich, wie mir die Storys in seinem Instagram-Account verraten hatten, an diesem Tag in einer Fleischerei.

Ich glaubte, mittlerweile herausgefunden zu haben, woraus sein Geschäftsmodell bestand: Als sogenannter Jobhopper ließ er sich von Firmen und anderen Institutionen für jeweils ein paar Stunden anstellen. An besagten Tagen übte er einen Job aus, den das jeweilige Unternehmen gerade ausgeschrieben hatte. In diesem Fall als Servicekraft in der Fleischerei Metzker. Durch den Trubel, den Norbert Pasche im Rahmen seines Einsatzes auf den sozialen Medien veranstaltete, hoffte die

Fleischerei darauf, dass Menschen auf die freie Stelle aufmerksam werden und sich bewerben würden.

»Ich kenn Sie doch«, lautete seine nicht sehr charmante Begrüßung, als er mich entdeckt hatte.

Er war gerade dabei, Tassen und Teller auf eine Anrichte zu schichten, und filmte sich dabei mit seinem Smartphone. Norbert Pasche trug ein gelbliches Outfit, die auch an diesem Tag perfekt nach hinten gegelten Haare waren zusätzlich mit einem Haarnetz an Ort und Stelle fixiert worden.

Die Aufnahme konnte er wohl vergessen, nachdem er mich vor laufender Kamera angequatscht hatte.

»Guten Tag«, begrüßte ich ihn ganz oldschool. »Ja, wir haben uns vorgestern in der Villa Ihrer Eltern gesehen.«

Man sah ihm deutlich an, dass er sich in dem Arbeitsoutfit nicht gar so wohlfühlte wie noch am Samstag in seiner engen Jeans und dem figurbetonten Hemd. Er kam einen Schritt auf mich zu und schüttelte mir die Hand.

»Schön, Sie wiederzusehen«, erklärte er, und ich überlegte, welchen Grund er haben konnte, das schön zu finden. Hatte er vielleicht in irgendeinem Managementseminar gelernt.

Als jener Teil im Kurs drankam, in dem die Teilnehmenden vermittelt bekamen, dass man nicht nur der zahlenden Kundschaft gegenüber eine freundliche Nase machen sollte, sondern auch deren vierbeiniger Begleitung, hatte Norbert Pasche aber offenbar geschlafen. Er ließ Bella komplett links liegen.

»Ich mach kurz Pause!«, rief er der Dame hinter der Theke zu.

Die reagierte nicht weiter. Norbert Pasches Arbeitskraft schien hier nicht sehr geschätzt zu werden.

»Warum waren Sie vorgestern bei uns im Haus?«, fragte er.

Wir hatten uns an einen der Tische an der Fensterseite im Gastraum gesetzt. Auf der Straße fuhren die Autos hin und her, im Hintergrund lief fröhliche Schlagermusik, die zum Sonnenschein passte.

Entweder war Norbert Pasche doof, oder er hielt mich für

doof. Dass er tatsächlich vergessen hatte, wer ich war, nahm ich ihm nicht ab. Im Gegenteil, sein windiger Anwalt hatte doch in der Zwischenzeit sicherlich herausgefunden, dass Karin Pasche mich mit Nachforschungen beauftragt hatte. Wenn er selber doof war, machte mir das die Erfüllung meines Auftrags eventuell einfacher. Hielt dagegen er mich für doof, würde ich das für extrem unhöflich halten. Man konnte über meinen lässigen Neunziger-Jahre-Jeansjacken-Style und mein ungepflegtes Äußeres herziehen, wie man wollte, aber doof war ich nun wirklich nicht.

»Ihre Schwester hat mich damit beauftragt, ein bisschen Licht ins Dunkel der Erbstreitigkeiten zu bringen«, erklärte ich, um die Fronten abzustecken.

»Das ist doch alles sonnenklar«, erwiderte er. »Das Testament meines Vaters regelt alles.«

Pasche junior setzte so ein widerliches Grinsen auf. Das letzte Mal, dass ich jemanden so penetrant smilen gesehen hatte, war ich mit meiner ersten Freundin auf Koh Samui im All-inclusive-Urlaub gewesen. Etwas, auf das ich wahrlich nicht stolz war in meiner Biografie, aber man war jung und hatte das Geld. Im Gegensatz zu meiner dauernörgelnden Freundin Simone hatten uns dort alle im Dienstleistungsgewerbe beschäftigten Leute unentwegt angelächelt. Vom Taxifahrer, der uns vom Flughafen abgeholt hatte, über den Streetfoodverkäufer bis hin zum Reinigungspersonal im Hotel. Und ständig hatte ich das Gefühl, dass diese Freundlichkeit lediglich als perfekte Tarnung dafür herhalten sollte, dass sie uns in der nächstbesten Sekunde ein Messer an die Kehle halten würden. Ist natürlich nicht passiert, war alles safe, einfach extrem nette Leute dort drüben. Aber halt trotzdem seltsam. Der smarte Norbert Pasche war nun der erste Mensch seit Thailand, den ich so dauergrinsend sah.

»So klar scheint das für Ihre Schwester aber nicht zu sein.«

»Wenn Karin nicht einlenkt, werden sich das die Anwälte untereinander ausmachen«, erwiderte er.

»Können Sie sich denn erklären, warum Ihr Vater kein aktuelleres Testament aufgesetzt hat, nachdem Ihre Geschwister auf die Welt gekommen sind? Noch dazu, wo ja Ihre Schwester Karin von Ihrem Vater offenbar ziemlich intensiv in geschäftliche Angelegenheiten einbezogen worden war? Wesentlich mehr als Sie und Ihre Schwester Lena.«

Bella hatte es sich längst hinter mir auf dem Boden gemütlich gemacht und starrte nach draußen. Nicht gelangweilt, vielmehr sehr aufmerksam. Die Ohren so gespitzt, wie sie das mit ihren schweren Lappen halt hinbekam.

»Wahrscheinlich weil er keine Notwendigkeit dafür gesehen hat. Die Geschäfte sah er in den Händen eines Selfmademans wie mir offenbar am besten aufgehoben«, erklärte er mit einer gehörigen Portion Selbstbewusstsein.

Ich blickte mich um, brachte seine Tätigkeit und sein Charisma aber irgendwie nicht auf einen Nenner mit einem Selfmademan. Der Kerl war total von sich überzeugt, obwohl er mit seinen gut vierzig Lebensjahren offenbar nicht viel mehr als ein reiches Elternhaus vorzuweisen hatte.

»Woraus genau besteht denn Ihre Selfmademanness?«

»Schauen Sie sich doch um«, reagierte er etwas überraschend.

Ich tat wie mir geheißen.

»Das ist doch aber nicht Ihre Fleischerei«, stellte ich dank meines detektivischen Spürsinns messerscharf fest.

»Nein, was will ich denn mit einer Fleischerei?«, stolzierte er rhetorisch herum wie ein eitler Pfau. »Ich meine all das Equipment. Und die Idee dahinter! Sie müssen den größeren Rahmen erkennen. Ich kann alles und jeder auf der Welt sein! Wenn ich wollte, dann könnte das hier gerade meine Fleischerei sein. Ich *bin* jetzt gerade die Fleischerei.«

Von der Mitarbeiterin hinter der Budl rauschte ein lautes Lachen in unsere Richtung.

Norbert Pasche ließ sich davon nicht beirren. Aber er konnte offenbar nicht glauben, dass ich seine berufliche Erfolgsstory nicht sofort erkannte und lobpreiste. Tat ich aber halt leider wirklich nicht.

»Meinen Sie die Kamera auf dem Stativ?«, fragte ich irritiert.

Ich war mir nicht mal sicher, ob ihm das Teil gehörte, das dort hinten beim Durchgang zu den Toiletten stand.

»Die Kamera ist doch nur ein Symbol, das müssen Sie begreifen!«

Aha.

»Ein Symbol für was ganz genau?«

»Durch mich können die Menschen sehen und erkennen!«

»Dann sind Sie so was wie ein Medium?«

»Jetzt machen Sie sich aber über mich lustig«, fuhr er fort und machte mit dem Zeigefinger so eine Na-na-na-Geste, mit der ein Erwachsener einem Kind zu verstehen gab, dass es gerade Quatsch gemacht hatte. »Durch mich lernen die Menschen, die mir auf meinen Social-Media-Kanälen folgen, neue Perspektiven kennen! Ich öffne ihnen das Tor zu einer neuen Welt.«

Da war ein Fleck auf seinem Bilderbuchflescheroutfit, fiel mir jetzt erst auf. Sah aus wie Blut. Ob ich ihn darauf hinweisen sollte?

»Wie viele Menschen folgen Ihnen denn auf Ihren Kanälen?«

Nicht dass ich Ahnung von sozialen Medien hatte. Aber die achtundvierzig Follower, die ich vorhin auf seinem TikTok-Profil gesehen hatte, sahen jetzt nicht unbedingt nach einer Erfolgsstory aus.

»Insgesamt, meinen Sie?«

Ich nickte.

»Tausende, wenn nicht Zehntausende! Allein auf TikTok folgen mir über zehntausend Menschen.«

»Tatsächlich? Vor einer halben Stunde waren es gerade mal über vierzig«, widersprach ich.

»Das kann nicht sein!«, echauffierte er sich. »Lassen Sie mich das kurz checken«, sagte er und tippte und wischte hektisch auf seinem Handy herum.

Und jetzt war es auch wieder da, dieses andauernde Dehnen,

so als ob seine Muskeln zu sehr unter Anspannung standen. Wie ein Aal in Zeitlupe.

Drei Minuten später hielt er mir sein Display unter die Nase. In der Tat, da schienen jetzt zehntausendachtundvierzig Follower auf. Und dazu jetzt wieder dieses Grinsen.

»Wo kommen denn auf einmal zehntausend zusätzliche Follower her?«, fragte ich mit gespielter Verwunderung.

»Die waren nie weg«, gab er sich siegessicher.

»Und Sie stellen also auf Ihren Kanälen verschiedene Jobs vor?«, wechselte ich das Thema.

»Das haben Sie richtig erfasst«, sagte er. »Zwei Tage bin ich jetzt hier in der Fleischerei. Ich war auch schon als Schilfschneider aktiv oder habe in einer Fabrik gearbeitet. Am Donnerstag arbeite ich in einem Modegeschäft in Frauenkirchen. Ganz unterschiedliche Sachen sind das.«

»Und dafür werden Sie bezahlt?«

»Ja klar, Mitarbeitende sind heutzutage Mangelware. Das habe ich erkannt und mein Geschäftsmodell darauf ausgerichtet. Über mich können Firmen auf freie Stellen bei sich aufmerksam machen. Funktioniert gut!«

»Wenn das so ist«, entgegnete ich seinem Lächeln, »sind Sie doch gar nicht auf den Geschäftsführerjob in der Pasche GmbH angewiesen.«

»Ich wusste, dass Sie mir so kommen würden«, erklärte er mit einer Gewinnerpose, die er wohl auch aus irgendeinem Seminar hatte. »Da geht's mir ums Prinzip. Ich habe mir auch schon so meine Gedanken über die Zukunft der Firma gemacht, das können Sie meiner Schwester gerne ausrichten«, erklärte er.

»Wieso war für Sie am Samstag eigentlich sofort klar, dass der Tote im Weintank Ihr Onkel Wolfgang ist?«

»Das war einfach aufg'legt«, erwiderte er, ohne mir damit eine inhaltlich aufschlussreiche Begründung mitzuliefern.

»Warum war das aufg'legt?«

»Das ist so eine Art Running Gag bei uns. Wann immer irgendwo eine Leiche auftaucht, ob im See oder irgendwo anders, denken wir immer sofort an Onkel Wolfgang.«

»Ein Gag?«, fragte ich irritiert. »Wir sprechen hier von Ihrem Onkel, oder?«

»Ach, der wird schon nichts dagegen haben. Der lässt sich sicher in Acapulco oder sonst wo seit seinem Verschwinden die Sonne auf den Bauch scheinen.«

»Oder er lag tot im Weintank Ihrer Familienvilla.«

»Werden Sie nicht makaber!« Das sagte ja der Richtige. »Das ist nicht wirklich Wolfgang, ganz sicher nicht.«

»Was macht Sie da so sicher?«

»Wie hätte Wolfgang denn dort unten landen sollen? Nein, das kann ich mir nun wirklich nicht vorstellen.«

»Aber wer könnte es dann sein, der dort unten gefunden wurde?«

»Das hat mich die Polizei auch schon gefragt. Ich sage Ihnen das Gleiche, was ich auch am Samstag zu Protokoll gegeben habe: Ich habe keine Ahnung. Die Tage, die ich im Jahr auf dem Anwesen meiner Eltern verbracht habe, lassen sich an einer Hand abzählen.«

»Und trotzdem wollen Sie nun die Kontrolle über die Firma übernehmen?«

»Ich traue mir das zu, ja. Und ich glaube, dass das zum Wohl der Firma wäre. Ich habe, wie gesagt, schon so einige Ideen für künftige Expansionen. Und jetzt, mit dieser Mumie da unten im Keller ... Das könnte eine tolle Attraktion werden. Denken Sie nur mal an den Ötzi, weltberühmt ist der geworden!«

Und dann fing Bella – gerade rechtzeitig, wie ich fand – mit ihrem aufgeregten Fiepsen an. Ich drehte mich um und sah, was sie sah. Auch wenn ich nicht nachvollziehen konnte, warum sie darauf reagierte. Denn sie hatte die schwarze Limousine, die mir zwei Tage zuvor auf dem Weg hinter der Villa Pasche davongebraust war und deren täuschend ähnliche Kopie gerade in Richtung Mönchhof unterwegs war, gar nicht gesehen.

Chill mal deine Base

Bella und ich waren von unserem kleinen Spurt, den wir für die Verfolgung der Limousine hingelegt hatten, einigermaßen aus der Puste gewesen. Norbert Pasche hatten wir einfach so sitzen gelassen.

Wäre diese spontane Verfolgungsjagd wenigstens von Erfolg gekrönt gewesen und hätten wir zum Beispiel Details vom Kennzeichen der Limousine erkannt, wir hätten uns nun nicht so niedergeschlagen gefühlt. Aber man konnte halt nicht alles haben im Leben. Und in diesem Fall bedeutete dies, weder Kennzeichen noch sonstige Details wie die Marke des Fahrzeugs zu haben.

Aber ich wusste nun immerhin, dass jenes luxuriöse Gefährt, das ich am Samstag in Jois gesehen hatte, in Gols herumkurvte und somit noch in der Gegend unterwegs war. Das war nicht nichts.

»Ja, bei der Busstation in Gols«, sagte ich zur Prucknerin. »Bei welcher Busstation, fragst du? Wart mal kurz«, vertröstete ich sie und blickte mich um. »Badgasse«, meldete ich mich wieder, gleich bei der Shell-Tankstelle.«

»In zehn Minuten ist die Daniela da«, sagte ich nach dem Telefonat zu Bella und steuerte die Bank an, die als besonderer Komfort für die Wartenden bei der Bushaltestelle aufgestellt worden war.

Neben mir saß ein Halbwüchsiger, keine achtzehn Jahre, schätzte ich. Er spielte, so wie alle Leute heutzutage, auf seinem Handy herum. Hatte wahrscheinlich nicht mal bemerkt, dass wir neben ihm Platz genommen hatten.

Ich kraulte Bella ein bisschen unter ihrer Schnauze, als Dank dafür, dass sie mich auf die vorbeifahrende Limousine aufmerksam gemacht hatte. So ein guter Hund. Sollte ich jemals die Prüfung als Detektiv ablegen und ein offizielles Gewerbe anmelden, würde ich meine Firma »Niko & Bella« nennen. Ohne sie ging nix, das war ja wohl klar.

»Ey, Alter, was haste für 'n Problem mit deiner Switch?«
Mit einem Schlag fühlte ich mich in das tiefste Ruhrgebiet
versetzt. War aber nur der Halbstarke neben mir, der in seinem Leben offenbar zu viel deutsches Privatfernsehen gesehen
hatte.

Es war nicht so, dass er, so wie normale Leute es taten, sein
Telefon für ein herkömmliches Gespräch benutzte. Nein, er
hielt sich das Display in einem Abstand von einem halben
Meter vor die Nase und filmte sich im Rahmen eines Video-
telefonats. Und weil er das Handy dabei so weit entfernt hielt,
musste er natürlich ziemlich laut reden, fast schon schreien,
damit das Mikrofon das von ihm Gesagte an seinen Telefon-
buddy weiterleiten konnte. Besagter Gesprächspartner musste
dadurch natürlich auch ziemlich laut kommunizieren, denn
das Handy befand sich ja alles andere als in der Nähe des Ohres
des Typen neben mir.

Und so wurde ich in den nächsten Sekunden Zeuge eines
informativen Gesprächs über die Vorteile, die ein Kerl namens Oleg bei seiner Switch identifizierte. Erst ein bisschen
später war ich draufgekommen, dass es nicht um Oleg ging,
der eine Switch-Spielekonsole hatte, sondern um die Vorteile
einer Switch OLED im Vergleich zur normalen Switch. Wofür
auch immer die Buchstaben OLED in diesem Zusammenhang
standen.

Jedenfalls, immer wenn ein Lkw oder ein ähnlich lautes
Gefährt an uns vorbeidonnerte, mussten die beiden Telefo-
nistas natürlich noch mal lauter schreien. Ging, das wird jetzt
niemanden überraschen, mir mächtig auf die Nerven.

»Und ich bin der Niko, hallo!«, schrie ich also in Richtung
des Telefons, nachdem ich näher an den Teenager gerobbt war.

»Ey, Alter, was soll das, verpiss dich!«, reagierte dieser
reichlich ungehalten.

Er rückte ein paar Zentimeter zur Seite. Ich musste lachen,
denn seine aus der bundesdeutschen Gosse stammende Befle-
gelung untermalte er mit einer nordburgenländischen Sprach-
melodie. Das klang ziemlich witzig.

»Du führst hier ein Telefonat für die Allgemeinheit, sonst würdest doch wie ein normaler Mensch telefonieren oder zumindest Kopfhörer benutzen«, legte ich ihm die Begründung für mein Verhalten dar. »Wenn ihr hier so öffentlich telefoniert, gehe ich davon aus, dass ihr nichts dagegen habt, wenn ich mich ins Gespräch einbringe. Also, was ist denn nun mit dieser Switch?«

»Oida, chill mal deine Base!«, rief der Kerl aus dem Display, woraufhin ich ihm noch mal freundlich zuwinkte. Ohne auch nur den Hauch einer Ahnung zu haben, was ich mit meiner Base tun sollte und was zum Henker meine Base überhaupt war.

Dann stand mein Nachbar auf, nur um zwanzig Meter von uns entfernt in sein Handy zu schreien, welches er immer noch einen halben Meter von seinem Kopf entfernt in der Luft hielt.

So hatten wir beide bekommen, was wir wollten. Na ja, fast. Denn ein paar Minuten später rollte schon der Bus heran. Der Fahrer nahm Blickkontakt mit mir auf, wohl um abzuchecken, ob Bella und ich mitfahren wollten. Wollten wir nicht, und so drückte der Fahrer wieder aufs Gas und bedankte sich im Vorbeifahren für meine Kooperation.

»Oida, fuck you!«, schrie der herbeigerannte Jugendliche in meine Richtung, als er realisierte, dass er nun zwei Stunden bis zum nächsten Bus warten oder zu Fuß gehen durfte.

Aber seine schlechte Laune ging uns fortan nichts mehr an, denn kurz darauf stiegen Bella und ich in das Elektroauto der Taxiprucknerin.

»Was willst du denn im Familypark?«, fragte sie, als wir eine halbe Stunde später beim Spritzenhaus in Rust in die B 52 in Richtung St. Margarethen eingebogen waren. Das Team des Spritzenhauses war damit beschäftigt, die Fassade für das bevorstehende Martinifest vorzubereiten, das in meiner Heimatgemeinde unter dem Titel »Ruster Herbst Zeitlos« firmierte. Drei überdimensionale Weinfässer waren durch die Fenster hindurch im Innenraum zu sehen, rot-blaue Girlanden wurden gerade über dem Spritzenhaus-Schriftzug angebracht.

»Darf ich nicht auch mal ein bisschen Spaß haben?«, gab ich mich gleichermaßen geheimnisvoll und kurz angebunden. Ich musste ihr ja nicht auf die Nase binden, dass mir der Poidl anvertraut hatte, dass ich Vito Violino im Familypark antreffen würde. Der hatte sich dort als Teil seiner Tarnung einen Job gesucht. Quasi neue Identität und so.

»Und wie geht's dir mit dem Schlafen? Sind die Nächte besser geworden?«

»So lala«, erklärte ich.

»Weißt wenigstens, was dich nachts so auf Trab hält?«, fragte sie. »Ich bekomme davon ja nie was mit. Ist ja nicht so, dass du nachts schreien würdest oder so. Liegst einfach ganz ruhig da«, sagte sie.

Auf einer theoretischen Ebene wusste ich nur zu gut, was mich auf Trab hielt. Meine Alpträume, die Stimmen, die ich hörte – all das hatte mit Luise zu tun. Meine von Vitos Clan ermordete Frau sprach seit einigen Wochen zu mir, machte mir Vorwürfe, weil ich hier ein normales Leben führen würde und sie längst vergessen hätte. Oder weil ich sie nicht vor Vito und seinen Jungs beschützt hätte. Was ausgemachter Blödsinn war, denn natürlich hatte ich während meiner Zeit bei der Essener Spezialeinheit alles darangesetzt, mein Privatleben und somit auch sie zu schützen.

Vielleicht würde mir eine direkte Konfrontation mit Vito ja dabei helfen, Fata Morganas wie zuvor in Jois sowie Alpträume und Luises vorwurfsvolle Worte in den Nächten loszuwerden. Was ich andererseits auch wiederum nicht wollte. War es doch das Einzige, was mich mit Luise in Verbindung hielt. Es war zum Verrücktwerden.

»So ungefähr«, antwortete ich. »Kennst du einen Limousinenservice hier in der Gegend?«

Themenwechsel, meine Paradedisziplin.

»Einen Limousinenservice? Du meinst, so Stretchlimos, die man sich für einen Junggesellenabschied ausborgen kann?«

»Zum Beispiel. Aber es können auch kleinere Exemplare sein, für Businesskunden oder so.«

»Wäre mir nicht bekannt, nein«, antwortete die Taxiprucknerin, als das Bahnhofsheiserl in Sichtweite kam.

»Magst du hier raus und im Garten ein bisserl herumtollen?«, fragte ich Bella. »Oder magst mit in den Familypark?«

»Geh, Niko, in den Familypark kannst doch keine Hunde mitnehmen«, erklärte Daniela.

Bella nahm keine weitere Notiz von der Prucknerin oder mir, was ich als Commitment deutete, mich zu begleiten.

»Der Familypark hat nach Halloween nicht mehr geöffnet«, schulmeisterte ich. »Die Wahrscheinlichkeit, dass irgendwelche kleinen Blagen von Bella erschreckt werden, tendiert also gegen null.«

»Und was willst dann du dort, wenn der Vergnügungspark gar nicht offen hat?«

»Ich hab was zu tun«, erklärte ich kryptisch.

»Du triffst dich mit Vito«, stellte meine Fahrerin nüchtern fest.

»›Treffen‹ wäre wohl zu viel gesagt. Er weiß noch nichts von seinem Glück. Und ich weiß noch nicht so recht, ob ich ihn wirklich ansprechen werde. Ich mag ihn mir nur mal aus einer gewissen Distanz anschauen. Alles Weitere entscheide ich dann spontan.«

»Das find ich wirklich richtig gut«, fand die Prucknerin lobende Worte. Und ihr Blick, den sie mir in der Folge zuwarf, zeigte mir, dass sie das wirklich aufrichtig g'scheit fand. Da lag sogar ein bisschen Stolz in ihren Augen. »Hat's also was gebracht, dass der Josef dich und den Poidl ang'angen ist.«

»Ach was, dafür brauch ich niemand anderen«, behauptete ich.

»Ich hatte heute übrigens das Gefühl, dass mich einer deiner Fahrer ein bisserl übers Ohr hauen wollte«, sagte ich, kurz nachdem die Prucknerin bei der Einfahrt zum Familypark die riesige Grinsekatze passiert hatte.

Bella wurde immer ganz nervös, wenn sie das Maskottchen des Familyparks irgendwo sah.

»Der Ivan?«

»Wenn er so heißt, dann war es der Ivan«, bejahte ich.

»Der ist noch grün hinter den Ohren, das darfst ihm nicht übel nehmen«, sagte sie.

Na dann.

Meinen Versuch, für die Fahrt von Gols zum Familypark bezahlen zu wollen, unterband die Prucknerin mit einem resoluten »Nein«. Auf meine Erwiderung, dass dafür eh meine Auftraggeberin Karin Pasche aufkomme, entgegnete sie, dass sie sicher auch nicht eine ihrer Freundinnen dafür zahlen lasse. Hätte ich eigentlich auch draufkommen können.

Bella und ich sahen der Prucknerin von der Bushaltestelle aus hinterher, bis ihr Wagen nicht mehr zu sehen war. Dann machten wir uns auf den Weg zu den Eingangstoren des Familyparks, die ziemlich einsam und – für uns nicht ganz unpraktisch – unbewacht dalagen. Kurz darauf fanden wir uns im Inneren des großzügig in einem Wald angelegten Vergnügungsparks wieder. Hie und da hörte man Geräusche von Maschinen oder Werkzeugen, die gerade irgendwas hämmerten, schliffen oder bohnerten. Arbeiter huschten herum oder machten sich an einem der Kioske, im Restaurant oder an einem der zahlreichen Fahrgeschäfte zu schaffen. Bella und ich erschraken gleichermaßen, als auf den Schienen über uns plötzlich ein Drache dahinraste.

Kurz darauf unterbrach das bunte Phantasieding seine Fahrt, und ein Mann beugte sich zu uns herunter.

»Der Park ist geschlossen, und Hunde sind hier schon sowieso gar net erlaubt!«, lärmte er uns an.

»Ich bin dienstlich hier!«, lärmte ich zurück und zeigte ihm meine Phantasie-Polizeimarke. Er hatte auf die Entfernung keine Chance, zu erkennen, dass die genauso gut aus dem letzten Micky-Maus-Heft stammen konnte.

»Warten Sie, ich komme zu Ihnen runter«, schrie er.

Was einigermaßen blöd war, denn aus der Nähe würde er schon recht schnell checken, dass das keine echte Polizeimarke war. Er kurbelte weiter an seinem Drachen, und Bella und ich folgten ihm am Boden zu jener luftigen Station, in der er den

Drachen parkte. Kurz darauf stand er vor mir, und ich betete, dass er nicht noch mal den Ausweis verlangte.

»Was wollen Sie hier?«, fragte er.

Keine Ausweiskontrolle, noch mal Glück gehabt. Er stellte sich als Richy Huber vor und trug ein rotes Hemd, auf dem sich das Logo des Vergnügungsparks befand. Sein Bart war ungepflegt und reichlich stoppelig, die kurzen Haare sehnten sich nach einer schönen Ladung Shampoo. Er roch verschwitzt, was angesichts der Arbeiten, die hier wohl anstanden, total okay so war.

»Ich ermittle derzeit in einer Verschlusssache und bin auf der Suche nach der Tempelrutsche. Können Sie mir sagen, wo ich diese finde?«

»Verschlusssache« klang total wichtig. Ich hoffte, dass das reichte, um ihn zu beeindrucken.

»Was ist denn eine Verschlusssache?«, hakte er nach.

Na ja, man kann ja nicht immer Glück haben.

»Das ist so was wie ein Geheimauftrag bei Agenten. Ich darf Ihnen leider keine Einzelheiten erzählen, aber es ist von höchster Dringlichkeit, dass Sie mir sagen, wie ich rasch zur Tempelrutsche komme.«

Er sah mich prüfend an. Dann blickte er zu Bella.

»Und was macht der Hund hier?«

»Das ist meine Partnerin«, erklärte ich.

»Sieht gar nicht wie ein Polizeihund aus«, fügte er zweifelnd an.

»Wie sieht denn ein Polizeihund aus?«

Wenn jemand Bellas Qualitäten anzweifelte, konnte ich fuchsig werden. Polizeihund hin, Polizeihund her.

»Na ja, anders halt«, stammelte er.

»Wir sind hier nicht bei ›Mein Partner mit der kalten Schnauze‹, Polizeihunde schauen in der Realität anders aus als in Hollywood«, fuhr ich ihn an. »Wo finde ich also die Tempelrutsche?«, versuchte ich anschließend, einen auf autoritär zu machen.

»Können Sie mir vielleicht noch mal Ihren Ausweis zeigen?«

Ach herrje. Das lief hier gar nicht so geschmeidig, wie ich mir das erhofft hatte.

Da rettete mich plötzlich Richy Hubers Funkgerät. »Richard, kommst bitte ganz rasch zur bärigen Piratenband? Wir haben einen Kurzschluss g'habt, und jetzt drehen die Bärenfiguren mit ihren Instrumenten total durch!«

»Verstanden«, sagte Richy. »Sie bewegen sich hier nicht vom Fleck, ich schick gleich einen Kollegen zu Ihnen!«, hörte ich ihn noch zu Bella und mir rufen, während er sich schon in Richtung Piratenband verabschiedete und die Beine in die Hand nahm.

Mein Polizeihund und ich warteten, bis Richy um die nächste Ecke gebogen war, und erkundeten auf dem nächstbesten Übersichtsplan, wo sich die Tempelrutsche befand. Dann machten wir uns auf zur Abenteuerinsel.

Wir hatten gar nicht lange marschieren müssen, bis wir unser Ziel erreicht hatten. Gleich gegenüber von Neptuns Wasserwelt, einem großen Wasserspaß für kleine Menschen, zogen sich je zwei gelbe und zwei himmelblaue Rutschen in die Höhe. Über alle Rutschen lief Wasser zu Tal, was für die Geschwindigkeit der Gefährte, auf denen man da hinabsausen konnte, wohl nicht von Nachteil war. Das war keine kleine Anlage, ich schätzte die Länge der Rutschbahnen auf mindestens fünfzig Meter.

Das Gefälle war nicht sehr steil, doch zwei eingebaute kurze waagerechte Passagen sorgten während der Fahrt für einen Extrakick in Form von zwei kleinen Sprüngen. In der Mitte verlief eine durchsichtige Röhre vom Ziel im Tal bis nach oben zur Startrampe. In dem Ding wurden wohl die Vehikel zurücktransportiert. Neben den Rutschen befand sich ein grüner Stiegenaufgang, über den man die Startrampe erreichen konnte.

An der Anlage war niemand zu sehen. Wäre nicht das Wasser in sanften Wellen ins Tal geronnen, es wäre hier nichts zu hören gewesen, auch keine wild gewordene bärige Piratenband. Offenbar war das dortige Problem bereits geklärt worden. Das war schade. Denn somit würde Bellas und meinem neuen Freund Richy Huber bald auffallen, dass wir seiner Aufforderung, uns keinen Zentimeter von der Stelle zu bewegen, nicht zu hundert Prozent Folge geleistet hatten.

»Was meinst, schauen wir mal nach oben?«, fragte ich Bella.

Sie quiekte und lief den langen Gang voraus, an dessen Ende sich die grüne Stiege emporschwang. So was nenne ich mal eine gesunde und proaktive Arbeitseinstellung.

So richtig viele Stufen konnten das gar nicht gewesen sein, aber als ich auf der obersten Plattform angekommen war, realisierte ich mal wieder, dass mir ein bisserl mehr sportliche Betätigung wohl ganz guttun würde.

Wir marschierten zum Eingang des Starthäuschens, und ich warf einen Blick hinein. Hier nahmen die Rutschen also ihren Anfang. Vor jeder der vier Bahnen befand sich eine Art Startplattform, deren Funktionsweise mir noch nicht ganz klar war. Dafür erblickte ich nun erstmals die Vehikel, mit denen man sich von hier oben in die Tiefe stürzen konnte. Kleine Schlauchboote, schön ordentlich an beide Seitenwände gelehnt, für maximal zwei Personen, jeweils fünf zu beiden Seiten. In der Mitte, zwischen den Rutschen, war eine Kabine, unter der die durchsichtige Röhre jene Schlauchboote ausspuckte, die nach oben transportiert worden waren.

So langsam realisierte ich, wie die Anlage funktionierte. Das tat der Mann, der in der Kabine saß und Bella und mir den Rücken zudrehte, wahrscheinlich schon länger.

Von hinten war er nicht wirklich g'scheit zu erkennen. Es war also unmöglich zu sagen, ob es sich um Vito handelte. Das letzte Mal, dass ich ihn in freier Wildbahn gesehen hatte, hatte er mich auf dem Parkplatz vor dem Adeg in Downtown Rust angesprochen. Noch ehe ich ihn im Gegenlicht der Sonne so richtig identifizieren konnte, hatte ich schon meine Fäuste auf ihn einprasseln lassen. Instinktiv hatte ich einfach gewusst, dass es sich um Vito Violino gehandelt hatte. Die Stimme, diesen räudigen gebrochenen Ruhrgebietssprech, würde ich in meinem ganzen Leben nicht vergessen. Als ich kurz darauf fertig mit ihm war, war von seinem Gesicht nicht mehr viel zu sehen. Poidl war mächtig sauer auf mich gewesen, als er mich endlich dazu gebracht hatte, von Vito abzulassen.

Hier oben war neben dem Plätschern des Wassers nur das leise Surren der Anlage zu hören. Und die Zweige der Bäume, die in luftiger Höhe, vom Wind angetrieben, hin und wieder gegen die Wand des Starthäuschens klatschten. Es klang wie das Geklapper der Störche, unten in Rust am Rathausplatz.

Ich trat näher und klopfte an die durchsichtige Plastiktür der Kabine. Das Material fühlte sich auf den Knöcheln meiner rechten Hand ziemlich billig und weich an. Es gab sogar ein bisschen nach, als ich dagegenstieß. Als die Kabinentür kurz danach gegen mein Gesicht flog, empfand ich das allerdings als wesentlich härter und unangenehmer.

Bella war mindestens genauso verdutzt wie ich, als ich am Boden wieder zu mir kam. Was für ein Anfängerfehler. Wie kam ich nur auf die dämliche Idee zu glauben, dass Vito Violino mich sehen und vor Freude herzen würde. Stattdessen tat er das, was man sich von einem üblen Kerl wie ihm erwarten durfte. Da konnten der Poidl und die Prucknerin noch so oft erzählen, was für ein unschuldiger Lodsch er doch sei. Alles Schwachsinn.

Ich schüttelte mich einmal ordentlich und sah gerade noch, wie Vito sich eines der roten Schlauchboote schnappte und es auf die komische Stahlkonstruktion legte, die vor der gelben Rutsche ganz rechts montiert war. Jetzt checkte ich, wofür das Ding gut war. Das war eine Art Startrampe, die das Boot in eine Schräglage versetzte, damit es mit Schwung auf die Rutsche gleiten konnte. Ich sprang auf und hechtete zu Startrampe und Rutsche, doch ehe ich bei ihm ankam, hatte er schon den Startknopf gedrückt. Die Ampel schaltete auf Grün, und er war auf der Rutsche unterwegs, hinab ins Tal.

Ich schnappte mir das nächste Schlauchboot, legte es auf die türkise Rutsche daneben und sah Bella an. Jetzt oder nie. Ich klopfte mit der Hand auf den Rand des Bootes, und mit einem großen Satz sprang Bella hinein. Sie positionierte sich vor mir, zwischen meinen angewinkelten Beinen, die ihr hoffentlich während der Fahrt den nötigen Halt gaben. Ich hämmerte auf den Startknopf ein, die Rampe hob uns empor, und ab ging die Post.

Vito war mit seinem Boot gerade unten angekommen, als wir uns in Bewegung setzten. Der Fahrtwind schlackerte uns sofort um die Ohren, das Ding nahm richtig Fahrt auf. Bella wurde dynamisch gegen mich gepresst und hatte sichtlich Mühe, sich beim ersten kleinen Sprung im Boot zu halten. Auf der nächsten Schräge beschleunigte das Boot nochmals, sodass wir uns mit einem Affenzahn dem zweiten und letzten Sprung näherten.

Ich hatte keine Chance, im Auge zu behalten, was Vito unten trieb oder in welche Richtung er verschwunden war. Volle Konzentration galt dem nächsten Hupfer und meinen Bestrebungen, Bella und mich im Boot zu behalten. Ich glaubte, ein Jaulen zu vernehmen, als wir uns kurz vor dem Absprung befanden.

Und dann hob das Schlauchboot tatsächlich für einen oder zwei Meter ab, und wir befanden uns im freien Flug. Bella hob es aus dem Boot, ihre Ohren flogen in die Luft, was ein total lustiger Anblick war, den ich jedoch leider nicht so richtig genießen konnte.

Wie auch immer wir das geschafft hatten, aber kurz darauf landeten wir mit einem ordentlichen Platscher wieder im Wasser unserer Rutsche. Bella fetzte es dabei auf mich drauf, sodass mein Hinterteil nicht nur mein Gewicht, sondern auch die zwanzig Kilo meines Hundes abfedern musste. Autsch. Kurz darauf wurden wir am Ende der Rutsche eingebremst. Wir hatten überlebt. Doch von Vito war keine Spur.

Bella sprang aus dem Boot und presste dabei ihre Pfoten inklusive Krallen in meine Weichteile, was einen sehr unschönen Schmerz hinterließ. Schwanzwedelnd stand sie nun neben dem Boot und schien es nicht erwarten zu können, dass ich mich aus selbigem wuchtete. Als ich mich schließlich wieder in der Vertikalen befand und den Zielbereich der Rutsche verlassen hatte, lief Bella sofort wieder in Richtung des grünen Stiegenaufgangs. Sie hopste immer wieder vor und zurück, bellte zwischendurch, wedelte weiterhin mit dem Schwanz. Da schien jemand auf den Geschmack gekommen zu sein.

Sollten wir im kommenden Sommer nicht mit einem Trip auf die Malediven oder nach Mallorca verplant sein, könnte ich uns beide ja mal bei der neuen Staffel von »Top Dog« auf RTL anmelden.

Machts net so ein Spektakel!

»Was ist so schwer daran zu verstehen, dass Sie bei der Drachenbahn auf mich warten sollen?«, machte der Mitarbeiter des Familyparks kurz darauf Bellas Hoffnungen auf eine erneute Rutschpartie zunichte. »Sind Sie da jetzt echt mit dem Hund runtergerutscht? Seids ihr irgendwo ang'rennt, oder was? Raus mit euch!«, schrie er uns an.

Und tja, wir hatten hier irgendwie keinen Auftrag mehr, insofern leisteten wir seiner Bitte höflich Folge und wehrten uns nicht gegen seine etwas ruppige Eskorte. Das Geräusch des hinter uns ins Schloss fallenden Tores beim Ausgang hallte noch einige Zeit in meinen Ohren nach. Ob es ihm ähnlich erging und er deshalb auf meine abschließende Frage nach eventuellen Dienstwohnungen der Mitarbeitenden nicht antwortete, konnte ich nicht eruieren. Fakt war: Sie blieb unbeantwortet.

Bella und ich stellten uns zur Bushaltestelle. Ich kramte mein Handy heraus und rief den Poidl an. Ohne Erfolg. Außer einer Ansage, die mir mitteilte, dass der angerufene Teilnehmer gerade nicht erreichbar sei, bekam ich nichts zu hören.

»Was mach ma jetzt?«, fragte ich Bella, die es sich neben mir auf dem Asphalt gemütlich gemacht hatte.

Auf unserer Liste stand die Befragung von Lena, der Schwester von Karin und Norbert Pasche. Um ein vollständiges Bild von der Situation in der Familie zu erhalten, war es unbedingt notwendig, auch mit ihr zu sprechen.

Dann musste ich dem Anwalt einen unauffälligen Besuch abstatten und mich ein bisschen durch seine Unterlagen wühlen. Wer wusste schon, was für Material zum Nachlass von Hans und Liesl Pasche ich dort noch finden würde. Dafür war es aber notwendig, irgendwie seinen Fitnessgorilla aus dem Spiel zu nehmen. Nachts dort einzusteigen war keine Option, da Schweigl in seinen Räumlichkeiten auch zu nächtigen pflegte, wie ich zwischenzeitlich in Erfahrung gebracht hatte.

Für ein g'scheites Ablenkungsmanöver brauchte ich also jemanden vom Kaliber eines Vito Violino. Ich konnte ja schlecht die Prucknerin oder Castle vorschicken und dadurch einen der beiden in Gefahr bringen.

Und dann war da noch diese Limousine, die mir nicht aus dem Kopf ging, seitdem Bella ihr in Gols hinterhergeknurrt hatte, während ich versucht hatte, Informationen aus Norbert Pasche herauszubekommen. Und gefühlt hundert andere Dinge …

»Soll ich euch Vögel mitnehmen?«

Ich hatte gar nicht mitbekommen, dass da plötzlich ein Auto vor uns gehalten hatte. Bella und ich sahen auf. Kein Wunder, dass wir nichts gehört hatten. Das war ein Elektroauto. Erst die Taxiprucknerin, jetzt dieser Wagen. Waren wohl schwer in Mode, diese leisen Flitzer.

Das Seitenfenster war heruntergefahren worden, und vom Fahrersitz sah uns niemand geringerer als Vito Violino an. Trotz seiner Sonnenbrille ganz deutlich zu erkennen. Die kurzen pechschwarzen Lockerln, der Drei-Tage-Bart, Kaugummi in der Goschn. Er sah aus, das musste man leider so plump sagen, wie ein Mafiaheinzi.

»Kommt drauf an«, antwortete ich mürrisch.

»Worauf denn?«

»Ob meine Freundin und ich dann in einem Betonfass am Grund des Neusiedler Sees landen?«

»Dafür ist der viel zu seicht.« Schau an, der Drecksack verfügte bereits über Ortskenntnisse. »Nach der kleinen Action könnte ich was zum Beißen vertragen. Ihr doch sicher auch«, fuhr er fort.

Bella spitzte sofort die Ohren. Mit Essen hatte man sie natürlich sofort immer. Also wirklich immer. Außer ihr war jemand unsympathisch. Dann konnte man ihr auch eine Frankfurter vor die Nase halten, und sie würde nicht schwach werden. Meistens jedenfalls. Dass sie nun das Auto und Vito nicht sofort anknurrte, gab mir auf echt depperte Art und Weise ein beruhigendes Gefühl.

Während der Fahrt, die nicht länger als eine Viertelstunde dauerte und bei der wir nur viermal abbiegen mussten, davon lediglich zwei Kreisverkehre, schwiegen wir uns gründlich an. Bella war wohl nicht ganz unstolz, in so einem feschen Audi Q8 e-tron fahren zu dürfen. Sie fühlte sich pudelwohl.

Vito parkte sich schließlich in der Ruster Straße in Schützen ein. Das sah hier nicht nach einem Wirt im klassischen Sinne aus. Mehrere Weinfässer standen vor der blauen Fassade, deren Fenster und Tür in einem beigen Farbton eingerahmt worden waren. Wir gingen ums Haus herum, und dort stand, quasi im Vorgarten, ein schwarzer Foodtruck, auf dessen Motorhaube in weißer Schrift »Meet Luv« zu lesen war.

Das Logo auf dem Aufbau hinter der Fahrerkabine bestand aus einem Burger mit zwei Hörnern und einer Zunge, die sich aus dem Fleischlaberl übers Maul schleckte. Ich konnte mir nun ausmalen, in welche kulinarische Richtung es hier ging. Und Bella auch. Hinter dem Foodtruck stand an der Fassade über dem Türeingang das Wörtchen »Leeb«. Darüber war im ersten Stock zwischen den beiden Fenstern ein Bild aufgepinselt worden. Ich hatte keine Chance zu identifizieren, worum es da ging. So viel Kunstsachverstand besaß ich leider nicht.

»Einmal den Wödburger«, gab Vito, ohne zu überlegen, seine Bestellung bei dem Foodtruck auf.

Offenbar Stammgast.

»Mit Fancy Fries?«, fragte der Kerl im Inneren des Trucks.

Ich schätzte ihn auf Ende vierzig, Anfang fünfzig, wusste aber aus Erfahrung, dass ich mich damit auch kolossal verschätzen konnte. Er wirkte gut gelaunt und entspannt. Keine Ahnung, ob er ahnte, wen er da gerade vor sich stehen hatte, oder ob die beiden sich schon miteinander bekannt gemacht hatten. Ich hatte jedenfalls nicht den Eindruck, dass Vitos Ruf ihm hier in Schützen am Gebirge vorausgeeilt wäre.

»Na klar, Meister«, bejahte Vito.

Ich studierte die Karte und erblickte zu meiner großen Begeisterung eine Currywurstbox darauf. Interessant, erst die Currywurstsoße in Jois, jetzt die Wurst als Spezialität in Schützen. Rollte da etwa gerade eine Currywurstwelle durch die Region? Die musste ich probieren.

Die Box wurde mit Würstel vom Grill, Currysoße, Coleslaw, Crunchy Onions und bunten Pommes gefüllt. Ich war ein großer Freund der heimischen Mehlspeisküche, aber wenn es um Wurst ging, war die Currywurst bei Matzes Frittenbude in Essen das Nonplusultra. Und ich war zu gespannt, ob die Neusiedler Variante es mit einer Currywurst aus dem Ruhrgebiet aufnehmen konnte. Etwas, das bisher noch keine Currywurst in Österreich zu vollbringen wusste.

»Ja klar, mach ich euch beiden«, sagte der Kerl. »Und was gibt's für die junge Dame?«, fragte er und blickte zu meiner Hündin.

Woher wusste der denn, dass Bella sich als Dame betrachtete, obwohl sie, rein biologisch betrachtet, ein Bello war? Kannte er sie vielleicht? Wie auch immer, die alte Kostverächterin wedelte sofort mit dem Schwanz, was dafür sorgte, dass der Staub auf der Straße durch die Luft zu wirbeln begann.

»Sie isst bei mir mit«, erklärte ich.

»Geht klar.«

Bellas Schwanzwedeln erlahmte noch im selben Moment, die aufgewirbelten Staubpartikel sanken ebenso traurig zu Boden.

»Habts ihr was vor in Gschieß, oder seids nur auf der Durchreise?«, fragte er.

»Durchreise«, erklärte Vito.

Damit war das Gespräch beendet.

Während wir auf unser Essen warteten, wechselten wir kein Wort miteinander. Der Kerl im Foodtruck wird sich sonst was über uns ausgemalt haben. Zwei komische Typen mit Hund fahren in einem brandneuen Elektroschlitten vor und warten dann stumm auf ihr Essen. Das gab sicher genug Material für eine feine Tratscherei am abendlichen Stammtisch her.

»Bitte sehr«, durchbrach der Wirt schließlich die Stille. »Ihr könnts euch da gleich zu den Tischen setzen.«

»Danke«, sagten Vito und ich im Chor.

»Und für das Frauchen hab ich da ein bisserl Faschiertes ohne Gewürz angebraten, lass es dir schmecken«, fügte er hinzu. »Alles bio, Top-Qualität!« Er zwinkerte Bella verschwörerisch zu und reichte uns eine weitere kleine Pappbox, in der tatsächlich ein bisserl faschiertes Fleisch für Bella vor sich hin dampfte.

Wir nahmen unser Essen und marschierten, Bella inklusive, in den empfohlenen Vorgarten.

Lediglich das Schmatzen unterbrach immer wieder die Stille. Wobei ich an dieser Stelle fairerweise dazusagen muss, dass Bella und ich nicht die Verursacher waren, die für diese akustische Belästigung hauptverantwortlich zeichneten.

»Das hat ganz schön wehgetan, als du mir im Sommer die Fresse poliert hast«, erklärte Vito schließlich, als er Burger und Pommes finalisiert hatte.

»Das war auch Sinn und Zweck der Aktion«, freute ich mich.

»Entsprach aber nicht den Spielregeln«, sagte er. »Du bist kein Polizist mehr. Und ich habe mich von der Familie losgesagt.«

»Kein Familienmitglied sagt sich jemals von seiner Sippe los. Die einzige Ausnahme ist das eigene Begräbnis.«

»Und um diesem unschönen Anlass zu entgehen, bin ich hierhergekommen.«

»Das kannst du hier den Dorfpolizisten erzählen, Vito. Aber nicht mir. Dafür kenne ich dich zu lange und zu gut. Du hast schon als Kind in Mafiabettwäsche geschlafen. Das legt man nicht einfach so ab. Du hast Menschen auf dem Gewissen. Du hast meine Frau umbringen lassen.«

Der Poidl und mittlerweile auch Ralf in Essen hatten mir glaubwürdig versichert, dass Vito nichts mit dem Tod von Luise zu tun hatte. Ich konnte diesen Gedanken aber trotzdem nicht einfach so vom Tisch wischen.

»Das habe ich nicht«, wandte er sofort ein. »Das war Heinz.«

»Bullshit, Vito. Dein kleiner Bruder hat nicht das Standing, so etwas zu veranlassen. Niemand in der Familie macht so was am Chef vorbei.«

»Genau darum ging es ihm ja«, antwortete er und putzte sich mit einer Serviette fein säuberlich die Mundwinkel sauber.

»*Worum* ging es ihm?«

»Er wollte mich herausfordern. Es ging gar nicht um deine Frau, sie war ein bedauernswerter Kollateralschaden. Es ging um den Machtkampf mit mir.«

Kollateralschaden. Was für ein Arschloch.

»So ein Schwachsinn.«

»Kein Schwachsinn, glaub mir bitte. Er hatte schon länger versucht, die alte Generation abzulösen, und fühlte sich zu Höherem berufen, als nur die Nummer drei zu sein. Beziehungsweise die Nummer zwei, nachdem du Tonio aus dem Weg geräumt hattest.«

»Die Blutvergiftung deines Bruders geht ja wohl nicht auf meine Kappe«, erwiderte ich.

»Die Blutvergiftung hat er sich eingefangen, nachdem du ihn mit einer Gartenkralle attackiert hast. Und das war mein Bruder, verdammt noch mal. Mein Lieblingsbruder, im Vergleich zu dieser Knalltüte Heinz. Wenn das mal nicht mindestens so schwer wiegt wie der Tod deiner Frau.«

Und das ausgerechnet aus dem Mund eines Mafiapaten. Aber ja, da hatte Vito natürlich einen Punkt. Trotzdem konnte ich ihm nicht einfach so recht geben.

»Und euer Überfall auf mich, als ihr plötzlich in Essen in meiner Wohnung aufgetaucht seid? War das auch nur ein Kollateralschaden?«

»Du wirst verstehen, dass ich auf deinen Angriff auf Tonio reagieren musste. Du hattest den Tod eines Familienmitglieds zu verantworten. Das konnte nicht ohne Reaktion bleiben. Aber dir wäre nicht ernstlich etwas passiert, wir hätten dich lediglich vermöbelt und irgendwo gut sichtbar deponiert, damit alle wissen, dass mit mir nach wie vor zu rechnen ist. Das wäre auch eine wichtige Botschaft an Heinz gewesen. Dass du uns damals entwischt bist, hat meine Position leider nicht gestärkt.«

»Und die beiden Trottel, die du mir letztes Jahr an den Neusiedler See hinterhergeschickt hast?«

»Haha«, lachte Vito dreckig. »Das war auch Heinz' Idee. Er konnte natürlich niemanden aus der Familie mit der Suche nach dir beauftragen, also hat er die beiden Amateure an den See geschickt, um dich zu finden und zu töten. Glaubst du wirklich, dass du eine Chance gegen zwei echte Profis gehabt hättest?«

Sonderlich geschickt hatten sich die beiden Fantasinos damals wirklich nicht angestellt.

»Du willst mir also weismachen, dass du die Unschuld vom Lande bist und dich jetzt vor der Familie hierher geflüchtet hast? Ausgerechnet zu mir an den Neusiedler See?«

»Ich will dir gar nichts weismachen. Ich sage dir, wie es ist. Ob du es mir glaubst oder nicht, liegt in Gottes Hand. Und ich würde es auch verstehen, wenn du mir noch mal eine reinhauen würdest. Weil es nun mal deine Braut war, die gestorben ist.«

Ich legte den kleinen Holzspieß, den ich zum Essen der Currywurst bekommen hatte, auf den Tisch und fetzte Vito mit der Faust eine gegen die rechte Wange, dass ihm der halbe

Wödburger wieder aus seiner Goschn geflogen wäre, hätte sich dieser noch zwischen seinen Zähnen befunden.

»Ey, das war doch nicht wörtlich gemeint!«, schrie er mich an.

»Hey, dahinten, machts net so ein Spektakel, verstanden?«, rief der Foodtruck-Besitzer.

Das tat richtig weh. Mir und ihm. Aber das tat auch richtig gut. Verdammt gut.

»Warum der Neusiedler See?«, kehrte ich wieder zu unserem Frage-und-Antwort-Spiel zurück.

Vitos Aufmerksamkeit wurde von einem schwarzen SUV auf der Hauptstraße abgelenkt. Ungefähr so hatte ich in meinen ersten Monaten hier am See auf auffällige Fahrzeuge reagiert, die die Straße entlangfuhren oder irgendwo in meiner Nähe parkten. Ganz besonders deutsche Kennzeichen hatte ich damals im Blick. Dieser SUV hier, der stammte aber ganz offensichtlich nicht aus Deutschland, sondern aus dem Bezirk Bruck an der Leitha.

»Wegen dir«, erklärte er, als der SUV nicht mehr zu sehen war.

»Wegen mir?«, entfuhr es mir.

»Auf Dauer würde ich nicht allein gegen die Familie ankommen. Ich brauche Unterstützung.«

»Die erwartest du dir ausgerechnet von mir?«

»Du kennst die Familie in- und auswendig, seitdem du beim LKA in Essen warst.«

»Offenbar nicht in- und auswendig genug, wenn ich nicht mitbekommen habe, was du mir gerade über Heinz und seine Bestrebungen, dich vom Thron zu stoßen, erzählt hast.«

»Es ist total okay, wenn du mir nicht sofort glaubst«, erklärte Vito, während sich ein Pärchen zum Foodtruck stellte und eine Essensbestellung aufgab.

Beide um die dreißig Jahre alt, trainiert. Freizeitkleidung. Er trug so eine neumodische Brusttasche quer über den Oberkörper. Ein ideales Versteck für eine Waffe. Fuck. Ich hatte meine Paranoia gegenüber anderen Leuten gerade erst halbwegs abgelegt, und dank Vito begann mein Unterbewusstsein nun wieder damit, alles und jeden um mich herum auf mögliche Gefahren abzuscannen.

»Dir ist gleich sein dämlicher Brustbeutel aufgefallen, oder?«, sagte Vito plötzlich.

Ich nickte. Gab ich ihm halt doch einmal recht. Einmal ist keinmal.

»Wie gesagt, ich habe kein Problem damit, wenn du anzweifelst, was ich dir sage. Du wärst ein schlechter Ermittler, wenn du es nicht machen würdest. Aber bedenke, dass wir denselben Gegner haben. Mehr verlange ich gar nicht von dir.«

Das Pärchen setzte sich neben uns an einen freien Tisch. Sie hatten beide den Burger sowie ein Fritz-Kola vor sich stehen und freuten sich sichtlich auf den bevorstehenden kulinarischen Genuss.

»Und du willst dich hier verstecken bis zum Ende deiner Tage?«, fragte ich mit gedämpfter Stimme.

»Keine Ahnung. Was ist denn dein Plan?«

Welcher Plan?

»Warum hat Heinz Luise als Ziel gewählt?«

Vito sah mich ernst an. Er schien seine Worte gut abwägen zu wollen. Er wollte mich nicht sauer machen.

»Heinz kannte die Regeln der Familie. Und dazu gehörte auch, keine persönlichen Angriffe auf die Ermittlungsbehörden zu tätigen. Das ist wie ein Stich ins Wespennest. So mies die Polizeibehörden auch ausgestattet sind, aber mit einem solchen Angriff fixt du sie an. Die mobilisieren dann alles gegen dich. Du hast keine ruhige Sekunde mehr. Und das ist schlecht fürs Geschäft.«

»Luise war nicht Teil der Ermittlungsbehörden. Sie war ein Teil von mir.«

Über meinen Körper breitete sich eine Ganslhaut aus, die sich gewaschen hatte.

»Ganz genau. Was noch schlimmer war. Polizisten leben mit der Gefahr, sie entscheiden sich bewusst dafür. Aber wenn sie sich um ihre Familien sorgen müssen, hört der Spaß wirklich auf. Heinz brach also die Regeln, nicht nur um meine Autorität über die Familie herauszufordern, sondern um mir das Wespennest auf den Hals zu hetzen. Und während ich mich mit dir und deinen Kollegen herumplagen musste, konnte er in aller Ruhe weiterhin an meinem Stuhl sägen.«

»Und Heinz ist jetzt der Chef?«

»Heinz ist jetzt der Chef«, antwortete er. »Ich bin zum Abschuss freigegeben. Genauso wie du.«

Immerhin wusste ich nun, wie die Aktien standen. Und dass die Currywurst in Schützen es durchaus mit jener von Matze in Essen aufnehmen konnte.

Du schon wieder!

Es fühlte sich grundfalsch an, gemeinsam mit Vito nach Eisenstadt zu fahren. Mit einem Mafiapaten, den ich jahrelang zu überführen versucht hatte. Und der, da konnte er erzählen, was er wollte, in Verbindung zum Mord an meiner Frau stand. Aber was gab es Besseres, um sich von seiner angeblichen Loyalität zu überzeugen, als gemeinsam ein krummes Ding zu drehen? Und wer weiß, vielleicht würde er sich ja verquatschen, je mehr Zeit wir miteinander verbrachten. Je wohler er sich in meiner Anwesenheit fühlte, desto größer die Gefahr für ihn, dass er Dinge aus seinem Leben als Mafiapate erzählte, die er vielleicht besser für sich behalten hätte. Was für ihn eine Gefahr, war für mich eine Chance. Und bis es so weit war, konnte er ruhig ein paar Hilfsdienstleistungen für mich erbringen.

Wir parkten uns in einer Seitengasse vor dem ehemaligen Hotel Burgenland ein, um mit dem Q8 nicht allzu sehr aufzufallen.

Dann ging es im Gleichschritt zur Anwaltskanzlei, Bella stets im Schlepptau hinter uns. Sie würde wieder auf dem Fleckerl Wiese Schmiere stehen.

Den Masterplan hatten Vito und ich auf dem Weg nach Eisenstadt besprochen. Er sollte den Gorilla im Büro des Anwalts ablenken, damit ich mir in aller Ruhe ein Bild von den zur Familie Pasche abgelegten Dokumenten verschaffen konnte. Dass der Anwalt selbst nicht vor Ort, sondern bei einem Kl--ententermin war, hatten wir mit Hilfe eines Fakeanrufs auf dem Weg nach Eisenstadt herausbekommen.

Ich positionierte mich mit Bella im Eingang zum benachbarten Kaffeehaus. Sobald Vito mit dem Gorilla rausmarschiert war, würde ich meine Vierbeinerin auf der Wiese positionieren und in die Kanzlei schlüpfen.

Als die beiden kurz darauf rauskamen, fiel mir erst auf, wie klein Vito eigentlich war. Ein richtiger Danny DeVito, so rein größentechnisch. Als sie um die Hausecke verschwunden waren, machten Bella und ich uns ans Werk. Meine Gefährtin übernahm die Stellung auf der Wiese, von der aus sie die Rückkehr von Vito und Gorilla mitbekommen würde. In genau diesem Moment sollte sie Laut geben.

Ich knackte das Schloss und schlüpfte ins Innere der Kanzlei. Dieses war genauso schmucklos ausgestaltet, wie man es sich von einer Anwaltskanzlei in einer Zwölftausend-Einwohner-Stadt erwarten würde. Die Inneneinrichtung und die View auf eine Hochhauskulisse, die man in »Ein Fall für zwei« genießen konnte, suchte man hier vergeblich. Stattdessen miefige Büroeinrichtung. Dafür hing an der Wand ein Selbstporträt von Hermann Schweigl, das offenbar ein untalentierter Volksschüler in einer unmotivierten Supplierstunde gemalt hatte. Schweigl sah auf diesem Bildnis wie ein glatzerter Priester aus. Es fehlte lediglich der Heiligenschein.

Ich machte mich an einem Aktenschrank zu schaffen. Dass es heutzutage neben Dateien im Computer überhaupt noch haptische Akten gab, grenzte für mich an ein Wunder. Aber sollte mir in diesem Fall recht sein. Nicht weiter verwunderlich dagegen war die Tatsache, dass der Aktenschrank versperrt war. In den Laden der Schreibtische fand ich ebenso wenig einen Schlüssel wie im dazugehörigen Kasten an der Tür. Das wäre wohl auch zu einfach gewesen. Also holte ich meinen Dietrich erneut aus der Jeansjacke und versuchte mein Glück. Kurz darauf rollte mir die Lade mit der Bezeichnung »K–S« entspannt entgegen. Ich wühlte mich durch die Karteiblätter und stellte fest, dass es da eigentlich wenig passendes Aktenmaterial gab. Überhaupt war die Lade zur Hälfte leer. Hatte die Kanzlei doch innerhalb der vergangenen dreißig Jahre den Absprung ins EDV-Zeitalter geschafft?

Ich zog eine dünne blaue Mappe heraus, auf der mit Handschrift recht unleserlich der Familienname Pasche notiert worden war, und setzte mich auf einen Bürostuhl.

Ich fand anwaltschaftliche Schreiben, die Hermann Schweigl oder sein Bruder im Namen der Firma Pasche aufgesetzt hatten, großteils aus dem Jahre Schnee. Rechnungen, die für die Jahre ab 1978 jeweils im Jänner für die Leistungen des Vorjahres ausgestellt worden waren. Dazu weitere Korrespondenz über Aufträge, Verfahren oder Streitereien vor Gericht, allesamt nicht jüngeren Datums als 1994. Das war dann wohl das Jahr, in dem die Kanzlei auf elektronische Datenverwaltung umgestellt hatte. Soweit ich das überblicken konnte, fand sich nichts in der Mappe, was irgendeinen Wert für meine Nachforschungen besaß. Kein Schriftstück, nicht einmal die Erwähnung eines Testaments war dabei.

Ich legte die Mappe zurück in die Lade und schob diese zu. Der Computer, der auf einem der beiden Schreibtische stand, war unter Garantie passwortgeschützt. Trotzdem versuchte ich mein Glück und holte ihn mit Hilfe von ein paar hektischen Bewegungen mit der Maus aus seiner Bildschirmsperre. Es erschien tatsächlich eine Maske zur Eingabe eines Passwortes. Na toll. Auf dem zweiten Schreibtisch stand erst gar kein Computer. Wahrscheinlich war der Herr Anwalt mit seinem Laptop mobil unterwegs.

Ich sah mich um. Außer dem Aktenschrank fand ich hier nichts, was nach weiterer Dokumentenaufbewahrung aussah. Schon gar keinen Safe. Zur Sicherheit schob ich das schreckliche Selbstporträt ein wenig zur Seite, um einen Blick auf die dahinterliegende Mauer zu werfen. Doch auch dort verbarg sich kein raffiniert eingebauter Panzerschrank, sondern einfach nur noch mehr von der in die Jahre gekommenen hellbraunen Tapete. Blieb also nur noch eine Möglichkeit, wo man in diesen Räumlichkeiten etwas verstecken konnte.

Ich öffnete eine weitere Tür, die aus diesem Raum führte. Dahinter lag ein schmaler Gang. Ebenso schmucklos eingerichtet, die gleiche hellbraune Tapete, ein Russenluster hing von der Decke und sorgte für die nötige Helligkeit. Zwei weitere Türen gingen vom Flur ab. Hinter einer verbarg sich ein kleines Badezimmer, inklusive Duschtasse und WC. Die andere Tür führte in eine, nun ja, ziemliche Überraschung. Denn ich fand mich in einem Surferboy-Zimmer aus den 1970ern wieder. Wirkte fast so, als ob sich da jemand sein Jugendzimmer nachgebaut hätte. Und da fiel mir ein, dass Schweigl, der Anwalt, in einem ziemlich dämlichen Hawaiishirt in der Villa Pasche aufgetaucht war. Lebte da etwa jemand seinen Kindheitstraum?

Das in der Mitte des Raumes stehende Bett war in einen Traum von Südsee gekleidet, auf dem Bettbezug bretterte ein Surfer übers zerknitterte Wasser. Da die Decke ziemlich verwurschtelt war, konnte man nicht erkennen, ob er es schaffen würde, die Welle auch tatsächlich zu reiten, bevor sie brach.

An einer Wand hingen, fein säuberlich übereinandergestapelt, drei Surfboards. Ich hatte solche Teile noch nie in real gesehen. Sie kamen mir wesentlich größer vor, als ich sie erwartet hätte. In einem Regal gegenüber befand sich eine CD-Sammlung mit so ziemlich allen Platten von den Beach Boys, Jack Johnson und Co. Der perfekte Surfsoundtrack. Darüber hing etwas, das aussah wie eine Goldene Schallplatte. Bei genauerer Betrachtung stellte es sich als eine Art Zertifikat heraus, das Hermann »The Austrian« Schweigl von einem Surferclub im brasilianischen São Miguel do Gostoso verliehen bekommen hatte. Im Jahr 2010. Seine goldenen Surfertage lagen also schon ein Zeiterl in der Vergangenheit.

Was nicht mit Surfboards oder Utensilien vollgestopft war,

war mit einer Surf-Fototapete ausgekleidet worden. Vor dem einzigen Fenster, das wohl in den Hinterhof des Gebäudes ging, hing ein Rollo, auf dem sich eine südländische Schönheit vor einer Palme rekelte. Als ich dieses nach oben schnappen ließ, erkannte ich, dass ich mich geirrt hatte. Der Raum verfügte über gar kein Fenster. Hinter dem Rollo verbarg sich die gleiche Fototapete wie auch im Rest. Eine Küchenzeile rundete das Bild dieses surfenden Kuriositätenkabinetts ab.

Ich hockte mich auf die zerknitterte Bettdecke und überlegte. Wo könnte man etwas in diesem feuchten Jugendtraum verstecken? Etwas Wertvolles? Etwas, das niemand so leicht finden sollte? Ich hatte keine Ahnung. Das Bett stand auf vier Sockeln, darunter staubten ein paar Schachteln vor sich hin, die bei näherer Betrachtung weitere Surfdevotionalien preisgaben. Die Fotos an der Wand dokumentierten das Surfleben des Hermann S., der sich in den vergangenen Jahren wohl recht häufig in Brasilien und anderen Surfparadiesen aufgehalten hatte. Wie finanzierte der Kerl das bloß alles? Das musste ja für einen durchschnittlichen Anwalt nicht gar so locker leistbar gewesen sein. Im Kleiderschrank sorgte der Anblick von Dutzenden Hawaiishirts für ein plötzlich einsetzendes fortgeschrittenes Stadium der Farbseuche in meinen Augen.

Ich hielt inne. Blickte mich um. Ging erneut zur Goldenen Schallplatte. Hob diese einen Spalt an. Und siehe da, dahinter verbarg sich tatsächlich ein Sicherheitsschrank. Kein Safe, zum Glück. Sondern lediglich etwas, das aussah wie ein Schaltkasten für Sicherungen, den man normalerweise im Abstellraum fand. Vielleicht war es ja auch tatsächlich nur der Schaltkasten. Doch da war kein Griff, kein Schlüsselloch, gar nichts. Ich umfuhr das Ding mit meinen Fingern, versuchte, mit meinem männlichen Feingefühl zu erspüren, ob da irgendein versteckter Mechanismus war, eine Einkerbung, was auch immer. Doch da war nichts. Mir lief die Zeit sicherlich schon mit Siebenmeilenstiefeln davon, irgendwann würden der Gorilla und Vito zurückkommen.

Was sollte ich tun? Das Ganze abbrechen und mich aus dem

Staub machen? In Ruhe überlegen, wie ich an den Inhalt des Kastens kommen konnte, und dann noch mal mit Vito herkommen? Oder es drauf ankommen lassen und dem anwaltschaftlichen Etablissement doch einen Besuch in der Nacht abstatten? Ich hockte mich erneut aufs Bett, wollte für eine Sekunde meine Gedanken ordnen. Ich blickte mich um. All dieser Surf-Nerd-Krempel. Wie ging noch gleich die Melodie von »Surfin' U.S.A.« von den Beach Boys? Ich pfiff den Refrain vor mich hin, mehr schlecht als recht. Doch offenbar gut genug, damit es plötzlich knack machte und die Tür des geheimen Sicherheitskastens aufschnappte.

Das war ein akustisches Schloss, Teufel auch! Ich sprang auf, um mir den Inhalt näher anzusehen. Da lagen Geldscheine, heimische Euros in großen Banknoten, brasilianische Reals, Kreditkarten und allerlei Papierkram. Gleich die oberste Dokumentenmappe führte mich zum Ziel. Wahrscheinlich, weil Schweigl diese erst vor Kurzem selbst in Augenschein genommen hatte. Ich schlug sie auf, holte mein Handy heraus und begann zu fotografieren. Ich verschwendete erst gar keine wertvollen Sekunden damit, alles zu lesen, sondern machte ein Foto nach dem anderen. In der Hoffnung, noch genug Zeit zu haben, bevor Bella mich vorwarnen und ich mich aus dem Staub machen musste. Seite um Seite fotografierte ich, bis sich plötzlich etwas in der Kanzlei tat.

Ich horchte aufmerksam.

»Nimm deine Beine in die Hand!«, rief Vito, nachdem er die Tür aufgerissen hatte. Er hatte es offenbar in die leere Kanzlei gerufen, denn ich saß ja hier hinten in Surfers Paradise und ließ die Kamerafunktion meines Smartphones glühen.

Ich nahm mit, was ich zu greifen bekommen konnte, und rannte nach draußen. Dort blickte ich nach links. Vito war auf dem Weg zu seinem Auto, weit vor ihm rannte Bella in dieselbe Richtung. Dann sah ich nach rechts.

»Du schon wieder! Dich greif ich mir!«

Der Gorilla war vielleicht noch zehn Meter von mir entfernt, viel zu wenig, um erfolgreich meinen Turbo zu zünden, um ihm zu entkommen. Der war immerhin bereits voll im Verfolgungsspurtmodus.

»Was ist das denn?«, blieb ich ganz cool stehen und zeigte hinter ihn.

Der Kerl blieb tatsächlich stehen und drehte sich um. Ich dagegen tat wie Vito mir geheißen und rannte in die entgegengesetzte Richtung um mein Leben.

»Das war verdammt knapp«, keuchte Vito, während er auf den Startknopf drückte.

»Vito?«

»Ja?«

Er sah zu mir und ich haute ihm eine runter. Nicht noch mal mit der Faust, das hätte auch mir zu sehr wehgetan. Sondern mit der flachen Hand.

»Scheiße, verdammt!«, fluchte er, nachdem er sein Gesicht wieder genordet hatte. »Das tat weh!«

»Gib halt endlich Gas«, heischte ich ihn an.

Fünf, vielleicht fünfeinhalb Meter bevor der Kerl auf Höhe des Audis war, setzten wir uns in Bewegung und brausten davon.

18. Juli 1995, 20:40 Uhr

War es der Rauch der bengalischen Feuer, der immer wieder in kleinen Schwaden durch das Stadion zog? Oder hatte Wolfgang etwas Falsches gegessen?

An den drei Bechern mit g'spritztem Weißwein konnte es jedenfalls nicht gelegen haben, dass Wolfgang die Spieler auf dem Platz jeweils mit einem dezenten Schatten über das Feld rennen sah. In seinem Magen schien ein riesiger Klumpen zu liegen, so als ob er am Büfett einer Buschenschank zu viel erwischt hätte. Was war nur los? Er kniff immer wieder die Lider zusammen, rieb sich mit dem Finger über die Augen, doch nichts davon half. Dieser seltsame Filter vor seinen Augen, er blieb bestehen.

Das änderte sich auch nicht, als er zu seinem Bruder Hans sah. Der stand nach wie vor direkt neben ihm, doch obwohl er sich augenscheinlich nicht bewegte, schien er vor Wolfgangs Augen hin- und herzuwanken. Wie ein hochgewachsener schmaler Baum, der sich nicht entscheiden konnte, in welche Himmelsrichtung er sich neigen sollte. Wie die einst gewaltige Linde, die dem Stadion seinen Namen gegeben hatte.

Die Frau im Schatten seines Bruders befand sich auch immer noch an ihrem Platz. So richtig sehen konnte Wolfgang aber auch sie nicht. Zu mächtig erschien ihm sein Bruder in diesem Moment, aus dessen Schatten er niemals würde heraustreten können.

»Du schaust irgendwie net so gut aus«, stellte Hans fest, als er Wolfgangs wirre Blicke wahrnahm. »War dir der Wein ein bisserl zu viel?«

»Na, na, geht schon«, stotterte Wolfgang.

Er stellte den noch halb gefüllten Becher auf den Boden, spürte die sommerliche Wärme des zu Ende gehenden Tages, die der Beton gespeichert hatte.

Nun bemerkte er, wie die Frau neben Hans sich vorbeugte und zu ihm blickte.

»Schaut wirklich net gut aus«, gab sie Hans recht. »Vielleicht zu lange in der Sonne gewesen?«

»Magst dich vielleicht irgendwo hinlegen?«, fragte nun wieder sein Bruder.

Wie fürsorglich. So kannte Wolfgang ihn gar nicht.

Und dann brach auf einmal großes Geschrei aus. Da war etwas passiert. Wolfgang richtete sich auf und versuchte, sich wieder auf das Geschehen auf dem Fußballplatz zu konzentrieren.

»Didi Kühbauer, schalalalala, Didi Kühbauer, schaaaaalalalalala«, stimmten die Leute fast im ganzen Stadion an.

»Wahnsinn, wie der Kühbauer dem Kamps dieses Goal eing'schenkt hat, hast das g'sehn?«, fragte Hans seinen Bruder und klopfte ihm auf den Rücken. So stark, dass es Wolfgang fast nach vorne auf das steinerne Geländer g'haut hätte.

Dienstag

Das Gerede im Dorf und so

Schweden ist so ein schönes Land. Ich war noch nie dort, aber alles, was man darüber hört, klingt grundsolide. Das Land ist groß genug, damit sich dessen Einwohner in irgendeiner einsamen Einöde verkriechen können, wenn man sich mal auf die Nerven geht. Überall stehen diese niedlichen roten Holzhäuser herum. Und das Beste: Schweden ist umzingelt von genauso drolligen Ländern, die seit den großen skandinavischen Eroberungszügen allesamt keinen Bock mehr auf Krieg gegeneinander haben. Und wenn man nicht gerade zu Mittsommer wilde Partys am Strand feiert, isst man jeden Tag Köttbullar und trinkt Glögg.

Woher das Talent der Schweden rührte, eine der erfolgreichsten Möbelketten des Planeten auf die Beine zu stellen, erschloss sich mir dagegen nicht so. Was gab es in Schweden, das es in Norwegen, Dänemark oder Finnland so nicht gab?

Das störte aber wahrscheinlich weder die schwedische Firma noch Lena Pasche, die in einer Filiale des Konzerns am Wiener Westbahnhof ihrem Brotjob nachging und damit eines jener Bilder über Burgenländer mit Leben füllte, die man als gebürtiger Wiener über das östlichste Bundesland so hat: Es ist ein Land der Pendler.

Angeblich verlassen fast drei Viertel der Burgenländerinnen und Burgenländer ihren Heimatort, um zur Arbeit zu fahren, viele davon ins nahe Wien. Als man noch nicht innerhalb eines Tages durchs ganze Land vom Neusiedler See zum Bodensee fahren konnte, sorgte Arbeitsmigration für Slums und überfüllte Städte in der Hauptstadt, heutzutage nur noch für überfüllte Autobahnen, Züge und Busse von Blaguss und Dr. Richard.

Als ich damals meiner Heimat den Rücken gekehrt hatte

und zur Spezialeinheit in Deutschland gewechselt war, kuschelte sich an dieser Seite des Westbahnhofs noch das in die Jahre gekommene »Blaue Haus« an das Bahnhofsgebäude. Das Möbelhaus mit dem vorgelagerten weißen Stahlträgerskelett, auf dem überdimensionale Blumentöpfe normal dimensionierten Bäumen ein Zuhause boten, hatte ich bis dato noch nicht gesehen. Passte architekturtechnisch eher nach Amsterdam oder Oslo als ins in dieser Hinsicht dann doch reichlich traditionelle Wien.

Ich hatte mich in dem fünfstöckigen Gebäude, in dessen vorletzter Etage ein Hotel und auf dessen Dach eine öffentlich zugängliche Terrasse logierte, bis in die dritte Etage durchgefragt. Zwischendurch hatte ich noch schnell einen Blick in die Badezimmerabteilung geworfen und erfolglos Ausschau nach einer frei stehenden Badewanne gehalten. Die fand ich immer schon gut.

In der dritten Etage leitete mich ein junger Mitarbeiter mit Brille auf der Nase sowie Brilli im Ohrläppchen zu einer Frau weiter, die in der Kinderabteilung herumwuselte.

Genauer gesagt war sie gerade damit beschäftigt, die einzelnen Kuscheltiere wieder in ihre dafür vorgesehenen weißen Käfigkörbe zu stecken. Hai zu Hai, Schildkröte zu Schildkröte, Delphin zu Delphin. Übermotivierte Kinderhände hatten da wohl ein wenig Unordnung hineingebracht.

»Ja bitte?«, fragte sie, nachdem ich sie angesprochen hatte. »Ah, Sie sind der Bekannte meiner Schwester, oder? Dieser Privatdetektiv?«

»So was in der Art«, antwortete ich. In der Arbeitskluft des Möbelhauses sah sie irgendwie ganz anders aus als in ihrem Fitnessoutfit, in dem ich sie am Samstag in der Villa Pasche gesehen hatte. »Haben Sie ein paar Minuten?«

Sie musste nur mal eben ihre Vorgesetzte fragen, ob es okay war, sich kurz mit mir auf einen Kaffee und eine Zimtschnecke im Bistro zusammenzusetzen. Während ich wartete, stellte ich mir vor, wie die bei der Prucknerin gebliebene Bella durch diesen Gang fetzte und dabei Haie, Blauwale und Tiger in der

Luft zerriss. Vielleicht sollte ich ihr ein kleines Souvenir von meinem Ausflug nach Wien mitbringen?

Kurz darauf saß ich auf einem fancy Drehsessel, der bei passender geografischer Ausrichtung einen perfekten Blick auf die Mariahilfer Straße bot. Lena Pasche hockte mir gegenüber, vor ihr dampfte ein Cappuccino auf dem Tisch. Die Farbe des Kaffees passte perfekt zu ihrer solariumgebräunten Haut. Eine der Deckenlampen spiegelte sich auf ihrem glatt rasierten Kopf.

»Wissen Sie schon, wann die Beerdigung Ihrer Eltern stattfinden wird?«

»Wir warten noch auf die Freigabe durch die Polizei, erst dann können wir mit der Planung beginnen. Was einigermaßen unangenehm ist, wie Sie sich vorstellen können.«

»Auf jeden Fall. Es ist nicht leicht, wenn die eigenen Eltern –«

»Ich meine das Gerede im Ort«, unterbrach sie mich. »Sie können sich nicht ausmalen, wie schnell Gerüchte die Runde machen. Von einem Mafiaverbrechen über geldsüchtige Kinder bis hin zu perversen Spielchen wird da nichts ausgelassen. Dabei war es doch Selbstmord, was schon schlimm genug ist.«

Es schien, als ob der Tod der eigenen Eltern nicht unbedingt das zentrale Element ihrer aktuellen Sorgen- und Gedankenwelt bilden würde.

»Sie sind also davon überzeugt, dass es sich um Selbstmord handelt?«

»Aber so was von«, schoss es aus ihr heraus, sodass der Luftzug ihrer Worte einen Mini-Tsunami in der Kaffeetasse auslöste. »Meine Mutter war unheilbar krank, der Krebs hatte sich schon in ihren halben Körper gefressen.«

»Aber warum sollte sich Ihr Vater deshalb umbringen? War er auch krank?«

»Er wollte ohne meine Mutter nicht leben. Wie lieb und zugleich tragisch ist das bitte?«, sagte sie, und es wirkte so, als ob wir uns über den Selbstmord irgendeines Celebritypärchens unterhalten würden, über den sie kurz zuvor in einem Societyblättchen gelesen hatte.

»Tragisch war wohl auch der Tod jener Person, die im Weinkeller der Villa gefunden wurde. Haben Sie eine Idee, um wen es sich dabei handeln könnte?«

»Nicht einen Schimmer«, erklärte sie. »Aber das ist so furchtbar. Was glauben Sie, was das für unsere Feine-Weine-Edition bedeutet, die wir von Weinbauern der Umgebung anbauen und vermarkten lassen, wenn es die Runde macht, dass in unserem Tank seit Ewigkeiten eine Leiche lag. Die wird doch niemand mehr kaufen wollen. Ich bin nur froh, dass ich nicht dabei war, als man den Unrat dort unten entdeckt hat. Das roch ja einen Tag später noch nach eingeschlafenen Füßen. Ganz entsetzlich war das.«

Man konnte nicht behaupten, dass es in den Worten von Lena Pasche übertrieben menschelte. Waren ihr die persönlichen Schicksale, die hinter den drei Toten, darunter immerhin ihre Eltern, steckten, wirklich so egal?

Und überhaupt, was war das für eine seltsame Familie? Die toughe Karin Pasche, deren einzige Emotionen darin bestanden, ihre Abscheu gegenüber ihrem Bruder zum Ausdruck zu bringen. Norbert Pasche, der vor lauter Oberflächlichkeit und Selbstverliebtheit zu platzen drohte. Und dann das Küken der Familie, neunzehn Minuten jünger als seine Schwester, dem der Tod der Eltern sowie dessen Begleitumstände reichlich egal zu sein schienen und das mehr der Ruf der Familie kümmerte.

»Dass da unten im Weintank Ihr Onkel Wolfgang lag, so wie Ihr Bruder es vermutete, halten Sie das für möglich?«

»Ich habe wirklich keine Ahnung«, erklärte sie, aktivierte das Display ihres Handys und sah sorgenvoll auf die vier Ziffern, die dort die Uhrzeit anzeigten.

»Müssen Sie los?«

»Eigentlich schon, ja. Das Ostermeeting startet gleich.«

»Ostern?«, fragte ich verdutzt.

»Wir sind hier immer recht früh dran mit unserer Planung.

Manche Dinge erfordern ja auch eine mitunter recht lange Vorlaufzeit.«

»Ostern zum Beispiel.«

»Haha, Ostern direkt nicht, nein«, lachte sie. »Das ist hier wie bei der Produktion einer Daily Soap. Wenn es draußen stürmt und schneit, werden die Episoden für den Sommer gedreht und umgekehrt. Man ist seiner Zeit immer ein paar Monate voraus. So ist das auch in meinem Job mit der Planung der Dekoration und speziellen Aktionen. Für Ostern planen wir einen großen Suchevent durch unser gesamtes Möbelhaus.«

»Da brauchen Sie aber viele Eier«, kommentierte ich.

»Nein, wir machen das nicht mit Eiern. Wir verstecken in den einzelnen Abteilungen Goodies, die die Leute dann gleich als Gewinn mitnehmen können. Kleine Duftkissen in der Schlafzimmerabteilung, Bücher in der Wohnzimmerabteilung und so weiter. Aber psst!«, sagte sie und hielt sich den Zeigefinger verschwörerisch vor die Lippen. »Das dürfen Sie niemandem verraten.«

Redete man mit Lena Pasche nicht über ihre Familie, konnte sie einem fast wie ein normaler Mensch vorkommen, richtig angenehm.

»Glauben Sie Ihrem Bruder und seinem Anwalt die Geschichte mit dem Testament?«

»Wenn er damit bei uns durchkommt, kann er sich mit der Erbschleicherei vielleicht doch noch ein erfolgreiches Geschäftsmodell aufbauen. Seine Jobhopper-G'schichterln sind ja eher nicht so der Burner.«

»Nehmen Sie den beiden die Sache mit dem Testament also nicht ab?«

»Kein Stück«, sagte sie. »Das stinkt doch zum Himmel. Ich bin da der gleichen Meinung wie Karin. Wir werden uns gerichtlich dagegen zur Wehr setzen. Und wir werden am Ende die Firma für uns haben, da fährt die Eisenbahn drüber. Aber dieses egozentrische Vorgehen von Norbert macht die Situation für uns halt nicht leichter.«

»Mhmm«, machte ich, »ich verstehe. Das Gerede im Dorf und so.«

»Ja, absolut.«

Die Hinfahrt nach Wien mit dem Regionalexpress hatte ich dafür genutzt, mich durch den ersten Teil der am Vorabend abfotografierten Unterlagen aus Schweigls Büro zu wühlen.

Es war keine gar so g'scheite Idee gewesen, vollgeschriebene A4-Seiten zu fotografieren und anschließend auf einem kleinen Smartphonedisplay auswerten zu wollen. Für jede Zeile musste ich gefühlt dreimal weiterwischen, und die Gefahr war nicht gerade klein, dass ich am Ende des Wischens wieder vergessen hatte, worum es am Anfang der Zeile überhaupt gegangen war. Die nächste Anschaffung der Detektei »Niko & Bella« musste definitiv ein Tablet oder ein Laptop sein. Also gleich nach dem Firmenschild. Das war ja kein Zustand.

Jetzt, auf der Rückfahrt, nahm ich mich des zweiten Teils des fotografierten Konvoluts an. Als ich am Westufer des Neusiedler Sees also mit dem Zug jene Orte abfuhr, die ich vor noch nicht allzu langer Zeit mit den Passagieren der MS Maximilian besucht hatte, stöberte ich weiter durch die Unterlagen. Diese bestanden zu einem Großteil aus Material über Firmeninterna, die mir nicht wirklich viel sagten beziehungsweise nicht so wirkten, als ob sie mit der Aufteilung der Firma nach dem Tod der Pasches oder irgendwelchen Mauscheleien zu tun hatten. Warum also hatte Schweigl dieses Material in seinem Surfersafe versteckt?

Wir ließen Jois hinter uns, zuckelten an Winden und Breitenbrunn vorbei, wo in der Ferne der Wehrturm und die Kirche zu sehen waren. Ließen Purbach mit diesen mich immer an eine Therme erinnernden gelben übereinandergestapelten Wohnungen sowie der nigelnagelneuen Fabrik der Pasche GmbH an uns vorbeiziehen. In Donnerskirchen gönnte ich meinen Augen eine kurze Pause und starrte in Richtung See, um zu schauen, ob heute ein kleiner weißer Ball vom nahen Golfclub in Richtung Zug geflogen kam.

Und irgendwo zwischen Schützen und Schützen-Bahnstelle traf es mich wie ein Golfball an dem Kopf. Direkt, zack, ohne Sicherheitsglas des Zugwaggons dazwischen. Nicht die Antwort auf die Frage, warum eine Gemeinde mit eineinhalbtausend Einwohnern zwei Bahnhöfe besaß. Sondern die Antwort auf die Frage, warum Schweigl all diese Dokumente im Safe aufbewahrt hatte.

Veroasch wen andern

»Der Norbert ist was?«, fragte der Poidl ungläubig am Telefon.

Ich hatte ihn erst erreicht, als ich in Rust schon aus dem 285er gestiegen und das Bahnhofsheiserl in Sichtweite war.

»Kein Sohn der Pasches«, wiederholte ich, was ich schon kurz zuvor zweimal gesagt hatte. War der Poidl etwa plötzlich schwerhörig? »Also zumindest im biologischen Sinne«, schob ich hinterher.

»Woher hast du das?«

»Betriebsgeheimnis«, erklärte ich.

»Hat das Betriebsgeheimnis etwas mit einem Einbruch beim Schweigl zu tun?«

»Beim Schweigl ist was?«, gab ich den unwissenden Storch.

»Geh, Niko, veroasch wen andern.«

»Gerade kein anderer da.«

Was so wiederum nicht mehr stimmte. Denn als ich vor dem Bahnhofsheiserl angekommen war, wartete ein Eine-Frau-Empfangskommando auf mich.

»Ich muss Schluss machen«, sagte ich zum Poidl.

»Wart kurz«, fuhr er mir dazwischen. »Ich wollt dir noch sagen, dass bei der Autopsie vom Hans Pasche leichte Hämatome an seinen Unterarmen gefunden worden sind. Die beiden Pasches sind also vielleicht doch nicht so friedlich gestorben, wie es die Auffindesituation der beiden vermuten ließ. Sie waren ja eigentlich so friedlich zugedeckt, nur die Gesichter lugten über der Decke hervor. Vielleicht kannst das brauchen für deine Ermittlung.« Oha, das war ja sehr zuvorkommend vom Poidl. So kannte ich den Herrn »Das darf ich dir nicht sagen« ja gar nicht. »Weißt eh, die Steffi, die ist ja noch ein bisserl grün hinter den Ohren. Da hab ich mir gedacht, ich erzähl dir das lieber auch mal.«

War da etwa jemand neidisch, dass die junge Kollegin den Job beim LKA bekommen hatte und nicht er? Das stand dem Poidl aber gar nicht gut zu Gesicht.

»Unterschätz mir mal die junge Dame nicht«, sagte ich und beendete das Telefonat.

»Was kann ich denn für Sie tun?«, fragte ich Stefanie von Kiel.

»Ein paar Antworten wären ganz hilfreich«, sagte die Beamtin vom LKA, während sie lässig an ihrem Audi lehnte.

Nicht so ein schnittiges Gerät wie jenes von Vito Violino. Aber trotzdem ganz nett zum Anschauen.

Gott, wie froh ich war, dass Stefan Krammer mit seiner Tochter unterwegs war und ich mit seiner Kollegin zu tun hatte. Egal, was sie mir gleich vorwerfen oder wie lange sie mich einsperren würde, es war alles mit ihr einfach um so vieles angenehmer als mit diesem eitlen Deppen.

»Wo waren Sie denn gestern Nachmittag?«

Eh klar. Wenn der Poidl von dem Einbruch beim Schweigl wusste, hatte die Dame vom LKA natürlich auch Wind davon bekommen. Aber dank Poidls Bemerkung hatte ich zumindest ein paar Sekunden Zeit gehabt, um mich darauf vorzubereiten.

»Ich war mit einem Freund unterwegs. Der wird Ihnen das sicherlich auch bestätigen können.«

Für kein Geld und gute Worte würde Vito mich bei ihr verpfeifen, darauf war Verlass.

»War das vielleicht dieser Mann hier?«, erkundigte sie sich und zeigte mir den A4-Ausdruck eines Fotos, das offensichtlich von einer Verkehrsüberwachungskamera aufgenommen worden war.

Das war eine ziemlich pixelige Angelegenheit, aber ich war da schon recht deutlich am Beifahrersitz zu erkennen, keine Frage. Hinterm Steuer war Vito im Profil zu sehen, wie er mir gerade etwas ins Gesicht zu brüllen schien. Wahrscheinlich ging es da immer noch um diese Ohrfeige, die ich ihm im Auto verpasst hatte. So ein wehleidiger Kerl.

»Jaja, das ist er. Mein guter alter Freund Vito«, gab ich zu. »Waren wir etwa zu schnell unterwegs? Da kann ich Ihnen gerne die Telefonnummer von Vito geben. Wie Sie sehen, hat ja *er* hinterm Steuer gesessen.«

»Seltsam genug, dass jemand mit Ihrem Vor- und Nachnamen nicht lieber selbst hinterm Steuer sitzt«, kommentierte sie kurz und knapp. Endlich mal wieder ein Formel-1-Witz, was haben wir nicht gelacht. »Es geht allerdings nicht um eine Geschwindigkeitsübertretung im Sinne der Straßenverkehrsordnung, sondern um Einbruch.«

»Ach, wirklich?«, spielte ich erneut den überraschten Storch.

Hatte ja vorhin beim Poidl auch ganz gut funktioniert.

»Ja, wirklich. Und die Verkehrskamera steht ganz in der Nähe der Eisenstädter Rechtsmedizin.«

»Echt?«, sagte ich verwundert. »Ich wusste gar nicht, dass es in Eisenstadt eine rechtsmedizinische Abteilung gibt.«

»Diese Überheblichkeit wird euch Wienern irgendwann mal auf den Kopf fallen«, antwortete sie mit einem süffisanten Grinsen. »Vielleicht sogar schon in wenigen Minuten.« Ich sah nach oben. Kein Wölkchen zu sehen. Und die Winteräpfel am Baum vor dem Bahnhofsheiserl sahen auch noch nicht so aus, als ob sie jeden Moment runterfallen wollen würden. »Gestern Nachmittag hat jemand versucht, aus der Rechtsmedizin die im Weinkeller der Villa Pasche gefundene mumifizierte Leiche zu entwenden. Fällt Ihnen dazu etwas ein?«

Upsi. Es überkam mich das plötzliche Gefühl, mich ganz unbedingt und schnell und vollumfassend zu einem Einbruch in der Kanzlei Schweigl bekennen zu wollen. Aber jetzt brauchte es erst mal eine kurze Nachdenkpause, bevor ich mich hier um Kopf und Kragen redete.

»Wollen Sie nicht reinkommen?«, fragte ich die Beamtin. »Meine Hündin, die ja eigentlich ein Hund ist, ach, lange Geschichte, also Bella wartet seit einer gefühlten Ewigkeit auf mich. Und sie wird immer so übel gelaunt, wenn sie zu lange auf ihr Essen warten muss.«

Ich hoffte, dass die Prucknerin Bella tatsächlich schon abgeliefert hatte.

»Gerne«, sagte sie.

Ich sperrte das Tor auf und ließ sie in meinen feudalen Innenhof eintreten. Bella lag auf dem kalten Asphalt und sah mich strafend an. Sie mochte es nicht, wenn ich unangekündigt Besuch mit nach Hause brachte und sie sich nicht entsprechend herrichten konnte.

»Das ist Bella«, sagte ich zu der Polizistin. »Bella, sag schön Guten Tag.«

»Wir haben uns schon in der Villa miteinander bekannt gemacht. Da war sie ja auch dabei.«

»Ah ja, das habe ich ganz vergessen«, erklärte ich.

»Aber ist sie nun ein Manderl oder ein Weiberl?«, fragte die Gruppeninspektorin, während sie auf Bella zutrat, sich zu ihr hinunterbeugte und über ihr Fell streichelte.

»Ist das so wichtig?«, fragte ich.

»Nicht so wichtig wie die Frage, warum Sie und Ihr Freund es gestern Nachmittag in der Nähe der Gerichtsmedizin so eilig hatten, nein.«

»Also rein biologisch betrachtet ist Bella ein Manderl«, beantwortete ich schon mal die erste Frage. »Aber sie switcht ein bisserl herum, ist sich vielleicht selbst nicht ganz sicher«, fuhr ich fort. »Muss sie ja auch nicht, ich mag sie so, wie sie ist.«

»So soll das auch sein«, gab mir die Beamtin recht.

»Ich gehe dann mal schnell rein und mach ihr was zu essen.«

»Tun Sie das, wir wollen Bella ja nicht warten lassen.«

Sie durchschaute natürlich meine Verzögerungstaktik, so

blöd war Gruppeninspektorin Steffi nicht. Aber sie ließ mich trotzdem gewähren, das fand ich grundsympathisch.

Ich öffnete die Tür zum Haus und stand sogleich in der Küche. Die von Bella verhassten Konserven warteten übereinandergestapelt auf dem kleinen Tisch mit der karierten Plastiktischdecke. Ich griff mir die oberste, öffnete sie und entleerte den grausligen Inhalt auf einen der Teller mit Goldrand, die noch von Luises Familie übrig waren. Wenn man schon kulinarischen Müll essen musste, dann wenigstens mit Stil.

»Wirkt ja sehr gemütlich«, hörte ich Steffi von Kiel hinter mir.

Ich drehte mich um und sah ihr an, dass sie das nicht so ganz ernst gemeint hatte. Was total okay war, ich hatte seit meinem Einzug ins Bahnhofsheiserl außer dem Nötigsten keinen Handgriff getätigt, um das Innere des Gebäudes in eine wohnliche Wohlfühloase zu verwandeln.

»Sie können ruhig draußen warten, ich bin gleich fertig.«

Ich wollte sie nicht hier drinnen haben. Schon gar nicht, wenn ich mir fieberhaft eine Verteidigungsstrategie zurechtlegen musste.

»Sagte der Mörder, bevor er mit einem gezogenen Fleischermesser aus der Küche in den Innenhof trat.«

»Sie lesen wohl zu viele schlechte Krimis«, sagte ich einigermaßen verdutzt. Das würde sie mir doch wohl hoffentlich nicht wirklich zutrauen.

»Ich mag keine Krimis. Ich bevorzuge es etwas blutiger«, sagte sie und sah sich dabei bewusst unauffällig in der Küche und im angrenzenden Flur zum Wohnzimmer um.

»Ich bin schon fertig, kommen Sie!«

Ich marschierte raus, in der Hoffnung, sie würde mir – ohne gezücktes Fleischermesser – folgen.

»Ich hab jetzt die ganze Zeit überlegt, wie ich mich aus der Sache rausreden kann«, bekannte ich Farbe, nachdem ich Bella den Teller vor die Schnauze gestellt hatte.

»Wie wäre es mit der Wahrheit?«

»Schauen Sie, Karin Pasche, die Tochter vom verstorbenen Ehepaar Pasche –«

»Ich weiß, wer das ist«, fuhr sie mir dazwischen.

»Natürlich. Karin Pasche hat mich beauftragt, ein bisschen Licht ins Dunkel der Erbstreitigkeiten zu bringen. Da ist der Hermann Schweigl natürlich mein erster Ansprechpartner gewesen. Deswegen wollte ich gestern mal bei ihm vorbeischauen und mich ein bisserl mit ihm zu der Sache unterhalten. So von Mann zu Mann.«

»Von Mann zu Mann, soso. Und zur Sicherheit haben Sie dafür noch einen Mann mitgenommen.«

»Ach, der Vito hat gerade nicht so viel zu tun, ist auf dem besten Weg, ein bisserl depressiv zu werden, jetzt am Beginn des Winters und so. Da hab ich ihm halt angeboten, dass er mitkommen kann. Er kommt so selten raus.«

»Also sind Sie beide zu Hermann Schweigl gefahren.«

»Genau.«

Sie war nicht doof. Sie wollte mich plaudern lassen. In meinen eigenen Worten. Klassische Polizeitaktik. Die Verdächtigen so weit wie möglich selbst erzählen lassen, dann war die Wahrscheinlichkeit am größten, dass sie sich um Kopf und Kragen redeten.

»Und dann?«

Hmm.

»Nun ja, also wir sind dort angekommen. Und da stand die Tür offen. Ich habe in das Büro hineingerufen, aber es war ganz offensichtlich niemand dort.«

»Sie und Ihr Freund, dieser Vito?«

»Nein, ich alleine.«

»Und wo war Ihr Freund?«

Hmm.

»Der wollte noch etwas erledigen.«

»Sie sind also gemeinsam nach Eisenstadt gefahren, weil Sie zu Herrn Schweigl wollten und Ihren depressiven Freund dorthin mitnehmen wollten. Ihr Freund hat sich aber kurzfristig umentschieden?«

»Ja, genau.«

»Aha.«

»Vito ist eingefallen, dass er noch etwas einkaufen wollte.«

»Was denn?«

»Das kann ich Ihnen beim besten Willen nicht sagen.«

Sie sah mich prüfend an. Und sie wusste ganz genau, dass meine Geschichte nur ganz peripher mit der Wahrheit zu tun hatte.

»Wird mir wohl Ihr Freund sagen können, wenn ich ihn dazu befrage.«

»Wahrscheinlich, ja.«

»Also zurück zu der Tür, die offen stand. Die Sie dort alleine, also ohne Ihren Freund, vorgefunden haben.«

»Ja, genau so war es.«

»Herr Schweigl hat einen Mitarbeiter. War der nicht vor Ort?«

»Ich habe ihn zumindest in diesem Moment nicht gesehen, nein.«

»Was haben Sie dann gemacht?«

Hmm.

»Na ja, Eisenstadt ist nicht Chicago, auch dank der vorzüglichen Arbeit, die Sie und Ihre Kolleginnen und Kollegen beim Landeskriminalamt leisten.«

»Natürlich. Von Ihrer Wertschätzung für das LKA hat mir bereits der Kollege Krammer in aller Ausführlichkeit erzählt.«

Hmm.

»Auf jeden Fall wollte ich nicht, dass jemand die Gelegenheit ausnutzt und in die Kanzlei marschiert, dort vielleicht gar noch etwas Wertvolles entwendet.«

»Also haben Sie die Tür geschlossen und sind Ihres Weges gegangen.«

Hmm.

»Ja. Aber davor habe ich bemerkt, dass es noch eine Tür in einen hinteren Bereich gab. Die stand auch offen. Da habe ich mir gedacht, ich schaue zur Sicherheit mal nach. Vielleicht war der Anwalt ja überfallen worden und lag dort hinten gefesselt und geknebelt.«

»Was aber nicht der Fall war?«

»Nein, zum Glück nicht. Meine Erleichterung können Sie sich vorstellen.«

Ich blickte zu Bella. Den edlen Teller mit dem grausligen Hundefutter hatte sie nicht angerührt.

»Natürlich. Und dann?«

»Dann habe ich gesehen, dass ein Safe offen stand. Ich dachte sofort an einen Einbruch. Also wollte ich raus und die Polizei anrufen.«

»Was Sie dann aber nicht getan haben, weil …?«

Hmm.

»Ich trat gerade aus der Kanzlei heraus, als plötzlich ein Irrer auf mich zugelaufen kam und irgendwas schrie. Da habe ich natürlich beide Beine in die Hand genommen und bin weggelaufen.«

»Ah ja. Kannten Sie den Mann, der da auf Sie zugelaufen kam?«

»Nicht so wirklich, nein.«

»Das war nicht zufällig der Mitarbeiter von Herrn Schweigl, den Sie am Sonntag in der Kanzlei kennengelernt haben?«

»Puuh, das ist echt schwer zu beantworten. Ging ja auch alles so schnell.« Der letzte Satz war die erste Aussage, die etwas mit der Wahrheit zu tun hatte. Das ging gestern wirklich alles so verdammt schnell. »War er es denn?«, fragte ich alibihalber.

»Ja, er war es. Und er schildert Ihre Geschichte durchaus etwas anders.«

»Nein, wie kann er nur!«, entfuhr es mir.

»Schauen Sie, Herr Lauda, ob der Herr Schweigl Sie anzeigt oder nicht, ist zum Glück nicht mein Kaffee. Mit Kleinkriminellen muss ich mich nicht mehr abgeben.« Kleinkrimineller. Ts. Bis vor wenigen Sekunden war sie mir ja noch sympathisch gewesen. »Mich interessiert vielmehr, ob Sie eine Idee haben, wer aus der Rechtsmedizin die Leiche des Unbekannten stehlen wollte?«

Ich überlegte. Aber mir fiel beim besten Willen niemand ein. Am ehesten vielleicht noch Norbert Pasche, da er in dem Toten gleich seinen verschollenen Onkel vermutet hatte. Aber was hätte er davon, wenn er dessen Überreste in seinen Besitz bringen würde? Zumal er ja dann gestern in der Fleischerei zurückgerudert war und von einem Running Gag gesprochen hatte.

»Ich habe keine Ahnung«, erklärte ich also.

»Wenn Sie eine Ahnung haben, seien Sie so gut und geben Sie mir Bescheid?«

»Mache ich«, antwortete ich.

Und das meinte ich sogar wirklich so.

»Ach ja«, sagte sie, nachdem ich sie aus dem Tor geleitet hatte. »Sie sollten sich beim nächsten Mal besser mit Ihrem Freund absprechen.«

»Mit Vito?«

»Ja«, sagte sie. »Er hat erzählt, dass Sie in Eisenstadt waren, um im Schloss Esterházy eine Spezialführung zum Schloss im Wandel der Zeit zu machen. Er hat mir sogar erzählen können, was Sie beide während der Tour gesehen haben. Das war wesentlich glaubwürdiger als Ihr Gestammel.«

Sprach's, stieg in ihr Dienstauto und fuhr davon. Ich schloss das Tor, drehte mich um und sah zu Bella. Ich hätte schwören können, dass sie mich in diesem Moment auslachte.

Piefke-Saga

Die Chefin sei nicht im Büro, sondern in der Produktion, hatte mich die Sekretärin in der Villa Pasche am Telefon wissen lassen. Also machte ich mich am Nachmittag dieses bis dato schon recht ereignisreichen Tages noch mal mit Bella auf den Weg. Nachdem meine Auftraggeberin erklärt hatte, dass ich das Spesenkonto gefälligst ausnutzen solle, entschied ich mich wieder fürs Taxi.

»Da staunst, was?«, fragte die Prucknerin, als sie uns vor dem Bahnhofsheiserl abholte.

»Aber wirklich«, erklärte ich und gab ihr ein Begrüßungsbussi.

Es wurde langsam dunkel, der nächste blitzsauberblaue Novembertag neigte sich seinem Ende zu. Vor uns stand ein neuer, reichlich stylish daherkommender dunkelgrauer Octavia Kombi, der es auch erlaubte, Hunde im Kofferraum würdig zu transportieren. Seitlich prangte der bewährte Taxi-Pruckner-Schriftzug, das gelb-schwarze Taxi-Schild kuschelte sich oben aufs Dach.

Kurz danach surrten wir dank des Elektromotors geräuschlos davon, mit Bella neben mir auf der Rückbank. In Oggau wurden wir in der Rechtskurve bei der Kirche in den Sitz gepresst. Man fühlte sich an dieser Stelle mit der Prucknerin immer wie ein Formel-1-Fahrer, der aufgrund der Fliehkraft in einer engen Kehre in die Seite gedrückt wird.

»Wie geht's dir denn?«, fragte die Prucknerin zwischendurch mal.

Ich wusste, dass sie eigentlich nicht nach dem Stand der aktuellen Ermittlungen fragte, sondern wissen wollte, wie es mir mit meinen Schlafproblemen ging. Dass diese hauptsächlich aus Besuchen meiner verstorbenen Frau in meinem Unterbewusstsein sowie dem Hören von seltsamen Stimmen resultierten, hatte ich ihr nicht auf die Nase gebunden. Und ich würde ihr auch ganz sicher nicht erzählen, wen ich da in diesem Mercedes-Bus in Jois zu sehen geglaubt hatte.

»Ich hab mit 'm Vito g'redet«, sagte ich und erzählte von unserem gemeinsamen Mittagessen in Schützen. Dass er mir zuvor im Familypark davongerutscht war und wir beim Einbruch in des Anwalts Kanzlei gemeinsame Sache gemacht hatten, ließ ich aus. Ich wollte ja vor der Prucknerin einen guten Eindruck machen.

Dann erzählte ich ihr, was ich über Norbert und seine Adoption durch das Ehepaar Pasche herausgefunden hatte. Die biologischen Eltern schienen zwar nicht in jener Akte auf, die ich in Schweigls Safe gefunden hatte. Aber es gab einen ganz klaren Zusammenhang zwischen dem Zeitpunkt der Adoption und der Aufsetzung des Testaments, das nur wenige Tage nach der Adoption bei Hermann Schweigl erstellt worden war.

»Und das weiß keiner in der Familie?«

»Wirkt nicht so«, antwortete ich. »Sonst hätte mir das ja sicher schon einer von denen unter die Nase gerieben.«

Noch vor dem Penny am Ortseingang von Purbach ging es runter von der Bundesstraße. Ein überdimensional großes Schild, weiße Schrift auf blauem Grund, wies uns den Weg zu »Pasche – die Profis auch für Ihre Flasche!«.

»Soll ich warten, oder brauchst länger?«, fragte die Prucknerin, als sie uns vor dem Werkstor rausgelassen hatte.

»Bleib gerne da, aber wennst einen Auftrag hereinbekommst, kannst ruhig fahren. Wir finden schon Mittel und Wege, um nach Rust zurückzukommen. Der Bahnhof ist ja gleich ums Eck«, antwortete ich.

»Pass auf dich auf«, hörte ich sie noch sagen, bevor ich mich der Fabrik zuwandte.

Ich fühlte mich an die Piefke-Saga erinnert, als ich diese neue Fertigungsanlage der Firma Pasche so vor mir aufragen sah. Nicht, dass die Pasches in Purbach eine ähnlich invasive Gattung wie die Sattmanns im Tiroler Lahnenberg waren, aber so eine Fabrik in einer eher ländlichen Umgebung hatte für mich immer etwas Schneekanonenfabrikartiges.

»Was wollen Sie?«, keifte mich der Pförtner an, als Bella und ich uns vorgestellt hatten.

»Wir wollen zur Chefin«, wiederholte ich mich.

»Und Sie sind noch mal wer?«

»Nikolaus Lauda«, nannte ich meinen vollen Namen, der vielleicht einen Hauch mehr Seriosität ausstrahlte.

»Ja, servas, Maria, du, da bei mir am Tor steht ein Kerl, der sagt, er will zur Chefin. Hat die Frau Direktorin einen Termin in ihrem Kalender stehen, kannst mal für mich nachschauen?«, sprach er in das Mikrofon seines Headsets, nachdem er mit einer Hand irgendwo am Gürtel herumgefingert und damit wahrscheinlich die Kurzwahl in die Chefetage aktiviert hatte.

»Augenblick, bitte«, sagte er zu Bella und mir. »Was sagst, Maria?« Panisches Drücken am Gürtel. »Ja, er sagt, er heißt Niki Lauda.«

»Niko«, besserte ich ihn aus, was mir lediglich einen mahnenden Zeigefinger einbrachte, da ich ihn in seiner Konzentration gestört zu haben schien.

»Na, rotes Kapperl hat er net auf«, sagte er und begann zu lachen. »Was mach ma denn jetzt mit dem?«, fuhr er fort, so als ob ich nicht direkt neben ihm stehen und ihn hören könnte. »Passt, danke dir!«, verabschiedete er sich schließlich.

»Die Frau Direktorin hat keinen Termin mit Ihnen. Ich würd Sie bitten, sich vielleicht per elektronischer Post mit ihrem Büro in Verbindung zu setzen und um einen Termin anzusuchen. Danke!«, verabschiedete er sich von Bella und mir, ohne auch nur ein Wort der Widerrede abzuwarten.

Zu blöd, dass ich die Handynummer meiner Auftraggeberin nicht in meinem Smartphone abgespeichert hatte. Die Prucknerin beobachtete das alles wahrscheinlich von ihrem neuen Elektroschmuckstück aus. Ich fühlte mich etwas unter Druck gesetzt.

Angreifen, Weglaufen oder Verwirren. Das waren die drei Optionen. Das Wissen um die Prucknerin in meinem Rücken, entschied ich mich für die Konfrontation. Ich konnte hier ja nicht den Schwanz einziehen, was würde das vor ihr für einen Eindruck machen? Irgendwann würde er schon einknicken, der Herr Pförtner.

»Hören Sie mal«, erklärte ich laut und deutlich. »Karin Pasche hat mich beauftragt, ich bin Privatdetektiv. Und ich habe sehr wichtige Informationen für meine Auftraggeberin. Wenn Sie mich jetzt nicht durch dieses Tor zur Frau Direktorin vorlassen, werde ich mir die private Nummer von Frau Pasche von der Dame im Taxi hinter mir holen. Das ist nämlich zufällig die beste Freundin Ihrer Frau Direktorin. Und wenn die Frau Direktorin hört, dass Sie mich nicht zu ihr gelassen haben, spielt's Granada.«

Der Pförtner hörte sich meinen Vortrag sehr aufmerksam an, nickte sogar zwischendurch, schien Verständnis zu haben. Ich wähnte mich auf einem guten Weg, bis er sagte: »Gut, dann gehen Sie mal zu Ihrer Freundin. Richten Sie ihr bitte schöne Grüße von mir aus.«

Na gut, wenn er Spielchen spielen wollte, konnte er die haben.

»Komm, Bella, das haben wir nicht nötig«, sagte ich und kam mir jetzt doch ein bisserl wie der Herr Sattmann in der Piefke-Saga vor.

Ich drehte mich um. Von der Prucknerin war weit und breit keine Spur. Na, sehr super. Diese verdammten Elektroautos, die sich einfach so geräuschlos davonmachen konnten.

Und nun?

»Ich bin mir nicht sicher, ob ich die richtige Personalauswahl getroffen habe, wenn Sie es nicht mal schaffen, an meiner Security vorbeizukommen«, hörte ich auf einmal die Stimme von Karin Pasche.

Ich drehte mich um und machte gute Miene zum bösen Spiel. Noch bevor ich beim Tor und bei Karin Pasche angekommen war, hatte Bella mich schon überholt. Eh klar, wenn das Tor plötzlich offen ist, muss sie natürlich die Erste sein.

»Guten Tag, Herr Lauda«, grüßte der Pförtner überfreundlich, als ich bei ihm vorbeimarschierte.

So ein Arschloch.

»Wie ist der Stand der Dinge?«, fragte Karin Pasche, als Bella und ich ihr über eine Treppe im Inneren des Werks in ein Büro gefolgt waren. Die bodentiefen Fenster gestatteten einen feinen Blick über das Geschehen in der Fabrik. Ich hatte von unserem Marsch durch die Werkshalle noch den Klang von schepperndem Glas in den Ohren.

»Pro Sekunde werden hier achtzig Flaschen gereinigt, alles voll automatisiert. Sie sehen vor sich die modernste Recyclinganlage Europas. Das hat sich mein Vater Hans einiges kosten lassen. Aber er hat schon immer den richtigen Riecher für die Zukunft gehabt. Als wir die neue Werkshalle hier angekündigt haben, wurden wir belächelt. Als wir dann vor zwei Jahren eröffnet haben, rissen sich plötzlich alle Kritiker darum, neben meinem Vater stehen und in die Fotokameras grinsen zu dürfen.«

»Aber wirtschaftlich trotzdem auf wackeligen Füßen errichtet«, ergänzte ich.

»Das bleibt leider nicht aus, wenn man als Mittelständler in turbulenten Zeiten eine riesige Investition stemmt. Aber sobald die Verträge mit dem US-amerikanischen Investor unterschrieben sind, wird das ein Kinderspiel«, versprühte sie Optimismus. »Und gleich nebenan haben wir ein Zentrallager für all die Waren, die wir von hier aus mit den recycelten Flaschen nach ganz Europa schicken. Doaf-Soaf-Naturseifen von der Ulli aus Podersdorf, Blaufränkisch-Schokolade von der Karin Habersack in Weiden, die handgegossenen Rotfeder-Kerzen von der Nicole in Mönchhof oder die super Chili-Produkte von den Tschidas in Illmitz. Ich könnte Ihnen stundenlang Produkte aufzählen, die über uns verschickt werden. Wir sorgen dafür, dass ganz Europa die Produkte vom Neusiedler See kennen- und schätzen lernt.« Sie war sichtlich stolz auf dieses Konzept, auf diese Werkshalle und auf überhaupt alles. »Aber Sie sind hoffentlich nicht hierhergekommen, um eine Werksführung zu erhalten?«

»Natürlich nicht«, erklärte ich.

Wir setzten uns an ihren Besprechungstisch. Von hier hatte ich ihren Schreibtisch ganz gut im Blick. Und wenn ich mich nicht täuschte, lag dort eine Packung jenes Schlafmittels, mit dem sich laut dem Poidl auch das Ehepaar Pasche umgebracht hatte.

»Schlafen Sie schlecht?«

Nun sah auch sie hinüber zum Schreibtisch.

»Sie meinen, wegen der Tabletten? Die Apotheke in Jois verdient schon seit Langem ziemlich gut an der chronischen Schlaflosigkeit der gesamten Familie Pasche.«

Aha. Ich heftete mir eine Notiz dazu in mein Hirn. Unwahrscheinlich, dass dieses Mittelchen auf ihrem Schreibtisch etwas zu bedeuten hatte, sonst würde sie es ja nicht so offen rumstehen lassen. Nicht nach den Vorkommnissen am vergangenen Samstag. Aber man wusste ja nie, vielleicht gab es im Leben der Karin Pasche auch etwas, das sie am Einschlafen hinderte? Sie wäre nicht der erste Mensch auf der Welt, der einen Privatdetektiv engagiert oder den Ermittlern scheinbar besonders hilfreich zur Seite steht, obwohl er selbst am allermeisten zu verbergen hat.

Das hinter dem Tisch an der Wand hängende Porträt zeigte Hans Pasche. Es war ein müdes Gesicht zu sehen, das aber von einer mächtigen Portion Stolz auf das Erreichte gezeichnet war. An einer Ecke des Rahmens war eine schwarze Banderole befestigt worden.

»Wussten Sie, dass Ihr Bruder Norbert adoptiert worden ist?«

Sie wusste es nicht, das verriet mir innerhalb weniger Sekunden ihr Gesichtsausdruck.

»Sagen Sie das noch mal!«

»Biologisch betrachtet, ist Norbert Pasche nicht Ihr Bruder.«

Sie sprang auf, verfiel in ein fast schon hysterisches Lachen und klatschte währenddessen immer wieder in ihre Hände.

»Das ist ja phantastisch, Herr Lauda. Wirklich phantastisch«, waren die ersten Worte, die sie sprach, nachdem sie sich eingekriegt und wieder hingesetzt hatte.

»Sie wissen aber, dass das rein juristisch an dem Testament und der Tatsache, dass er Ihr Bruder ist, nichts verändert?«

»Das ist mir so was von egal. Aber ich stelle mir gerade sein Gesicht vor, wenn er erfährt, dass er adoptiert wurde. Er, der immer am meisten auf seinen Status als Pasche gepocht und am meisten Geld aus der Familie für seinen eigenen Schmafu herausgezogen hat. Und dann ist er nur ein kleines adoptiertes Würschtel. Wie geil!«, rief die ansonsten so kontrollierte und toughe Businessfrau aus.

»Glauben Sie, dass er das nicht wusste?«, fragte ich.

»Ich habe es ja selbst bisher nicht gewusst! Woher soll ich dann wissen, ob er davon eine Ahnung hatte? Weiß Lena es schon?«, fragte sie.

»Nein, *Sie* sind meine Auftraggeberin. Also habe ich *Ihnen* zuerst davon berichtet.« Also gleich *zuerst* nachdem ich dem Poidl und der Prucknerin davon berichtet hatte. Aber die zählten ja quasi zur Familie.

»Haben Sie herausgefunden, um wen es sich bei seinen biologischen Eltern handelt?«

Ich erzählte Karin Pasche alles, was ich bis dato in Erfahrung gebracht hatte. Was, zugegeben, nicht viel war. Aber es reichte offenbar, um ihr das Gefühl zu geben, dass ich mein Geld wert war. Auch wenn ich kurz zuvor noch grandios an ihrem Pförtner gescheitert war.

»Wenn Norbert Pasche adoptiert wurde, besteht durchaus die Möglichkeit, dass es sich bei Ihnen und Ihrer Schwester ebenfalls so verhält.«

Bisschen Spaßbremse spielen konnte nicht schaden.

»Unmöglich«, wandte sie sofort ein. »Da gibt's genug Fotos und Videos von unserer Mutter, auf denen sie mit kugelrundem Bauch zu sehen ist. Und dann gab es da noch diesen Unfall vor etlichen Jahren, bei dem ich unserem Vater Blut gespendet habe. Da wäre es doch herausgekommen, wenn er nicht mein Vater gewesen wäre.«

»Sie können ja auch zufällig die gleiche Blutgruppe haben«, wandte ich ein. »Könnte es sein, dass der Tote in Ihrem Weinkeller der biologische Vater von Norbert Pasche ist? Oder sonst wie in einer Verbindung zu der Sache stand?«, vollführte ich einen fliegenden Wechsel zur Kellermumie.

Sie lehnte sich zurück, faltete ihre Hände und atmete aus. »Es kommt nicht alle Tage vor, dass es so einen Fund im eigenen Weintank gibt. Aber wer das sein könnte … ich weiß es nicht. Ich will mir jedenfalls nicht vorstellen, dass es Onkel Wolfgang gewesen sein könnte. Das würde den Schluss nahelegen, dass jemand aus der Familie oder zumindest jemand aus unserem Umfeld davon wusste, eingeweiht, vielleicht sogar an der Tat beteiligt war. Das mag ich mir nicht ausmalen müssen.«

»Es ist Ihr Weintank. Ich fürchte, man muss sowieso davon ausgehen, dass jemand aus Ihrer Familie in die Vorgänge involviert ist.«

»Jaja, Sie haben ja recht.«

»Also glauben Sie, dass es sich um einen Fremden handelt?«

»Ich weiß es nicht«, wiederholte sie sich. »Die Polizei hat mir gesagt, dass sie derzeit die Vermisstenanzeigen der letzten fünfzig Jahre durchgehen und versuchen, eventuell vorhandene Details der Vermissten mit Spuren, die an der Leiche gefunden worden sind, abzugleichen.«

»Könnte schwierig werden. Das ist sicher ein ganzer Haufen von Fällen. Und von jemandem, der vielleicht irgendwann in den 1960ern abgängig war, gibt es wohl keine Proben, die mit Spuren einer Mumie zu vergleichen sind.«

»Das hat die Beamtin auch gesagt, ja. Von damals existieren nicht mal mehr Zahnprofile, die man für einen Vergleich heranziehen könnte. Und es gibt praktisch nichts mehr von meinem Onkel, auf dem sich verwertbare Spuren von ihm finden lassen.«

»Da hätten Ihre Eltern wirklich hilfreich sein können.«

»Wollen Sie etwa andeuten, dass meine Eltern mit dieser Mumie etwas zu tun hatten?«

»Ich deute gar nichts an«, log ich. »Aber sie wären auf jeden Fall nützliche Auskunftspersonen gewesen. Gibt es bei Ihnen in der Firma jemanden, der schon lange genug dabei ist, den man fragen könnte? Oder Hausangestellte, die schon seit Jahrzehnten im Umfeld der Villa arbeiten?«

»Ich habe auch schon daran gedacht. Mir ist da nur der Friedl eingefallen.«

»Wer ist das?«

»Er war bei der Pasche GmbH lange Zeit Betriebsrat, hat auch nach seiner Pensionierung noch bei uns gearbeitet. Heute wohnt er drüben in Podersdorf. Ich lasse Ihnen seine Adresse raussuchen.«

»Telefonnummer reicht vielleicht auch erst mal für den Anfang«, erklärte ich. War ein weiter Weg bis Podersdorf.

»Guter Mann, Sie werden hier in der Region nichts erreichen, wenn Sie versuchen, etwas telefonisch zu klären. Hier muss man einander kennen, damit was weitergeht. Zumal Sie ja …« Sie hielt kurz inne.

»Ich bin was?«

»Na ja, Sie sind keiner von da.«

Ah ja, gut, dass man mich mal wieder daran erinnerte.

»Falls Ihr Bruder nichts von der Adoption wusste«, sagte ich zur Verabschiedung, »gibt es wohl nur eine Person, die wissen könnte, wer die leiblichen Eltern von Norbert Pasche sein könnten.«

Sie betrachtete mich mit einem genüsslichen Lächeln, und man konnte ihr regelrecht dabei zuschauen, wie sie in ihrem Gehirn einen Baustein auf den anderen setzte. Bis das kleine Häuschen schließlich fertig gebaut war und sie den Namen »Hermann Schweigl« nannte.

Bevor wir uns zurück auf den Weg nach Rust machten, warfen Bella und ich noch einen Blick ins Archiv des Unternehmens. Eine kleine Recherche über die Geschehnisse innerhalb der Firma zu jener Zeit, in der Wolfgang Pasche auf mysteriöse Art verschwunden war, würde vielleicht ein bisschen Licht ins Dunkel bringen.

Das Archiv machte den Klischees, die man über solche Dokumentensammlungen hatte, alle Ehre. Es war ein ziemlich lieblos eingerichteter Raum im Keller des Werkes. Die einzige Lichtquelle war eine einsam von der Decke baumelnde Glühlampe. Der Raum war ausgekleidet mit Regalwänden, in denen sich Kisten und Ordner dicht an dicht aneinanderkuschelten. Zum Glück gaben Jahreszahlen Auskunft, aus welchem Jahr der jeweilige Inhalt stammte. Ich fuhr die Ordnerrücken mit meinen Fingern entlang, und schnell stellte sich heraus, dass da einige Jahrgänge fehlten. Aus den Achtzigern und Neunzigern des vergangenen Jahrhunderts fand sich kein einziges Dokument. Hmm.

Karin Pasche konnte ich an diesem Nachmittag nicht mehr dazu befragen, sie hatte das Büro bereits verlassen. Ihre Sekretärin erklärte auf Nachfrage lediglich, dass es im alten Archiv, das sich früher in der Villa Pasche befunden habe, einen Brand gegeben habe. Dabei seien leider einige Bestände für immer verloren gegangen.

Was für ein Zufall.

18. Juli 1995, 20:57 Uhr

»Hast es mit der Dosierung eh net übertrieben?«, fragte Papillon.

»Ach was, ich mach das ja nicht zum ersten Mal«, antwortete Hans.

Es kränkte ihn fast ein bisschen, dass sie ihn für einen Amateur hielt, der zu viel der Substanz im Becher seines Bruders deponiert hatte. Er hatte sich bei all seinen Einsätzen in Ungarn und in der ehemaligen Tschechoslowakei nie bei der Dosierung verschätzt.

»Irgendwann ist immer das erste Mal«, antwortete sie.

Sie hatten Wolfgang im Zimmer der Sanitäter abgeliefert und den diensthabenden Helfern etwas Unverständliches mit »Kreislauf« ins Gesicht gemurmelt. Das hatte ausgereicht, damit sich die Sanitäter seines Bruders angenommen hatten. Anschließend hatten sie sich in das Büro des Geschäftsführers des lokalen Fußballvereins geschlichen, das gleich neben der Wohnung des Platzwartes lag.

Hans kannte sich in diesen Räumlichkeiten gut aus, oft genug war er hier gewesen, um Geschäfte anzubahnen. Das war ja der eigentliche Zweck des Sponsorings gewesen, man kam dadurch in Kontakt mit anderen Unternehmern und Politikern, Leuten aus der Verwaltung. Das war es, was wirklich etwas brachte. Im Gegensatz zu den Pipifaxideen seines Bruders. Wie viel hätten sie verdient, wenn die Firma Pasche den Wein für das heutige Match sowie die folgende Partie von Borussia Mönchengladbach gegen Casino Salzburg gestellt hätte? Ein paar zehntausend Schilling vielleicht? Wie gesagt, Pipifax.

Es würde noch rund zwanzig Minuten bis zum Abpfiff dauern, diese Zeit mussten Hans und Papillon nutzen, um die Dinge zu klären. Abgesehen davon konnte er jetzt ohnehin noch nicht mit Wolfgang zurück nach Jois in die Villa fahren. Er musste bis zum Sonnenuntergang warten. Es musste rich-

*tig dunkel sein. Und das dauerte im Hochsommer nun mal.
Dass Wolfgang so schnell auf das Halluzinogen ansprach, hatte
er nicht kommen sehen. Er hatte alles so dosiert wie immer.
Konnte er sich beim Gewicht seines Bruders vielleicht verschätzt haben?*

*»Der hält das schon aus«, sagte Hans. »Also lass uns die Zeit
nutzen, es gibt einiges zu besprechen.«*

*»Später. Erst sollst mich ficken«, sagte sie, so als ob es das
Normalste von der Welt wäre.*

*Sie öffnete das Kopftuch, das ihre blonde Haarpracht be-
deckt hatte, und warf es auf einen der Sessel. Nahm die Sonnenbrille ab.*

»Papillon, es ist ernst, wir müssen –«

*»Jaja, Hansi, mir auch«, ließ sie ihn erst gar nicht weiter-
reden.*

*Sie zog ihren kurzen Rock nach oben. Kurz danach ließ sie
ihr schwarzes Höschen zu Boden gleiten.*

*»Das sollte wohl reichen, um dich in Stimmung zu brin-
gen«, kommentierte sie sein Verstummen. Papillon fegte mit
einer Handbewegung die Unterlagen vom Schreibtisch des
Vereinschefs, nahm vor diesem Aufstellung und beugte sich
vornüber. »Wird's bald?«, fragte sie ungeduldig, während Hans
die Schuhe auszog und sich daranmachte, auch die Socken aus-
zuziehen. »Lass halt an, ich seh dich heut eh net dabei«, kommentierte sie sein unbeholfenes Agieren.*

*Hans trat an sie heran, drang in sie ein, während von
draußen erneuter Jubel durch die Fenster ins Büro drang.
»Wennst dich gut anstellst, bringst hier vielleicht auch gleich
wen zum Jubeln«, sagte sie, und zum ersten Mal klang Papillon an diesem Abend nicht wie eine abgebrühte Geschäfts-
frau.*

*Sie verunsicherte ihn mit ihrer dominanten und selbstbe-
wussten Art. Und was ihn am meisten aus der Fassung brachte,
war, dass ihr genau das Spaß zu machen schien. Es bereitete ihr
Lust, ihn wie ihren Laufburschen und Diener zu behandeln,
der gefälligst zu spuren hatte, wenn sie dies wünschte. Erst als*

er ihrem leisen Stöhnen anmerkte, wie sehr es ihr gefiel, wie er sich in ihr bewegte, fing er sich.

Doch dieses Gefühl war nicht von Dauer. Denn als er nach allzu kurzer Zeit bemerkte, dass er knapp davor war abzuspritzen, spulte er sein übliches Kopfkino-Programm ab. Er dachte an jenen Moment, in dem er seine Mutter erhängt auf dem Dachboden der Villa gefunden hatte. Wie ihre Füße in der Luft baumelten, gar nicht mal so weit entfernt vom lebensrettenden Fußboden. Und doch weit genug weg, um ihr Lebenslicht für alle Zeiten auszuhauchen. Einer der Hausschuhe hing noch an ihrem rechten Fuß, fiel genau in jenem Moment auf den staubigen Boden, als Hans in seiner Ohnmacht den ersten Schritt in ihre Richtung gesetzt hatte.

Papillon musste auch dieses Mal bemerkt haben, dass er nicht zum Höhepunkt gekommen war. Doch es war ihr egal. Er hatte ihr den Dienst erwiesen, den sie von ihm erwartet hatte. Und um kein Geld dieser Welt wollte er ein weiteres Mal die Schmach erleben, vor ihr zum Orgasmus zu kommen. Was waren das für peinliche Kommentare von ihr gewesen, die er damals über sich hatte ergehen lassen müssen.

Sie hatte sich schon fast wieder angezogen, richtete noch den Gürtel, als plötzlich die Tür aufgestoßen wurde.

»Oh, Entschuldigung!«, stammelte die Sekretärin des Vereinschefs.

Hans kannte sie nur zu gut, war sie doch seine erste Ansprechpartnerin, wenn es darum ging, einen Termin bei seinem Bekannten zu bekommen.

»Sie Schuft!«, rief Papillon plötzlich aus und ohrfeigte Hans, der immer noch mit heruntergelassenen Hosen neben ihr stand. An dem Glitzern in ihren Augen sah er, wie sehr sie diesen Moment genoss.

Noch bevor er ein Wort sagen konnte, weder zu Papillon noch zur Sekretärin, hatte Letztere die Tür bereits wieder verschlossen. Hans würde sich am nächsten Tag darum kümmern, das hatte Zeit. Und so wie er den Boss von Eintracht Eisenstadt einschätzte, würde dieser kein Aufheben um die

Angelegenheit machen. War doch auch er selbst kein Kind von Traurigkeit.

»Können wir jetzt reden?«, fragte Hans, nachdem er sich wieder vollständig angekleidet hatte.

»Jetzt könn' ma reden«, sagte Papillon.

Sie setzte sich auf den Schreibtischsessel und sah ihn fordernd an.

Mittwoch

Dieser See hat Charakter

»Wie kannst du mir das nur antun! Wie kannst du *uns* das nur antun?«

Und plopp. Dann war ich wach.

Es war wie immer in den letzten Wochen. Die gleichen Szenen. Die gleichen Vorwürfe. Ich knipste das Display meines Smartphones an, las ernüchtert und müde und fertig und traurig die vier Zahlen, die mir die Uhrfunktion anzeigte. So als ob ich nicht glauben könnte, dass ich auch in dieser Nacht wieder vor vier Uhr früh hellwach war. Und wenn mich die vergangenen Nächte etwas gelehrt hatten, dann, dass ich nach meiner nächtlichen Begegnung mit Luise nicht wieder einschlafen würde.

Ich wälzte mich hin und her, sodass auch die Prucknerin mit ihrem tiefen Schlaf neben mir aufzuwachen schien. Also stand ich auf und setzte mich neben Bella auf den Boden. Legte meine Hand auf ihren warmen und sanften Körper. Sah meiner Hand dabei zu, wie sie sich im Takt der Atmung meiner Hündin auf und ab bewegte. Das hatte fast schon meditative Züge. Doch immer wenn ich dachte, ich sei nun bereit, um wieder ins Bett zu gehen und einzuschlafen, war ich wieder hellwach.

Ich breitete meine Bettdecke auf dem eiskalten Holzboden aus, bedeckte mich notdürftig mit einer dünneren Decke, die ich irgendwann mal aus einem der verstaubten Kästen gekramt hatte. Kuschelte mich neben Bella, legte wieder meine Hand auf ihren Rücken. Doch alles, was mir der Gott des Schlafes zubilligte, war ein seltsamer Wachschlaf, aus dem ich sofort hochschreckte, sobald ich auch nur ein bisschen zur Ruhe gekommen war. Und immer fiel ich darin von einer Anhöhe, stürzte auf einer Rolltreppe oder kam ins Stolpern. Und schon war ich wieder hellwach.

Ich tat schließlich das, was ich all die Tage zuvor auch gemacht hatte, wenn ich den Kampf aufgab. Ich holte die Milch aus dem Kühlschrank, stellte sie, wie jeden Morgen, auf den kleinen Tisch in der Küche. Hockte mich daneben und wartete auf den Sonnenaufgang.

Ich sollte wohl eine neue Milch kaufen. In dieser hier schien sich bereits ein gewisses autarkes Eigenleben zu entwickeln.

Der See ist wie eine Katze, hatte die Prucknerin mal gesagt. Wenn man nicht wüsste, dass er da ist, man würde gar nichts von ihm mitbekommen. In meinen ersten Tagen hier, damals, als ich in einer Nacht-und-Nebel-Aktion an den See gekommen war, hatte ich ihn erst gar nicht zu Gesicht bekommen.

Der Neusiedler See biedert sich nicht so an wie die Kärntner Seen oder die Gewässer im Salzkammergut. Er ist nicht schon von Weitem vor beeindruckender Alpenkulisse zu bestaunen, es finden sich keine lieblichen Sommerfrischevillen aus dem 19. Jahrhundert an seinen Ufern, und weder Roy Black noch Peter Alexander verhalfen dem Steppensee zu einer glanzvollen Nebenrolle auf den Leinwänden und Bildschirmen im gesamten deutschsprachigen Raum. Nein, der Neusiedler See will, dass du dich auf den Weg zu ihm machst, dass du dich ein bisserl bemühst, ihn kennenlernst. Dieser See hat Charakter. Und wenn du dir die Mühe machst, ein bisserl auf ihn zugehst, dann, ja, dann bist du deppert. Dann hat er dich mit einer Wucht, die dich nie wieder loslässt.

Mich hatte der See seit jenem Tag, an dem sich die Prucknerin die Mühe gemacht hatte, mich zum See zu bringen. Am Tag meiner vermeintlichen Abreise hatte sie mich zur Ruster Bucht geführt. Ich könne ja nicht vom See abreisen, ohne ihn wenigstens ein Mal gesehen zu haben, hatte sie gesagt. Ich glaube, sie wusste ganz genau, welche Wirkung der See auf mich entfalten würde. Und dass er schon dafür sorgen würde, dass ich nicht mehr so schnell von ihm fortkommen würde. Das war der eigentliche Grund, warum sie mich damals zum See rauskutschiert hatte. Heute war mir das klar.

Mit all seiner Wucht und Schönheit hatte der See mich dann spätestens voll und ganz für ihn eingenommen, als ich für die Plünder'sche Reederei den Securityheinzi auf der MS Maximilian gespielt hatte. Erst auf dem See bekommst du ein Gefühl für diese sensationelle Weite und spürst, was dieser riesige Steppensee mit dir macht. Er gibt dir ein Gefühl der Grenzenlosigkeit. Er macht dich frei und lässt dich atmen. Er lässt dich du selbst sein.

Jetzt aber, in diesem Moment, nachdem ich der Milchflasche an meinem Küchentisch für einige Stunden Gesellschaft geleistet und mich endlich aufgerafft hatte, da zeigte mir der See, dass er auch anders konnte. Die Gischt spritzte mir ins Gesicht, ich spürte jede noch so kleine Welle. Vor allem in meinem Magen.

»Keine Sorge, dieses Mal fahren wir den direkten Weg«, sagte der Mitarbeiter von Danielas Taxiunternehmen, der sich bereit erklärt hatte, mich mit seinem Motorboot schnell mal eben von Rust nach Podersdorf überzusetzen.

Er lachte. Er freute sich. Er hatte Spaß an dieser kleinen Tour, die es ihm erlaubte, an der frischen Luft, draußen auf dem See unterwegs zu sein anstatt in seinem Taxi.

Ich saß hinter ihm auf dem Hartschalensitz und hielt mich, vielleicht etwas zu krampfig, als dass es noch cool hätte wirken können, an der Reling fest. Ich nickte höflich, anstatt dem Kapitän eine Antwort zu geben, und verdammte mich dafür, in der Früh einen Kaffee getrunken zu haben. Denn nun verfügte mein Magen über Inhalt, den er nach Lust und Laune ausspeien konnte. Ob sich die Möwen auch über meinen halb verdauten Mageninhalt freuen würden?

»Wir haben es bald geschafft«, warf er mir wenig später aufmunternde Worte zu. Er hatte wohl mitbekommen, dass ich den Trip nicht ganz so genoss wie er. »Schauen S', der Leuchtturm von Podersdorf ist schon ganz deutlich zu erkennen. Nimma lang!«

Ich nickte, spendete ihm ein übelkeitsgeplagtes Grinsen. Und gerade als er die Motorleistung nach der langen Überfahrt zum ersten Mal etwas drosselte, die Wucht des Aufpralls unseres Bugs auf die Wellen an Intensität verlor, da verlor auch ich das Match gegen meinen Magen. Ich beugte mich über die Reling und überreichte dem See, was die handverlesene Arbeit von ecuadorianischen Kaffeebauern mir an diesem Morgen geschenkt hatte.

Ich brauchte einige Minuten, bis ich auf dem Steg der Podersdorfer Mole die Haltung zurückerlangt hatte. Gleichzeitig gegen Müdigkeit und Übelkeit anzukämpfen ist ungefähr genauso lustig, wie ein Formel-1-Rennen gegen Max Verstappen gewinnen zu wollen. Ein schier aussichtsloses Unterfangen.

Ich war hier ganz für mich, sodass ich in aller Ruhe innehalten und auf die Rückkehr der Farbe in mein Gesicht warten konnte. Was hatte Bella für ein Glück, dass sie den Tag drüben in Rust bei Johannes in der Buchhandlung verbringen konnte. Ich hoffte, sie wusste es zu schätzen. Mein Kapitän war währenddessen schon längst wieder auf dem Weg zum anderen Ufer.

Ich schlenderte über die Mole zum Strandplatz, auf dem sich ein paar versprengte Touristen tummelten. Zwei Jugendliche lümmelten vor dem geschlossenen Kaufhaus herum. Dort, wo im Sommer die Gäste Pizza und Eis in sich reinschaufelten, im Al Faro, standen sich jetzt lediglich zwei Möwen die Füße platt. Sie hatten wohl nichts vom Festmahl abbekommen, das ich ihren Artgenossinnen auf dem See bereitet hatte. Ich bog rechts ein und marschierte an der Hotelperlenkette sowie dem Platz vom UFC vorbei zum Campingplatz.

Karin Pasche hatte mir keine genaueren Angaben über den Aufenthaltsort von Friedl Drechsler gemacht. Einfach nur gesagt, dass ich ihn schon am Campingplatz finden werde, er sei quasi nicht zu verfehlen. Nun denn.

Die Einfahrt zum Campingplatz erinnerte mich optisch an Kleinhaugsdorf, Drasenhofen und wie sie alle hießen – jene Grenzstationen, an denen man vor Inkrafttreten der Schengen-Ära mitunter Stunden verbracht hatte, um ins benachbarte osteuropäische Ausland zu reisen und seine Devisen dort auf den Kopf hauen zu dürfen. Die überdachte Einfahrt passte perfekt zu diesem Grenzstation-Feeling, sogar Schlagbäume hatten sie hier. Nachdem sich der Andrang im November in Grenzen hielt, fühlte sich das hier alles aber eher nach Kleinhaugsdorf lange vor dem Fall des Eisernen Vorhangs an. Keine Menschenseele zu sehen.

Ich klopfte an die Glastür der Rezeption, die ich im Zollhäuschen ausgemacht hatte.

»Geschlossen!«, rief ein Mann. Auch ohne dass er die Tür hatte öffnen müssen, hatte ich jede der drei Silben mehr als deutlich verstanden.

Ich klopfte noch mal.

»Hörst schlecht? G'schlossen ist!«, schallte es von drinnen heraus.

Aller guten Dinge waren drei.

»Heast!«

Und schon wurde die Tür geöffnet.

»Guten Tag«, sagte ich in meiner freundlichsten Art und Weise. »Ich suche den Friedl Drechsler.«

»Den hast g'funden«, antwortete der Mann, schloss die Tür wieder und verschwand erneut. Die zwei Sekunden Sichtkontakt hatten gerade mal dazu ausgereicht, mir sein Gesicht peripher einzuprägen. Es war ein unrasierter älterer Mann, seine wettergegerbte und mit Falten und Furchen übersäte Haut machte ihm das Rasieren sicherlich nicht allzu leicht. Er trug eine Schiebermütze und verfügte über wütende Augen, deren graue Pupillen deutlich machten, dass ich ihn gerade bei etwas sehr Wichtigem gestört hatte.

Also fein, aller guten Dinge sind vier.

Es dauerte einige Zeit, bis er nach meinem erneuten Klopfen noch mal an die Tür gekommen war. Vielleicht hatte er gehofft, dass ich von alleine wieder verschwinde.

»Du gehst mir irrsinnig am Zeiger, weißt das?«, bellte er.

»Karin Pasche hat mich geschickt«, erwiderte ich.

»Die Karin!«, rief er aus. Und schon zeigte sich die Sonne auf seinem Gesicht. »Sag das doch gleich!«

Ja eh.

»Ich hätt ein paar Fragen. Haben Sie vielleicht ein bisserl Zeit?«

»Sicher, mein Bub. Wart kurz, dann gehen wir zu meinem Wohnwagen, und ich mach uns einen Kaffee.«

Oh nein, bitte nicht.

Kurz darauf kam er zurück. In der Hand trug er ein Lustiges Taschenbuch. Ich hatte ihn wohl bei der Lektüre gestört. »Da geht's lang«, erklärte er und zeigte mir den Weg. Ich hätte seinen Wohnwagen wahrscheinlich auch ohne seine Hilfe gefunden, handelte es sich dabei doch um den einzigen weit und breit. »Die Rezeption muss zwar bis zwanzig Uhr besetzt sein, aber die Patsy wird schon nichts dagegen haben, wenn ich kurz mal auf einen Kaffee mit dir gehe.«

»Ist nimma so viel los, oder?«

»Die Saison ist bald aus, Ende November geht's für vier Monate in die Winterpause.«

»Was wird dann aus Ihnen?«

Er sah mich verständnislos an, während wir über die Wiese marschierten.

»Was heißt, was wird dann aus mir? Ich leb da am Campingplatz. Ich bin das ganze Jahr da. Kann ja net schaden, wenn wer nach dem Rechten schaut und potenzielle Störenfriede mitbekommen, dass der Platz belebt ist.«

»Verstehe«, erklärte ich.

»So, da sind wir schon bei der Gurly«, sagte er kurz darauf.

»Gurly?«, fragte ich irritiert.

»Ja, Gurly, so heißt sie.«

Aha.

Gurly war ein zu einem Camper umgebauter Fiat Ducato, der vor seiner letzten Reise an den Neusiedler See schon einige Kilometer abgespult haben dürfte. Friedl Drechsler ließ mir den Vortritt, ich erklomm die drei kleinen Stufen und fand mich inmitten einer auf elf Quadratmeter zusammengezimmerten Perfektion wieder. Da waren ein Bett, ein Waschbecken, eine Toilette, eine Anrichte mit zwei Herdplatten, ein kleines Tischchen. Jeder Quadratzentimeter dieses kleinen Wunderwerks schien perfekt ausgenutzt worden zu sein. Nicht schlecht, Herr Specht. Auf Dauer würde ich hier drinnen trotzdem Platzangst bekommen. Kein Wunder, dass Drechsler es vorzog, seine Donald-Duck-Geschichten in der Rezeption im Zollhäuschen zu lesen.

»Da schaust du, mein Sohn.« Friedl Drechsler hatte bemerkt, dass ich durchaus beeindruckt war. »Oben am Dach habe ich ein 300-W-Premium-Solarset von Offgridtec verbaut, was Besseres bekommst du nicht. Der MPPT-Regler sorgt dafür, dass ich auch bei schlechtem Wetter genug Saft hab«, fuhr er nicht ohne Stolz in der Stimme fort.

Aha, was auch immer so ein Regler war oder tat.

»Also, wie kann ich dir helfen?«, fragte er, nachdem der Kaffee in der kleinen Bialetti diesen unwiderstehlichen Geruch verströmt hatte, er uns das schwarze Gold in zwei kleine Tassen eingeschenkt hatte, ich mein Häferl abseits deponiert und auf dem Bett Platz genommen hatte.

»Sie haben einige Jahre für die Firma Pasche auf dem Buckel«, stellte ich fest.

»›Einige Jahre‹ ist gut«, sagte er und lachte das Lachen eines alten Seefahrers. Doch da rasselte auch etwas in seinem Kehlkopf, was sich nicht ganz so gesund anhörte. »1969 habe ich als Schlosser bei den Pasches angefangen. Zusammen mit dem Hias, wir waren die ersten Mitarbeiter, die nicht aus der Familie stammten. Es gab seit damals bis zu meiner Pensionierung quasi keinen Job in der Firma, den ich nicht gemacht habe.«

»Und zum Schluss haben Sie dann als Betriebsrat auf das Wohl der Kollegenschaft geachtet?«, spulte ich ihn vor.

»Ganz genau, ich sehe, du bist gut informiert. Vor zwei Jahren bin ich in Pension gegangen. Man muss auch Jüngeren Platz machen können. Es braucht frischen Wind und tut nicht gut, wenn man zu lange an seinem Platz hockt. Weder einem selbst noch dem Unternehmen.«

»Also haben Sie in den Neunzigern auch die Auseinandersetzung um die Ausrichtung des Unternehmens zwischen dem Hans und dem Wolfgang Pasche mitbekommen?«

»Das kann man wohl so sagen, ja. Da war die Stimmung zum Zerreißen gespannt, bist du deppert. Ich glaub, da hamma verdammtes Glück gehabt, dass es die Firma net zerrissen hat.«

»Glück? Soweit ich gehört habe, war das eher dem plötzlichen Verschwinden von Wolfgang Pasche zu verdanken. Erst dadurch war der Konflikt doch entschärft worden, oder?«

»Das kann man so sehen, ja«, sagte er etwas nebulös.

»Wie kann man es denn noch sehen? Anders?«

»Gewiss«, erklärte Friedl Drechsler. »Die beiden hatten sich intern schon darauf geeinigt, wie es weitergehen sollte. Und dass sie an einem Strang ziehen müssen. Wenn ich mich recht erinnere, ist sogar schon eine Mitarbeiterversammlung angesetzt worden, auf der das Ergebnis und die neue Strategie hätten verkündet werden sollen. Doch dazu kam es dann nicht mehr.«

»Weil Wolfgang Pasche plötzlich verschwunden ist?«

Friedl Drechsler nickte.

»Das war ein irrer Schlag für alle. Für den Hans aber natürlich am allermeisten. Von einem Tag auf den anderen war sein Bruder einfach weg …« Es wirkte so, als ob Friedl Drechsler für einen Moment in die Vergangenheit reisen würde, zurück ins Jahr 1995. Sein Blick war so abwesend irgendwie. »Es war sehr schwer gewesen, das Unternehmen weiterhin auf Kurs zu halten. Trotz der Suche nach dem Wolfgang, den Ermittlungen, all den Gerüchten. Ich weiß noch genau, um den ganzen See herum, bis nach Eisenstadt und Wien, sind die Plakate der Polizei mit dem Foto vom Wolfgang gehangen. Schau nur, ich bekomm jetzt noch a Ganslhaut, wenn ich daran zurückdenke.« Er spürte mit den Fingern über den linken Unterarm. »Aber der Hans, das war ein harter Hund. Der hat das geschafft. Ein Wahnsinn eigentlich. Und jetzt hat er nimma wollen? Ich hab g'hört, dass die Liesl sehr krank war. Armes Mädchen. Aber der Hans, der war immer so lebenslustig und tatendurstig. Und für nächste Woche waren wir zum Romméspielen mit anderen ehemaligen Mitarbeitern der Firma verabredet. Weißt, mein Bub, das machen wir jedes Jahr Mitte November. Aber gut, vielleicht hatte er das vergessen.«

»Klingt nicht so, als ob Sie an Selbstmord glauben würden?«

»Ja, was soll es denn sonst gewesen sein?«

»Sagen Sie es mir.«

»Ich?«, polterte es aus ihm heraus. »Ich bin doch nur ein alter Mann, der hier seine letzten Tage am See verbringt.«

Gab schlechtere Orte für ein solches Vorhaben.

»Glaubt die Karin etwa nicht an Selbstmord? Hat sie dich deshalb zu mir geschickt?«

»Die Karin Pasche ist sich sicher, dass ihre Eltern freiwillig aus dem Leben geschieden sind.«

»Warum hockst du dann da bei mir?«

»Es geht ums Erbe. Der Norbert Pasche versucht gemeinsam mit seinem Anwalt, die Führung der Firma für sich zu beanspruchen.«

»Das sieht den beiden ähnlich«, sagte er und leerte den letzten Schluck aus seiner Kaffeetasse. Und dann wieder das Lachen mit dem Rasseln, das sogleich in einen mittleren Hustenanfall überging. Das klang echt nicht so richtig geschmeidig. »Dass der Hans sich so auf den Schweigl verlassen hat, war uns immer ein Rätsel. Ich hab ma immer dacht, dass ...«

»Dass?«

»Na, dass der Schweigl irgendwas über den Hans weiß, was nicht ans Licht kommen durfte. Etwas, mit dem er ihn in der Hand g'habt hat, weswegen der Hans ihn als Anwalt an seiner Seite behalten hat.«

»Gehört das nicht quasi zur Stellenbeschreibung eines Anwalts? Dass er auch jene Dinge weiß, von denen sonst besser niemand wissen sollte?«

»Haha, ja, da hast du schon recht, mein Sohn. Aber ich hatte manchmal das Gefühl, dass der Hans ein bisserl Angst vor dem Schweigl hatte. Und ich hab mir das nur so zusammenreimen können, dass der Rechtsverdreher halt irgendwas über den Hans oder die Firma weiß.«

»Zum Beispiel, dass der Norbert Pasche gar nicht der leibliche Sohn von Elisabeth und Hans Pasche ist?« Da war jetzt kein lautes Lachen, kein Rasseln auf Höhe des Kehlkopfes. Auch kein überraschter Ausruf wie bei Karin Pasche. Friedl Drechsler sah mich einfach nur still und konzentriert an.

»Für Sie ist das keine Überraschung, oder?«

»Die Liesl war damals total verzweifelt«, sagte er. »Sie haben es lange mit eigenen Kindern versucht, aber es hat net klappen woll'n. Sie waren sogar bei einem Spezialisten in Deutschland, aber alles umsonst. Sie wissen ja vielleicht, wie das ist. Wenn man sich selbst zu viel Stress macht mit dem Nachwuchs, kann das kontraproduktiv sein. So war das wohl auch bei den beiden damals. Dazu die ganzen Sorgen mit der Firma.«

»Aber die Leute, die Angestellten … es müssen doch alle gesehen haben, dass die Elisabeth Pasche nicht schwanger war. Und dann auf einmal mit Kind«, wandte ich ein.

»Die Liesl hat eine Reise gemacht«, erzählte Friedl Drechsler. »Eine Weltreise, bis nach Südamerika, Australien und Asien. Und zurückgekommen ist sie dann mit einem kleinen Baby. Die Reise hatte sie angeblich abgebrochen, weil es mit der Schwangerschaft nimma ging. Aber wer die beiden, vor allem die Liesl, gekannt hat, hat gleich gewusst, dass da etwas nicht passt.«

»Wissen Sie noch, wie lange sie damals weg war?«

»Fünf Monate werden das sicher gewesen sein. Von der Zeitspanne hätte sich das also auf jeden Fall ausgehen können. Und sie haben sich damals Mühe gegeben, uns in dem Glauben zu lassen, dass sie wirklich auf Reisen ist. Sogar Postkarten aus aller Herren Länder haben sie an die Firma geschickt, mit Poststempel und allem Drum und Dran. Ich glaub, das hat der Schweigl damals für die organisiert. Der war nämlich zur selben Zeit auf Reisen. Damals war die Welt ja noch viel größer, und so eine Postkarte aus Afghanistan oder Brasilien nach Österreich konnte man nicht mal eben so über den Computer bestellen.«

»Sie haben also gemerkt, dass irgendwas nicht zusammenpasst?«

»Ja, und nicht nur ich. Wir waren ja net bled.«

»Haben Sie die Pasches jemals darauf angesprochen?«

»Aber nein, so was macht man net. Wir haben alle g'wusst, wie sehr sie sich ein Buzi wünschen. Das ist doch kein Thema, über das man dann als Angestellter mit dem Chef spricht. Das macht man nicht. Aber geahnt haben das eigentlich alle.«

»Sie wissen also nicht, wer die leiblichen Eltern von Norbert Pasche sind?«

»Nein, da kann ich dir net helfen. Warum ist das so wichtig, jetzt, nach all der Zeit?«

»Ich hab's ja vorhin schon erwähnt, es gibt nach dem Tod der Pasches gewisse Erbstreitigkeiten. Da könnte es durchaus von Vorteil und Interesse sein, zu wissen, wie das vor vierzig Jahren alles gelaufen ist. Denn in einem angeblichen Testament, das damals kurz nach der Geburt von Norbert Pasche aufgesetzt worden ist, wird diesem die gesamte Firma vermacht. Und das wurde auch nach der Geburt der beiden Töchter nicht mehr geändert.«

»Interessant«, sagte Friedl Drechsler. »Vielleicht wollten sie damals einfach gleich festlegen, dass der Erstgeborene die Firma erben soll. War ja nicht unüblich früher.«

»Gab es bei der Geburt der Zwillingsschwestern dann auch noch mal so eine wundersame Schwangerschaft?«

»Du meinst, ob die Karin und die Lena auch adoptiert sind?«

Ich nickte. »Ist ja nicht so weit hergeholt, wenn man bedenkt, dass es zuvor jahrelang nicht mit Nachwuchs geklappt hat und auch Norbert adoptiert worden ist.«

»Da ist nix dran, das kannst gleich wieder vergessen. Noch schwangerer, als die Liesl damals mit den beiden Mädeln war, kannst gar net sein. Da hamma schnell g'wusst, dass das net nur ein Buzi werden wird, so dick, wie sie damals war.«

»Also keine mysteriöse Weltreise vor der Geburt der beiden?«

»Naa, da war alles echt, das kannst mir glauben.«

»Gibt's jemanden, der wissen könnte, wer die leiblichen Eltern vom Norbert Pasche sind?«

»Der Schweigl, der weiß das fix.«

»Der wird es mir wohl nur leider nicht sehr bereitwillig erzählen, nachdem er den Norbert Pasche vertritt.«

»Vielleicht ist er selbst ja sein Vater?«

»Der Schweigl?«

»Der Schweigl.«

Hmm. War eine Option. Aber auch dann war es sehr unwahrscheinlich, dass er mir bereitwillig Auskunft dazu geben würde.

»Und sonst?«

»Es gibt natürlich viele Kollegen, die schon lange in der Firma sind. Aber der engere Kreis war nie sehr groß, das waren eigentlich nur die langjährige Sekretärin der beiden, also die Michaela, der Hias und ich.«

»Sekretärin« klang perfekt.

»Wo finde ich diese Michaela?«

»In Gols, Obere Hauptstraße.«

Die Hauptstraßen in den Gemeinden rund um den Neusiedler See können mitunter lang ausfallen.

»Ein bisserl genauer wäre hilfreich«, bat ich um weitere Details.

»Nimm am besten den Eingang in der Kinogasse, Reihe vierzehn, Grab sieben.« Okay, doch nicht so perfekt. »Die Michaela war sehr super. Viel zu früh gestorben, die hat's 1986 auf regennasser Fahrbahn in einer Kurve erwischt.«

Ach, verdammt. Sekretärinnen wissen immer über alles und jeden Bescheid und sind die perfekte Auskunftsquelle. Also zumindest lebende Sekretärinnen.

»Und die Nachfolgerin von der Michaela?«, unternahm ich einen zweiten Versuch.

»Da gab es keine fixe Sekretärin mehr, die Agenden wurden dann von mehreren Mitarbeitern übernommen.«

Schade.

»Und dieser Hias?«

»Der ist in Frankreich, hat irgendwo in einem Weingut angefangen, in der Nähe von Bordeaux, wenn ich nicht irre.«

Saint-Émilion oder so? Falls es ihn überhaupt noch gibt. Hab schon ewig nichts mehr von ihm gehört.«

Alle Wege führten also zum Schweigl, wenn ich mehr rausfinden wollte.

Friedl Drechsler begleitete mich auf dem Weg zur Rezeption. Es zog ein frischer Wind vom See übers Land. Kein Sturm, aber die Wellen machten sich an der Kiesbrandung, die der Wiese des Campingplatzes vorgelagert war, deutlich bemerkbar. Die Umrisse der Wolken, die über uns hinwegfegten, trugen scharfkantige Konturen, so als ob man bei der Fotonachbearbeitung zu sehr mit den Schärfe-Einstellungen herumgespielt hätte. Ich mochte es, wenn die Wolken mit ihren prägnanten Formen so über einen hinwegzogen. Nichts zeigte mehr die Urkraft unserer Welt als Wolkenberge, die in Kilometern Höhe über Land und Wasser rasten. Wie unbedeutend all das, was hier auf der Erde passierte, doch im Vergleich dazu war.

»Wissen Sie, bis wann der Weinkeller in der Villa Pasche in Betrieb war?«, fragte ich Drechsler, als wir wieder an der Miniaturversion des Grenzübergangs Kleinhaugsdorf angekommen waren.

»Der Weinkeller? Puh, du fragst Sachen. Als die beiden jungen Pasches die Firma übernommen haben, hat der Senior das noch ein bisserl aus Liebhaberei weitergeführt, aber nimma lang. Irgendwann in den Siebzigern war das fix vorbei. Ich weiß noch, dass die beiden jungen Pasches, als in den Achtzigern der Glykolwein-Skandal über das Land hereinbrach, heilfroh waren, dass sie sich längst aus dem Weinanbau zurückgezogen hatten.«

Die beiden »jungen Pasches« waren dann wohl Hans und Wolfgang Pasche.

»Und seit damals war diese riesige Zisterne im Keller auch nicht mehr in Betrieb?«

»Du fragst wirklich komische Dinge, mein Sohn«, reagierte er etwas ungehalten. »Fragen, Fragen, Fragen, was soll das denn alles?«

»Ist mein Job«, erklärte ich und sehnte mir diesen Schulter-zuck-Smiley herbei, den ich in einer vergleichbaren Situation per SMS gesendet hätte. Aber ein Gespräch war kein Chat. Und mein Gesicht kein Smiley.

»Keine Ahnung, was mit der Zisterne dann passiert ist. Ich war ja nicht mehr bei den Pasches im Büro, sondern in der Fabrik.«

»Haben Sie je wieder etwas von Wolfgang Pasche gehört?«

»Der war damals wie von der Erdoberfläche verschluckt. Als ob er in den Ochsenbrunnen gefallen und nicht wieder aufgetaucht wäre.«

»Das ist dieser Teich im Garten der Villa Pasche?«

»Ja, genau«, sagte Friedl Drechsler. »Aber das war nur ein Spaß, den Teich hat die Polizei damals als Erstes abgesucht. Keine Spur von Wolfgang«, sagte er und fixierte dabei irgend-einen Punkt in der Ferne. »Aber so was passiert im Leben. Menschen machen sich aus dem Staub, aus den unterschied-lichsten Motiven. Es muss nicht immer ein Verbrechen dahin-terstecken.«

»Mhmm«, machte ich. »Das Gespräch mit Ihnen war sehr hilfreich, und ich weiß es sehr zu schätzen, dass Sie sich die Zeit genommen haben. Passen Sie auf sich auf.«

»Du auch auf dich, mein Sohn. Wer zu viele Fragen stellt, bekommt irgendwann mal eine verpasst. Vergiss das nicht«, antwortete er, lachte sein rasselndes Lachen und klopfte mir auf die Schulter.

Nur kurz was überprüfen

»Wie geht's dir damit?«

Die Frage, die die Prucknerin mir in den vergangenen Tagen viel zu oft gestellt hatte, hatte nun ich ihr hingeworfen.

»Unfälle passieren«, erklärte sie nonchalant, als wir uns auf den Kreisverkehr zubewegten.

An die hundert Kreisverkehre gibt es im Burgenland, allein hier rund um den Neusiedler See kommt man kaum von A nach B, ohne einen Kreisverkehr zu passieren. Doch die Zufahrt zu diesem hier, jenem bei der Golser Autobahnauffahrt, hatte für die Prucknerin eine besondere Bedeutung. Und für mich.

»Aber das war ja kein normaler Unfall«, besserte ich sie aus.

»Schau, Niko. Die Bremsen waren nicht ganz in Ordnung, das haben wir schwarz auf weiß. Aber ob und wer sich damals daran zu schaffen gemacht hat, dazu wissen wir rein gar nix. Also was soll ich mir darüber einen Kopf machen?«

Lustig. Jene Leute, die immer ziemlich gut über die Verdrängungsstrategien von anderen Bescheid wussten und auch keine Gelegenheit ausließen, diese mit dem Kopf darauf zu stoßen, waren selbst Meister darin, unschöne Dinge aus dem eigenen Leben auszublenden. Da war die Prucknerin keine Ausnahme.

»Für mich war das damals ziemlich heftig«, sagte ich.

»Das hat man dir angemerkt«, antwortete Daniela siebensilbig einsilbig.

In der Nähe der Unfallstelle erinnerte ein Holzkreuz an den verstorbenen Pkw-Fahrer. Frische Blumen lagen immer wieder davor, auch eine dieser Grabkerzen brannte beständig. Wie lange würde es dauern, bis keine Blumen mehr abgelegt würden? Bis das letzte verloschene Grablicht irgendwann vom Wind davongeweht werden würde? Bis die letzten Menschen, die sich an diesen Verstorbenen erinnerten, ebenfalls von uns gegangen waren? Alles im Leben war so vergänglich. So verdammt vergänglich. Vielleicht war es auch diese zerbrechliche Vergänglichkeit, die mich davon abhielt, die Bande mit der Prucknerin noch ein bisschen enger zu knüpfen.

»Können wir noch einen kleinen Schlenker zum Friedhof in Gols machen?«, fragte ich sie, kurz bevor wir in den besprochenen Kreisverkehr einbogen.

»Was willst denn dort?«, fragte sie. Hätte mich überrascht, wenn sie es nicht getan hätte.

»Ich mag nur kurz was überprüfen.«

»Nur kurz was überprüfen, aha«, wiederholte sie und bog in Richtung Gols ab.

»Bin gleich wieder da«, erklärte ich, als sie mich in der Kinogasse rausgeworfen hatte.

Reihe vierzehn, Grab sieben. Friedl Drechsler hatte recht gehabt. Hier befand sich das schlichte Grab. »Michaela C. Klierhofer« lautete die Inschrift auf dem schmucklosen Grabstein der Sekretärin von Hans und Liesl Pasche. Gestorben am 2. November 1986, mit gerade mal dreiunddreißig Jahren.

Auf dem Sockel des Grabsteins lag eine frische rote Rose. Ihr Todestag lag nur wenige Tage zurück. Es war schön zu wissen, dass es Menschen gab, die Michaela Klierhofer gedachten. Auch hier hatte die Vergänglichkeit noch nicht gesiegt, obwohl schon so viele Jahre seit ihrem Tod ins Land gezogen waren.

»Wir können schon wieder«, sagte ich zur Prucknerin, die lässig an ihrem Auto lehnte. Es war ziemlich rasch ziemlich dunkel geworden. Als sie mich beim Campingplatz in Podersdorf aufgelesen hatte, war es noch lichter Tag gewesen. Wind war aufgekommen. War vielleicht noch nicht die Dunkelheit, die im November schon früh über das Land hereinbrach, sondern da zog ein Wetter auf.

»Hast deine kurze Überprüfung erfolgreich gemeistert?«, fragte sie mit süffisantem Unterton.

»Na klar, kennst mich doch. Ich bin der Überprüfungsmeister.«

»Wer, wenn nicht du«, kommentierte sie, und wir stiegen ins Auto.

»Warum fahre ich da eigentlich links, ich depperte Kuh?«, ärgerte sie sich kurz darauf, als sie vom Angerried falsch in die Hauptstraße abgebogen war. Wir wollten ja schließlich nicht nach Mönchhof, sondern zurück nach Rust.

»Da vorne kommt ja eh sicher gleich der nächste Kreisverkehr, in dem du elegant umdrehen kannst«, orakelte ich.

Und siehe da, ich hatte recht. Ich kannte doch mein Burgenland.

Bei der Einfahrt hielt vor uns ein roter Kombi. Als dieser in den Kreisel eingefahren war, musste die Prucknerin ihre schicke neue Elektrokiste erneut abbremsen. Im Kreisverkehr zog ein blauer Ford Mustang an uns vorbei, einer von der neuen Modellserie. Danach folgte ein grüner Mercedes. Dann ein weißer VW, sodass sich die Prucknerin rechtzeitig vor einer schwarzen Limousine in den Kreisverkehr einreihen konnte. Zum Glück verfügen Elektroautos über eine recht ordentliche Beschleunigung, da kann jede noch so kleine Lücke im Verkehr eines Kreisverkehrs ausgenutzt werden.

»Moment mal.«

»Was hast denn?«, fragte die Prucknerin verdutzt, als wir gerade die Ausfahrt in Richtung Autobahn passiert hatten.

»Das war doch …« Ich sah nach hinten. Verrenkte mir meinen Hals, so gut es ging, um durch die Heckscheibe des Kombis einen Blick auf das nachfolgende Fahrzeug werfen zu können. »Die schwarze Limousine! Das war sie! Dreh um!«

»Geh, Niko, wie soll ich denn in einem Kreisverkehr umdrehen?«, stellte sich die Prucknerin blöd. Ob Absicht oder nicht, war mir gerade ganz egal.

»Gib Gas, wir müssen der Limousine hinterher!«

»Welcher Limousine denn?«, fragte die Prucknerin, als sie die Ausfahrt in Richtung Weiden ausgelassen hatte. Es würde nicht mehr lange dauern, und wir hatten dreihundertsechzig Grad des Kreisverkehrs hinter uns.

»Die Luxuskarosse, von der ich dir erzählt habe! Die ich am Tag, als die Pasches gestorben sind, bei der Villa gesehen habe!«

»Davon hast mir nichts erzählt, Niko«, sagte sie mit eingeschnapptem Unterton.

Ups. Ah ja, das war vielleicht, als wir uns gerade ein bisschen angebitcht hatten.

»Ich hab die Limousine am Montag in Gols noch mal gesehen, als ich beim Norbert Pasche in der Fleischerei war. Und jetzt schon wieder.«

»Aha«, sagte sie. »Und jetzt soll ich dem Auto hinterherfahren?«

»Ja!«, rief ich und wunderte mich, dass sie es für nötig hielt, diese Frage zu stellen.

»Lustig«, sagte die Prucknerin, als wir den Kreisverkehr in Richtung Gols verlassen hatten.

»Was ist lustig?«

»Erinnert mich ein bisserl an die Verfolgung des Polizisten, dem wir damals bis zur Zentrale vom Plünder hinterhergefahren sind. Erinnerst dich?«

Wie könnte ich das vergessen.

»Mhmm«, machte ich.

Drei Autos hatten sich zwischen uns gequetscht. Das reichte hoffentlich gerade so aus, um dem Fahrer der Limousine im Rückspiegel nicht zu sehr aufzufallen. Gleichzeitig war der Abstand nicht zu groß, sodass wir die Verfolgung perfekt in Angriff nehmen konnten. Als wir durch Mönchhof fuhren, hätte ich wetten können, dass die Limousine beim Kreisverkehr beim Gasthaus Frank, wo im Winter der Sportlerball stattgefunden hatte, in Richtung Lodge der Therme Frauenkirchen abbiegen würde. Doch zum Glück hatte ich das mit dem Wetten bleiben lassen, denn der Fahrer folgte stattdessen dem Straßenverlauf.

Wir ließen auch Halbturn hinter uns und fanden uns recht schnell – mit jetzt nur noch einem Auto als Puffer zwischen uns und der Limousine – auf dem platten Land wieder. Vor der Windradfamilie machte die Straße eine lang gestreckte Kurve nach rechts. Danach wieder geradeaus und plattes Land.

»Hier war ich ja noch nie«, erklärte ich.

Die Prucknerin lachte. »Ich glaub, es gibt viele Orte rund um den See, an denen du noch nie warst. Das heißt also nix.«

Stimmte auch wieder irgendwie. Aber sonst hatte ich zumindest am Horizont einen Bezugspunkt, der mir vertraut war. Das Leithagebirge, den See oder sonst was. Aber hier? Hier war nix außer weiten Feldern, hin und wieder mal ein paar Bäume als Windschutz für die Landwirtschaft. Und natürlich die omnipräsenten Windräder.

»Was ist das denn für ein Hinkelstein?«, fragte ich, als wir an einer kleinen Kreuzung vorbeikamen.

»Keine Ahnung«, gab sich die Prucknerin unwissend. »G'hört aber sicher zur Domaine Albrechtsfeld. Das ist so ein Biohof, der auf einem Grundstück steht, das früher dem Erzherzog Albrecht gehört hat. Das ist der, der …«

»… Schloss Halbturn errichten hat lassen und die Albertina in Wien gegründet hat, ich weiß«, kürzte ich die Erklärung ab.

»Schau an, schau an. Hast dir also doch was von mir gemerkt«, sagte die Prucknerin und lächelte mich an.

Es folgten: plattes Land, leichter Nieselregen, meine Hand auf Danielas Oberschenkel, schlechtes Gewissen gegenüber Luise.

»Und du glaubst, dass dieses Auto etwas mit dem Tod der Pasches zu tun hat?«, fragte die Prucknerin nach einer Weile.

»Eher nicht mit dem Tod der Pasches. Aber mit der Leiche, die wir in der Weinzisterne im Keller gefunden haben. Der Kerl, den ich verfolgt habe, ist mit aller Wahrscheinlichkeit in genau dieser Limousine davongefahren. Haben wir den Fahrer, haben wir vielleicht einen Hinweis auf die Identität des Toten.«

»Hat die Polizei denn schon etwas über die Mumie herausfinden können?«

»Der Poidl hat gemeint, dass sie von einem Tod ausgehen, der vor rund dreißig Jahren eingetreten ist.«

»Also wirklich derselbe Zeitpunkt, zu dem Wolfgang Pasche verschwunden ist.«

»Das könnte passen, ja«, gab ich ihr recht. »Und heute Morgen habe ich mich in Podersdorf mit einem ehemaligen Mitarbeiter der Pasches unterhalten, der schon damals im Betrieb war. Der hat so komisch reagiert, als ich ihn nach dem Weintank im Keller gefragt habe.«

»Du meinst, er hat zusammen mit Hans Pasche den Bruder umgebracht und dann dort unten im luftdichten Tank die Leiche versteckt?«

»Beim Versteckenspielen wird der Wolfgang Pasche jedenfalls nicht ums Leben gekommen sein«, erklärte ich.

»Klingt alles eher nach einem Landkrimi im Fernsehen als nach der Realität in Jois am Neusiedler See.«

»Manchmal überholt die Realität die Fiktion«, sagte ich, als wir an einem Schild vorbeifuhren, das auf einen Andreasberg hinwies.

»Ich wusste gar nicht, dass es hier auch Berge gibt.«

»Den hat der Fensterlidl aufgeschüttet, ist kein echter Berg«, nahm mir die Prucknerin jede Illusion.

»Einen ganzen Berg?«, hakte ich nach.

»Na ja, wennst mit einem Tiroler hier unterwegs bist, würd ich mich hüten, von einem Berg zu sprechen. Aber immerhin ist's die höchste Erhebung von Andau. Mit Aussichtsturm, Klettergerüst und allerlei anderem Schnickschnack.«

»Und warum hat der Fensterlidl das g'macht?«

»Du weißt net, wer der Fensterlidl ist, oder?«

»Nö«, erklärte ich freimütig.

»Eh klar«, sagte die Prucknerin. »Das ist eine ziemlich bekannte Weinbauernfamilie hier in der Gegend. Und der Andreasberg gibt ihnen die Möglichkeit, einen offiziell klassifizierten Bergweingarten zu bewirtschaften.«

Was es nicht alles gibt. Das war dem Fahrer der Limousine, die nun in ausreichend Abstand direkt vor uns fuhr, wohl genauso egal wie zuvor auch schon die Domaine Albrechtsfeld mit ihrem herzöglichen Erbauer. Die Heckscheibe des Wagens bestand aus getöntem Glas, sodass wir nicht erkennen konnten, wie viele Personen im Inneren des Autos saßen. Zumal der stärker werdende Regen die Sicht nicht gerade optimierte.

»Ist dort hinten ein Ufo gelandet?«, fragte ich kurz darauf und zeigte auf den Horizont vor uns.

»Du meinst die schwarze Scheibe?«

»Was auch immer das ist, ja.«

»Das, mein Lieber, ist ein Hotelresort. Steht erst seit ein paar Jahren da.«

Kurz darauf hatten wir finally das Ziel unserer Fahrt erreicht. Nach dem Ortsschild von Andau, gleich gegenüber vom Spar, bog die Limousine erstmals ab. Direkt in die Zufahrt des schwarzen Ufos.

Die Prucknerin und ich hielten mit einigem Abstand. Sollten wir bisher tatsächlich noch nicht entdeckt worden sein, wollten wir es nicht auf den letzten Metern noch vermasseln.

Der Fahrer stieg aus, und soweit wir es erkennen konnten, handelte es sich um einen richtigen Chauffeur. Also mit schwarzem Anzug und Kapperl und allem Pipapo. Er umrundete die Limousine und warf einen Blick in alle Himmelsrichtungen, bevor er die Tür zum Rückraum der Karosse und quasi gleichzeitig einen Regenschirm öffnete.

»Wer ist das?«, flüsterte die Prucknerin.

»Ich habe keine Ahnung. Der Kerl wird vom Chauffeur verdeckt. Und er tut uns wohl nicht den Gefallen, herzukommen und sich vorzustellen.«

Ohne dass wir das Gesicht sehen konnten, geleitete der Chauffeur mit dem Regenschirm die Person trockenen Fußes und schnellen Schrittes hinter den Windfang und ins Innere des Hotels. Dass es sich dabei um einen Mann handelte, war uns anhand des Anzugs klar. Eher älteres Semester, die Haare grau bis weiß.

»Ich muss da rein«, erklärte ich.

»Pass auf dich auf«, hatte die Prucknerin mir hinterhergeflüstert. Nahm ich an. Denn ich hatte lediglich die ersten zwei Wörter verstanden.

Ich schlich eilig zur Schiebetür des Hotels, wollte ja nicht so richtig durchnässt werden. Unabhängige Beobachter hätten mir in diesem Moment wohl eine große Ähnlichkeit mit einem Luchs oder einem Leoparden attestiert, so geschmeidig und flink ich da unterwegs war. Der Chauffeur der Limousine hatte sich bereits wieder in den Wagen gesetzt und ebenjenen in Gang gesetzt.

Drinnen fand ich mich im Video zum Song »As« von George Michael und Mary J. Blige wieder. Nicht nur dass der Song als dezente Hintergrundmusik aus versteckten Lautsprechern die Lobby durchströmte. Die Gestaltung der Hotelhalle passte auch gut zu dieser holzgetäfelten Bar in dem Musikvideo, in der die beiden in dutzendfacher Anzahl durch das Bild groovten und sangen.

Die Architektur hier drinnen erinnerte mich an ein in die Länge gezogenes dreistöckiges H, dessen Schenkel durch einen Lichthof miteinander verbunden waren. Eine stattliche Treppe aus hellem Holz führte vom Erdgeschoss in den ersten Stock, ein Aufzug tat den gleichen Job weiter hinten am Ende der Halle.

Der Unbekannte flanierte an der Rezeption vorbei und steuerte direkt auf den Aufzug zu. Ich versuchte, so unauffällig und hotellig wie möglich zu wirken, und schlenderte entspannt hinterher. Eine der beiden Damen an der Rezeption war gerade im Gespräch mit einem Gast, die andere telefonierte. Ich konnte also ohne größeres Aufsehen meines Weges gehen. Zum Glück war ich an diesem Tag nicht wie der letzte Schlumpf gekleidet, sodass ich halbwegs als Gast in diesem doch eher feinen Etablissement durchgehen konnte.

Als ich beim Aufzug angekommen war, war der Mann bereits unterwegs nach oben. Die elektronische Anzeige verriet mir, dass er in den zweiten Stock gedüst war. Ich rannte – erneut so hotellig wie möglich – über die Stiege in den ersten Stock des Lichthofs, von wo aus ich gerade noch sehen konnte, wie er in einem Zimmer verschwand. Keine Minute später stand ich vor derselben Tür aus dunklem Holz mit der Nummer 237.

Nun hatte ich drei Optionen, weiter vorzugehen. Erstens: Mit der Prucknerin draußen warten, bis er wieder irgendwohin fuhr, ihm erneut folgen und hoffen, auf diese Weise rauszubekommen, um wen es sich dabei handelte. Zweitens: Runter zur Rezeption gehen und unter einem Vorwand versuchen, den Namen des Gastes in 237 herauszubekommen. Ich schätzte das Haus jedoch als professionell genug ein, nicht einfach einem Wildfremden Details über einen Gast zu verraten, egal, welchen gefälschten Ausweis ich ihnen unter die

Nase halten würde. Option drei war die gefährlichste und kriminellste. Aber halt leider auch die erfolgversprechendste. Ich lauschte an der Zimmertür und vernahm Geräusche, die auf plätscherndes Wasser, wahrscheinlich eine Dusche, schließen ließen. Der Kerl war aber fix mit Entkleiden. Es konnte natürlich sein, dass sich neben dem Mann auch noch jemand anders im Zimmer befand, doch angesichts des Risikos, dass er jederzeit wieder abreisen konnte, hielt ich es für zielführend, jetzt sofort im Zimmer Nachschau zu halten.

Ich klopfte so leise wie möglich, rief verhalten, aber doch hörbar: »Housekeeping«, und öffnete anschließend die Zimmertür, wie man es auf der Polizeischule in der kostensparenden – also keine Spuren hinterlassenden – Variante lernte.

Ich fand mich alleine in einer schicken Suite wieder. Das sprudelnde Wassergeräusch kam aus dem Badezimmer, das durch eine Glaswand vom Schlafzimmer getrennt war. Solange das Wasser plätscherte, hatte ich also meine Ruhe.

Ich begann mit dem Sekretär, der direkt neben dem Schreibtisch stand. So ein ähnlicher befand sich auch im Salon der Villa Pasche, als Anwalt Schweigl und Norbert Pasche ihren großen Auftritt hatten.

Na ja, egal, im Sekretär von Zimmer 237 lagen die üblichen Utensilien, die Hotels ihren Gästen zur Verfügung stellten, in der Hoffnung, dass sie sie vielleicht mitgehen ließen und dadurch andernorts Werbung für das Etablissement machten. A4-Block, Kugelschreiber, ein kleinerer Schreibblock für Notizen sowie Post-its. Nichts davon war beschrieben, nichts davon gab mir einen Hinweis darauf, in wessen Zimmer ich hier gerade eingestiegen war.

Neben dem Sekretär stand ein brauner Aktenkoffer auf dem Teppichboden. Ich versuchte mein Glück und fand dieses tatsächlich. Denn das eingebaute Zahlenschloss war nicht verriegelt. Im Koffer befand sich eine schwarze Flügelmappe, elegant gefertigt aus Leder. Ich öffnete sie, darin ein Vertragsentwurf. Ich blätterte mich durch die Seiten, und soweit ich das mit meinen eingeschränkten juristischen Kenntnissen einschätzen konnte, handelte es sich um das Prozedere zur Übernahme der Mehrheitsanteile der Pasche GmbH für einen mittleren sechsstelligen Dollar-Betrag.

Der Käufer war eine Firma namens Joint Operational International Services. Das sagte so gut wie nichts darüber aus, um was für ein Unternehmen es sich dabei handelte. Das konnte vom landwirtschaftlichen Nutzbetrieb bis zum bösen Finanzhai von der Wall Street so gut wie alles sein.

Dann war der Kerl wohl der US-amerikanische Geschäftsmann, den Karin Pasche erwähnt hatte. Der am Freitag an den Neusiedler See kommen wollte, um den Einstieg bei der Pasche GmbH zu fixieren. Aber hatte Karin Pasche nicht etwas von einem strategischen Investor erzählt, der lediglich Anteile der Pasche GmbH übernehmen wolle? Das las sich hier etwas anders. Und fünfhundertachtzigtausend Dollar waren nicht unbedingt viel Geld für die Übernahme eines ganzen Unternehmens. Ich blätterte weiter durch die Seiten. Die US-Firma war in St. Louis ansässig und wurde von einer Kanzlei in Paris in ihren europäischen Aktivitäten vertreten.

Wer der Eigentümer der Firma war und ob es sich bei dem Mann um jenen Herrn handelte, der gerade ein paar Meter von mir entfernt eine verdächtig lange Dusche nahm, ging aus dem Vertragswerk nicht hervor. Aber das würde eine kurze Internetrecherche schnell ans Tageslicht bringen. Wobei ich es für unwahrscheinlich hielt, dass sich der Chef eines offenbar weltweit tätigen Unternehmens für die Vertragsunterzeichnung einer – im Verhältnis – relativ kleinen Firma extra nach Österreich bemühte.

Ich schaute die weiteren Unterlagen im Koffer durch, fand ausgedruckte Exceltabellen, deren Zahlenkolonnen mir genau nichts sagten. Dazu weiteres Vertragswerk. Und eine Dokumentenmappe mit Fotos. Großformatig auf A4 ausgedruckt, alles in Schwarz-Weiß. Die obersten Aufnahmen wirkten wie Bilder, die ein Detektiv im Rahmen einer Überwachung aufgenommen hatte. Grobkörnig entwickelt, Einzelpersonen oder mehrere Menschen in Großaufnahme. Diese Personen hatten nichts davon gewusst, dass sie in diesem Moment fotografiert worden waren, so viel stand fest. Frauen wie Männer, elegant gekleidet, jedoch in einem Stil, der schon ein paar Jahrzehnte zurückliegen dürfte.

Dahinter folgte ein einzelnes Foto, das wohl privateren Ursprungs war. Eine Frau war darauf zu sehen, Mitte dreißig vielleicht, wallendes helles Haar, sehr attraktiv. Bildete ich mir das ein, oder hatte ich die schon mal gesehen? Aber wo? Die Tatsache, dass Menschen früher ja in jungen Jahren schon verhältnismäßig alt wirkten, machte es mir und meinem Erinnerungsvermögen nicht gerade leichter. Wenn ich mir alte Kottan-Episoden in der TVthek des ORF ansah, war ich immer ganz bestürzt, wenn ich parallel im Internet die Biografien der Schauspieler recherchierte. Da war so mancher dabei, der jünger war als ich heutzutage, optisch auf dem Bildschirm aber auch als mein Vater hätte durchgehen können.

Ich fotografierte alle Bilder mit der Kamera meines Smartphones und griff anschließend in die Innenseite seines über der Sessellehne hängenden Jacketts, fand dort einen dunkelblauen Pass und schlug die erste Seite auf. Er sollte sich bald um die Ausstellung eines neuen Passes bemühen, denn dieses Ausweisdokument, das ich nun in Händen hielt, würde in knapp einem Jahr seine Gültigkeit verlieren. Als Nationalität war – no na net – die US-amerikanische vermerkt, unter Geschlecht ein M. Geboren war der Mann am 11. Mai 1955. Sein Vorname lautete Derek, sein Nachname Lupo. Lustig, da gab es doch mal so einen kleinen Flitzer von Volkswagen, der unter diesem Namen firmierte.

Ich hatte jetzt also die Informationen, die ich haben wollte. Bis auf den erhofften Hinweis, warum sich seine Limousine wenige Tage zuvor in hoher Geschwindigkeit von der Villa Pasche entfernt hatte.

Ich legte alles an seinen Platz zurück, verschloss den Aktenkoffer und den Deckel vom Sekretär, genoss einen letzten Ausblick durch die wuchtigen Fenster hinaus in die im Dunkeln liegende österreichisch-ungarische Windradpuszta und schlich zur Zimmertür. Immer noch Duschgeräusche. Ich lugte mit dem Kopf nach draußen auf den Gang. Kein Roomservice, keine Security, kein Chauffeur zu sehen.

Ich setzte einen Fuß auf den Parkettboden des Flurs. Und kurz bevor hinter mir die Tür zuschlug, setzte ich denselben wieder in den immer kleiner werdenden Spalt. Gerade noch rechtzeitig, bevor die Tür ganz zugefallen war.

Ich horchte. Unten, rund um Rezeption und Restaurant, war einiges los. Irgendwo unter mir im ersten Stock beschwerte sich ein kleines Kind darüber, dass es im Souvenirshop nicht das gewünschte Kuscheltier bekommen hatte. Und in Zimmer 237 duschte jemand. Schon ziemlich lange, eigentlich. War vielleicht etwas passiert? So ein Herzinfarkt trat bei älteren Herrschaften ja nicht selten auf. Oder man rutschte auf einer nassen Stelle auf den Fliesen aus, und zack landete man mit dem Hinterkopf auf der Kante der Dusche. Wenn da nicht zufällig jemand vorbeikam, konnte das ganz schnell das Ende eines langen und vielleicht erfüllten Lebens bedeuten.

Ich schlüpfte wieder ins Zimmer, lauschte in Richtung Badezimmer. War da nicht neben der Dusche auch noch ein Wimmern zu hören? Ganz leise, aber doch deutlich vernehmbar?

Ich nahm Haltung an, räusperte mich, und ab ging es ins Badezimmer.

Crystal clear

Ich mag diese frei stehenden Badewannen ja total gern. Wann immer ich in Möbelhäusern rumlaufe, was zugegebenermaßen nicht sehr oft vorkommt, bleibe ich in jenen Teilen der Möbelausstellung hängen, in denen so moderne Badezimmer mit frei stehenden Badewannen zu sehen sind. Wie neulich in dem Möbelhaus in Wien, als ich Lena Pasche besucht hatte.

Wenn diese Wannen dann noch eine halbwegs edle Form haben, am besten den Grundriss einer Null mit schlanker Taille, dann hatten sie mich einfach. Da würde ich sofort mein nicht vorhandenes Sparkonto plündern. Dazu noch edles dunkles Holz, zwei Waschbecken, damit man nicht unnötig wertvolle Sekunden verlor, während der Partner oder das Kind wieder mal stundenlang Hände wusch, Pickel ausdrückte oder sonst was machte.

Insofern hatte mich dieses Badezimmer im Ufo-Hotel sofort in seinen Bann gezogen. Blöd nur, dass ich irgendwie recht wenig Muße hatte, um mich in das Interieur zu verlieben. Denn im Gegensatz zum Badezimmer meiner Träume gab es hier auch noch eine Dusche. Elegante graue Fliesen, ohne Niveauunterschied vom Badezimmer aus direkt zu betreten. Da war nur eine offen stehende, durchsichtige Glastür als Schutz vor Wasserspritzern.

Aus der tropischen Regendusche rann in Strömen das Wasser. Nicht einfach nur wie ein feiner Landregen oder der Schnürlregen, den man in Dauerschleife sieht, wenn man in Unterach am Attersee aus dem Fenster starrt. Eher so was wie ein massiver Gewitterschauer, vor dem Marcus Wadsak abends um neunzehn Uhr einundfünfzig im ORF-Wetter nachdrücklich warnen würde.

Dem nackten Mann, der da gerade am Boden dieser Dusche kauerte und sich das Regenwasser auf den Hinterkopf prasseln ließ, wäre eine solche Warnung wohl recht egal gewesen.

»Rain«, presste der Mann durch seine Lippen hervor, immer wieder »rain«. Wie ein Mantra, das er vor sich hersagte, um sich zu beruhigen.

»Alles in Ordnung mit Ihnen?«, rief ich, öffnete die Glastür und wurde sofort vom Wasserstrahl der Regendusche erfasst.

»Crystal clear«, wechselte er jetzt die Schallplatte, um kurz darauf wieder den »rain« zu zitieren.

Ja klar, kristallklarer Regen, in der Dusche. Eh nett. Ich drehte die Dusche ab. Weil der Mann keine Anstalten machte, auf mich zu reagieren, packte ich ihn an der Schulter und wiederholte meine Worte noch mal auf Englisch.

»Hey, Mister, are you alright?«

Erst jetzt regte sich da was. Sein Kopf mit den total durchnässten weißen Haaren drehte sich im Tempo einer Schnecke zu mir. Ganz langsam, ganz sachte. Ungefähr in der gleichen Geschwindigkeit, die Polizisten bei einem mutmaßlichen Verbrecher sehr zu schätzen wissen, der zuvor aufgefordert wurde, seine Hände in die Höhe zu heben. Nur bloß keine ruckartigen Bewegungen.

Und obwohl da so viel Wasser auf und um ihn herum war, war ganz deutlich zu sehen, dass der Mann geweint haben musste. Ach was, von wegen geweint! Geheult musste er haben wie ein Schlosshund!

Er blickte durch mich hindurch. Als ob er mit leeren Augen teilnahmslos einfach nur die Wand auf der anderen Seite des Badezimmers fixieren würde. Das waren die Augen eines Menschen, der fertig mit sich und der Welt war. Und nicht jemand, der kurz davorstand, für seine Firma einen wichtigen Geschäftsabschluss zu tätigen.

Seine schrumpelige Haut war total aufgeweicht. Die Haare hingen an ihm herab wie die Fäden einer Trauerweide nach einem endlosen Landregen. Ich fühlte mich total hilflos, wusste nicht, was ich jetzt tun sollte. Er war augenscheinlich körperlich okay, ihm schien nichts zu fehlen. Von Herzinfarkt, Schlaganfall oder anderen Grausligkeiten, die aus dem Nichts über uns kommen können, war keine Spur. Er zitterte nicht mal. Er kauerte einfach nur da, in Embryonalstellung, und starrte durch mich hindurch.

Ich hatte in meinem Leben Entführungsopfer befreit, Täter gestellt und traumatisch verstörte Zeugen befragt. Entführungsopfer hatten sich, sofern sie dazu in der Lage waren, gefreut, ihren Befreier zu sehen. Täter hatten geflucht, mir den Teufel an den Hals gewünscht oder waren einfach nur frustriert. Zeugen hatten geweint oder waren verstört. Sie alle hatten Emotionen gezeigt. Man konnte spüren, wie es ihnen ging. Dass etwas in ihnen vor sich ging.

Nichts von alldem war so wie dieser Moment in dieser

Dusche dieses Nobelhotels. So mussten sich Pflegerinnen und Pfleger fühlen, wenn sie morgens einen ihrer Klienten orientierungslos in der Dusche oder auf der Toilette vorfanden.

Ich streichelte über seine nassen Haare. Hoffte, dass ihn das beruhigen würde. Was anderes fiel mir einfach nicht ein.

»Das Ganze ist mir so unendlich peinlich, verzeihen Sie bitte«, sagte Derek Lupo.

Eine halbe Stunde zuvor hatte er noch in der Ecke der Dusche gekauert. Jetzt saß er mir gegenüber auf einem der schwarzen Lederstühle. Die bequemeren Sessel, die rund um den kleinen runden Couchtisch verteilt standen, hatte er nicht weiter beachtet. Er wollte aufrecht sitzen.

»Sie müssen sich nicht entschuldigen«, sagte ich. Ich war versucht, meine Hand auf die seine zu legen, zur Beruhigung. Doch das wäre reichlich unangemessen gewesen. »Wir alle haben mal solch einen Moment, in dem wir …« Ich wusste nicht weiter. Denn ja, was war das gerade eben für ein Moment gewesen? Ich war nur froh, dass er mit der Zeit zu sich gekommen, wieder ins Hier und Jetzt zurückgekehrt war.

»But not all of us werden dabei von einem Wildfremden in der Dusche beobachtet«, wandte er nicht zu Unrecht ein.

»Ich habe Sie nicht beobachtet.«

»Das weiß ich doch.«

Er sprach Deutsch, versetzt mit einem charmanten Dallas-Akzent, so breit wie diese Ami-Schlitten aus den 1960ern.

»Was war denn los?«, fragte ich. »Ich weiß, das geht mich nichts an. Wir kennen uns nicht. Aber das war so … irritierend.«

»Was wir nicht kennen, macht uns Angst. So ist es immer schon gewesen. So wird es immer sein.«

»Sie wirken nicht so, als ob Sie Angst hätten.«

»Ich kenne mich. Ich kenne diese Momente, in denen mir alles über den Kopf wächst. Das macht die Momente nicht angenehmer, oh Lord, you can believe me that. Zu wissen, dass es wieder vergeht, hilft.«

»Ich verstehe.«

Und verstand doch gar nichts.

»Sind Sie vom Housekeeping?«

Ah ja. Da saß ja noch die Frage mit uns am Tisch, was ein wildfremder Mann in seinem Zimmer zu suchen hatte. Das war irgendwie in den Hintergrund getreten in den letzten Minuten.

»Ähm, so ähnlich«, stammelte ich.

Er sah auf seine Armbanduhr, die er sich als Erstes umgehängt hatte, noch bevor er im Schlafbereich verschwunden war, um sich eine Unterhose oder etwas anderes anzuziehen. Es war eine schöne alte Armbanduhr mit einem Lederband. Nichts Protziges, eher etwas Altes, etwas mit persönlicher Bedeutung.

»Dann sind Sie wohl der Winzer, den ich für die exklusive Weinverkostung engagiert habe«, fuhr er fort. »Ich dachte, wir treffen uns unten?«

Er schüttelte ganz dezent den Kopf, so als ob er sich darüber ärgerte, was für ein Schussel er war. Dabei sollte ich es eigentlich sein, der sich gerade mächtig über sich selbst ärgern sollte. In was für einen Schlamassel hatte ich mich da gerade reingeritten. Winzer? Weinverkostung? Ich?

»Ich hätte Sie mir ja irgendwie anders vorgestellt«, sagte er noch, um kurz darauf aufzustehen und sich wieder in den Schlafbereich zu begeben. »Ich hab uns unten das Wein-Separee reservieren lassen. Gehen Sie schon runter, I will join you in about ten minutes!«

Schöne Scheiße.

Besagtes Etablissement befand sich im Erdgeschoss des Hotels, schräg gegenüber der Rezeption. Die Glaswände, mit denen die Bar vom öffentlichen Bereich im Lichthof abgetrennt werden konnte, standen ausgefahren in Reih und Glied. Lediglich ein Element war nicht eingehängt worden. Durch dieses konnte man ins Innere schlüpfen. Das war dann also mit »exklusiv« gemeint.

Ich wagte einen vorsichtigen Blick in den Innenraum, wo

ich neben unzähligen in Regalen gestapelten Weinflaschen auch zwei als Hochtisch genutzte Weinfässer sowie eine Servicekraft entdeckte.

»Guten Abend«, sagte ich zaghaft.

»Ah, hallo! Bist du wegen der Weinverkostung da?«, fragte sie und strahlte mich an.

Es war nicht so ein aufgesetztes Lächeln, das man halt im Gesicht spazieren tragen musste, weil man im Tourismus oder in der Gastronomie arbeitete. Nein, sie schien sich wirklich darüber zu freuen, mich zu sehen. Wahrscheinlich weil sie ahnte, dass das gleich ein – für sie sehr unterhaltsames – Desaster werden würde.

»Ich hab euch die Flaschen schon auf das Fass dort drüben g'stellt, ich hoff, das passt so für dich!«

Noch hatte ich nicht gesagt, dass ich der Winzer bin. Noch konnte ich einfach kehrtmachen, zur Prucknerin flüchten und mich von ihr in ihrem feschen Elektroauto nach Rust kutschieren lassen. Falls sie noch da war. So wie ich mein Glück kannte, wurde sie zwischenzeitlich zu einer Fahrt gerufen. Das ging ja auch vor dem Pasche-Werk in Purbach ziemlich fix, als sie mich im Rededuell mit dem Pförtner im nicht vorhandenen Regen hatte stehen lassen.

»Das bin ich dann wohl, ja«, antwortete ich.

»Dann nicht so schüchtern, du kennst dich ja eh aus. Wennst was brauchst, sag einfach Bescheid, ich bin den ganzen Abend für euch da.«

Den ganzen Abend? Holy shit, würde Derek Lupo da wohl an meiner Stelle sagen.

»Danke«, sagte ich pflichtschuldig und stromerte unsicher in Richtung Weinflaschen.

Derek Lupo war ein alter Mann, aber er würde nicht so lange dafür benötigen, sich anzukleiden, bis ich mir in aller Ruhe auf YouTube ein paar Tutorials zu den hier versammelten Weinflaschen reingezogen hatte. Nicht einmal ein drei Monate altes Baby würde lange genug dafür brauchen. Kurzum: Ich war verloren.

Auf dem einen Holzfass standen mehrere Flaschen, dazu vier Gläser. Diese großen bauchigen, mit denen man gefühlt eine halbe Flasche Wein austrinken konnte, sowie ihre kleinen Schwestern, die man mit einem Schluck geleert hatte. Das war eine dieser Sachen beim Weintrinken, mit denen ich nicht warm wurde. Warum brauchte es unterschiedliche Gläser in jeweils unpraktischer Form und Größe, wenn es doch einfach stinknormale Gläser gab? Funktioniert doch auch beim Biertrinken tadellos. Dazu eine große, mit Wasser gefüllte Karaffe.

Die Flaschen waren komplett in Schwarz gehalten und kamen ziemlich edel daher. Auf der Vorderseite waren unterschiedliche Viecherln auf dem Etikett zu sehen, die sich vor einem geschwungenen gelben C abhoben. Darunter war jeweils die Weinsorte vermerkt. Gelber Muskateller, Welschriesling, Chardonnay und Sauvignon blanc. Ich nahm die Flaschen in die Hand, eine nach der anderen, suchte das rückwärtige Etikett nach einer Produktbeschreibung oder Gebrauchsanweisung ab, fand jedoch nichts Brauchbares außer Hard Facts wie Anbaugebiet, Alkoholgehalt und Kontaktdaten des Weinbauern.

Eines Weinbauern, der mir gut bekannt war, denn hier handelte es sich allesamt um Produkte vom Weingut Castleheyn aus Rust.

Den etwas anderen Weinbauern hatte ich gleich nach meiner Ankunft in Rust kennengelernt, damals in einem reichlich trüben November. Er gehört zur Ruster Stammtischgruppe im Spritzenhaus und hatte mich beauftragt, auf seine Schilfhütte aufzupassen, als dort im Sommer Vandalen ihr Unwesen trieben. Es wäre also ein Leichtes für mich gewesen, ihn anzurufen und mir einen Crashkurs in Weinkunde geben zu lassen.

»Guten Abend, Herr Lupo«, hörte ich hinter mir die Mitarbeiterin der Hotelbar sagen, was bedeutete, dass es mit dem Anruf bei Castle und dem Crashkurs so auf die Schnelle wohl nichts werden würde. »Sie werden bereits erwartet.«

Davon, dass ich Derek Lupo erwartete, konnte nicht unbedingt die Rede sein. »Befürchten« traf es da schon eher.

Aber vielleicht hatte ich Glück, und Castle oder einer seiner Mitarbeiter schneite hier jeden Moment um die Ecke.

»Wenn Sie als Winzer genauso gut sind wie als Pfleger, erwartet Sie heute Big Business«, sagte er und kam daher, wie man sich einen US-amerikanischen Geschäftsmann halt so vorstellte.

Keine Spur mehr vom hilfsbedürftigen Opfer, das ich kurz zuvor in der Dusche seines Zimmers vorgefunden hatte. Das hier war Larry Hagman in seiner Paraderolle in der Fernsehserie Dallas, der gerade Cliff Barnes mal wieder eines ausgewischt oder seinem ewigen Rivalen eine Frau ausgespannt hatte.

»Dann zeigen Sie mal, was ich Ihnen heute in rauen Mengen abkaufen kann.«

Verdammt. Ich lief hier gerade nicht nur Gefahr, mich selbst um Kopf und Kragen zu reden und einen wichtigen Mann mit Blick auf die Ermittlungen zu verlieren, sondern auch noch Castle das Geschäft seines Lebens zu verderben. Wer weiß, wie lange Castle schon damit beschäftigt gewesen war, diesen dicken Fisch an Land zu ziehen. Es gab rund um den Neusiedler See Dutzende Weinbauern. Dass Lupo ausgerechnet Castle für eine Weinverkostung ausgewählt hatte, musste wie ein Lottosechser für ihn gewesen sein.

Doch wie auch immer der Kontakt zwischen den beiden zustande gekommen war, sie schienen sich noch nicht in natura kennengelernt zu haben, sonst wäre Lupo sicherlich der dezente Unterschied in der Haut- und Stimmfarbe zwischen dem aus den USA stammenden Weinbauern und mir aufgefallen.

»Was haben Sie hier Schönes?«, widmete sich Lupo augenblicklich den schön in Reih und Glied stehenden Flaschen. »Ahh, ein Sauvignon blanc. Was für eine Fruchtnote?«

Er blickte mich erwartungsvoll an.

»Ähm, Trauben«, erklärte ich und kam mir vor wie ein Schüler beim Referat.

Ich hatte keinen Tau davon, worüber ich hier eigentlich redete.

»Haha, Castle, Sie sind ja nicht nur ausgezeichneter Weinbauer und Sanitäter, sondern auch noch ein Komiker. Let me try it.«

Zum Glück handelte es sich bei der Flasche um ein Exemplar mit Drehverschluss, sodass ich mich nicht mit einem Korkenzieher blamieren konnte. Da gab es ja sicherlich auch feine kleine Details, die einen kompetenten Weinbauern von einem kompletten Weindillo unterschieden.

Ich öffnete die Flasche und ließ, so professionell wie möglich, einen ordentlichen Schluck der gelblichen Flüssigkeit ins Glas plätschern. Zufrieden hielt ich ihm den Wein unter die Nase.

»Ich hörte bereits, dass Sie ein sehr unkonventioneller Mann sind, weswegen ich mich ja für Sie entschieden habe. Aber dass Sie Weißwein in Rotweingläsern kredenzen, ist schon sehr extravagant«, erklärte er. Ich hatte die Fünfzig-fünfzig-Chance also nicht zu meinen Gunsten entschieden. »But I like it.« Na immerhin.

Er hielt sich das Glas unter die Nase, schnupperte einen Augenblick daran und kostete. Dann verzog er, ganz leicht nur, das Gesicht.

»Herrlich, diese erfrischende Säure. Da schmecke ich doch a little bit of Holunderblüte heraus, isn't it?«

»Sie sind gut«, erklärte ich und hoffte, dass es keine Falle war, um herauszufinden, ob ich eine Ahnung von all dem Weinzeugs hatte.

»Aber da ist noch etwas«, erklärte er. »Ich komme nur nicht drauf, was es sein könnte. Verraten Sie es mir.«

»Ich hätte Sie nicht so eingeschätzt, dass Sie sich so schnell geschlagen geben«, retournierte ich. »Bei einer Verkostung geht es immer auch darum, dass die Gäste den Geschmack des Weines unbekümmert und unvoreingenommen für sich entdecken sollen. Umso nachhaltiger bleibt ein Wein anschließend im Gedächtnis verankert«, palaverte ich.

»I like it, I like it«, erklärte er.

Zu meinem Glück. Er roch ein weiteres Mal an der Flüssigkeit, schwenkte sie, nahm einen weiteren Schluck. Ließ diesen auf seiner Zunge wirken und überlegte dabei angestrengt, welche Geschmacksnoten von seinen Rezeptoren erkannt wurden.

»Kurkuma?«

Ich schüttelte fachmännisch den Kopf. Er roch nochmals an der Flüssigkeit, trank erneut, und es wiederholte sich das gleiche Spiel.

Nachdem ich die erste Klippe genommen zu haben schien, besann ich mich darauf, dass ich ja eigentlich nicht hier war, um Wein an den Mann zu bringen, sondern dass es da noch etwas zu erledigen gab. Einen weit in der Vergangenheit liegenden Todesfall aufzuklären zum Beispiel. Oder die Erbschaftsverhältnisse der Familie Pasche etwas transparenter zu gestalten.

»Dieser Wein stammt übrigens aus einer unserer Rieden in Jois.«

Ich hatte keine Ahnung, ob Castle Rieden in Jois sein Eigen nannte, immerhin war der Ort doch ein bisserl weit von Rust entfernt. Aber das passte gerade gut zu meinem Vorhaben.

»Was Sie nicht sagen«, antwortete er, nachdem er die nächste Geschmacks-Fact-Finding-Mission absolviert hatte. »Ich wusste gar nicht, dass Sie auch in Jois über Rieden verfügen. Wo denn dort?«

»Ähm, mitten am Berg«, erklärte ich.

Fuck, warum musste ich mich auch immer in solche Situationen bringen?

»Mitterberg, sagen Sie? Komisch, mir sagt nur die Riede Mittersatz etwas.«

»Ah ja, die meinte ich«, stellte ich erleichtert fest. »Kennen Sie die Gegend dort?«

»Nicht viel besser als andere Orte rund um den See«, erklärte er und fixierte seinen Blick konstant am Glas, bevor er mir, für einen ganz kurzen Moment nur, über den Glasrand ins Gesicht blickte.

»Das fällt mir fast schwer zu glauben. Ein solch großes Investment werden Sie doch nicht tätigen, ohne sich vor Ort mal umgeschaut zu haben«, sagte ich.

Zum Beispiel mit Hilfe einer schwarzen Limousine und eines Chauffeurs, der im Weinkeller der Villa Pasche eingestiegen war.

»Investment? Wovon sprechen Sie?«

Da war ich wohl zu direkt.

»Chili?«, widmete er sich zum Glück schnell wieder Castles Wein.

Ich schüttelte den Kopf. »Aber Sie sind nah dran.« Er nahm einen weiteren Schluck, sodass das bauchige Rotweinglas nicht mehr viel von der gelblichen Flüssigkeit in sich barg.

»Es wird unter den Kollegen viel getratscht«, fügte ich noch hinzu, damit ihm mein Insiderwissen zu seinen geschäftlichen Vorhaben nicht zu verdächtig erschien. Er sollte in mir den interessierten Weinbauern sehen, nicht den interessierten Privatdetektiv.

»Das kann ich mir vorstellen«, erklärte er. »Jetzt habe ich es«, sagte er schließlich, »da ist eine ganz feine Pfeffernote.«

Aufgrund meines eigenen Unwissens schüttelte ich erneut den Kopf. Aber bei seinem nächsten Versuch würde ich ihn erlösen. Ich brauchte noch ein bisserl Zeit mit ihm. Mal schauen, was ihm sonst noch so einfiel.

»Ist denn bei Ihrer Transaktion bereits weißer Rauch aufgestiegen?«, versuchte ich erneut, ihn auf das Thema Jois zu lenken.

»Junger Mann, Sie fragen ein bisschen zu viel«, reagierte er nun etwas unwirsch. Aber das musste er jetzt aushalten. Und ich auch.

»Sie wissen ja, wie das ist, ein Wissensvorsprung kann von großem Vorteil sein.«

»Selbst wenn ich Ihnen etwas über das Business der Firma, für die ich tätig bin, erzählen wollen würde, dürfte ich es nicht tun, da es sich um eine Aktiengesellschaft handelt. Bevor die Ad-hoc-Meldung nicht out there is, könnte man es als Insidertipp missverstehen, wenn ich Ihnen vorab etwas verrate.«

Das war ja jetzt eh so was wie eine Bestätigung.

»Paprika?«

»Goldrichtig!«, hörte ich auf einmal die bärige Stimme von Castle Moser. »Ich wusste, Sie haben Geschmack.«

Er schüttelte Lupo die Hand.

»Das ist der Castle Moser, wie ich ihn mir vorgestellt habe«, erklärte dieser hocherfreut.

»Verzeihen Sie die Verspätung, aber die Bundesstraße war mal wieder verstopft«, entschuldigte sich Castle. »Aber wie ich sehe, hat sich mein Mitarbeiter bestens um Sie gekümmert.«

»Nun ja«, erklärte Lupo, »es war etwas außergewöhnlich. Vielleicht schicken Sie ihn noch mal zu einem Workshop in die Wine Academy in Rust.« Sie lachten. Haha, jaja, so lustig. »Aber ich habe mich jedenfalls nicht gelangweilt.«

»›Außergewöhnlich‹ ist quasi das Motto unseres Weingutes«, sagte Castle. »Du kannst dann nach Hause fahren«, fuhr er in meine Richtung fort. »Danke fürs Einspringen, ich kann jetzt wieder übernehmen.«

Nicht dafür.

Während ich die Weinbar verließ, spürte ich bohrende Augen auf meinem Rücken. Von Castle stammten diese aber wohl nicht.

Die Pannonische Tiefebene war nicht unbedingt für ihr laues Novemberlüfterl bekannt. Der Wind pfiff einem hier schon ordentlich um die Ohren, wenn er denn wollte. Und als ich durch die Schiebetüren des mondänen Hotels in Andau nach draußen trat, wollte er offenbar ordentlich, der Wind, holla, die Waldfee. Aber dafür hielt er uns wenigstens den Nebel vom Leib, auch okay für mich.

Zu meinem Glück hatte sich die Prucknerin keinen Zentimeter von jener Stelle fortbewegt, an der sie mich zuvor ausgekippt hatte. Sie gab mir mit der Lichthupe ein Zeichen, was nicht notwendig, aber doch irgendwie nett war. Das Gefühl, dass da jemand auf einen wartete, das behagte mir in diesem Moment, als ich versuchte, mich gegen die Windrichtung über den Parkplatz zu kämpfen.

»Warst aber lange drinnen«, begrüßte sie mich. Es war offensichtlich, dass sie gern über meine vom Wind zerzauste Frisur gelacht hätte, doch überwog die Neugier auf neue Erkenntnisse. »Hast du Castle gesehen? Der ist hier vorhin an mir vorbeigefahren.«

Ich erzählte ihr, dass ich Derek Lupo im Zimmer aufgefunden und wieder auf Vordermann gebracht hatte. Und auch die Weinverkostung ließ ich nicht aus, was die Taxiprucknerin nun tatsächlich zum Lachen brachte.

»Da wäre ich gern dabei gewesen«, kommentierte sie meine Schilderung.

Sie startete den Motor und somit auch das Radio. »Noch auf See«. Von Garish. Einer dieser Lieblingssongs von Luise, die sie in Deutschland rauf und runter gehört hatte.

»Gefällt dir der Song nicht?«, fragte Daniela, nachdem ich das Radio zum Verstummen gebracht hatte. Ich kannte das Lied auswendig. Ich musste es nicht auch noch im Radio hören.

»Ist das nicht die Limousine von Lupo?«

In der Dunkelheit des Garagendecks zeichneten sich die Umrisse einer lang gestreckten Karosserie ab. Die Rückleuchten verwandelten das im angrenzenden Feld hin- und herwiegende Steppengras in rote Tentakel.

»Der steht da schon eine ganze Weile so«, antwortete sie. »Ich dachte, dein Lupo würde vielleicht noch mal losfahren.«

Der vordere Teil des Autos und somit auch der Platz des Fahrers wurden von einem davor geparkten Kastenwagen verdeckt.

»Ich schau mir das mal an«, sagte ich und öffnete die Tür.

»Ich komm mit!«, rief die Taxiprucknerin.

Man konnte ihr die Lust auf eine abenteuerliche Nachschau am abendlichen Hotelparkplatz direkt ansehen. Doch ich machte ihr einen Strich durch die Rechnung.

»Fix nicht, du bleibst hier. Wer weiß, was dort hinten los ist.«

»Wer bist du denn, dass du mir etwas verbieten kannst?«, echauffierte sie sich.

»Jemand, der dich sehr mag und der nicht will, dass dir was passiert.«

Da wusste sie nun nichts mehr drauf zu sagen.

»Dass du mich magst, solltest du nicht nur in gefährlichen Situationen für dich entdecken, Herr Lauda!«, rief sie mir hinterher.

Okay, sie wusste doch etwas darauf zu sagen. Hätte mich sonst auch gewundert.

Kastenwagen waren wirklich die Pest. Wenn man nicht gerade selbst einen für einen Transport benötigte oder froh war, dass der Botendienst ein dringend benötigtes Packerl vorbeibrachte, brauchte die wirklich kein Mensch. Fuhren sie vor einem auf der Autobahn, befand man sich auch ohne Nebel im Blindflug. Standen sie geparkt vor einem Fußgängerübergang, begaben sich die dahinter auf die Straße springenden Kinder in akute Lebensgefahr. Und näherte man sich einer verdächtigen Limousine, nahmen sie einem jene Sicht, die darüber entscheiden konnte, ob man gleich aus dem Hinterhalt angegriffen wurde oder nicht.

Schon nach wenigen Metern hatte das Motorgeräusch der Limousine jenes der Pruckner'schen Elektrokutsche einkassiert.

Weiter hinten im Garagendeck war nun ein laut debattierendes Paar unterwegs. Doch ich schenkte ihnen keine weitere Aufmerksamkeit, denn ich hatte das hintere Eck des Kastenwagens fast erreicht.

Nur noch wenige Meter und ich würde den Chauffeur von Derek Lupo in flagranti mit der Rezeptionistin erwischen. Oder bei einer verschwörerischen Besprechung mit einem Rivalen von Derek Lupo.

Oder tot, erschossen aus nächster Nähe durch das heruntergelassene Fenster.

18. Juli 1995, 21:09 Uhr

»*Die letzten Jahre waren wirklich nicht einfach, immerhin ist uns 1990 unser Hauptgeschäft weggebrochen*«, *sagte Hans.* »*Und wenn es so weitergeht, werde ich den Laden in einem Jahr schließen müssen. Jahrzehntelange Tradition wird dann ausgelöscht. Mit einem Federstrich!*«

»*Werd jetzt bitte nicht sentimental, Hansi*«, *erklärte Papillon unbeeindruckt.* »*Wir haben dir drei Jahre Zeit gegeben, dein Geschäft neu aufzustellen, großzügige Starthilfe inklusive. That's it.*«

»*Das ist halt nicht so leicht*«, *entgegnete Hans.*

»*Für niemanden ist das leicht, Hansi. Und trotzdem gelingt es Leuten mit einem guten Gespür, ein tragfähiges Geschäftsmodell auf die Beine zu stellen. Auch ohne Startkapital in siebenstelliger Höhe, das du vor zwei Jahren von uns bekommen hast. Wo ist denn das ganze Geld hin?*«

»*Ich bitt dich, Papillon. Die Zusammenarbeit hat über Jahrzehnte so gut funktioniert. Schon mit meinem Vater damals. Das könnts ihr doch jetzt nicht gegen die Wand fahren lassen.*«

»*Wir lassen gar nix gegen die Wand fahren. Es ist deine Firma. Das machst du also schon ganz allein.*«

»*Ich hab eine Verantwortung für mehrere Dutzend Mitarbeiter. Das könnt ihr doch nicht machen!*«

»*Jetzt auf einmal entdeckst du dein Herz für Mitarbeiter*«, *sagte sie und lachte.*

Sie saß an dem Schreibtisch, an dem sonst der Chef des Eisenstädter Fußballvereins seine Geschäfte tätigte. Mit diesem tat sich Hans leicht, auf eine Einigung zu kommen. Er wusste, wie er ihn unter Druck setzen konnte. An Papillon dagegen biss er sich die Zähne aus.

»*Hansi, ich höre immer nur, was du von uns willst, was du von uns forderst, was wir machen oder nicht machen können. Du solltest kein habgieriger Pleitegeier sein, sondern dich auf die Hinterbeine stellen und dir ein g'scheites Geschäftskonzept überlegen! Es war immer klar, dass die Kooperation zwischen meiner Institution und deiner Firma eine Zusammenarbeit auf Zeit ist. Und jetzt ist die Zeit eben abgelaufen. Das hat nix mit persönlichen Befindlichkeiten zu tun oder mit Entscheidungen, die ich treffen oder revidieren könnte. Deshalb ist diese ganze Diskussion obsolet. Der Eiserne Vorhang ist Geschichte, wir brauchen euch schlicht nicht mehr. Ungarn und Osteuropa sind frei, von dort geht auf absehbare Zeit keine Gefahr mehr aus. Schon bald werden diese Länder Teil der NATO sein. Der Balkan erfordert jetzt unsere ganze Aufmerksamkeit. Was da seit der serbischen Eroberung von Srebrenica am vergangenen Dienstag los ist, wünschst du nicht mal deinem ärgsten Feind.«*

»Ach was«, reagierte Hans nicht sehr beeindruckt, »die sollen sich das dort unten ein für alle Mal untereinander ausmachen, und dann herrscht wenigstens eine Ruh.«

»Glaub mir, wir haben schon viel erlebt. Aber das, was sich gerade in Bosnien abspielt, ist wirklich net fein. Wir wissen ja viel mehr als das, was in den Medien steht. Da werden ganz gezielt alle Burschen und Männer von den Serben aus den Dörfern geholt und exekutiert, in Massengräbern verscharrt. Das ist nichts anderes als Völkermord.«

»Was geht's mich denn an, ich hab meine eigenen Probleme«, erklärte Hans.

»Die Leut dort unten hätten deine Probleme nur zu gern. Du hockst in einer dicken Villa, fährst ein dickes Auto, darfst es einer Frau wie mir besorgen. Klingt alles nicht so schlecht in den Ohren von jemandem, der gerade sein ganzes Hab und Gut und vielleicht auch noch Familienmitglieder verloren hat, meinst nicht?«

»Seit wann geht es dir oder deinen Chefitäten um die Leut?«, ließ sich Hans nicht beirren. »Euch geht's am Ende des Tages doch auch nur um Macht. Dass vorgestern wieder achtzehn Leute aus Sri Lanka in einem Schlepper-Lkw in Ungarn erstickt sind, schert euch einen Dreck. Achttausend Schilling

haben die armen Kerle an Menschenschmuggler in Rumänien dafür bezahlt, in einem Lkw sterben zu dürfen. Spar dir also dein Gutmenschentum, das steht dir nicht.«

Sie drehten sich im Kreis.

»Hat dein Bruder nicht diese Idee gehabt, mit der man die Firma auf neue Beine stellen könnte? Voll und ganz auf das Recycling von Flaschen setzen, in ganz großem Stil, inklusive Import und Export von Spezialitäten und Expansion in andere Länder? Ich finde, das klingt nicht so schlecht.«

»Ach, dieser Träumer«, wiegelte Hans ab, während von draußen, vom Stadion, Unmutsäußerungen zu vernehmen waren. »Er hat doch keine Ahnung vom Geschäft, ist noch nie auch nur eine Sekunde operativ tätig gewesen.«

Da war wohl wieder ein Tor für die Deutschen gefallen. Hans sah auf die Armbanduhr, die ihm Liesl zum Dreißiger geschenkt hatte. Viertel zehn, das Match musste bald aus sein.

»Das kannst du ihm ja nun wirklich nicht vorwerfen. Du hast ihn ja von der Firma um jeden Preis ferngehalten.«

»Das wollte schon mein Vater so. Und es war ja wohl auch nicht zu eurem Nachteil, dass ihr die Pasche GmbH ganz ungestört als Drehscheibe für eure Aktivitäten nutzen konntet.«

»Es war über lange Jahre ein gutes Geschäft«, gab ihm Papillon recht. »Für beide Seiten«, schob sie noch hinterher, mit besonderer Betonung des Wortes »beide«.

»Es ist also dein letztes Wort. Ihr helfts mir nicht mit der Firma?«

»Wickel die Firma ab oder finde einen Weg, das Unternehmen weiterzuführen, nachdem du deinen Bruder losgeworden bist. Übernimm seine Ideen oder überleg dir etwas Eigenes.«

»Du tust dir da leicht reden mit dem Wolferl.«

»Ich weiß, dass das schwer für dich ist. Er ist dein Bruder. Aber wir haben das besprochen, Hans. Deswegen sind wir heute hier. Elisabeth hat unser ominöses Treffen gestern extra erwähnt, damit Wolfgang aufmerksam wird und mitfahren will.« Die Wörter »ominöses« und »Treffen« begleitete sie mit in die Luft gemalten Anführungszeichen. »Wenn nicht alles

auffliegen soll, darfst du jetzt nicht plötzlich Skrupel bekommen.«

»Weiß ich ja eh.«

»Und du weißt auch, was passiert, falls dein Bruder einen Blick in die Bücher werfen und sehen sollte, dass es in den vergangenen zwanzig Jahren praktisch keine seriöse Geschäftstätigkeit der Pasche GmbH gab. Dass du Chef einer Strohfirma für die CIA warst. Wenn du nicht alles gegen die Wand fahren willst, musst du ihn jetzt loswerden. Zu seinem eigenen Besten. Der Chef duldet keine weiteren Mitwisser, egal, wie nahe sie dir stehen. Und gib's zu, dir ist es doch eh ganz recht, wennst ihn loswirst und weiterhin alles alleine bestimmen kannst.«

»Ja, verdammt noch mal!«

Sie genoss das alles hier, das war für Hans ganz deutlich zu spüren. Da war nichts mehr von der etwas unbeholfenen Agentin zu spüren, die ihr Vorgänger vor acht Jahren zum ersten Mal zu einem Treffen mitgenommen hatte. Nun stand eine Frau vor ihm, die um ihre Position wusste. Und die genau diese Position sehr zu schätzen wusste.

»Er hat einen Sohn«, wandte Hans ein.

»Den du adoptiert hast«, entkräftete Papillon in Sekundenschnelle sein Argument. »Es wird ihm an nichts mangeln, wenn du kluge Entscheidungen triffst. Und wenn Wolfgang weg ist, brauchst du dich nicht zu sorgen, dass er eines Tages doch noch seinen Sohn zurückfordert.«

»Das würde er niemals tun«, wandte Hans ein.

»Bist du dir da wirklich so sicher?«

War er nicht. Das wusste Papillon genauso gut wie Hans. Der kleine Norbert bedeutete seinem Bruder Wolfgang alles.

»Gibt es nicht doch eine Möglichkeit, dass wir noch mal zueinanderfinden?«, unternahm Hans einen letzten Versuch. »Wer weiß, ob die politischen Umstürze in Ungarn und Osteuropa nicht doch wieder in eine Diktatur führen? Die Bevölkerung in diesen Ländern hat über Jahrzehnte in autoritären Systemen gelebt. Kann doch gut sein, dass sie eines Tages aus Enttäuschung über die tönernen Verlockungen des Westens in gewohnte Muster zurückkehren. Und dann braucht ihr ein bestehendes Netzwerk, auf dem ihr aufbauen könnt.«

Der Schlusspfiff des Matches im Stadion ging schnell in Klatschen und Fangesängen unter. Wenn Hans den verhaltenen Jubel zuvor richtig gedeutet hatte, hatte das Spiel mit einem Zwei-zu-zwei geendet.

»Lass gut sein«, erklärte Papillon kühl. »Bring den Plan zu Ende und lass mich wissen, ob alles geklappt hat. Unser Mann wird vor Ort sein. Du solltest Wolfgang jetzt aus der Sanitätsstation abholen und dich auf den Weg machen, damit der Zeitplan hält.«

Hans wusste: Es war soeben nicht nur der Schlusspfiff eines Fußballspiels ertönt. Sondern auch der Anpfiff für eine entscheidende Partie in seinem Leben.

Donnerstag

Machen Sie sich bloß nicht aus dem Staub!

Die späte Rückkehr am Vorabend hatte sich nicht gerade positiv auf meine ohnehin schon ramponierte Schlaf- und Erholungsqualität der vergangenen Tage ausgewirkt. Bis das LKA aus Eisenstadt in Andau angerückt war und alle Formalitäten mit Gruppeninspektorin Steffi erledigt waren, war es bereits weit nach Mitternacht gewesen. Dankenswerterweise hatte die Prucknerin so lange ausgeharrt, sodass sie mich auf der nicht gerade kurzen Strecke nach Rust mitnehmen konnte.

Ich weiß nicht, wie ich das all die Zeit untertags aushalten konnte. Durchwachte Nächte in Kombination mit anstrengenden Tagen vertrugen sich im Normalfall nicht sonderlich gut bei mir. Im Bahnhofsheiserl war ich – ohne die Prucknerin – einfach nur platt ins Bett gefallen.

Am Morgen schälte ich mich aus dem Bett. Die Blätter, die ich durch das Schlafzimmerfenster hindurch im Hof herumwirbeln sah, bedeuteten mir, dass der Wind sich nicht gerade gelegt hatte. Im Gegenteil. Ich schlurfte durch den Flur des alten Gemäuers in die Küche, fühlte dabei den kalten Boden unter meinen Füßen. Ob das Pasche'sche Spesenkonto auch den Einbau einer Fußbodenheizung unterstützten würde? Immerhin würde sich ein gesunder und entspannter Detektiv wohl automatisch positiv auf die erbrachte Leistung auswirken.

Wenigstens hatten mich die Stimmen der vergangenen Zeit heute Nacht in Ruhe gelassen. Keine Luise, die zu mir sprach. Keine dramatischen Rufe. Nichts, was mich aus dem Schlaf gerissen hatte. Oder war ich einfach nur zu erledigt gewesen, um meine eigenen Träume mitzubekommen? Oder lag es daran, dass ich mein Soll an Drama durch die vermeintliche Sichtung meiner toten Frau in Jois bereits abgeleistet hatte?

Ich hockte mich an den wackeligen Tisch, der seit meiner Ankunft in der kleinen Küche des Bahnhofsheiserls stand. Die karierte Plastiktischdecke tat brav ihren Dienst. Sie gehörte sicherlich nicht zu den herausragenden Designhighlights, aber das konnte man auch von mir nicht behaupten.

Erst als ich die Milchflasche schon in der Hand hatte, kam ich ins Grübeln. Weniger über den Tod des Chauffeurs von Derek Lupo oder meine weitere Vorgehensweise in Sachen Erbschaft der Familie Pasche. Sondern über die Tatsache, dass die Milchflasche bereits auf dem Tisch stand. Wie kam die dorthin? Normalerweise war es tagtägliche Gewohnheit, dass ich die Flasche morgens aus dem Kühlschrank holte, um sie auf dem Tisch abzustellen.

In den seltensten Fällen, um wirklich ein Glas Milch zu trinken. Es war vielmehr ein Ritual, das mich mit Luise verband. Die Milchflasche aus dem Kühlschrank zu holen und auf dem Küchentisch abzustellen war das Letzte gewesen, was sie damals getan hatte, bevor sie sich auf den Weg zum Bäcker gemacht hatte. Wo sie von Vitos Clan ermordet worden war. Was war hier verdammt noch mal los?

Die Tür zum Hof war nicht abgesperrt. Das war nicht weiter überraschend, denn diese schloss ich niemals ab. Wir waren hier schließlich nicht in Wien oder Chicago. Wichtig war lediglich, jenes Tor beim Apfelbaum zu verriegeln, das den Innenhof von der Straße trennte.

Ich marschierte raus, spürte mit jeder Pore die morgendliche Kälte, der der Klimawandel herzlich wurscht war. Ich drückte die Klinke nach unten, doch das Tor rührte sich keinen Zentimeter. Alles hatte seine Ordnung. Es war also niemand auf dem Grundstück gewesen.

Hatte ich vielleicht tatsächlich die Milch am Vortag stehen gelassen und sie in meiner Umnachtung nicht bemerkt, als die Prucknerin mich in Rust abgeladen hatte?

»Ich wollte dich gestern schon anrufen«, blökte Ralf ins Telefon.

»Warum hast du es dann nicht getan?«

»War so viel zu tun«, entschuldigte sich mein Ex-Kollege von der Essener Sondereinheit.

»Kann ich mir schon denken, was ihr zu tun hattet«, erklärte ich übel gelaunt und sah ihn zusammen mit den anderen vor meinem geistigen Auge bei Matzes Wurstbude Currywurst mampfen und ein frisch gezapftes Stauder trinken.

Bella und ich schlenderten die Bundesstraße entlang, hinunter in Richtung Spritzenhaus. Ziel unseres kleinen Spaziergangs war erneut die Buchhandlung am Rathausplatz, es galt, dem überaus ortskundigen Bruder der Prucknerin noch ein paar Fragen zu stellen.

»Also dieser Matthias Kusolitsch, wegen dem du mich gestern gefragt hast. Die Anfrage an die Kollegen in Frankreich ist raus. Aber so was kann dauern, weißte ja, wie das so ist mit internationalen Hilfeersuchen und so.«

Das wusste ich in der Tat, ging mir ja in diesem Moment mit Ralf auch nicht anders.

»Gibt's was Neues von Vito und dir? Ist er dir noch mal über den Weg gelaufen?«, erkundigte sich Ralf.

»Kann man so sagen«, antwortete ich schmallippig. »Ist dir noch etwas zu ihm untergekommen?«

»Ich war gestern mit Detlef beim Fußball, anner Hafenstraße. RWE hat die Jungs von Dortmund Zwo richtig schön ausm Stadion geschossen, sach ich dir. Diesen Doofköppen gönn ich ja keinen einzigen Punkt.«

»Ralf, komm du mal lieber zum Punkt.«

Die Glasschiebetüren vom Spritzenhaus waren verschlossen, kein Wunder zu dieser Uhrzeit. Ich sehnte mich nach einem gemütlichen Abend mit der Prucknerin und den anderen. Anschließend ins Bett fallen, gut schlafen und am nächsten Tag nichts tun. Gar nichts, außer mit Bella eine große Runde spazieren gehen, vielleicht runter zum See. Das Leben könnte so einfach und so schön sein, wenn man sich auf die wesentlichen Dinge konzentrierte.

»Jedenfalls war Detlef gestern in der Früh bei 'ner Observierung in Holsterhausen mit vonne Partie. Da haben sich Vincento und Vitos Bruder Heinz wieder ziemlich abfällig über Vito unterhalten, meint er. Der scheint hier also wirklich nicht mehr willkommen zu sein.«

Ich bedankte mich bei Ralf und ließ ihn mit seinen Jungs, die früher auch mal meine Jungs waren, allein. Bella und ich setzten unseren Weg fort, vorbei am Brautmodengeschäft Himmelblau, an der auf ihrer Anhöhe thronenden evangelischen Kirche sowie dem Friseursalon, der dem Mann von Bürgermeisterin Josef gehört. Durch den feschen Tunnel beim Tourismusbüro hindurch auf den Rathausplatz, wo wir gerade rechtzeitig ankamen, um zu sehen, wie die alte verwirrte Prucknerin aus dem eigentlich geschlossenen Fahrradverleih kam. Was wollte die alte Dame denn mit einem Fahrrad?

Als Bella und ich die Buchhandlung betraten, befand sich Johannes Pruckner gerade in einem Kundengespräch und pries einer Dame irgendeinen in Paris spielenden Kriminalroman über einen toten Bäcker vom Montmartre an, dem seine meisterhaften Baguettes zum Verhängnis wurden. Gab es eigentlich noch Berufsgruppen, die noch nicht in Büchern dahingemetzelt worden sind? Kindergärtnerinnen vielleicht?

Er winkte uns kurz freundlich zu, Bella und ich winkten zurück und besahen uns daraufhin die Bücher in der Auslage. Mein Blick fiel auf einen Krimi, der auf der Zugspitze spielte. Da musste dann wohl der Gondoliere der Zugspitzbahn dran glauben.

»Brauchts ihr ein Buch?«, fragte Johannes, als sich die Kundin schließlich zufrieden verabschiedet hatte.

»Bei Bella besteht vielleicht noch Hoffnung«, erklärte ich.

»Schau ma amoi«, sagte der Buchhändler. »Also?«

»Du kennst doch diesen Anwalt, den Schweigl, der sich mit dem Norbert Pasche auf ein Packerl g'haut hat.«

»Nicht persönlich, aber ja, ich kenne ihn. Das hatte ich dir schon am Sonntag erzählt, als du bei mir warst. An so einem bunten Hund kommt man nicht vorbei.«

»Hast du eine Ahnung, ob der was mit dem Plünder zu tun haben könnte?«

»Oho, Niko ist mal wieder on fire«, kommentierte er meine Frage, süffisantes Grinsen inklusive.

»Red nicht so einen Quatsch. Das ist nix Persönliches zwischen dem Plünder und mir.«

»Es ist immer was Persönliches, wenn es um dich und den Plünder geht.«

»Dieses Mal nicht«, erklärte ich trotzig.

Bella unterstützte mich mit einem Fiepsen, das wohl eher darauf ausgerichtet war, möglichst schnell wieder nach draußen zu kommen.

»Dann lass mal hören!«

»Ich hab mich nur gefragt, wer hier in der Region so viel Macht hat, dass er sich für eine Firma wie jene von den Pasches interessieren könnte. Da komme ich halt immer wieder nur auf einen Namen.«

»Auf den von Maximilian Plünder.«

»Ganz genau.«

»Man erzählt sich, dass beim Schweigl neulich eingebrochen wurde. Wäre ja eine Gelegenheit gewesen, auch dazu etwas herauszufinden.«

»Soso, erzählt man sich das? Aha«, sagte ich.

»Falls es sich tatsächlich nicht um einen Beitrag zu deiner Fehde mit dem Plünder handelt, in die ich wirklich nicht reingezogen werden will, könnte ich dir sagen, dass der Schweigl schon das ein oder andere Mal für den Plünder den Ausputzer gespielt hat.«

»Den Ausputzer? Was meinst damit?«

»Schau, es gibt ja nicht nur Erfolgsgeschichten im Firmenimperium des Maximilian Plünder.«

»Ach, nicht?«, tat ich überrascht. »Wenn man durch sein Firmenmuseum in seinem Tower in Parndorf wandelt, könnte man durchaus den Eindruck gewinnen.«

»Haha, ja, das stimmt«, gab mir Johannes recht. »Er hat immer wieder mal eines seiner Unternehmen zusperren müssen.

Und es gab natürlich auch Rationalisierungen, Entlassungen, Werksschließungen und so weiter und so fort.«

»Und die schlechten Nachrichten hat der Plünder also dem Schweigl überlassen?«

»Nicht nur das Überbringen der schlechten Nachrichten. Gleich die ganze Firma.«

»Wie darf ich das verstehen?«

Johannes warf einen kritischen Blick durch das Schaufenster nach draußen, so als ob er prüfen wollte, ob sich da draußen keine unliebsamen Zuhörer aufhielten.

»Der Schweigl ist ja nicht nur Anwalt. Der ist Steuerberater, Wirtschaftsprüfer, Treuhänder und was weiß ich nicht noch alles. Ein Tausendsassa all jener Berufe, die sich im Graubereich zwischen Wirtschaft und Recht tummeln. Früher war er sogar mal Notar, doch er hat die Zulassung verloren.«

»Das musst mal z'sammbringen«, erklärte ich überrascht.

»Wenn das einer schafft, dann der Schweigl«, fuhr Johannes fort. »Und vor seinem Gorilla musst dich wirklich in Acht nehmen. Der hat einiges auf dem Kerbholz, und der hat meistens auch eine Waffe dabei. Mit dem ist nicht zu spaßen!«

»Ja, Mama.«

»Auf jeden Fall hat der Schweigl in der Vergangenheit öfter mal marode Firmen vom Plünder übernommen, oftmals für einen symbolischen Euro, um sie dann wenige Wochen später in den Konkurs zu schicken und abzuwickeln.«

»Und warum macht er das? Das bringt ihm doch sicherlich weder Ruhm noch Ehr.«

Johannes lachte. »Nein, das sicher nicht. Der Plünder wird ihn ordentlich dafür entschädigt haben. Da gibt es sicher gewisse Nebenabsprachen und Boni, denn dem Plünder ist es einiges wert, dass er seine weiße Weste behält.«

»Also ist der Schweigl nicht nur Anwalt der Pasches, sondern auch vom Plünder«, sinnierte ich vor mich hin.

»Der offizielle Anwalt vom Plünder hockt in Jennersdorf, der Schweigl ist wirklich nur der …«

»… Ausputzer.«

»Ganz genau«, sagte Johannes.

»Magst am Wochenende bei mir vorbeikommen? Ich könnt uns Strauben machen.«

War das jetzt gerade wirklich aus meinem Mund gekommen? Ich hatte bis auf die Prucknerin doch noch nie jemanden zu mir ins Bahnhofsheiserl eingeladen. War das etwa ein Zeichen dafür, dass ich hier wirklich langsam sesshaft wurde?

»Du kannst Strauben zubereiten?«, fragte Johannes erstaunt.

»Ist ja nix dabei«, erklärte ich. Und das war es ja wirklich nicht. Mehl, Salz, Milch, Eier und Zucker vermengen, den sich daraus ergebenden Teig kunstvoll in Form bringen und in Öl herausbacken. Dank der süßen Kochlehre, die ich bei Luise absolvieren durfte, ein Kinderspiel für mich. »Am Samstag?«

»Deal!«

Der Bruder der Prucknerin hatte sich dankenswerterweise bereit erklärt, erneut ein Auge auf Bella zu werfen, während ich dem Landeskriminalamt in Eisenstadt einen Besuch abstattete. Gruppeninspektorin Steffi wollte sich noch mal in Ruhe die Geschehnisse des Vorabends erläutern lassen, und ich war gleichzeitig daran interessiert, mehr über die mumifizierte Leiche im Weinkeller der Pasches zu erfahren.

Im Gegensatz zu meinem ersten Besuch hier im LKA schlenderte ich nun frohen Mutes durch die Eingangstür zum Empfang. Kurz darauf holte mich ein Polizist ab und führte mich lustigerweise in jenes spartanisch eingerichtete Zimmer, in dem mich auch damals Stefan Krammer verhört hatte. Die Welt ist klein. Und das Stadtpolizeikommando in Eisenstadt offenbar auch.

»Hallo«, begrüßte mich die Polizistin mit einem Lächeln. »Da haben Sie ja was angerichtet, heute Nacht in Andau.«

»Ich fürchte, das ist zu viel der Ehre für mich. Ich war ja quasi nur der Bote, der die schlechte Nachricht übermittelt hat.«

»Besitzen Sie eine Waffe?«

»Sie meinen, außer meinem brachialen Humor?«

»Der wäre mir noch gar nicht aufgefallen. Vielleicht eher so was wie eine 38er?«

»38er klingt nach einer US-amerikanischen Detektivserie, in der der Held mit einer Smith & Wesson herumballert.«

Hatte Rockford nicht genau so eine in der gleichnamigen Serie?

»Im Fall des Mordes von Andau dürfte es sich eher nicht um eine heldenhafte Tat gehandelt haben«, stellte sie trocken fest.

»Dann muss ich leider passen. Die letzte Waffe, die sich in meinem Besitz befand, habe ich abgegeben, als ich den Polizeidienst in Deutschland quittiert habe. Und ich muss gestehen, dass ich sie nicht vermisse.«

»Seit Samstag hat es zwei Tatorte gegeben, und beide Male habe ich Sie angetroffen. Ich persönlich glaube ja nicht, dass jemand wie Sie innerhalb von fünf Tagen so viele Leute umbringt. Aber wenn man sich so anschaut, was Sie in den letzten Monaten hier am Neusiedler See getrieben haben, fällt da schon eine gewisse Nähe zu Tod und Verderben ins Auge.«

Tod und Verderben, wie das klang. So als ob ich der leibhaftige Teufel wäre. Während ihrer Laudatio sah sie mich so seltsam an. Konnte ich nicht deuten. Sie machte das gut, musste ich ihr lassen.

»Was wollten Sie in Andau?«

»Ich wurde von Karin Pasche damit beauftragt, die Erbsituation zu klären.«

Gruppeninspektorin Steffi sollte man nicht anlügen, die durchschaute einen sofort. Also offenbarte ich vor ihr mein Blatt. Bis auf den Joker natürlich, den hob ich mir noch auf.

»Und inwiefern trug Ihr Besuch im Hotel in Andau dazu bei, Licht in die Angelegenheit zu bringen? Mit wem haben Sie sich dort getroffen?«

Hmm. Ich lehnte mich vor und dimmte die Lautstärke meiner Stimme.

»Können wir vertraulich sprechen?«

Sie beugte sich ebenfalls vor, sodass nicht mehr allzu viele Sauerstoffmoleküle zwischen unsere Köpfe passten.

»Soll ich Ihnen etwas verraten?«, fragte sie, in ebenfalls fast flüsterndem Tonfall.

Ich nickte.

»Ich kann schweigen wie ein Grab, Ihre Geheimnisse sind bei mir in besten Händen.« Fand ich gut. »Aber nur, wenn Sie nichts mit dem Tod dieser drei Menschen zu tun haben. Wobei, eigentlich sind es ja vier Tote, wenn wir die Leiche im Weinkeller der Familie Pasche mitzählen. Aber ich vertraue jetzt einfach mal darauf, dass Sie vor dreißig Jahren nicht auch schon Ihr Unwesen hier am See getrieben haben«, sagte sie und brachte wieder deutlich mehr Luft zwischen uns.

»Sind die dreißig Jahre also fix?«

»In etwa.«

»Haben Sie sonst schon etwas zu der Mumie herausgefunden? Identität? Alter?«

»Ich dachte, Sie interessieren sich nur für die Verteilung des Erbes?«

»Alte Berufskrankheit.«

»Haben Sie vielleicht doch etwas mit dem Toten im Weinkeller zu tun?«

»Da war ich noch ein Teenager«, antwortete ich, aufrichtig entrüstet.

»Glaubt man meinen Kolleginnen und Kollegen hier im LKA, dann traut man Ihnen einiges zu. Aber wir schweifen ab. Also, wen wollten Sie in Andau treffen?«

Ich richtete mich ebenfalls wieder auf und setzte mich so hin, wie es auch mein Orthopäde für gut befunden hätte.

»Sie haben vielleicht davon gehört, dass es der Pasche GmbH nicht ganz so gut geht und Karin Pasche einen Investor sucht?«

Alle Karten auf den Tisch.

»Das haben mir die Kolleginnen und Kollegen im Wirtschaftsdezernat berichtet, ja.«

»Das funktioniert aber nicht wirklich, solange der Anwalt

Schweigl das Verfahren mit seinem Einspruch und seinem aus der Schublade gezauberten Testament in die Länge zieht. Das weiß der Schweigl natürlich ganz genau, und er hofft, dass Frau Pasche irgendwann aufgeben wird.«

»Und dem Maximilian Plünder die Firma damit quasi umsonst in die Hände fällt.«

Ha, ich sag's ja, Gruppeninspektorin Steffi ist gut!

»Ganz genau. Wie sind Sie auf den Plünder gekommen?«, fragte ich beeindruckt.

»Wie gesagt, wir haben Kollegen im Wirtschaftsdezernat. Die machen ihren Job auch nicht erst seit gestern. Und wenn man ein bisserl die Augen offen hält und Zeitungen konsumiert, fallen einem über die Jahre gewisse Naheverhältnisse auf.«

»Und der Norbert Pasche ist nur der Strohmann für die ganze Firmenübernahme, habe ich recht?«

»Zu diesem Schluss sind wir auch gekommen, ja.«

»Hab ich's doch gewusst! Norbert Pasche ist nur ein Bauernopfer. Sobald der Plünder bekommen hat, was er will, lässt er ihn fallen wie einen heißen Pellmann.«

»Einen heißen Pellmann? Was soll das denn sein?«, fragte sie irritiert.

»Sagt Ihnen nichts?«

»Ich kenne nur einen Lukas Perman. Der hat vor ein paar Jahren bei den Musicalstars im Steinbruch in St. Margarethen mitgemacht. Sehr super war der.«

Ihre Augen begannen zu leuchten. Da hatte wohl jemand eine kleine Schwäche für Musicalsänger.

»Pellmänner sind Pellkartoffeln, im Rheinland sagt man auch ›Quellmänner‹. Weiß ich noch aus meiner Zeit in Deutschland.«

Mein ehemaliger Kollege Ralf war ein wandelndes Lexikon, wenn es darum ging, unnützes Wissen vorzutragen, während man stundenlange Observationen durchführte. Den meisten Kollegen ging er damit ziemlich auf die Nerven, sein Spitzname lautete auch Ralfpedia. Ich hätte mir damals nicht vorstellen können, dass ich mit diesem Wissen noch mal jemanden beeindrucken konnte.

»Und mit wem wollten Sie sich nun gestern treffen?«, ließ Gruppeninspektorin Steffi nicht locker. Schade eigentlich.

»Derek Lupo ist jener Investor, den Karin Pasche als Retter in der Not auserkoren hat. Mit ihm ist wohl so weit vertraglich alles aufgesetzt. Nach der Weinsegnung in Jois am Freitag soll unterschrieben werden.«

»Das ist sportlich, angesichts der ungeklärten Erbfrage.«

»Es drängt wohl mittlerweile sehr.«

»Und dieser Derek Lupo, mit dem haben Sie sich gestern in Andau getroffen?«

»Genau.«

»Und kurz nachdem Sie sich mit ihm getroffen haben, war sein Chauffeur tot?«

»Genau«, wiederholte ich mich.

»Ist Ihnen dort jemand aufgefallen? Jemand vielleicht ums Hotel geschlichen?«

»Sie meinen, außer mir? Vielleicht weiß die Daniela etwas, sie hat ja draußen im Auto …«

»… auf Sie gewartet, ich weiß«, erklärte die Polizistin. »Ich habe heute Morgen schon mit ihr telefoniert.«

Ah ja, kurzer Dienstweg quasi.

»Ich könnte mir gut vorstellen, dass es sich dabei vielleicht um eine Warnung an Lupo gehandelt haben könnte«, schob ich noch schnell hinterher, um mich nicht zu sehr ins Licht des Verdächtigen zu hocken.

»Eine Warnung, dass er die Finger von der Firma Pasche lassen soll?«

Ich nickte.

»Das wäre schon eine recht drastische Warnung.«

»Es soll Leute geben, die zu solch drastischen Warnungen fähig sind.«

»Sie meinen Maximilian Plünder.«

»Das herauszufinden ist Ihre Aufgabe. Ich kümmere mich ja bekanntlich nur um die Erbschaftsstreitigkeiten.«

»Wie steht es eigentlich um Ihre Befähigungsprüfung als Berufsdetektiv? Waren S' schon bei der Wirtschaftskammer?«, fragte Gruppeninspektorin Steffi, während sie mich die Stiege nach unten zum Ausgang begleitete.

Auf Wörter, die auf »-kammer« enden, reagiere ich traditionell allergisch. In diesem Fall ganz besonders.

»Mach ich im Frühjahr, gleich im Anschluss an das Basisseminar der Weinakademie in Rust«, erklärte ich.

»Herr Lauda, Sie dürfen nicht als Privatdetektiv tätig sein, wenn Sie die Prüfung nicht ablegen. Da können Sie wirklich in arge Schwierigkeiten kommen.«

»Ach, so richtig Privatdetektiv bin ich gar nicht. Ich helfe nur hier und da mal ein bisserl aus. Und wer weiß, wie lange ich das noch mache. Vielleicht ist das ja jetzt mein letzter Fall, und dann mache ich etwas ganz anderes.«

»Machen Sie sich bloß nicht aus dem Staub«, fuhr sie mich an. »Zumindest nicht, bevor die Geschehnisse in Jois aufgeklärt sind!«

»Großes Indianerehrenwort«, antwortete ich, nicht wissend, ob man das heutzutage überhaupt noch sagen durfte.

Wie Marlon Brando in »Der Pate«

Nachdem mich der 285er wieder in Rust abgesetzt hatte, telefonierte ich mit Karin Pasche und informierte sie darüber, dass da jemand sehr wahrscheinlich ihren Deal mit Derek Lupo torpedieren wollte. Wir vereinbarten, dass ich bei der für morgen geplanten Weinsegnung im Rahmen des Joiser Martinilobens, die auch Derek Lupo unbedingt besuchen wollte, dabei sein sollte.

Der US-Amerikaner wollte sich dieses traditionelle Schauspiel nach wie vor nicht entgehen lassen, der Warnschuss mit seinem Chauffeur schien ihn nicht nachhaltig beeindruckt zu haben. Musste wohl in der Ami-DNA liegen, sich nicht einschüchtern zu lassen. Mutig, aber vielleicht auch reichlich deppert, wenn man dabei sein eigenes Leben riskierte.

Auch bei der im Anschluss geplanten Unterzeichnung einer Absichtserklärung zum Investment Lupos bei der Pasche GmbH in der Villa Pasche sollte ich anwesend sein. Von einem offiziellen Vertragsabschluss schien mittlerweile keine Rede mehr zu sein, was, rein rechtlich, nicht ganz blöd war.

Auf meinen Einwand, dass sich Derek Lupo wohl nicht mit einem Einstieg als Investor begnügen wollte, sondern die Mehrheit an der Pasche GmbH im Auge hatte, gab sie sich überrascht. Das hörte sie angeblich zum ersten Mal. Konnte man ihr glauben oder auch nicht.

Gleich nach meinem Telefonat mit Karin Pasche kontaktierte ich Vito und fragte ihn, ob er für den nächsten Tag schon etwas vorhabe.

Er faselte ziemlich unverständliches Zeug von wegen »Dienst verschieben« und so. Schlussendlich erklärte er sich trotzdem dazu bereit, am morgigen Nachmittag in Jois einzureiten und meinen Wingman für die Weinsegnung und die Unterzeichnung in der Villa Pasche zu spielen.

Seine Frage, ob er zur Sicherheit seine Wumme mitnehmen solle, verneinte ich vehement. Im vollsten Bewusstsein, dass meine Worte in sein linkes Mafiaohr ein- und aus dem rechten Killerohr wieder austreten würden, ohne in seinem Hirn auch nur den geringsten Widerhall auszulösen.

Danach sattelte ich Bella, um mich gemeinsam mit ihr um die wirklich wichtigen Dinge im Leben zu kümmern. Doch als wir aus dem Tor des Bahnhofsheiserls traten, wurden wir bereits erwartet. Von etwas langem Schwarzen mit laufendem Motor, dessen hinteres Seitenfenster sich soeben wie von Zauberhand und reichlich elegant in der Tür versenkte.

»Come on, wir nehmen Sie ein Stück mit!«, rief Derek Lupo.

Ich ließ Bella notdürftig am Apfelbaum ihre Notdurft verrichten. Mochte sie nicht, wenn sie das vor Publikum machen musste. Aber tja, das Leben ist kein Wunschkonzert.

Für den ermordeten Chauffeur hatte Derek Lupo schnell Ersatz gefunden, alle Achtung. Ob der drahtige Kerl da vorne auf dem Fahrersitz wusste, was mit seinem Vorgänger geschehen war? Und für die Limousine mit Einschussloch war auch schnell was Neues da. Aber so ein Limousinenservice war auf solche Fälle wahrscheinlich vorbereitet.

Das Setting wirkte wie in einem US-amerikanischen Mafiafilm. Oder zumindest in einem Wall-Street-Thriller, was oft eh das Gleiche war. Lupo trug nur leider keine Sonnenbrille, und er winkte mich auch nicht so grazil mafiös zu sich, wie das Marlon Brando in »Der Pate« zu tun pflegte. Aber der Auftritt hatte trotzdem was.

»Wir wollen nur schnell zum Adeg runter, einkaufen«, erklärte ich, nachdem Bella und ich vor seinem Fenster Aufstellung genommen hatten. »Da zahlt sich so eine Fahrt mit dem Auto wohl gar nicht aus.«

»Wir brauchen ohnehin ein bisschen mehr Zeit. I wanna talk to you. Suchen Sie sich also eine andere Strecke aus.«

»Runter zur Storchenwiese vielleicht?«

Sein Gesichtsausdruck signalisierte mir, dass ihn auch eine zweieinhalbminütige Fahrt durch die Altstadt von Rust nicht zufriedenstellen würde.

»Na gut, dann nach Frauenkirchen, Franziskanerstraße 6. Aber der Hund kommt mit.«

War mir nicht unrecht, denn mit Derek Lupo hatte ich ohnehin noch einiges zu besprechen, nachdem mir der Poidl an diesem Morgen jene Info hatte zukommen lassen, um die ich ihn gestern Abend gebeten hatte.

Der Geschäftsmann hatte offenbar keine Lust auf einen Dreier, was zu der etwas seltsamen Konstellation führte, dass Bella – angeschnallt, wohlgemerkt – auf dem Beifahrersitz Platz genommen hatte. Für Autofahrer, die uns auf der B 50 entgegenkamen, musste das ein seltsames Bild abgeben. Eine schwarze Limousine, die von einem Chauffeur mit Kapperl gesteuert wurde, und auf dem Beifahrersitz thronte ein ausgewachsener Mischlingshund.

»Wäre es über Ungarn nicht kürzer gewesen?«, fragte ich Lupo.

»Das täuscht«, rief der Chauffeur von vorne, ohne dass er dazu eingeladen worden war. »Man muss den See auf ungarischem Gebiet in einem großen Bogen umrunden. Dort unten ist in Ufernähe ja alles Naturschutzgebiet. Sind gute zwanzig Kilometer mehr, als wenn wir über Neusiedl fahren.«

Na dann. Das Interieur der Limousine spielte alle Stückerln, das musste man Lupo lassen. In die Kopfstützen eingebaute Displays zeigten wie im Flugzeug, wo auf der Strecke wir uns gerade befanden. Bei Bedarf ließ sich da sicher auch eine Netflix-Serie bingewatchen. In der aus hellem Leder geformten Mittelauflage zwischen uns konnte man eine aus leopardmustrigem Edelholz gebaute Getränkehalterung versenken, und die Polsterung der Ledersitze war so weich, dass ich fast darin zu versinken – und angesichts meines Zustandes einzuschlafen – drohte. Schaukelte auch schön hin und her. Ich war gespannt, ob ich zuerst einschlafen oder mich übergeben würde.

»Was gibt's denn zu besprechen?«, fragte ich Lupo.

»Sie sollten sich wirklich auf das fokussieren, was Sie können«, sagte er mit seinem charmanten Dallas-Akzent.

»Ich sagte ja, eigentlich wollten wir zum Adeg.«

»Wohin auch immer Sie wollten, als Weinexperte sollten Sie in diesem Leben nicht mehr auftreten.«

»Hat Castle mich geoutet?«

»Dafür brauchte Sie niemand outen, das war mir gestern ziemlich schnell klar. Deshalb war es für mich keine Überraschung, als die Polizei mir heute Mittag eröffnete, dass es sich bei Ihnen um einen Privatdetektiv handelt. Was wollen Sie von mir, man?«

»Von Ihnen will ich in dem Sinn gar nichts«, entgegnete ich und erzählte ihm von meiner Auftraggeberin. »Sie haben von mir also nichts zu befürchten.«

»Haben Sie gestern Abend in meinen Unterlagen geschnüffelt?«, fragte er mit ernster Miene.

»Ich gebe zu, das wollte ich eigentlich machen. Aber dann habe ich Sie in der Dusche gefunden. Und, tja …«

Dass ich zuvor ein bisserl einen Blick in seinen Aktenkoffer geworfen hatte und wusste, dass er die Pasche GmbH ganz übernehmen wollte, musste ich ihm ja nicht auf die Nase binden. Genauso wenig wie die Info, dass ich das brühwarm an Karin Pasche weitergeleitet hatte.

»Ich werde das bei Frau Pasche bestätigen lassen, you know that?«

»Mit nichts anderem habe ich gerechnet.«

Während Bella die Ausflugsfahrt sichtlich zu genießen schien, empfand ich die erzwungene Zweisamkeit mit Derek Lupo hier hinten als nicht so richtig angenehm. Das war gestern im Hotel in Andau lustiger und amikaler gewesen. Bevor er erfahren hatte, dass ich als Detektiv unterwegs war. Auch wenn jetzt mal nichts gesprochen wurde, herrschte eine gewisse Spannung vor, die ich nicht zu lösen vermochte. Ungut. Wirklich ungut.

»Warum ist es Ihnen so wichtig, bei der Weinsegnung dabei zu sein?«, fragte ich, als wir in Jois gerade den Schnepfenhof passiert hatten. Von jener Kirche, in der am morgigen Tag der feierliche Startschuss zum Martiniloben gegeben werden würde, war von der Bundesstraße aus nichts zu sehen. Die stand weiter unten, in der Hauptstraße.

»Ich bin zutiefst überzeugt davon, dass man eine gute und langfristige Partnerschaft nur dann zum beiderseitigen Nutzen eingehen kann, wenn man sich gut kennt und einander respektiert. Dazu gehört es auch, sich ein Bild von den lokalen Gegebenheiten zu machen. Wie ticken die Menschen hier, how is life going in Jois, you know? Nur dann versteht man seinen Partner. Und nur dann kann es erfolgreiches Business geben.«

»Aber das kann auch ins Auge gehen«, erklärte ich. »Wer hat Ihren Chauffeur auf dem Gewissen, haben Sie dazu eine Idee?«

»No idea, nein«, erklärte er ziemlich schnell. »Wie so was passieren kann, ist mir ein Rätsel. Aber es war nicht mein

Chauffeur. Er war Angestellter des Limousinenverleihs, ich kannte ihn kaum. Who knows, in was er verwickelt war?«

»Machen Sie es sich da nicht zu einfach? Er war seit Tagen mit Ihnen unterwegs, er hat alles mitbekommen, was Sie hier seit Samstag gemacht haben.«

»Seit Samstag? Woher wollen Sie wissen, seit wann ich in Austria bin?«

Das ahnte ich, weil ich mir ziemlich sicher war, dass es Derek Lupos Limousine inklusive seines Chauffeurs war, die sich am betreffenden Tag in ziemlich schnellem Tempo auf der Rückseite des Grundstücks der Villa Pasche aus dem Staub gemacht hatte. Ich wusste natürlich nicht, ob sich Derek Lupo im Inneren befand, als mir der Wagen davongefahren war. Aber sein Wagen war es, da fuhr für mich die Eisenbahn drüber.

»Was haben Sie am Samstag in Jois zu tun gehabt?«, stellte ich eine halbwegs offene Frage, die nicht gleich darauf schließen ließ, dass ich seinen Wagen bei der Villa Pasche gesehen hatte.

»In Jois?«

»In Jois.«

»Wie kommen Sie darauf, dass ich in Jois war?«

»Man hat Sie gesehen.«

»Not possible.«

»Doch.«

»Wer behauptet das?«

»Ich!«

»Also wollen Sie mich gesehen haben?«

»Nicht direkt Sie persönlich.«

»Sondern?«

»Ihr Auto.«

»Nur mein Auto?«

»Mit Chauffeur.«

»Wo?«

»In Jois.«

»Am Samstag?«

»Am Samstag.«

»Sure?«

»Sowieso.«

»Wo?«

»In Jo-hois!«

Oida, da kam man ja kaum zum Luftholen.

»But where in Jois?«

»Bei der Villa Pasche.«

»Not possible.«

»Wenn ich es doch sag«, entgegnete ich.

Irgendwas in mir stellte gerade fest, dass Derek Lupo vielleicht wirklich nichts davon wusste, dass sein Chauffeur sich eigenmächtig im Keller der Villa Pasche zu schaffen gemacht und die Leiche zu bergen versucht hatte. Oder was auch immer er mit der Mumie im Sinn hatte. Blöderweise konnte man ihn ja jetzt nicht mehr dazu befragen.

»Ich war am Samstag noch gar nicht in Austria«, sagte Derek Lupo nun. »Das habe ich heute auch der Polizei gesagt. Ich bin erst am Monday mit der Sieben-Uhr-fünfzig-United aus Newark in Wien-Schwechat gelandet. You can check it with the guy from the Limousinenservice.«

Hmm. Wenn das stimmte, war es gut möglich, dass eine andere Partei die Leiche im Weinkeller aufstöbern wollte. Oder aber Derek Lupo war so clever und hatte die Drecksarbeit von jemandem erledigen lassen, bevor er selbst im Lande gewesen war, um so den Verdacht von sich abzulenken. Nichts Genaues wusste man nicht. Half mir jetzt auch nicht so wirklich weiter.

»Bei welchem Limousinenservice haben Sie den Wagen denn gebucht?«

»PEC«, antwortete er.

Ich kramte mein Smartphone raus. Nach ein paar Klicks hatte ich es rot auf weiß: Das Unternehmen war Teil des neusiedlerseeumspannenden Firmengeflechts von Maximilian Plünder. Ich schickte dem Poidl eine Nachricht, dass sie sich diesen Limousinenservice und seine Fahrer mal näher anschauen sollten.

Wir schwiegen uns eine Weile an, was mir besonders leichtfiel, als wir den Kreisverkehr beim Autobahnzubringer bei Gols passierten. Ich war froh, dass wir geradeaus in Richtung Frauenkirchen fuhren und nicht die Straße nach Podersdorf nahmen.

»Kennen Sie Maximilian Plünder?«, setzte ich unser Gespräch fort, als wir dieses seltsam anmutende Kirchenschiff in Mönchhof hinter uns gelassen hatten. Kein Gebäude, wie man sich den Hauptbau eines Gotteshauses vorstellte, sondern ein luftiger und fensterreicher Bau in Schiffsform, der irgendwas mit Religion zu tun haben dürfte. Aber was?

»Plunder?«, fragte er in seiner typisch englischen umlautfeindlichen Aussprache. »Wer soll das sein?«

Wie erfrischend, dass sich der Fame von Maximilian Plünder noch nicht in die USA getragen hatte. Das war man hierzulande gar nicht gewohnt.

»Maximilian Plünder ist ein Unternehmer, der hier im Burgenland eine große Nummer ist. Man sagt ihm unter anderem auch ein Interesse am Nachlass von Hans Pasche nach.«

»Never heard of him.«

Es fiel kein weiteres Wort, bis ich entschieden hatte, dass es damit jetzt mal genug war und es da ohnehin noch etwas zu besprechen galt. Vielleicht war es gar nicht so blöd, das gleich hier und jetzt zu tun, wenn wir schon mal so kuschelig beisammensaßen.

»Sie sind Wolfgang Pasche, oder?«

Der Rudi braucht dringend ein neues Outfit

Solche Überfalltaktiken wirken ja oft Wunder. Ich hatte in meiner Polizeikarriere Leute erlebt, die Dinge gestanden haben, die sie gar nicht begangen hatten. Einfach, weil sie ob des überraschenden Vorwurfs so perplex waren, dass sie sich aus der Situation nicht anders zu befreien gewusst hatten.

»Wie kommen Sie denn darauf?«

»Ich habe einfach nur eins und eins zusammengezählt«, erklärte ich und war ein bisserl stolz auf mich. So viel Eitelkeit durfte sein.

»But …?«, unternahm Derek Lupo den Versuch einer Widerrede.

»Es ist kein Zufall, dass Sie mit Ihrer Joint Operational International Services ausgerechnet bei der Firma Pasche einsteigen wollen. Für wie blöd halten Sie denn die Leute, wenn Sie glauben, dass das niemand merkt?« Jetzt sagte er gar nichts, sondern betrachtete mich wie seinen Henker, der ihn zum Schafott hinaufführt. »Wenn Sie das verheimlichen hätten wollen, hätten Sie Ihr Unternehmen nicht so benennen dürfen, dass dessen Abkürzung den Namen Ihres Geburtsortes ergibt. Ich nehme doch mal an, dass Sie in Jois geboren sind?«

»Das stimmt nicht«, entgegnete er.

»In Eisenstadt?«

»In Vienna, im Krankenhaus. Ein Kaiserschnitt«, erklärte er mit gedämpfter Stimme. »The name of the company … well … Das hätte auch Zufall sein können«, entgegnete er. »Wie sind Sie darauf gekommen, dass ich Wolfgang Pasche bin?«

»Ein einzelner Zufall wie die Sache mit Ihrem Firmennamen kann passieren. Aber bei Ihnen waren es mir ein paar Zufälle zu viel.«

»What do you mean?«

»Ja, Herr *Lupo*.« Man brauchte kein Sprachengenie sein, um Lupo bei Google Translate einzugeben. »Und dann Ihr Zusammenbruch gestern Abend in der Dusche.«

»Was ist damit?«

»Ich habe lange darüber nachgedacht, was Sie gesagt haben, als ich Sie im Badezimmer gefunden habe.«

»Ich habe etwas gesagt?«, fragte er überrascht.

Die Verwunderung nahm ich ihm ab. Das war nicht gespielt.

»›Rain‹, haben Sie gewimmert, gefolgt von ›crystal clear‹. Also zumindest hatte ich gedacht, dass Sie das gesagt haben.«

»I did? Really?«

»Aber ich habe erst heute Morgen verstanden, dass Sie eigentlich etwas anderes gemeint hatten. Oder besser gesagt, jemand anderen.«

Er wurde kreidebleich, während wir in Frauenkirchen die typischen Ausläufer einer jeden Stadt auf dem Land erreichten. Tankstelle, Fachmarktzentrum, Kreisverkehr. Aber kein McDonald's? Das überraschte.

»Ich habe heute Morgen über einen Freund bei der Polizei in Erfahrung gebracht, wie die Sekretärin von Hans und Liesl Pasche, die 1986 – bei Regen, also englisch ›rain‹ – bei einem Autounfall ums Leben gekommen ist, mit vollem Namen hieß. Der mittlere Name auf ihrem Grabstein ist nämlich nicht ausgeschrieben. So was fuchst mich, das lässt mir keine Ruhe. Da bin ich ein bisserl ein Monk.«

»Christiane«, sagte er. »Lovely Christel.«

»Michaela Christiane Klierhofer, ganz genau. Die frische Rose auf ihrem Grab und das Grablicht sind von Ihnen, stimmt's?«

»Alle haben sie immer Michi genannt. Ich war der Einzige, der sie Christel nennen durfte«, erklärte er. Sein Blick durchs Fenster wirkte abwesend und verklärt. Die phantastische Architektur von Autohaus Berger, an dem wir vorbeifuhren, konnte nicht die Ursache dafür sein. »Als ich den Anruf bekommen habe, dass sie tödlich verunglückt ist, brach für mich eine Welt zusammen.«

»Sie hatten über all die Jahre ein Verhältnis mit ihr?«

»Verhältnis«, wiederholte er in verächtlichem Tonfall. »Das klingt so schmutzig. Sie wollte sich nie von ihrem Mann trennen. Und vor dreißig Jahren war das ja alles noch nicht so easy für eine Frau.«

Als ob heutzutage für eine Frau irgendwas leichter wäre als in den 1980ern.

»Aber wissen Sie, was, abgesehen davon, dass mir meine Christel genommen worden war, so painful war?«

»Sagen Sie es mir.«

»Ich hab erst am nächsten Tag in der Firma von ihrem Unfall erfahren. Ich bin gecrashed. Können Sie sich vorstellen, wie es sich anfühlt, wenn die Liebe Ihres Lebens, mit der Sie jahrelang eine secret relationship geführt haben, plötzlich nicht mehr da ist? Sie erfahren von ihrem Tod wie ein Unbeteiligter. Und Sie können auf ihrem letzten Weg nicht bei ihr sein.«

Er wirkte auf einmal so zerbrechlich. Wie alt war er noch gleich? Ende sechzig? Das war jetzt wieder der Derek Lupo, den ich gestern Abend in der Dusche vorgefunden hatte. Zitternd, auf Zeitreise in eine Vergangenheit, die niemals Teil seiner Zukunft werden würde.

»Christianes Mann hat nach ihrem Tod natürlich alles organisiert. Ich konnte nur beim offiziellen Teil der Beerdigung dabei sein, irgendwo in der dritten Reihe. Und wissen Sie, was ihr Mann dort für Musik hat spielen lassen? ›Ich denk an dich‹ von Roy Black. She hated Roy Black. Sie hat alles gehasst, was ihr Mann gemocht hat. Können Sie sich vorstellen, wie es sich anfühlt, wenn Sie um einen Menschen trauern, Ihre Trauer aber mit niemandem teilen können? Es gab niemanden, mit dem ich über meinen Verlust sprechen konnte. Nobody.«

Ich wusste das wohl besser, als er es sich vorstellen konnte. Wenngleich die Einsamkeit meiner Trauer nach dem Tod von Luise zumindest teilweise selbst gewählt war. Und trotzdem kamen in diesem Moment all die Emotionen wieder in mir hoch. Er presste seine Hand auf den Oberschenkel. Vielleicht, damit das Zittern nicht zu auffällig wurde. Er drehte sich zu mir, sah mich an. Und uns beiden lief im selben Augenblick eine Träne über die Wange. Was für ein seltsamer Moment. Wir zwei harten und toughen Mannsbilder.

Und dann tat ich das, was ich am besten konnte, um meiner Traurigkeit nicht den angemessenen Rahmen geben zu müssen.

»Sind Sie deshalb aus Österreich verschwunden?«, fragte ich.

Themenwechsel.

»Also because of that, yeah.«

»Es gab Differenzen zwischen Ihnen und Ihrem Bruder über die weitere Ausrichtung des Unternehmens, oder?«

»Es gibt in unserem Zuhause, in der Villa in Jois, einen Geheimgang. Der liegt hinter dem Schlafzimmer unserer Eltern«, begann Derek Lupo zu erzählen. Ich wusste nicht so genau, worauf er hinauswollte, ließ ihn aber mal reden. »Dort haben Hans und ich uns früher, when we were kids, oft versteckt. Ursprünglich hätte das ein Gang für Dienstboten werden sollen, damit diese das Zimmer in Ordnung bringen konnten, ohne den eigentlichen Eingang benutzen zu müssen, durch den auch die vermeintlich höheren Herrschaften gingen. Hans und ich haben uns dort oft versteckt, es war der ideale Ort, um unbeobachtet zu sein. Wir haben dort Pläne geschmiedet. And you know what?«

Ich schüttelte den Kopf.

»Jedes Mal wenn wir Pläne geschmiedet haben, hat es im Streit geendet. Wir waren wie Hund und Katz, konnten uns nie auf etwas einigen. Wir waren so laut, dass die Haushälterin uns im Nu in unserem Versteck aufgestöbert hatte. Das Wort ›Differenzen‹ ist also eine Untertreibung«, erklärte Derek Lupo. »Es wäre nicht gut ausgegangen, wenn wir beide die Firma geführt hätten. Es brauchte eine Entscheidung.«

»Und wie sah diese Entscheidung aus?«

»Er hat mich ausgezahlt, und ich hab mit dem Geld in the United States neu angefangen.«

»Aber warum sind Sie über Nacht einfach so verschwunden? Einen Neuanfang hätten Sie doch auch ganz offiziell unternehmen können.«

»Ich wollte einfach weg, von allem hier. Und mich nicht erklären, niemandem. Alles hier am See hat mich an Christel erinnert. Auch Jahre danach. Es brauchte einen klaren Schnitt. And it's been a good deal for me. Ich hatte finanziell ausgesorgt und wusste, dass mein Sohn Norbert eines Tages die Firma übernehmen wird, wenn Hans stirbt. Und so ist es jetzt gekommen. Ich werde mir nur niemals verzeihen können, dass ich Norbert nicht offen ins Gesicht gesagt habe, dass Christiane seine leibliche Mutter war. Ich war zu feig.«

Es würde nicht mehr lange dauern, und wir hätten das

Modegeschäft erreicht. Ein großes und entscheidendes Detail stand aber noch wie der weiße Elefant im Raum.

»Warum haben Sie Norbert Ihrem Bruder zur Adoption überlassen?«

Wieder dieser leere Gesichtsausdruck. Seine Hände glitten über die Oberschenkel, die von der samtigen Anzughose bedeckt waren, suchten nach Halt.

»Die Christel ist von mir schwanger geworden, da war ihr Mann gerade in Brasilien auf Montage. Er war für eine Firma tätig, die ein nach dem ehemaligen Präsidenten Kubitschek benanntes Museum in Brasilia errichtet hat. Eineinhalb Jahre war er away. Wie hätte sie ihm erklären sollen, dass sie in dieser Zeit a little Bub von ihm bekommen hat?«

»Also haben Sie die Idee geboren, das Kind quasi Ihrem Bruder Hans und seiner Frau zu überlassen?«

»Es war perfekt. So konnten Christel und ich Norbert nahe sein, und wir wussten, dass es ihm an nichts fehlen würde. Hans und Liesl haben damals noch gedacht, dass sie keine Kinder bekommen können. Auch für sie war das eine gute Lösung.«

»Haben Sie von dem Toten im Weinkeller in Jois gehört?«

»Yes, die Polizistin hat mir heute Morgen davon erzählt, ja. Ich weiß dazu nichts.«

»Sind Sie sicher?«

»Ich schleppe schon genug Gepäck aus meiner Vergangenheit mit mir herum. Believe me, ich brauche nicht auch noch eine Leiche.« Hmm. »Tun Sie mir einen Gefallen, wenn Sie da jetzt reingehen?«

Das Modegeschäft kam bereits in Sichtweite.

»Kommt drauf an.«

»Sagen Sie Norbert nicht, dass ich sein Vater bin. Er soll es von mir erfahren. Das ist der eigentliche Grund, warum ich zurück nach Austria gekommen bin.«

»Okay«, gab ich ihm mein Wort. »Aber tun Sie das zeitnah. Ich habe das unbestimmte Gefühl, dass es besser früher als später wäre, dass Sie es ihm erzählen.«

Wie es sich für das Burgenland gehörte, ließen uns Lupo und sein Chauffeur bei einem Kreisverkehr aussteigen. Der Fahrer machte erst gar keine Anstalten, in Downtown Frauenkirchen rechts ranzufahren oder einen der in der Umgebung zahlreich vorhandenen Parkplätze anzusteuern. Nein, auf Geheiß von Derek Lupo blockierte er mit seinem riesigen Trumm den Verkehr im Kreisel, während der Gurt auf dem Beifahrersitz und ich einen Kampf darum austrugen, ob Bella nun freigelassen werden oder auf immer und ewig auf diesem bequemen Ledersitz gefangen gehalten werden würde.

Jene Autofahrer, die die zusätzliche Wartezeit nicht als Chance für mehr Lebensqualität begreifen oder sich an dem schönen Blumengesteck in der Mitte des Kreisverkehrs ergötzen wollten, bescherten uns ein wütendes Hupkonzert, das erst endete, als ich Bella endlich befreit hatte.

Nicht, dass sich die ganze Wut auf die davonbrausende Limousine entladen hätte, Gott bewahre. Die gesamte Herrlichkeit des burgenländischen Schimpfwörterkatalogs wurde auf Bella und mir abgeladen. Zum Glück verstand ich nicht mal annähernd die Hälfte dessen, was uns da entgegengebellt wurde.

Der Empfang im Geschäft war für uns beide, nachdem wir die vier Stufen zur Eingangstür des Modegeschäfts bewältigt hatten, wesentlich angenehmer. Eine Frau mit kurzen Haaren und Brille kam freundlichst auf uns zugeeilt. Vielleicht hatte sie mitbekommen, was Bella und ich dort draußen gerade über uns ergehen lassen mussten, und wollte die Ehre der Frauenkirchener Höflichkeit retten.

»Kann ich Ihnen helfen?«

»Ich suche den Norbert Pasche. Ich hab gehört, der soll hier heute arbeiten?«

»Ah ja, der Norbert. Warten S' kurz«, sagte die Frau und verschwand in einem Kammerl hinter der langen Budl.

»Hab ich dir nicht gesagt, dass du hier deine depperten E-Zigaretten nicht rauchen sollst!«, hörte ich sie verärgert rufen.

Kurz darauf erschien der von Hans und Liesl Pasche adoptierte Sohn.

»Ich hätt mir erwartet, dass Sie hier im Verkauf tätig sind und die Kundschaft beraten«, sagte ich.

»Jaja, so hab ich auch heute Morgen angefangen. Aber dann hat mich die Besitzerin nach hinten ins Kammerl g'schickt. Ich hab mich wohl ein bisserl ungeschickt angestellt.«

»›Ein bisserl‹ ist gut!«, rief die Frau zu uns rüber. Offenbar handelte es sich bei ihr um die gepeinigte Besitzerin. »Er hat einer Frau eine Herrenjeans andienen wollen. Bei aller Güte, aber das war dann doch ein bisserl zu viel«, fuhr sie fort und machte mit der Hand eine abwinkende Bewegung. Für die Modebranche war Jobhopper Norbert Pasche offenbar nicht zu gebrauchen.

»Also haben Sie ein paar Minuten für uns?«, fragte ich.

Er blickte an mir vorbei und suchte jene Person, die aus »mir« ein »uns« machte. Er checkte nicht, dass ich damit Bella und mich gemeint hatte. Auch egal. Im Idealfall hielt er mich für ein bisserl unberechenbar, was nicht schaden konnte.

»Ja klar«, erklärte er.

Eine Kundin kam herein, die einen Mann im Schlepptau hatte. »Der Rudi braucht dringend ein neues Outfit«, sagte sie zu der Geschäftsinhaberin. »Wir fahren morgen in die Therme, und ich will mich abends mit ihm nicht blamieren.«

Der hilfesuchende Rudi sah eigentlich ganz normal aus. Ich hätte nicht gewusst, inwiefern man sich mit ihm hätte blamieren können. Aber vielleicht sagte das mehr über meinen persönlichen Modegeschmack aus als über jenen der Frau.

Norbert Pasche, Bella und ich positionierten uns bei den beiden Umkleidekabinen, damit wir den Kundenverkehr nicht unnötig störten.

»Haben Sie von der Polizei schon Bescheid bekommen, ob es sich bei dem Toten im Weinkeller der Villa um Ihren Onkel handelt?«

»Nein, noch nicht. Aber mittlerweile gehe ich fast davon aus.«

»Wieso denn das auf einmal?«

»Es wäre die einzige Erklärung, warum Onkel Wolfgang die Familie damals im Stich gelassen und verlassen hat«, erklärte Norbert Pasche.

»Na ja, Gründe dafür, warum jemand über Nacht verschwindet, gibt es wahrscheinlich einige«, entgegnete ich, während Bella auf die kleine Bank in einer der beiden Umkleidekabinen hopste und es sich dort für ein Schläfchen gemütlich machte.

Interessant, wie sich so viel Hund auf so wenig Bank ausging. Ich hoffte, dass das Anhängsel von der Kundin nicht jeden Moment hier auftauchen würde, um einen Anzug nach dem anderen anzuprobieren.

»Aber da ist noch etwas«, erklärte der auch heute wieder glatt gebügelte Norbert Pasche.

Der Schönling schmierte sich doch sicher etwas ins Gesicht, anders konnte ich es mir nicht erklären, dass der so makellose Haut hatte. Und dazu dieser immer gleiche Grinser. Er war nicht leicht auszurechnen. Ich fragte mich nur, ob das Berechnung oder tatsächliche Inhaltsleere war.

»Und zwar?«

Ich war gespannt.

»Seitdem die Leiche aufgetaucht ist, spüre ich, dass mein Onkel wieder in meiner Nähe ist. Ich weiß, das klingt jetzt etwas seltsam. Aber ich kann es nicht anders erklären.«

Etwas? Seltsam? Das klang total Banane. Wenn man nicht wusste, dass er gar nicht so unrecht hatte.

»Ah ja«, sagte ich möglichst teilnahmslos. »Falls es sich bei der Leiche um Ihren Onkel handeln sollte, meinen Sie, er hätte gewollt, dass Sie sich gegen den Rest der Familie stellen und versuchen, sich mit einem windigen Anwalt wie dem Schweigl die Pasche GmbH unter den Nagel zu reißen?«

»Ich hab mir die Zahlen angeschaut. Die Umsätze sind in den letzten drei Jahren um vierzehn Prozent nach unten gegangen, der Gewinn ist um zwei Prozent gesunken, und das bei *der* Inflation in den vergangenen Jahren.«

»Jaja, jetzt lassen Sie mal Ihre Zahlen beiseite. Aber was wollen Sie denn mit der Firma?«

»Das Polohemd sieht wirklich bezaubernd an dir aus, Hase!«, rief die Frau.

»Verglichen mit anderen Unternehmen in einer vergleichbaren Größe schaffen wir zu wenige Produktionseinheiten pro Angestelltem. Das müssen wir dringend ändern«, verfiel er wieder in Statistiken.

Er begann, seinen Kopf abwechselnd nach links und rechts zu neigen. War das eine Dehnübung? Machte er seine Muskelentspannungsübungen vielleicht immer dann, wenn er unter mentaler Anspannung stand?

»Jo, eh, aber was wollen Sie inhaltlich mit der Firma machen? Wofür brennen Sie? Wollen Sie neue Produkte einführen oder irgendwas bleiben lassen? Wollen Sie expandieren oder Exportmärkte aufgeben?«

Er sah mich an wie ein D-Zug. Ich glaub, mit der Inhaltslosigkeit in seinem Kopf lag ich nicht ganz falsch.

»Ich hab mir auf jeden Fall schon Gedanken gemacht, wer die Geschäfte dann führen wird«, erklärte er nun und schien erleichtert, dass ihm doch noch etwas Inhaltliches eingefallen war.

»Und zwar?«

Vielleicht kam ja jetzt so was wie eine Strategie zum Vorschein, die mich glauben lassen schien, dass er nicht einfach nur ein Strohmann von Schweigl und Plünder war, der über den emotionalen Intelligenzquotienten eines in einem Weingarten liegenden Steines verfügte.

»Der Raffael Schweigl. Der kennt sich echt gut aus und arbeitet jetzt schon in einer vergleichbaren Position in einem Unternehmen seines Vaters. Der wird unsere Firma wieder auf Kurs bringen.«

Er strahlte vor Erleichterung wie ein Honigkuchenpferd.

»Dreh dich mal!«, rief die Frau ganz entzückt im anderen Teil des Geschäfts. Wenigstens eine Person war hier gerade gut gelaunt. Aus Bellas Kabine drang dezentes Schnarchen zu uns herüber. »Das nehmen wir auch!«, jubilierte Rudis Begleitung kurz danach.

»Ist es Ihnen schon mal in den Sinn gekommen, dass der Schweigl Sie und dieses angebliche Testament einfach nur ausnutzt, um die Kontrolle über die Pasche GmbH übernehmen zu können? Und um in weiterer Folge seinen Sohn als Geschäftsführer einzusetzen?«

Jetzt sah er mich wieder an wie ein D-Zug. Ein nicht sonderlich wendiger und schneller D-Zug. Eher so die Sorte Bummel-D-Zug auf einer Nebenbahn, die in Bälde eingestellt und gegen einen Bus getauscht wird.

»Was reden Sie da?«, fragte er schmähstad, während hinter ihm die Frau und der mit mehreren Taschen vollbepackte Mann das Geschäft wieder verließen.

»Herr Pasche, jetzt seien wir mal ganz ehrlich. Man kann doch ungefähr einschätzen, was man draufhat und was man kann. Glauben Sie wirklich, dass der Schweigl Ihnen zur Seite springt, weil er Sie und Ihre Qualitäten als Businessman so wertschätzt? Der nutzt Sie doch nur aus!«

»Norbert, ich gehe schnell zur Bank, ich brauche Kleingeld. Hast du derweil ein Auge auf das Geschäft?«

Norbert Pasche drehte sich zu seiner Kurzzeitchefin und nickte geistesabwesend.

»Vielleicht können Sie ihn ein bisserl unterstützen?«, wandte sie sich hilfesuchend an mich.

»Aber ja, wir schaffen das schon!«, rief ich, woraufhin sie beruhigt das Geschäft verließ.

»Wachen Sie auf, Mann! Sie sind nur die Marionette! Und sobald das Erbe im Sinne vom Schweigl entschieden ist, teilen er und der Plünder sich das Unternehmen auf. Sie werden dann mit ein paar Brotkrumen abgespeist!«

Wenn Sie stattdessen die Füße stillhalten, können Sie mit Ihrem verschollen geglaubten Vater das Unternehmen in Zukunft gemeinsam führen, hätte ich noch dazu sagen können. Aber, tja, ich hatte Derek Lupo ja mein Wort gegeben.

»Das kann ich mir nicht vorstellen.«

Alles andere hätte mich jetzt auch gewundert.

Das Brummen, das ich kurz darauf für Bellas Traumgeräusche gehalten hatte, stammte aus der Hosentasche von Norbert Pasche und entpuppte sich als Vibrationsklingelton seines Handys.

»Ich rufe gleich zurück«, sagte er kurz angebunden ins Mikrofon.

»Ich habe jetzt zu tun«, erklärte er darauf sichtlich erleichtert und wies mir den Weg zum Ausgang des Geschäfts.

Okay. Wer nicht hören will, muss halt fühlen. Es war nicht an mir, ihn vor drohendem Unheil zu bewahren.

Als folgsamer und höflicher Mensch kam ich seiner Bitte nach und fand mich kurz darauf in der schönsten Novembersonne des Seewinkels wieder. Wobei, war Frauenkirchen wirklich schon Teil des Seewinkels? Ich wusste es nicht.

Aber dass ich Bella drinnen vergessen hatte, wusste ich. Wie blöd. Da musste ich jetzt ja tatsächlich noch mal ins Geschäft und würde unhöflicherweise, ganz eventuell, mitbekommen, was Norbert Pasche während seines Telefonats von sich gab.

»Gut, dass wir reden«, hörte ich ihn tuscheln, während ich mich in den Laden schlich.

Er stand an der Budl und kehrte mir den Rücken zu, sodass er nicht im Blick hatte, was sich in diesem Teil des Geschäfts tat. Schöner Aufpasser war das. Die Besitzerin hatte schon gewusst, warum sie mich gebeten hatte, ein Auge auf ihren Laden zu werfen. Und nichts anderes tat ich hier ja eigentlich gerade. Ich tappte zu Bella in die Umkleide, die mich in der Zwischenzeit nicht gerade vermisst zu haben schien. Sie schnarchte nach wie vor.

»Der war gerade hier, ja!«, sagte Norbert Pasche am Telefon.

Klang ein bisserl so wie ein medizinischer Laie, der gerade einen Mann mit Herzinfarkt auf der Straße gefunden hatte und nun vollkommen überfordert mit der Rettung telefonierte.

»Weiß ich doch auch nicht, wie der darauf kommt!«

Zum Glück war Pasche nicht so ein einsilbiger Schweiger

am Telefon, der immer nur ein »Mhmm« oder ähnlich Viel-sagendes rausbrachte.

»Er hat gesagt, dass du mich ausbooten willst! Dass du mich nur als Puppe benutzt, um dir dann die Firma unter den Nagel zu reißen! Stimmt das?«

Jetzt konnte ich mir schon ausrechnen, mit wem Norbert Pasche da gerade so aufgeregt telefonierte.

»Und eigentlich würd es dir nur darum gehen, den Raffi in die Firma zu bekommen. Und mit dem Plünder hättest du das alles eingefädelt. Stimmt das?«

Bella schien es langsam zu reichen. Durch Pasches aufge-regtes Telefonieren war sie in ihrem Schönheitsschlaf gestört worden.

»Ja, gut, lass uns treffen. Wann? Neunzehn Uhr? Parndorfer Meer, passt.«

Und dann legte er auf.

Und dann kam die Chefin wieder rein.

Und dann stand ich relativ doof da.

»Sie hat nur noch schnell was anprobiert«, stammelte ich und zeigte auf Bella, die beim Anblick der Hausherrin aber so was von fix von der Bank in der Kabine gehoppelt war. »Bis zum nächsten Mal«, verabschiedete ich mich und machte mich gemeinsam mit meiner Begleiterin auf den Weg.

Und hoffte, dass Norbert Pasche nicht gecheckt hatte, dass wir ihn noch ein bisserl beim Telefonieren belauscht hatten.

Lange nicht mehr gesehen!

Okay, also der Neusiedler See wird ja auch das Meer der Wie-ner genannt, seitdem in den 1920er Jahren massiv in Werbung für das nach dem Ersten Weltkrieg frisch zu Österreich ge-kommene Naherholungsgebiet direkt vor den Toren der Bun-deshauptstadt investiert worden war. Aber was zum Henker war das Parndorfer Meer?

Ich weiß nicht, ob das allgemein bekannt ist, aber die Gemeindegrenzen von Parndorf erinnern schon sehr stark an jene des Bundeslandes Salzburg, wobei sie natürlich ein bisserl in Miniaturform daherkommen. Das war aber auch schon meine größte Erkenntnis. Ansonsten war mir Google Maps bei der Suche nach dem Parndorfer Meer keine große Hilfe.

Die große Schwester der Kartenfunktion spuckte dagegen zumindest ein paar Suchergebnisse zu diesem Begriff aus. Alle wiesen auf einen mir bis dato unbekannten Teich nordöstlich der Plünder'schen Firmenzentrale hin.

Ich sah auf die Uhr. Zweieinhalb Stunden hatte ich noch Zeit, bis Norbert Pasche sich, so nahm ich zumindest an, mit Hermann Schweigl am Böhmteich treffen wollte. Das Gelände sah auf Google Maps ziemlich unübersichtlich und zerklüftet aus. Ohne weitere Informationen darüber, wo genau die beiden sich treffen wollten, würde es schwierig werden, rechtzeitig an Ort und Stelle zu sein, um das Ganze zu beobachten.

Also musste ich mir etwas einfallen lassen. Und dieses Etwas würde ich hoffentlich im Gewerbezentrum am nördlichen Ende von Frauenkirchen bekommen.

Im Schnellschritt marschierten Bella und ich durch den Ort, immerhin mussten wir rechtzeitig wieder vor dem Modegeschäft, in dem Jobhopper Norbert Pasche seinen Dienst versah, eintrudeln.

Dass es nicht ganz einfach werden würde, Bella in diesen Laden zu bekommen, hatte ich schon befürchtet. Als wir das letzte Mal in einer Lagerhausfiliale waren, hatte ich für sie diese unwürdige Kunstrasen-Hundetoilette gekauft, auf der sie dann während unserer Seereise auf der MS Maximilian ihre Notdurft verrichten musste. Ähnliches hatte sie zwar jetzt nicht zu befürchten, aber sagen Sie das mal diesem Hund!

Ich zog und zerrte an ihrem Hals, aber sie stemmte sich mit aller Kraft gegen meine Versuche, sie ins Geschäft zu bugsieren. Es halfen auch keine guten Worte. Sie wollte einfach nicht rein.

»Gut, dann warte halt hier draußen, und ich bin gleich wieder da«, gab ich mich geschlagen.

Bella war eindeutig der dominante Charakter in unserer Beziehung. Ich ließ die Sturheit auf vier Pfoten also auf dem Parkplatz sitzen und marschierte ins Ladeninnere, schnappte mir den erstbesten Berater, der mir vor die Beine lief, und gab ihm zu verstehen, was ich brauchte.

»Funktioniert in einundzwanzig Ländern, staub- und wasserfest, hoher Tragekomfort, drei Tage volle Leistung. Und Sie haben stets die Fitness Ihres Hundes im Blick. Ganz easy über die App zu steuern.«

»Haben Sie zufällig ein Gerät, das schon einsatzbereit ist?«

Zeit für elendig langes Laden per Akku hatte ich gerade irgendwie nicht so viel.

»Warten Sie«, erklärte der kompetente Mann, um zwei Minuten später zurückzukommen. »Sie haben Glück, ein Kunde hat vorhin sein Gerät zurückgebracht, weil seine Frau das gleiche bei uns gekauft hat. Und das ist tatsächlich zu drei Vierteln aufgeladen. Reicht Ihnen das?«

»Das reicht«, erklärte ich erleichtert.

»Was für ein Hund ist es denn?«, fragte mich der Typ, während er das gewünschte Produkt in Händen hielt.

»Es ist der braunschwarze«, antwortete ich und zeigte durch die großzügigen Fenster nach draußen auf den Parkplatz, »der zwischen dem VW Touareg und dem Cupra.«

»Ah ja, das passt größentechnisch auf jeden Fall.«

Ich bedankte mich und marschierte zur Kasse. Kurz darauf waren wir schon am Rückweg zum Modegeschäft. Bella beäugte während unseres Marsches stets misstrauisch, was ich da in Händen hielt.

Welches Auto in der näheren Umgebung des Modegeschäfts jenes von Norbert Pasche war, war dank des Wunschkennzeichens sehr leicht herauszufinden. In der Gasse hintern Modegeschäft, direkt vor der Buchhandlung, stand der froschgrüne Suzuki. Als Bella realisierte, dass ich den Hunde-GPS-Tracker nicht für sie gekauft hatte, sondern fieberhaft überlegte, wie ich dieses Ding an dem Auto befestigen konnte, stieß sie einen erleichterten Seufzer aus und ließ sich auf den Boden fallen.

Glücklicherweise verfügte der geländefähige Großstadtjeep über ein Reserverad an der Heckklappe, an dessen Felge ich den Tracker recht einfach anbringen konnte. War leider auch sehr offensichtlich, also musste ich hoffen, dass Norbert Pasche kein Gepäck dabeihatte und einen großen Bogen um die Heckklappe machte.

Schon zuvor hatte ich über die Prucknerin ein Taxi geordert, das hoffentlich eher früher als später eintreffen würde.

Nach vollbrachtem Werk legten wir uns auf dem Parkplatz gegenüber dem Froschsuzuki auf die Lauer und warteten. Und warteten. Sowohl darauf, dass Norbert Pasche im Modeladen fertig war und in sein Auto stieg, als auch auf das von der Prucknerin zugesagte Taxi.

Um zwanzig vor sieben war es schließlich so weit. Pasche kam herbeigejoggt, schien realisiert zu haben, dass er schon mächtig spät dran war, wechselte das Jobhopper-Shirt gegen ein stinknormales schwarzes Poloshirt und ließ sich auf den Sitz seines Suzuki gleiten. Mir kam es vor, als ob Bella beim Anblick des behaarten nackten Oberkörpers angewidert wegsähe, aber ich kann mich auch getäuscht haben. Pasche startete den Motor und brauste davon.

Wir dagegen warteten immer noch auf das von Daniela in Aussicht gestellte Taxi, während ich dank der Hundetracking-App auf meinem Smartphone die Fahrtroute von Norbert Pasche nachverfolgen konnte. Er fuhr gen Norden, was keine Überraschung war.

Und dann kam eine Minute später tatsächlich unser Taxi angerumpelt. Es war ebenfalls ein Jeep, allerdings ein wesentlich älteres Modell als der flotte Flitzer von Norbert Pasche. Dreißig Jahre hatte der mindestens schon auf dem Buckel, wenn nicht mehr. Olivgrün. Kein Taxischild auf dem Dach. Und doch wusste ich sofort, dass das unsere Mitfahrgelegenheit war.

»Lange nicht mehr gesehen«, sagte ich zur Begrüßung.

»Ich hab schon ’dacht, du wärst wieder nach Wien zurück«, sagte der Limbeck Herbert.

»Lange G’schicht«, erklärte ich.

»Wo geht’s hin?«

»Parndorf«, antwortete ich.

»Na, net schon wieder.«

Der Limbeck Herbert, Parndorf und ich – da gab es eine Vorgeschichte, die mit mehreren nur knapp verhinderten tödlichen Verkehrsunfällen, einem Glücksketterl, ziemlich viel Touristenführerinfos und einem knapp verfehlten Ziel zu tun hatte. Alles in allem hatten wir damals einfach einen schlechten Start, so kann man das wohl am ehesten zusammenfassen.

»Du kannst mir ruhig etwas über die Gegend erzählen«, sagte ich zum Limbeck Herbert, als wir Frauenkirchen hinter uns gelassen hatten. »Ich weiß doch, dass es dir in den Fingern juckt.«

Norbert Pasche fuhr im Gegensatz zu uns nicht gerade langsam, aber dank des Trackers an seinem Ersatzreifen war das nicht so tragisch.

»Na, na, passt scho’«, erklärte mein Fahrer schmallippig.

So kannte ich ihn gar nicht.

»Ich fahr bei Mönchhof auf die Ostautobahn, wenn’s recht ist?«, meldete er sich erst einige Minuten später wieder zu Wort.

»Ja, klar, du bist der Fahrer«, sagte ich, nachdem ich mich via App vergewissert hatte, dass auch Norbert Pasche diesen Weg genommen hatte.

Bella hockte auf dem Rücksitz und bewunderte die Landschaft. Zum Glück dieses Mal nicht angeschnallt, sodass ich sie nach unserer Ankunft recht flott aus dem Wagen bekommen sollte. Und einen Unfall würde der Limbeck Herbert wohl schon hoffentlich nicht bauen.

»Ist alles okay?«, fragte ich ihn, als wir die A 4 bei Parndorf wieder sich selbst überließen.

»Mhmm«, machte er.

Das war eigentlich mein Text. Irgendwas war doch mit dem

Limbeck Herbert. Kein Vergleich mehr zum redseligen und hemdsärmeligen Plauderer, wie er sich bei unserem ersten Aufeinandertreffen präsentiert hatte.

»Und jetzt wohin in Parndorf? Wieder zur Firmenzentrale vom Plünder?«

Ich blickte auf die App.

»Erst mal nach Parndorf rein.«

Der Böhmteich lag nördlich von Parndorf, schon ein bisserl außerhalb. Es gab mehrere Zufahrten zu dem Baggersee, und das Areal war nicht gerade klein und übersichtlich. Deshalb war der Tracker so wichtig für mein Vorhaben. Wir fuhren durch den Kreisverkehr in der Ortsmitte, vorbei an der Polizeiinspektion.

»Der Böhmteich fängt grundsätzlich dort hinten an«, sagte der Limbeck Herbert, als wir plötzlich auf der rechten Seite freie Sicht aufs flache Land hatten. »Soll ich hier schon rechts rein?«

»Nein, weiter geradeaus«, sagte ich nach einem erneuten Blick in die App.

Während der gelbe Punkt auf der Bundesstraße plötzlich langsamer wurde, überlegte ich, ob die Hersteller der App die getrackten Daten wohl sammelten und auswerteten. Wie würde wohl ein mit siebzig Kilometern pro Stunde über die Straße donnernder Hund die sorgsam zusammengetragenen Statistiken und Bewegungsprofile des Herstellers durcheinanderwirbeln?

»Da vorne rechts rein«, sagte ich.

»Okay«, bestätigte der Limbeck Herbert kurz und knapp den Erhalt der Anweisung.

Wir bogen gerade noch rechtzeitig ein, um mitverfolgen zu können, wie sich der grüne Suzukifrosch bei der Weggabelung für die rechte Spur entschieden hatte. Blöderweise half uns das nicht wahnsinnig viel, denn direkt hinter ihm senkte sich eine automatische Schranke, die uns an der weiteren Verfolgung hinderte.

»Fuck!«, rief ich und war froh, dass die einzige Minderjährige in diesem Auto die auf dem Rücksitz fläzende Bella war.

»Das sind die Seeresidenzen, da kommt man nur mit einem Code rein.«

»Das hast du gewusst?«, fragte ich, während ich auf der Karte der App verfolgte, wie sich der gelbe Punkt immer mehr von uns entfernte.

»Das weiß hier jeder«, sagte der Limbeck Herbert in aller Seelenruhe.

»Dann sag mir das gefälligst vorher!«

»Das letzte Mal hast du dich wegen jedem kleinen Schas bei der Chefin über mich beschwert. Was meinst, warum ich mein Autofahrketterl nicht mehr trage?«, sagte er vorwurfsvoll und reckte wie ein Märtyrer im Gerichtssaal das nackte linke Handgelenk in die Höhe.

»Wenn du es irgendwie schaffst, dass ich zu dem Suzuki und seinem Fahrer komme, sorge ich dafür, dass du dein Ketterl wiederbekommst«, versuchte ich es mit einer ganz klassischen Erpressung.

Mein Chauffeur dachte eine Sekunde nach und legte anschließend in einem Tempo den Rückwärtsgang ein, das eine Rakete wohl nicht schneller hinbekommen hätte. Bella und ich wurden nur so herumgeschleudert, und zumindest einer von uns war verdammt froh, angeschnallt zu sein.

Mit einem Affenzahn bretterte der Bertl über jene Bundesstraße, über die wir zuvor vorschriftsmäßig und entspannt herumgezuckelt waren. Ich behielt währenddessen den gelben Punkt im Blick, der sich immer noch langsam auf der anderen Seite des Teichs entlangbewegte. James-Bond-mäßig fetzte Herbert hinterm Bäcker in die Seitengasse und schien sich dabei echt am Lenkrad festhalten zu müssen, damit ihn der Drift nicht aus dem Sitz warf. Die Wohnbebauung ließen wir schnell hinter uns, jetzt waren da nur noch Felder und Bäume entlang der Straße. Aber kein Teich.

Gerade als ich fragen wollte, ob er sich eh sicher war, dass wir auf dem richtigen Weg fuhren, fetzte er wieder nach links, heizte den Forsthaus-Falkenau-Jeep auf der linken Seite der Schotterpiste wieder auf achtzig Sachen rauf, um sich bei der nächsten Abzweigung einzubremsen, sodass wir innerhalb kürzester Zeit in eine Staubwolke eingehüllt waren. Perfekte Tarnung, eigentlich.

»Geradeaus oder rechts?«, fragte der Hobbyrallyefahrer.

»Geradeaus geht es doch gar nicht weiter«, erklärte ich.

Ging es wirklich nicht, da war kein Weg.

»Geradeaus oder rechts?«, schrie er.

»Rechts!«, rief ich, nachdem ich trotz Staubwolke, die sich auch ins Innere des Autos vorgearbeitet hatte, den mittlerweile zum Halten gekommenen gelben Punkt in der App ausfindig gemacht hatte.

Für die Erlaubnis, das Ketterl wieder während des Taxidienstes benutzen zu dürfen, schien ihm echt jedes Mittel recht zu sein. Wir setzten uns erneut in Bewegung, bis uns schließlich zwei auf der Straße posierende Betonblöcke an der Weiterfahrt hinderten, was uns die nächste Staubwolke einbrachte. Dahinter begannen die asphaltierte Straße sowie die Villengegend.

Hatte Bella da jetzt echt gehustet? Können Hunde überhaupt husten?

Als sich der Saharasturm gelegt hatte, erschienen vor uns die Umrisse des grünen Suzukis, der auf der anderen Seite der Betonblöcke abgestellt worden war. Ich kam mir vor wie ein Wüstenwanderer, der nach Tagen im Sandsturm plötzlich eine froschgrüne Oase vor sich erblickte.

»Wo ist er hin?«, fragte ich den Limbeck Herbert, der mir natürlich keine Antwort geben konnte. Der steckte ja genauso im Sandsturm wie ich.

»Dahinten geht einer«, sagte er dann schließlich doch und zeigte nach rechts, während ich feststellte, dass neben dem Suzuki auch noch ein alter VW-Bulli stand.

Ich blickte in die angezeigte Richtung und sah, wie sich die Umrisse von Norbert Pasche auf einem Weg in Richtung See fortbewegten.

»Ihr wartet kurz hier«, sagte ich, ohne zu wissen, wie kurz dieses »kurz« wohl dauern würde.

Ich sprang aus dem Auto und schlich Norbert Pasche hinterher. Die Bäume und Sträucher entlang des Weges verschafften mir ein bisschen Sichtschutz, sodass ich hoffte, unentdeckt zu bleiben.

Nach hundert Metern mündete der Weg in einen kleinen romantischen Sandstrand, an dem Norbert Pasche bereits erwartet wurde. Von Hermann Schweigl und seinem Bodybuilder-Beiwagerl, das war ziemlich klar zu erkennen. Und was ich genauso gut erkannte, war dieses Zucken elektrischer Linien in der dämmrigen und jetzt doch schon recht kühlen Luft, als der Gorilla des Anwalts Norbert Pasche mit einem Elektrotaser niederstreckte.

18. Juli 1995, 21:43 Uhr

*Der VIP-Parkplatz in unmittelbarer Nähe des Lindenstadions,
den Hans angesteuert hatte, war schön und gut. Er hatte aber
einen entscheidenden Nachteil: Nach Spielende dauerte es eine
kleine Ewigkeit, um sich durch die Menschenmassen und den
Rückstau aus der burgenländischen Landeshauptstadt hinaus-
zuwälzen.*

*Bei freien Straßen brauchte man eine halbe Stunde von
Eisenstadt bis zur Villa der Pasches in Jois am nördlichen
Ufer des Neusiedler Sees. Doch die Verkehrssituation nach
dem Ende des Fußballspiels entsprach allem anderen als einer
freien Straßensituation.*

*»Was ist nur los mit mir?«, stammelte Wolfgang auf dem
Beifahrersitz. »So was hab ich noch nie erlebt.«*

*»Hast vielleicht einfach nur ein bissl einen Sonnenstich, das
vergeht sicher gleich wieder«, sagte Hans und sah nervös auf
die Uhr.*

*Zehn Uhr war ausgemacht. Fünfzehn Minuten hatte er also
noch. Sie standen aber immer noch hier im Stau und hatten es
noch nicht mal bis zur Neusiedler Straße geschafft. Das würde
sich nie im Leben ausgehen. Den Kontaktmann anzurufen
und um Geduld zu bitten war keine Option. Hans hatte sich
zwar vor ein paar Jahren dieses nützliche Autotelefon einbauen
lassen, aber er konnte ja wohl kaum daheim durchklingeln
und seine Frau bitten, dem in der Dunkelheit des Anwesens
lauernden Mann Bescheid zu geben, dass sie sich ein bisserl
verspäten würden.*

*»Fahr halt, du g'schissener Wölli!«, rief Hans, während
mehrere Fans, die gerade an seinem Mercedes vorbeigingen,
damit begannen, auf das Autodach zu klopfen und Fangesänge
anzustimmen. »Jaja, hurra, hurra, die Wiener, die sind da«,
äffte Hans den Gesang nach, »da samma ja froh, euch hamma
da 'braucht.«*

»Wennst so laut bist, macht's das auch net besser«, sagte Wolfgang mit leiser Stimme. »Wir ham doch keinen Stress.«
Doch, hatten sie. Und was für einen.

Es war schon nach zehn, als sie es endlich bis zur in die Jahre gekommenen Martin-Kaserne geschafft hatten. Von dort blieb es bis hinunter zur Neusiedler Straße zach, aber als die Anschlussstelle zur neuen S 31 hinter ihnen lag, hatten sie endlich mehr oder weniger freie Bahn.

»Reicht's dir nicht, wie es mir geht? Soll ich jetzt auch noch reihern?«, fragte Wolfgang mit scheinbar letzter Kraft.

Im Gegensatz zur Hinfahrt am späten Nachmittag holte Hans nun alles aus den zweihundertvierundzwanzig PS heraus, die unter der Motorhaube seines 420 SE schlummerten.

»Das hältst schon aus, keine Sorge. Sind ja auch bald da«, entgegnete Hans, der sich jetzt ein bisschen entspannte.

»Was wurde denn eigentlich besprochen?«, fragte Wolfgang einige Zeit später. Die Farbe war in sein Gesicht zurückgekehrt.

»Es wird alles gut«, wiegelte Hans ab, während sie an der Tankstelle vom Walter Sommer in Donnerskirchen vorbeirasten. »Erzähl mir lieber, ob du immer noch was mit der reschen Kathi hast. Oder hat sich das ganz aufg'hört?«

»Was redest denn da für einen Schmarrn?«, fragte Wolfgang irritiert.

»Ich mein ja nur, wennst nix mehr mit ihr hast, würd ich mal mein Glück bei ihr versuchen. So wie früher, weißt, da haben wir uns die Mädels doch auch geteilt. Ganz schön eifersüchtig war ich, dass du mich ausgerechnet über die Michi Klierhofer nicht drüber'lassen hast. Aber bei ihr hast dir eingebildet, dass du sie liebst und so, gell? Schad, dass es sie dann im Regen auf der Straße erwischt hat. Aber dem Norbert, dem geht's zum Glück gut bei uns.«

»Du g'schissener, wollüstiger Volltrottel«, krächzte Wolfgang. »Wir haben uns damals die Mädels nicht geteilt, du hast sie dir einfach genommen. Und nachdem du was mit ihnen g'habt hast, hast sie links liegen lassen.«

Hans war es ganz egal, wie Wolfgang über ihre gemeinsame

Jugend und die Frauen dachte. Wichtig war nur, ihn von Nach-
fragen zum Treffen mit Papillon abzulenken. Und was eignete
sich da besser als das Thema Frauen?
    »Kann ich halt nix dafür, wenn es so viele fesche Katzerln
da draußen gibt.«
    »Du bist ein ziemliches Ekelpaket, weißt das, eh?«
    Hans entkam dieses dreckige Lachen, das nur er lachen
konnte. Ja, klar wusste er das. Nur wenn man sich nahm, was
einem zustand, konnte man es im Leben zu etwas bringen. Das
war bei den Frauen nicht anders als in geschäftlichen Agenden.
Und das würde er Papillon schon auch noch zeigen, wenn ihm
erst mal eine Strategie eingefallen war, wie er die Firma auf
neue Füße stellen konnte. Vielleicht war ihre Anregung, sich
die Ideen des Bruders zu eigen zu machen, gar nicht so falsch.
Aber erst galt es, den Plan für den heutigen Abend in die Tat
umzusetzen. Alles andere musste warten.
    Beim Schnepfenhof vom Rudi und von der Leni mit diesem
netten Erkertürmchen bogen sie in Jois von der Bundesstraße
ab. Hans fiel ein, dass er es heuer gar nicht auf ein Martinigansl
zu den beiden geschafft hatte.
    Die ein-, maximal zweistöckigen Häuser in der Brucker-
gasse lagen allesamt im Dunkeln, lediglich die Straßenlaternen
warfen in unregelmäßigen Abständen ihren hellen Schein auf
die Hausfassaden. Dort, wo eine Laterne zu nah an einem
Fenster stand, waren die Rollos heruntergelassen worden.
    Kurz danach übernahmen die schwarzen Kandelaber, die
Hans' und Wolfgangs Mutter persönlich ausgesucht hatte, die
Aufgabe, die von Alleebäumen und dahinterliegenden Wein-
gärten gesäumte Privatstraße zu erhellen. Jeweils achtund-
zwanzig Lampen waren es zu beiden Seiten, bis hinauf zur
Schranke. Wann immer Hans den Weg zu Fuß oder mit dem
Fahrrad zurückgelegt hatte oder mit seinem Vater und dessen
280er hier entlanggefahren war, hatte er die Laternen gezählt.
Und auch als sein Vater in volltrunkenem Zustand eine der
Laternen gerammt hatte, hatte Hans deren Überreste stets
mitgezählt. Seine Mutter hatte sich dagegen ausgesprochen,

die Laterne zu ersetzen. Ihr Mann sollte sich jedes Mal, wenn er hier entlangfuhr, an seinen Fauxpas erinnern.

Als er bei der Vierundzwanzig angekommen war und das bewachte Einfahrtstor in Sichtweite kam, sah er zu seinem Bruder.

»Geht's wieder halbwegs?«, fragte er ihn.

»Nicht so sicher«, erklärte dieser.

»Achtundzwanzig« flüsterte Hans vor sich hin. Er wusste, dass es an diesem Abend das letzte Mal in ihrem Leben war, dass sie gemeinsam diesen Weg entlanggefahren waren.

»Was hast g'sagt?«, fragte Wolfgang.

Freitag

Das Krokodil starrte mich an

Die Hoffnung auf eine erneut entspannte Nacht – sie war vergebens gewesen. Zwar hatte mich kein Traum aus dem Schlaf gerissen oder plötzlich laute Musik aus einem vorbeifahrenden Auto mich hochschrecken lassen. Nein, die Nacht war grundsolide, was angesichts der bevorstehenden Ereignisse an diesem Tag nicht unwesentlich war. Was mir dagegen an diesem Morgen die Laune verdorben hatte, war ordinäres Hundegebell von Bella, die mich dadurch viel zu früh aus dem Bett gejagt hatte.

Daniela hatte in dieser Nacht bei sich daheim geschlafen. Ihre Tochter Desiree war am Abend zuvor mit dem Kindsvater nach Rust zurückgekehrt. Die Nächte, die ich in ihrer Gesellschaft verbringen durfte, waren also erst mal gezählt. Das zu realisieren, die leere Betthälfte zu sehen machte mir diesen Moment, in dem ich jäh aus meinem Schlaf gerissen worden war, nicht angenehmer.

Ich hatte Bella die Tür zum Hof geöffnet, was pädagogisch nicht besonders g'scheit war. Der Garten sollte sich schließlich nicht in ihr Hundeklo verwandeln. War mir aber trotzdem noch immer lieber, als ihr Pipi irgendwo im Haus aufwischen zu müssen. Und so konnte ich obendrein auch gleich beruhigt feststellen, dass in dieser Nacht die Milch nicht wie von Geisterhand auf dem kleinen Tisch in der Küche gelandet war. Die Flasche stand dort, wo sie hingehörte. In der Tür des Kühlschranks.

Die Zeit bis zum Sonnenaufgang hatte ich damit verbracht, im Bett liegend darüber zu sinnieren, was mich an diesem Tag alles erwarten würde. Für den frühen Nachmittag war ich mit Vito verabredet, um mit ihm gemeinsam nach Jois zu fahren. Um sechzehn Uhr stand dort der Segnungsgottesdienst für den Jungwein in der Herz-Jesu-Kirche auf dem Programm. Anschließend sollte in der Villa Pasche die Unterzeichnung der Absichtserklärung zwischen Karin Pasche sowie Derek Lupo erfolgen.

Für mich markierte dieser förmliche Akt das Ende meines Auftrags. Ich freute mich darauf. Nicht dass ich große Pläne für die Zeit danach hatte. Aber mir war diese ganze Angelegenheit mittlerweile ein bisschen über, und ich hoffte, nach Abschluss meiner Tätigkeit für Karin Pasche zur Ruhe kommen zu können. In der Erwartung, dass mich dann auch meine nächtlichen Geister in Ruhe lassen würden. Was natürlich Schwachsinn war, denn das eine hatte mit dem anderen nichts zu tun. Allein die Hoffnung blieb.

Dass das von Hermann Schweigl vorgelegte Testament echt war, hatte ich Karin Pasche noch am Vorabend kommuniziert. Daran gab es nach der Bestätigung durch Derek Lupo nichts mehr zu deuten. Inwieweit die weiteren, im damaligen Testament noch nicht vermerkten Kinder von Hans und Liesl Pasche zu berücksichtigen waren, mussten andere entscheiden. Da gab es Berufenere mit ausgeprägterem juristischen Fachwissen und dickerem Bankkonto als mich, die sich in diesen Dingen auskannten.

Quasi als Abschluss hatte Karin Pasche mich darum gebeten, die Weinsegnung und die anschließende Unterzeichnung in der Villa Pasche zu begleiten. Sie befürchtete Zwischenfälle und Störungen. Eine Angst, die wohl nicht ganz unbegründet war.

Ich hatte ihr nicht erzählt, dass Derek Lupo eigentlich ihr Onkel war. Zu groß war die Gefahr gewesen, dass sie dies gleich an Norbert Pasche, seinen unwissenden Sohn, weitergetratscht hätte. Lupo wollte dies im Rahmen der Unterzeichnung allgemein kundtun und hoffte darauf, dass er zuvor Norbert Pasche, seinen Sohn, einweihen könnte.

Doch von Norbert Pasche war seit dem gestrigen Abend keine Spur mehr gefunden worden. Schweigl hatte das Glück gehabt, dass er am Böhmteich seinen VW-Bulli neben Norbert Pasches Suzuki auf der anderen Seite der Betonblöcke, die die

Straße blockierten, geparkt hatte. Er und sein Gorilla waren schneller verschwunden, als der Limbeck Herbert und ich auch nur die Bundesstraße erreicht hatten. Und das hieß was.

Gruppeninspektorin Steffi hatte ich verständigt, dass Schweigl und sein Gorilla den armen Norbert Pasche übermannt hatten. Doch außer einer Befragung des Anwalts hatte sie nichts ausrichten können. Dieser hatte alles abgestritten und behauptet, dass Pasche freiwillig mit ihm gekommen sei und sich im Lauf des Abends wieder verabschiedet habe. Jener Zeuge, der am See etwas anderes beobachtet haben wollte, musste sich in der Dunkelheit getäuscht haben. Warum Pasche freiwillig seinen Suzuki am Rande des Böhmteichs hätte stehen lassen sollen, hatte Schweigl nicht erklären können beziehungsweise wollen.

Das so einfach stehen lassen konnte ich aber auch nicht. Also hatte ich getan, was ein mündiger Bürger zu tun pflegte, wenn er mit einem Problem nicht weiterkam und Recht und Gesetz sich für machtlos erklärten. Ich hatte die vierte Gewalt involviert, die Medien. Und zwar in Form des Chefredakteurs des Eisenstädter Expresses sowie von Patrik Andersson, jenem ORF-Redakteur, den ich während der lustigen Seefahrt mit der MS Maximilian kennengelernt hatte.

Beiden hatte ich die exklusive Information gesteckt, dass am Nachmittag in der Villa Pasche die bereits erwähnte Absichtserklärung unterschrieben werden solle. Das sollte reichen, um zumindest Schweigl, vielleicht ja sogar Maximilian Plünder aus der Deckung zu locken.

Bella jagte gerade ein imaginäres Eichkatzl, als ich in den nassgrauen Novembertag trat. Die Sonne war verschwunden, und der Herbst hatte über Nacht Einzug gehalten.

Hund müsste man sein, da konnte das Leben so unglaublich einfach sein. Man musste sich nur einbilden, dass da irgendwo ein Vieh, das im Idealfall kleiner war als man selbst, vor einem davonjagte, und schon konnte man den größten Spaß seines Lebens haben. Herrlich.

Dass Vito mich erst am Nachmittag mit seinem Audi Q8

abholen würde, gab mir die notwendige Zeit, zuvor in Rust noch etwas zu erledigen, vor dem ich mir eigentlich in die Hosen machte.

Ich sattelte Bella und öffnete das Tor des Bahnhofsheiserls. Das wiederum hatte ein brauner Umschlag, der offenbar zwischen beiden Torflügeln steckte, zum Anlass genommen, auf den feuchten Asphalt zu segeln.

Ich trat einen Schritt hinaus auf die Gasse, doch ich entdeckte niemanden. Schien also schon ein Zeiterl dort gehangen zu haben. Ich hob das Ding auf. »Niko«, stand auf dem Kuvert. Handschriftlich, blauer Kugelschreiber. Ich kannte die Handschrift.

Je länger ich den Umschlag in Händen hielt, desto schwieriger fiel es mir, die vier Buchstaben zu lesen. Denn meine Finger und Hände verwandelten sich innerhalb kürzester Zeit in Espenlaub.

Worin lag eigentlich der Ursprung dieser Redewendung? Was wollte ich eigentlich noch mal hier draußen auf der Straße? Welcher Tag war heute?

Und dann sackte ich zusammen, fand mich auf dem von der Nacht noch mit Tau übersäten Gehsteig wieder, spürte die kleinen Steinchen, die als Schutz gegen Glatteis und Schnee gefühlt den ganzen Winter auf Wegen und Nebenfahrbahnen liegen. Spürte jede einzelne Spitze der Steinchen in meiner Haut, so als ob ich keine Kleidung tragen würde.

Gleichzeitig hatte ich das Gefühl, als wäre ich voll bekleidet in einer Sauna gelandet und würde selbst einen Aufguss nach dem anderen auflegen, um die Hitze noch weiter zu steigern. Bella stupste mit ihrer Schnauze in meinen Oberkörper, fiepste nervös herum. Die Ärmste wusste nicht, was da los war. Da waren wir schon zu zweit.

Ich verzichtete darauf, mich wieder aufzurichten, begnügte mich damit, meinen Oberkörper senkrecht zu stellen und diesen, der plötzlich so viel wog wie zehn schwere Medizinbälle, an die Hausmauer zu wuchten.

Ich wartete einige Sekunden, Minuten, Stunden. Keine Ahnung, wie lange ich da so teilnahmslos hockte. Als ich mich wieder halbwegs bei Sinnen fühlte, raffte ich mich auf und nahm den Umschlag genauer in Augenschein. Er war nicht verschlossen.

Bella hockte neben mir und verfolgte wie ein Zuschauer beim Tennis den Verkehr auf der nahen Bundesstraße.

Ich zog einen gefalteten blauen Zettel hervor. Der kurze Text war mit einem schwarzen Kugelschreiber verfasst worden. Es war dieselbe Handschrift wie jene auf dem Umschlag.

Dann begann ich zu lesen.

Lieber Nikolaus,
wir hatten uns am Baldeneysee ewige Treue geschworen.
Du hast Dich nicht daran gehalten. Das werde ich Dir
nie verzeihen.
Luise

Luises Handschrift.

Es war, als ob ich aus meinem Körper herausgetreten wäre und mir selbst dabei zusähe, wie ich da auf dem kalten Asphalt saß. Den Zettel und den Umschlag in der Hand. Die Kamera schwenkte langsam nach oben. Es war immer mehr von der Umgebung im Bildausschnitt zu sehen. Die Gasse, das Dach vom Bahnhofsheiserl, der Innenhof, das gegenüber gelegene Haus. Schließlich das gesamte Grundstück, ein Teil der Bundesstraße, die Begrenzungsmauer des Friedhofs. Und der Punkt, der mich darstellte, wurde immer kleiner und unbedeutender, bis er schließlich ganz verschwunden war.

»Was machst du denn hier draußen?« Ich blickte zu Bella, die mich besorgt ansah und mich immer wieder mit ihrer Schnauze anstupste.

»Niko!«

Seit wann sprach sie mich mit meinem Namen an? Noch dazu, ohne ihr Maul zu bewegen?

Ich sah nach oben. Erkannte Bürgermeisterin Josef.

»Ist dir net gut?«

»Nein«, stotterte ich, »mir ist ganz und gar nicht gut.«

»Ist was passiert? Soll ich einen Krankenwagen rufen?«

»Mir geht's auf eine andere Art und Weise nicht gut«, erklärte ich.

Trug wohl nicht zu ihrer Beruhigung bei. Um ihr zu verdeutlichen, dass ein Krankenwagen nicht nötig war, stand ich auf. Ich war selbst überrascht, dass mir das so gut gelang. Und ich kippte auch nicht gleich wieder um.

»Ist wirklich alles okay?«

Sie berührte mich an den Oberarmen. Josef stabilisierte mich. Ich war auf den Moment gespannt, an dem sie mich loslassen würde. Was sie kurz danach tat. Aber ich blieb standhaft. Dann konnte ich wohl wirklich mit gutem Gewissen den folgenden Satz sagen.

»Wirklich lieb von dir, aber es geht schon.«

»Wenn ich was für dich tun kann, sagst Bescheid«, mahnte sie mich. »Du kannst mich zwar net wählen, weilst keinen Hauptwohnsitz da angemeldet hast. Aber du bist für mich trotzdem einer von uns.«

Da sprach die Bürgermeisterin aus ihr.

»Und, Niko?«, fragte Josef, als sie schon ein paar Meter entfernt war.

»Ja?«

»Denk amal drüber nach, deinen Hauptwohnsitz nach Rust zu verlegen. Damit das auch alles seine Ordnung hat.«

»Mach ich«, gab ich ihr ein leeres Versprechen.

Ich wusste nicht, was ich mit diesem Pallawatsch anfangen sollte. Also verdrängte ich, was geschehen war, und lenkte mich ab. Strich das Vorkommnis aus meinem Gedächtnis. Machte weiter. Immer weiter.

Ich hatte den Umschlag unter die Milchflasche auf dem Küchentisch gelegt. Dann ging es mit Bella in die Stadt. Also eigentlich durch die Stadt. Denn unser Ziel lag am anderen Ende der Altstadt, dort, wo die ewig lange und schnurgerade

Straße zum See ihren Anfang nahm. Und auf jedem dieser tausendvierundneunzig Meter sah ich die handschriftlichen Zeilen vor meinem inneren Auge, die ich kurz zuvor gelesen hatte. So viel zu meinen Verdrängungskünsten.

Nach meinem Seeabenteuer auf der MS Maximilian hatte ich mir vorgenommen, nie wieder einen Fuß auf ein Schiff oder in ein Gebäude von Maximilian Plünder zu setzen. Doch wie das so ist im Leben, man kann sich nicht immer an seine guten Vorsätze halten. Zumal Maximilian Plünder, der Baulöwe und Oligarch vom Neusiedler See, seine Finger fast überall im Spiel hatte. Selbst in einer Seniorenresidenz wie jener der Freistadt Rust, von deren höhergelegenen Zimmern man eine schöne Aussicht auf den Schilfgürtel hatte.

»Wo finde ich denn die Frau Pruckner?«, erkundigte ich mich am Empfang.

Schon das Entrée hätte es mit jedem Luxushotel aufnehmen können. Schwarzer Marmor, wohin man blickte, eine großzügige Lobby, in deren hinterem Bereich ein Klavier stand. Daran angrenzend eine Bar, deren vor einem Spiegel gestapelte Flaschen sicher nicht nur alkoholfreien Inhalt bereithielten.

»Zimmer zwölf«, sagte die junge Dame, die ein altmodisches Häubchen trug. »Wen darf ich melden?«

»Lauda, Nikolaus Lauda.«

Nach der üblichen Sekunde Bedenkzeit, die mein Gegenüber immer dann für sich in Anspruch nahm, wenn es meinen Namen zum ersten Mal hörte, wurde sie aktiv und griff zum Telefon.

»Ein Besucher für Sie«, sagte sie kurz darauf ins Mikrofon. »Ein Herr Lauda, Nikolaus Lauda. Und er hat einen Hund dabei.« Ich beobachtete sie während des Telefonats, doch die Frau achtete darauf, meinen Blick nicht zu erwidern. Stattdessen fixierte sie einen imaginären Punkt auf ihrer Theke. »Jawohl«, sagte sie schließlich und beendete das Gespräch.

»Frau Pruckner empfängt Sie, Sie werden in Kürze abgeholt.«

Ich bedankte mich und hielt Ausschau nach Jennie, von der

ich wusste, dass sie eine Zeit lang als Pflegerin von Eleonora Pruckner tätig gewesen war. Doch keine Spur von ihr. Dafür stand wenig später ein Muskelpaket vor mir, das sicher nicht als Barpianist oder Alleinunterhalter hier angestellt worden war.

»Kommen Sie«, sagte das Prachtexemplar mit dem Bürstenschnitt.

Er war nicht so ein Muskelheinzi wie der aus Actionfilmen der achtziger Jahre getürmte Gorilla von Hermann Schweigl. Dieses Exemplar hier wusste seine Kraft ein bisschen dezenter zu verpacken. Er trug nicht so dick auf.

Bella und ich folgten ihm zu den Aufzügen und fuhren gemeinsam in den zweiten Stock. Dass wir in dem Ding angesichts dieses massigen Kerls keine Platzangst hatten, lag ausschließlich an der großzügigen Ausgestaltung des Lifts.

»Kommen Sie«, wiederholte er sich, als wir oben angekommen waren.

Wir bogen einmal nach links, marschierten bis ans Ende des Gangs und betraten ein Zimmer durch eine bereits offen stehende Tür. Ich hatte damit gerechnet, dass wir in den Salon der alten Pruckerin geführt werden würden, doch dieser kahl eingerichtete Raum sah eher aus wie ein Vernehmungszimmer. In der Mitte ein Tisch, an dem bereits die Mutter der Taxipruckerin in ihrem Rollstuhl saß.

»Guten Tag«, sagte ich und versuchte, in ihrem Gesicht eine Gefühlsregung zu entdecken.

Keine Chance. Die alte Frau mit dem bläulichen Farbton in dem nach wie vor erstaunlich fülligen weißen Haar blickte uns regungslos an. Was dann passierte, überraschte mich dann aber doch sehr. Und auch wieder nicht.

Bella, die alte Verräterin, trottete zur Mamschki von der Pruckerin und hockte sich neben sie hin. Ließ sich anschließend auf den Boden sinken und von der alten Pruckerin streicheln.

Eleonora Pruckner warf dem Pfleger, oder für was auch immer er hier zuständig war, einen Blick zu, woraufhin dieser vor mir Aufstellung nahm.

»Darf ich bitten?«, sagte er kühl.

Keine Ahnung, was jetzt passieren sollte. Aber er hatte zum Frühstück irgendwas mit Zwiebeln und/oder Knoblauch verspeist. Oder gestern zum Abendessen und dann aufs Zähneputzen vergessen.

Ich sah zur alten Prucknerin, die die Szenerie nach wie vor regungslos beobachtete und dabei ihre Hand über Bella gleiten ließ, wie es Ernst Stavro Blofeld in James-Bond-Filmen mit seiner weißen Katze nicht formvollendeter hätte tun können.

»Wir wollen doch keine Überraschungen erleben«, sagte die Alte.

Jetzt kapierte ich.

Ich hob die Arme, so wie man das auch bei der Sicherheitskontrolle am Flughafen zu tun pflegte. Und spätestens jetzt wusste ich, dass das hier ein dickes Brett war, das ich vorhatte zu bohren. Der Kerl tastete mich ab und nickte anschließend der Mamschki von der Prucknerin zu. Offenbar hatte er nichts gefunden, was auf ihren Unmut gestoßen wäre.

»Nehmen Sie Platz«, sagte sie und gab mir mit einer Handbewegung zu verstehen, welchen sie mir zugedacht hatte.

Ich hockte mich auf den weißen Metallsessel, der ihr gegenüber vor dem Tisch postiert war.

»Was kann ich also für Sie tun, Herr Lauda?«

Ich war ihr sehr dankbar, dass sie vor mir nicht einen auf demenzkrankes Mütterchen machte. Als solches hatte sie sich gegeben, als wir das erste Mal aufeinandergetroffen waren. Aber sie wusste genauso gut wie ich, dass sie dieses Schauspiel mir gegenüber nicht mehr aufführen musste. Denn ich war seit der Seereise auf der MS Maximilian wohl einer von nur sehr wenigen Menschen auf diesem Erdball, die wussten, was diese alte Dame auf dem Kerbholz hatte.

Aber: Der Brief mit Luises Handschrift hatte mich total aus dem Konzept gebracht. Eigentlich hatte ich ja vorgehabt, mir auf dem Weg zur Seniorenresidenz eine Strategie zu überlegen, mit der ich der Dame hätte beikommen können. Aber jetzt war ich so durch den Wind gewesen, dass daran nicht zu denken gewesen war. Und an diesem Zustand hatte sich auch jetzt nichts geändert. Also legte ich meine Karten einfach mal auf den Tisch. Mehr oder weniger im wahrsten Sinn des Wortes.

»Wer soll das sein?«, fragte sie, nachdem ich ihr auf meinem Handy eines jener Fotos gezeigt hatte, die ich im Hotelzimmer von Wolfgang Pasche gemacht hatte. Darauf zu sehen war eine junge Frau auf einer Schwarz-Weiß-Aufnahme, grobkörnig, wallendes helles Haar, attraktiv, sicher dreißig Jahre her. Ich hatte lange gebraucht, um nach dem Abend im Hotel von Wolfgang Pasche darauf zu kommen, an wen mich die Frau auf dem Foto erinnert hatte. Daniela Pruckner, meine Taxiprucknerin, kam wohl eher nach ihrem Vater und nicht nach ihrer Mutter Eleonora. Aber je öfter ich mir das Foto auf meinem Smartphone angesehen hatte, desto deutlicher war die Ähnlichkeit zwischen beiden Frauen zutage getreten.

»Das sind Sie«, trug ich rhetorische Eulen nach Athen. »Irgendwann in den Neunzigern, würde ich schätzen.«

»Wo haben Sie das her?«

»Aus dem Poesiealbum von Wolfgang Pasche.«

Sie musterte mich.

»Sie haben eine Zigarettenlänge.«

Eleonora Pruckner begann, in der Tasche ihres grauen Wolljäckchens zu kramen, und zog ein Packerl Tschick hervor. Blaue Gauloises, ohne Filter. Sie fischte eine Zigarette heraus, steckte sie sich zwischen die gepflegten Lippen. Kramte aus derselben Tasche ein Briefchen mit Streichhölzern hervor und zündete sich den Tschick mit der Grandezza einer französischen Filmschauspielerin aus den 1950ern an. Mir wurde heiß, als die Flamme vom roten Streichholzkopf in die Höhe stieg. Für einen kurzen Moment verschwand ihr Gesicht hinter einer voluminösen Rauchwolke. Grandios, was für eine Show.

»Hat er wohl Nachforschungen über mich anstellen lassen, hätt ich ihm gar nicht zugetraut, dem Wolferl. Warum zeigen Sie mir das?«

»Ich habe das Gefühl, dass Sie mir sagen können, warum

Wolfgang Pasche damals so überstürzt das Land verlassen hat. Und vielleicht hat sein Verschwinden ja auch etwas mit der Leiche zu tun, die in der Weinzisterne der Pasche-Villa in Jois gefunden wurde. Zwei Fliegen mit einer Klappe.«

Sie zog an ihrer Zigarette. Mit einem Zug war fast ein Viertel des Glimmstängels inhaliert. Die Dame hatte Lungen wie ein durchtrainiertes Schlachtross.

»Und dann wollen Sie wahrscheinlich noch, dass ich Ihnen den Mörder vom Ehepaar Pasche verrate.«

»Den Mörder? Die Polizei geht von Selbstmord aus«, sagte ich überrascht.

»Der Hans hätt sich nie im Leben umgebracht.«

»Haben Sie dafür Beweise?«

»Selbst wenn ich welche hätte, warum sollte ich sie Ihnen geben?«

Der nächste Zug, die Glut glimmte auf, einige Millimeter des Zigarettenpapiers verwandelten sich in Asche.

»Und was wurde aus Wolfgang Pasche?« Ich kannte ja mittlerweile jene Version, die Derek Lupo mir erzählt hatte. Aber ich war neugierig, ob die alte Prucknerin mir dieselbe Version der Geschichte erzählen würde.

»Was behelligen Sie mich damit?«

»Sie würden helfen, Licht in eine reichlich dunkle Angelegenheit zu bringen.«

»Bei gewissen Angelegenheiten ist es vielleicht besser, wenn sie in der Dunkelheit verharren.«

»Auch wenn menschliche Schicksale daran hängen?«

»Gerade dann, junger Mann, gerade dann.«

Der dritte und wohl vorletzte Zug. Viel Zeit hatte ich nicht mehr.

»Ich glaube, Ihre Tochter wäre nicht sehr stolz, wenn sie erfahren würde, dass ihre eigene Mutter in kriminelle Machenschaften verwickelt war. Zumal es ja ohnedies im Ort schon Gerüchte über Sie und Ihre Rolle im Kalten Krieg gibt. Selbst Ihre Tochter hat da so ihre Vermutungen.«

Ich wusste nicht, ob sich die Taxiprucknerin wirklich Gedanken über die Vergangenheit ihrer Mutter machte. Allerdings hatte sie tatsächlich im vergangenen Sommer so was in die Richtung erwähnt. Also war es zumindest nicht ganz falsch.

»Wie das klingt, ›kriminelle Machenschaften‹«, äffte sie mich nach und begann zu lachen.

Und noch während ihr Lachen in meinem Gehörgang waberte, schlug sie mit der flachen Hand auf den Tisch. Sie lehnte sich vor und fixierte mich mit den Augen wie ein Krokodil, das im Wasser lauerte und seine Beute ganz nah vor dem eigenen Maul wähnte. Es musste nur den richtigen Moment abwarten, um sich das ahnungslose Gnu oder was auch immer Krokodile so fraßen, zu schnappen. Für Eleonora Pruckner war dieser Moment jetzt gekommen.

»Hören Sie mir jetzt mal ganz genau zu, Nikolaus Lauda. Wenn ich es für richtig halte, werden Sie die Seniorenresidenz nicht lebend verlassen. Was fällt Ihnen also ein, zu glauben, mir hier drohen zu können?«

Ich war auf dem richtigen Pfad unterwegs.

Die Länge ihrer Zigarette war auf vielleicht nur noch einen Zentimeter zusammengeschrumpft. Durch die Inexistenz des Filters fehlte der natürliche Schutz vor der Glut, die sich immer mehr zu den Fingern der alten Frau vorfraß.

»Was haben Sie mit dem Verschwinden von Wolfgang Pasche zu tun?«

Das Krokodil starrte mich an. War sich nicht sicher, ob das Gnu vielleicht doch eine Nummer zu groß war. Im falschen Moment den Tritt eines Hufes von einem Gnu abzubekommen konnte wohl auch für ein Krokodil unangenehm werden.

»Ihre Zeit läuft ab.«

»Wer lag da jahrzehntelang im Weinkeller der Pasches?«

Sie nahm den nächsten Zug ihrer Zigarette. Es war der vierte. Jeden Moment musste sie das verbliebene Ende des Tschicks loslassen. Ich suchte den Raum nach einem Aschenbecher ab. Aber es war wohl nicht mal in einer Seniorenresidenz dieser Preisklasse gestattet, in Innenräumen zu rauchen.

Ich war gespannt darauf, wie sie die heiße Glut nun loswerden wollte, ob sie den letzten Rest der Zigarette auf dem Tisch ausdrücken würde? Das gäbe doch sicherlich einen unschönen Brandfleck.

Doch es tat sich: nichts. Das Krokodil starrte mich an und wartete auf eine falsche Bewegung von mir, während die Glut langsam bis zum Ende der Zigarette glimmte.

»Keine Antwort?«, fragte ich und gab ihr zwei Sekunden Bedenkzeit. »Gut, dann kann ich ja gehen und mich mit Ihrer Tochter Daniela unterhalten.«

Der Metallsessel quietschte, als ich ihn nach hinten schob. Kein schönes Geräusch. Ich war gespannt, ob Bella sich mir anschließen oder bei der alten Prucknerin bleiben würde.

Doch noch bevor ich den Gedanken zu Ende gebracht hatte, hörte ich schon das Tippeln ihrer Pfoten auf dem Laminatboden.

In der Nähe eines Reptils aus der Urzeit lebte es sich als Hund nicht sonderlich angenehm. Das hatte wohl auch Bella begriffen.

»Der Hans hat den Wolfgang loswerden wollen«, hörte ich die alte Frau hinter mir schließlich knurren. »Also hat er einen Verkehrsunfall mit einem Toten fingiert und seinem Bruder eingeredet, er müsse sofort das Land verlassen, wolle er nicht im Knast landen.«

»Warum wollte er ihn loswerden? Wegen der Firma?«

»Die Pasche GmbH hat lange Jahre gut davon gelebt, dass sie mit gewissen Institutionen zusammengearbeitet hat. Der Vater von Hans hatte das eingefädelt, Hans hat es fortgeführt. Doch nach dem Ende des Kalten Krieges war das Geschäftsmodell obsolet. Wolfgang begann, Fragen zu stellen, wie es um das Familienunternehmen steht. Er war einer von diesen naiven Weltverbesserern, die damals in den Neunzigern geglaubt haben, nun werde Frieden auf der Welt Einzug halten. Hätte der herausgefunden, womit die Pasche GmbH tatsächlich gehandelt hat, wäre dem Hans die Firma um die Ohren geflogen. Und die ganze heile Familienwelt gleich mit.«

»Dass Hans den Sohn seines Bruders adoptiert hatte, spielte das auch eine Rolle?«

»Hätte der Hans nie zugegeben. Aber ich glaub schon, dass er Angst hatte, dass Norbert sich von ihm abwenden könnte. Wäre eh kein Verlust gewesen, nach allem, was ich seither über Norbert gehört habe«, sagte sie.

»Und die Mumie im Weinkeller?«

»Damals kam es immer wieder vor, dass Schlepper Flüchtlinge aus Sri Lanka über Ungarn in den Westen geschmuggelt haben. Da sind auch öfters welche in Lkws erstickt. Soll ja auch heute noch vorkommen, so was. Hans hatte gute Beziehungen zur Polizei. Ich glaub, er wollte sich eine dieser Leichen schnappen und dem Wolfgang vors Auto legen.«

»Dabei haben Sie ihm nicht zufällig geholfen?«

»Ich hab für den Abend ein Alibi. Ich war beim Fußball, SK Rapid Wien gegen Borussia Mönchengladbach«, erwiderte sie.

»Das wissen Sie jetzt noch?«

»Da oben«, sagte sie und tippte sich an die Stirn, »funktioniert alles einwandfrei, auch wenn man es einer alten Dame vielleicht nicht zutrauen würde.«

Ich traute der alten Prucknerin mittlerweile mehr zu, als sie sich vorstellen konnte.

»Wer's glaubt«, kommentierte ich skeptisch. Konnte mir aber eh egal sein, eigentlich. Es ging hier nicht um die alte Prucknerin, sondern um die Pasches und die Mumie in deren Weintank.

»Wissen Sie, wer ein Interesse daran haben könnte, nach all den Jahren die Leiche aus dem Weintank zu bergen? Just in jenem Moment, in dem Wolfgang an den Neusiedler See zurückkehrte?«

»Vielleicht wollte ja jemand verhindern, dass Wolfgang die Leiche dafür benutzt, um alte Rechnungen zu begleichen? Oder um dem Hans etwas anzuhängen?«

»Sie wissen aber natürlich nicht, wer da eine alte Rechnung begleichen will?«

»Ich?«, fragte sie spöttisch. »Ich bin doch nur eine alte Frau. Aber ich sag Ihnen eins: Lassen S' die Daniela gefälligst aus der Sache raus. Die alten G'schichten gehen niemanden was an!«

»Auf Wiedersehen«, sagte ich.

»Das glaube ich nicht, Nikolaus Lauda.«

Dann halt nicht.

Hast du deine Pistole zu Hause gelassen?

»Was machst du denn in 'nem Altersheim? Wohl schon mal angemeldet für später?«

Da hatte Vito nun also etwas, worüber er sich lustig machen konnte. Was haben wir nicht alle gelacht. Ich hätte ihm in diesem Moment gerne wieder eine aufg'legt. Allein schon, weil dank des Briefes mit Luises anklagenden Worten die Erinnerungen in mir wieder ganz frisch waren. An das, was damals passiert ist. Und an dem Vito mit schuld war, ganz egal, ob er selbst den Auslöser gedrückt hatte oder nicht.

Aber vermöbeln, teeren und federn oder auch einfach ganz banal erschießen konnte ich ihn morgen immer noch. Heute brauchte ich ihn und seinen schicken Q8. Er musste mir dabei helfen, die Weinsegnung und die anschließende Unterzeichnung der Absichtserklärung abzusichern. Alleine schaffte ich das nicht. Und außer Vito war weit und breit niemand zu sehen, der ähnliche Skills aufwies und im Fall des Falles wusste, was er zu tun hatte.

»Hast du deine Pistole eh zu Hause gelassen?«

»Niko, du kennst mich doch«, sagte er und startete den Motor.

Das war nicht die Antwort, die ich hören wollte.

Vito hatte Bella und mich bei der Familienvilla abgesetzt und war anschließend runter in den Ort gefahren, um jene Kirche unter die Lupe zu nehmen, in der am späteren Nachmittag die Weinsegnung stattfinden würde. Vorbereitung war alles, egal ob als Polizist, Mafiapate oder Privatdetektiv.

Im Inneren der Villa herrschte rege Betriebsamkeit. Das Hauspersonal schien den Auftrag bekommen zu haben, die Räumlichkeiten für die Zeremonie auf Vordermann zu bringen. Und es schien ernstlich bemüht, diesen Auftrag mit größter Sorgfalt zu erfüllen.

Der edle Steinboden wurde gebohnert, von irgendwoher hörte ich Staubsauger um die Wette surren, der Handlauf der bis in den dritten Stock führenden Stiege wurde vom Staub befreit. Ob auch im Keller geputzt wurde, dort, wo die mumifizierte Leiche aufgetaucht war, wusste ich nicht, denn die Tür ins Untergeschoss war verschlossen. Und wenn ich das Pickerl aus der Entfernung richtig deutete, obendrein auch behördlich versiegelt.

»Wo finde ich denn die Frau Pasche?«, fragte ich den personifizierten Staubwedel, der gerade im ersten Stock mit der Reinigung des Handlaufs beschäftigt war.

»Frau Lena oder Frau Karin?«, fragte der junge Mann.

Es musste schrecklich unbequem sein, in einem Anzug zu putzen. Für mich war es schon unangenehm, überhaupt nur einen Anzug tragen zu müssen. Aber dabei noch körperlich anstrengende Arbeit verrichten?

»Frau Karin!«

»Schauen Sie mal im Salon.«

Bevor ich dorthin schaute, erledigte ich noch schnell einen anderen Weg. Man musste ja die Gelegenheiten nutzen, wie sie sich einem boten. Als ich fertig war, fand ich das aktuelle Oberhaupt der Familie Pasche tatsächlich im besagten Salon vor. Auf der langen Tafel standen frische Blumen, in der Mitte warteten zwei aufgeschlagene Dokumentenmappen darauf, dass ihr noch nicht vorhandener Inhalt feierlich von Karin Pasche und Derek Lupo unterzeichnet werden würde. Zwei edle Füllfedern waren zu diesem Zwecke jeweils daneben positioniert worden.

Im Gegensatz zu ihrem Personal wirkte die Hausherrin jedoch nicht sehr umtriebig. Sie stand an der bodentiefen Fensterfront und sah hinaus in den Garten, wo am Ende des Grundstücks der Ochsenbrunnen lag, bei dem ich den flüchtenden Mann am Samstag aus den Augen verloren hatte.

»Wie friedlich alles daliegt«, sagte sie, nachdem sie mich bemerkt hatte.

Die langen Haare hatte sie zu einem strengen Pferdeschwanz zusammengebunden. Sie trug ein elegantes Kostüm, wahrscheinlich irgendeine sündhaft teure Marke, die auch regelmäßig in Mailand oder Paris über die Laufstege spazieren geführt wird. Allein die Sportschuhe schienen nicht so recht zum Outfit zu passen. Aber da stand wahrscheinlich vor dem Kirchgang noch ein Reifenwechsel auf dem Programm.

»Kein Vergleich zu dem Trubel, der heute Abend hier im Ort stattfinden wird. Beim Martiniloben ist ja sicher einiges los.«

Sie drehte sich zu mir. Karin Pasche betrachtete mich wie ein Fisch, der gerade ans Ufer gespült worden war und nun realisiert, dass er bald ersticken wird.

»Lassen Sie uns ein paar Meter gehen«, sagte sie.

Ungewöhnlicher Vorschlag für einen auf dem Trockenen zappelnden Fisch.

Mit Bella im Schlepptau spazierten wir auf einem Kiesweg durch die Gartenanlage. Die Luft war herrlich klar. Hohe Luftfeuchtigkeit zwar, aber wenn man tief durchatmete, spürte man geradezu, wie der Sauerstoff das Blut im ganzen Körper aktivierte.

Durch ein Tor am Ende des Grundstücks, dort, wo der Ochsenbrunnen lag, der ja eigentlich viel mehr Teich als Brunnen war, betraten wir jenen Weg, auf dem am vergangenen Wochenende die Limousine davongefahren war. Wir bogen jedoch nicht hier ein, sondern hielten uns ein Stückchen bergan und schlugen einen anderen Pfad ein.

»Hier sind wir oft mit unseren Hunden spazieren gewesen«, sagte sie. »Bis nach Winden und oftmals noch viel weiter sind mein Vater und ich marschiert. Das war schon schön. Zurückgebracht hat uns dann ein Fahrer.«

Wenn mich ein Fahrer immer wieder zurückbringen würde, würde ich vielleicht auch längere Strecken gehen, dachte ich so für mich.

»Da stehen ja Ochsen«, purzelte es auf einmal aus mir raus.

Weil da wirklich welche standen, schwarze und braune, mit Hörnern und ohne, kleine und ziemlich mächtige. Und einer von denen sah nicht so aus, als ob er mit uns Freundschaft schließen wollen würde. Es dampfte aus seinen massiven Nasenlöchern, Dampflok nichts dagegen. Warum schnaubte der denn so aufgeregt? Bella, die coole Socke, ließ sich davon nicht beeindrucken.

»Natürlich«, erklärte Karin Pasche. »Was glauben denn Sie, warum der Brunnen so heißt, wie er heißt?«

Vielleicht weil da anno dazumal Ochsen gestanden hatten oder weil der Teich die Form eines Ochsenschädels hatte? Ich hatte doch keine Ahnung.

Der weitere Weg war mal wieder ein guter Beweis dafür, dass das nördliche Burgenland nicht einfach nur flach und brettleben ist. Es ging recht steil hinauf, bis wir bei einer großen Wiese angekommen waren, umrandet von Wald und mehreren gelben Warnschildern, die ganz gut zu dem bunten Herbstlaub auf den Bäumen passten.

»Schön hier«, kommentierte ich.

»Wenn nicht gerade geschossen wird«, antwortete Karin Pasche. »Sie sollten ein bisserl auf Ihren Hund achten. Sehen Sie die Hinweistafeln?« Sowieso, längst ausgemacht. »Die markieren den Beginn des Truppenübungsplatzes Bruckneudorf.«

»Bruckneudorf«, murmelte ich vor mich hin.

Das sagte mir etwas. Ich kramte in meinem Hirn, spulte ein paar Jahrzehnte zurück und landete am Ende der neunziger Jahre, als mir und siebzig anderen Rekruten ein Ausbildner ins Gesicht geschrien hatte, dass wir uns bloß nicht einbilden sollten, dem Assistenzeinsatz an der ungarischen Grenze entgehen zu können. Er hatte wohl Angst davor, dass die reichen und einflussreichen Papis der Grundwehrdiener dafür sorgen würden, dass seine Grenztruppen nicht genug Nachschub bekämen. Im Fall meines reichen Papis waren seine Sorgen unbegründet gewesen. Der war immer schon ein großer Fan davon gewesen, seinem Sohn keine Extrawürste zuzuschanzen.

»Ja, in dem Schaukasten dort ist ein Aushang mit den Sperrzeiten. Da sehen Sie für die jeweils kommenden Wochen, wann man besser einen großen Bogen um das Gebiet machen sollte.«

Ich trat näher, warf einen Blick in die Auslage. In der Tat, da hing ein Zettel, auf dem fein säuberlich mit Datum und konkreten Uhrzeiten die sogenannten Sperrzeiten bekannt gegeben wurden. Eine Gelse flatterte aufgeregt im Inneren des Schaukastens herum und suchte nach dem Ausgang. Der kleinen Spinne, die oben links in ihrem Netz hockte, sah man die Vorfreude auf das Festmahl schon an.

»Ist das Zufall, dass an den drei Martiniloben-Abenden keine Schussübungen stattfinden?«

»Ganz sicher nicht«, sagte Karin Pasche.

Ihre Gesichtszüge entspannten sich. Wohl zum ersten Mal heute.

Wir marschierten weiter. Ich hatte Bella nicht an die Leine nehmen müssen, sie schien auch so zu wissen, dass sie sich vom Gestrüpp und Wald zu unserer Rechten besser fernhalten sollte. War sie schon mal hier gewesen? Kannte sie die Gegend? Oder war es einfach nur ihr ausgezeichneter Hundeinstinkt?

Ihre gute Intuition war es wohl auch, die, nachdem wir einige Zeit später ein paar kahle Kirschbäume passiert hatten, dafür gesorgt hatte, dass sie von jetzt auf gleich in die Weingärten abboschte. Sie jagte zwischen den herbstlich belaubten Reben hoch, als ob es für sie kein Halten geben würde. Und gab es ja auch nicht. Ich hatte noch gar nicht realisiert, was da gerade passierte, als einige Meter vor ihr plötzlich ein riesiges Trumm von Feldhase durch die Reben sprang. Und dann ein Reh. Und noch ein Hase. Wildwechsel de luxe.

»Bella!«, rief ich ängstlich. »Ist da eh kein Truppenübungsplatz mehr?«, fragte ich meine Begleitung.

»Wenn Ihr Hund rechtzeitig umkehrt, müssen Sie sich keine Sorgen machen.«

Klang nicht so beruhigend.

»Die Vertragsunterzeichnung heute Abend kann ich dann wohl absagen«, sagte Karin Pasche, während wir Bella dabei zuschauten, wie sie durch die Rebstöcke fetzte. Ob die Weinbauern, denen die Weingärten hier in der Lehmgrube gehörten, das gut fanden? Vielleicht sparten sie sich den Pflug, weil Bella und ihre flüchtenden Opfer den Boden auflockerten? Falls man überhaupt mit einem Gerät wie einem Pflug in einem Weingarten unterwegs war.

»Ich hoffe doch, dass Bella nicht bis zum Abend unterwegs ist«, versuchte ich Karin Pasche zu beruhigen.

In der Ferne waren die Autos und Lkws auf der Bundesstraße zu hören. Wie ein von Geisterhand gesteuertes Lichtband zogen sie durch die in der Dämmerung liegende Landschaft.

»Nicht deswegen«, sagte meine Begleiterin, die neben mir stand und ebenfalls Bellas Wege beobachtete. »Wenn das Testament tatsächlich echt ist, dauert es, bis Lena und ich zu den Anteilen kommen, die uns als Töchtern rechtlich zustehen.«

»Und Sie meinen, dass Sie nicht so viel Zeit haben? Mit Blick auf den wirtschaftlichen Zustand der Pasche GmbH?«

Sie sah mich an. Worte waren nicht notwendig, ihr verzweifelter Gesichtsausdruck lieferte mir auch so die nötige Antwort.

»Norbert und der Schweigl können die Firma dann erst mal übernehmen und schalten und walten, wie sie wollen. Bis wir irgendwann zu unserem Recht kommen, haben die beiden das Geschäft längst gegen die Wand gefahren oder sonst was damit gemacht.«

»Ich glaube, so wahnsinnig viel werden die beiden nicht anstellen.«

Bella wurde langsamer, ihre Richtungsentscheidungen wurden immer wirrer. Das war ein gutes Zeichen. Ihr ging die Luft aus.

»Wie meinen Sie das?«

»Ich habe die Vermutung, dass Maximilian Plünder hinter alldem steckt. Er will die Kontrolle über die Pasche GmbH übernehmen.«

»Was? Warum sollte er das wollen?«

»Ich weiß es nicht.« Und ich wusste es wirklich nicht. »Vielleicht hat er Interesse an Ihrem Logistiknetz. Oder er will sich Ihre Familienvilla unter den Nagel reißen. Wenn ich in der Vergangenheit etwas gelernt habe, dann, dass Leute wie Maximilian Plünder nicht immer rationale Entscheidungen treffen.«

»Wir haben mit der Plünder AG eigentlich wenig am Hut. Woher haben Sie diese Vermutung?«

»Bella hat ihre Intuition, ich habe meine Intuition«, sagte ich knapp.

Beweise für meine Äußerung hatte ich nicht, aber manchmal im Leben wusste man einfach, wie der Hase lief, auch ganz ohne Beweise.

»Wenn ich mir Ihren Hund so anschaue, bin ich mir nicht so sicher, ob wir uns auf Intuition verlassen sollten.«

Bella hatte vor uns Aufstellung genommen, geschmückt mit Blättern all jener Farben, die der Herbst gerade so hergab. Dazu Kniestrümpfe in Form von feuchter Erde. War ich froh, dass sie nach dem Spaziergang nicht in mein Auto hüpfen würde.

»Apropos Norbert, der ist seit gestern verschwunden. Vielleicht sind Ihre Sorgen, dass er heute bei der Vertragsunterzeichnung den Aufstand probt, unbegründet«, sagte ich, nachdem wir uns wieder in Bewegung gesetzt hatten.

»Verschwunden?« Das war ihr ganz offensichtlich neu. »Wo ist er? Was ist passiert?«

Ich erzählte ihr, was ich am Abend zuvor beim Parndorfer Meer beobachtet hatte. Und dass seither von ihrem Bruder Norbert Pasche jede Spur fehlte, während Anwalt Hermann Schweigl nichts mit seinem Verschwinden zu tun haben wollte.

»Das alles nimmt immer erschreckendere Züge an«, sagte Karin Pasche. »Was haben meine Eltern da nur angerichtet?«

»Es wäre ein bisschen unfair, das allein Ihren Eltern anzulasten«, erklärte der Schiedsrichter in mir. »Hätten Sie und Ihre Geschwister sich wie normale Leute an einen Tisch gesetzt und die Sache geklärt, hätten sich alle Beteiligten wohl viel Kummer erspart.«

»Normale Leute«, wiederholte sie. Hatte sich so ähnlich angehört wie das Schnauben des Ochsen zu Beginn unseres Spaziergangs. »Wir sind eine Familie und keine *normalen* Leute.«

»Sollten wir nicht langsam zurück?«, fragte ich nach einiger Zeit.

Wir waren schon ein ganzes Stück unterwegs, und wenn wir pünktlich zur Weinsegnung in Jois auftauchen wollten, sollten wir wohl bald mal retour. Ich sah auf die Uhr, es war schon kurz nach drei.

»Ich habe unseren Chauffeur zum Wanderbertoni bestellt, er fährt uns nach Jois. Geht sich alles aus.«

Klang irgendwie südtirolerisch. Ich hoffte nicht, dass sie mit mir nach Meran wandern wollte.

Eine halbe Stunde später kamen wir in Winden beim Wanderbertoni an. Ich war überrascht. Zwar hatte ich mir unter dem Begriff Wanderbertoni nicht wirklich etwas vorstellen können, doch was meine Augen nun unter freiem Himmel zu Gesicht bekamen, während über uns eine V-Formation aus drei Gänsen auf ziemlich entrische Art und Weise in den aufziehenden Nebel eintauchte, überraschte mich dann doch.

Das Gespräch hatte sich auf den letzten Metern um ihre verquere Familie gedreht. Darum, dass die Trauer um die verstorbenen Eltern bei allen Kindern weniger schwer zu wiegen schien als die Sorge um die Zukunft des Familienunternehmens. Um ihre Schwester Lena, die sich nicht so wirklich für all die Geschehnisse zu interessieren schien. Um Norbert und seinen Minderwertigkeitskomplex, der unbewusst vielleicht in seiner Adoption begründet lag. Er hatte sich womöglich nie als vollwertiges Mitglied der Familie gefühlt und sah jetzt seine große Chance gekommen. Und um die Geschichte der Pasche GmbH.

Ich hatte Karin damit konfrontiert, was mir Eleonora Pruckner am Vormittag erzählt hatte. Nicht in allen Details, ich wollte schauen, was Karin Pasche von sich aus dazu zu sagen hatte. Nicht viel. Sie konnte sich nicht vorstellen, dass das stolze Familienunternehmen jahrzehntelang Ausgangspunkt für Spionagetätigkeiten gewesen sein sollte. Dass ausgerechnet die Akten aus den siebziger und achtziger Jahren bei einem Archivbrand vernichtet worden waren, bezeichnete sie als Zufall. Dass weder im Archiv des Eisenstädter Expresses noch in jenem der Joiser Feuerwehr ein Brand auf dem Gelände der Villa Pasche zu finden war, tat sie ab. Für fehlerhafte Archive könne sie nichts und ihr Vater schon mal erst recht nicht.

Der Wanderbertoni war kein Wanderbertoni, sondern ein Mann namens Wander Bertoni, seines Zeichens ein vor ein paar Jahren verstorbener Bildhauer, der sich hier ein fesches Areal hergerichtet hatte. Auf einer stattlichen Wiese ragten mannshohe und noch weit höhere helle Skulpturen wie Totempfähle aus dem satten grünen Gras. Das war schon recht beeindruckend. Komisch, dass wir diese Anlage im Sommer nicht auf der Seereise mit der MS Maximilian besucht hatten. Auf der anderen Seite verwunderte es nicht, dass ein Oligarch wie Maximilian Plünder nichts mit echter Kunst und deren Schaffenden am Hut hatte.

»Mein Fahrer wartet beim Eiermuseum«, sagte Karin Pasche und zeigte zum unteren Ende der Wiese.

Der Rasen, über den wir nun liefen, fühlte sich wie ein weicher und tiefer Teppich an. Fast beschwingt ließ es sich darüber schweben. Auch Bella hatte sichtlich ihren Spaß und hatte offenbar in ihrem Körper neue Energie für wildes Herumgetobe aufgespürt.

So unerwartet dieser Skulpturenpark für mich war, so unerwartet kam auch die Gestaltung des Eiermuseums daher. Ich hatte mit einer runtergerockten Scheune gerechnet, an deren Wänden ein paar Eierexponate der auf dem Anwesen lebenden

Hühnergenerationen zur Schau gestellt worden waren. Weit gefehlt.

Vor uns baute sich ein Glaskubus auf, über dem ein Holzdach zu schweben schien. In der unteren Etage warteten zwei breite Regale mit allerlei eirigen Exponaten auf. Bella hatte von außen sogar einige Eierbecher aus Porzellan entdeckt, die gemeinsam mit jeweils einer Hundefigur ein kunstvolles Ensemble bildeten.

»Hätten Sie nicht erwartet«, sagte Karin Pasche, der meine beeindruckten Blicke nicht verborgen geblieben waren.

»Tatsächlich nicht«, erklärte ich.

Der Fahrer von Karin Pasche hatte ihren Wagen bereits neben dem Eiermuseum geparkt. Er stellte sich als jener weißhaarige Sekretär heraus, der mir am Samstag im Salon der Villa ins Auge gestochen war. Ein Multitalent anscheinend.

»Lassen Sie uns fahren«, sagte sie.

Und rein zeittechnisch machte das Sinn. Aber es gab da noch ein Thema, über das ich mit ihr sprechen wollte. Wie so oft, wenn es um etwas Unangenehmes ging, schob man das gerne so weit wie möglich vor sich her. Man hoffte auf den perfekten Zeitpunkt. Aber irgendwann war die Zeit abgelaufen, und es musste raus.

»Warten Sie kurz. Es gibt da noch etwas. Ohne Zeugen«, wandte ich ein, während ich zum Chauffeur hinüberblickte.

Der schien schon ein bisschen ungeduldig zu werden.

Karin Pasche war meine Auftraggeberin, und sie war eine Freundin von der Taxipruchnerin. Ich hatte Hochachtung vor ihr, wie sie die Dinge in die Hand nahm und dafür kämpfte, was ihr ihrer Meinung nach zustand. Ich hätte mich an ihrer Stelle in einer ähnlichen Situation wohl schon längst weggeduckt. In geschäftlichen Angelegenheiten war ich nie besonders geschickt oder ambitioniert gewesen.

Umso schwerer fiel es mir jetzt, ihr ans Bein pinkeln zu müssen. Ging aber nicht anders.

»Sie haben als Kind doch sicher auch die Geheimgänge der Villa Pasche unsicher gemacht«, startete ich mein Anliegen.

»Die Geheimgänge?«, fragte sie verwundert, während sie

einige Schritte in Richtung des Chauffeurs unternahm. »Ach so, Sie meinen die Gänge für die Dienstboten, von früher?«

»Ja, genau die meine ich«, antwortete ich.

Ich hatte mich keinen Zentimeter in Richtung Auto bewegt. Bella hatte es mir gleichgetan, wobei die immer noch mit einem Auge auf den porzellanen Hundeeierbecher linste.

»Natürlich kenne ich die. Sie reden von dem Haus, in dem ich aufgewachsen bin. Ich kenne dort jeden Zentimeter.« Jetzt war sie auf halber Strecke zwischen Chauffeur und mir stehen geblieben. »Warum fragen Sie?«

»Haben Sie sich als Kind, vielleicht mit Ihrem älteren Bruder oder mit Ihrer jüngeren Schwester, auch mal in jenen Gang geschlichen, der an das Schlafzimmer Ihrer Eltern grenzt? Von dem aus man durch das geheime Guckloch ins Schlafzimmer schauen kann?«

Sie blickte sich zu ihrem Chauffeur um. Sah wieder zu Bella und mir. Näherte sich nun wieder uns. Ihre Augen funkelten mich an. Da war Feuer. Angst. Ganz vieles auf einmal.

»Kommen Sie mit«, sagte sie schließlich und schlug eine andere Richtung ein.

Der Chauffeur musste sich noch ein bisschen gedulden.

Sie führte mich durch ein Tor in der Mauer auf das angrenzende Gelände, Bella zuckelte hinter uns her. Mit Durchschreiten des Tores fühlte ich mich plötzlich in eine andere Welt versetzt. Ich habe nie ein Retreat oder ähnlichen neumodischen Schnickschnack gemacht, war nie auf einem Meditationswochenende, und ein Erfahrungsworkshop zu den Raunächten an einem mystischen Ort war mit mir schon gar nicht zu machen. Aber wenn es einen perfekten Ort der Einkehr für derlei Dinge gab, dann diesen hier.

Umrahmt von einer Steinmauer fand ich mich in einer idyllischen Gartenanlage mit Teich und Kanälen wieder. Über die beiden kleinen Abflüsse des Teichs führten zwei malerische Holzbrücken, auf den Rasenflächen waren Bildhauereien platziert worden. Begrenzt war dieses Stückchen Frieden nicht nur von besagter Steinmauer, sondern auch von einem Gebäudeensemble, das wie ein ehemaliger Bauernhof wirkte. Aus Scheunen und Unterständen waren Ateliers und Schauräume geworden, der Bauernhof selbst schien zum Wohnhaus transformiert worden zu sein. Und über allem thronte ein wirklich riesiger Baum, dessen abgeworfenes Herbstlaub den sattgrünen Rasen mit den buntesten Farben betupfte. Herrlich! Und was für ein Kontrast zu den fahlen Farben, die Karin Pasche nun ausstrahlte.

»Was wollen Sie mit Ihren Andeutungen?«, zischte sie mich an.

Keine Spur mehr von ihrer Souveränität, die sie sonst an den Tag gelegt hatte. Als sie mir das Gefühl gegeben hatte, nur ihr Laufbursche zu sein. Als sie sich über mich lustig gemacht hatte, weil ich am Portier ihres Werks in Purbach nicht vorbeigekommen war. Das war jetzt die verletzliche Karin Pasche, vielleicht die echte Karin Pasche.

Und sie hatte schon recht, ich war der Meister der Andeutungen. Dinge beim Namen auszusprechen, Klartext zu sprechen versuchte ich so lange wie möglich von mir fernzuhalten. Andeutungen dagegen, die liebte ich. Im Idealfall würde ich mit einer reinen Andeutung und dem damit in Aussicht gestellten Wissen jeden Verdächtigen zu einem Geständnis zwingen, ohne dass ich auch nur einen einzigen Beweis vorlegen oder die Person härter hätte anfassen müssen.

Karin Pasche hatte aber leider nicht vor, es mir so einfach zu machen.

»Spielen Sie gefälligst keine Spielchen mit mir, Lauda. Ich habe Sie beauftragt, Sie wurden mir von meiner Freundin Daniela empfohlen. Was soll das also?«

Der Verweis auf ihre Freundin Daniela durfte an dieser Stelle natürlich nicht fehlen, eh klar. Würde ihr aber auch nichts bringen. Bella beschnüffelte gerade das emporgestreckte Hinterteil einer auf dem Boden liegenden menschlichen Statue. Irgendwo plätscherte Wasser romantisch in den Teich.

Spargeltarzan

»Ich glaube, dass Ihre Eltern keinen Selbstmord begangen haben. Vielmehr haben Sie Ihre Eltern getötet. Zumindest bei Ihrem Vater bin ich mir da sehr sicher. Bei Ihrer Mutter ist der Fall nicht so ganz klar.«

»Spinnen Sie jetzt komplett?«, schrie sie mich an. Fast schon hysterisch. Ein bisserl zu hysterisch. »Hat Ihnen das der Schweigl eingeredet? Oder Norbert?«

»Ich lasse mir ungern etwas einreden«, verwahrte ich mich gegen diese Anschuldigungen.

Das nahm ich jetzt persönlich.

»Dann ist das wieder Ihre gottgegebene Intuition?«

Das Wörtchen »Intuition« sprach sie reichlich despektierlich aus. Hatten sich weder das Wort noch ich verdient.

»Stutzig geworden bin ich das erste Mal, als ich bei Ihnen auf dem Schreibtisch in der Firma das gleiche Schlafmittel gesehen habe, mit dem sich Ihre Eltern angeblich umgebracht haben. Damals glaubte ich noch an einen Zufall.«

»Ist es auch!«, unterbrach sie mich.

»Dann kamen aber immer mehr Puzzlestücke zusammen, die mich ins Grübeln brachten. Ihr Vater hatte sich mit Friedl Drechsler verabredet, die beiden wollten kommende Woche zusammen eine gepflegte Runde Rommé spielen«, fuhr ich fort. »Oder woher wussten Sie zum Beispiel, dass Ihre Eltern händchenhaltend im Schlafzimmer aufgefunden worden sind, obwohl Sie die beiden Leichen ja angeblich gar nicht gesehen hatten?«

»Das hat mir unser Butler erzählt, der hat die beiden ja gefunden!«, unterbrach sie mich erneut, während Bella die weiteren Plastiken im Garten unter die Lupe nahm. Irgendwo musste sich doch vielleicht eine lebende Figur befinden, die konnten doch nicht alle aus Stein sein, hörte ich es regelrecht in ihrem Hirn rattern.

»Das würde bedeuten, dass Ihr Butler die Auffindeposition verändert hat, denn über den Händen lag laut Polizei eine

Decke. Sollen wir ihn kurz fragen gehen, Ihren Butler? Es handelt sich doch dabei um dieselbe Person, die beim Auto auf uns wartet, oder?«

An dieser Stelle unterbrach sie mich nicht, sondern starrte mich einfach nur an.

»Das sind natürlich noch keine Beweise, sondern nur lose zusammengewürfelte Indizien. So richtig angefixt wurde ich allerdings, als ich von den geheimen Gängen in der Villa Pasche erfahren habe. So was hatte ich zuvor noch nie gehört, das fand ich spannend. Und das wollte ich selbst sehen. Also habe ich mich vorhin, bevor ich Sie im Salon aufgesucht habe, in den dritten Stock geschlichen und tatsächlich zwischen der Tür zum Schlafzimmer sowie einem Gemälde in der Wandtapete die geheime Türumrandung gefunden. Man muss wirklich wissen, dass sich an dieser Stelle eine Tür befindet, sonst hat man keine Chance, sie zu entdecken. Der Eingang ließ sich zu meiner Überraschung öffnen, und so stand ich kurz danach in diesem dunklen Gang, dessen einzige Lichtquelle ein winziges Loch war, durch das Licht vom Schlafzimmer Ihrer Eltern in den Gang fiel. Das sah aus wie ein heller Strich, der mit einem Lineal durch die Dunkelheit gezogen wurde. Ich bückte mich also, was nicht so einfach war, denn in diesem Gang ist es ganz schön schmal. Und schauen Sie mich an, ich bin nicht gerade ein Spargeltarzan. Aber ich schweife ab.«

»Hören Sie auf!«

»Ich bin gleich fertig«, antwortete ich, da war der Luftschwall ihres Schreis noch nicht mal an meinem Gesicht vorbeigezogen. »Von diesem Loch aus kann man also ganz hervorragend das Bett Ihrer Eltern beobachten. Ein Schelm, der dabei Böses denkt. Aber das ist zum Glück nicht mein Metier. Als ich dort gestanden bin und durch dieses Loch geschaut habe, war mir plötzlich alles klar. Sie haben von genau dieser Position aus beobachtet, wie Ihre Eltern zu Bett gegangen sind. Was waren ihre letzten Worte, die sie miteinander ausgetauscht haben, bevor Sie dann ins Schlafzimmer gegangen sind und beide ermordet haben? Wie haben die beiden reagiert, als sie realisiert haben, was Sie ihnen nun antun werden?«

»Hören Sie auf!«, schrie sie jetzt noch lauter, mir direkt ins Gesicht.

Bella war zum Glück einige Meter entfernt, sodass sie sich nicht allzu sehr erschreckt hatte. Schien für sie das Normalste der Welt zu sein, dass ihr Herrchen oder was immer ich in ihren Augen für sie darstellte, von einer anderen Person angeschrien wurde.

»Das muss doch fürchterlich sein, Frau Pasche. Dem eigenen Vater, der eigenen Mutter ins Gesicht zu sehen, während man sie tötet. Während man ihnen Pille um Pille eines Schlafmittels einflößt und wahrscheinlich den Mund zuhalten muss, damit die Pillen nicht wieder ausgespuckt werden. Währenddessen hat Ihr Vater doch sicher versucht, Sie von Ihrer Mutter runterzureißen. Frau Pasche, das muss doch eine schreckliche –«

»Hören Sie auf!« So laut ihre Schreie zuvor über das Gelände gezogen waren, so leise und wimmernd hatte sie nun gesprochen. Dabei rann eine Träne aus ihren so großen und ausdrucksstarken und schönen Augen. Und noch eine. Und noch eine. Und immer mehr. Und obwohl ihre Schminke dadurch verschmierte, in kohleartigen Bächen zu Tal stürzte, machte es diese Augen in diesem Moment nur noch viel schöner. »Ich habe meine Mama nicht umgebracht«, stammelte sie.

»Aber Ihren Vater.«

Es folgte, ganz unscheinbar, ein Nicken.

»Es war ein Zufall«, sagte sie.

»Dass Sie Ihren Vater umgebracht haben?«

Sie schüttelte den Kopf.

»Dass ich in dem Gang war«, schluchzte sie. »Wir Kinder haben ihn damals entdeckt, weil man den Luftzug unter den versteckten Türen am Gang spüren konnte. Das Loch war damals schon in der Wand, ich weiß nicht, wer das gebohrt hat. Ich habe diesen Raum als Rückzugsraum genutzt. Wenn mir alles zu viel wurde, konnte ich dort Ruhe finden. Als Kind genauso wie als Jugendliche.«

»Und als Erwachsene. So wie am vergangenen Samstag.«

»Genau. Ich habe plötzlich Geräusche nebenan gehört und fand es ungewöhnlich, dass meine Eltern mitten am Tag im Schlafzimmer waren. Dort haben sie sich sonst nie untertags aufgehalten. Wirklich nie! Meine Mama trug ein Nachthemd, das ich bis zu diesem Zeitpunkt noch nie an ihr gesehen hatte. Es sah so unglaublich alt, aber gleichzeitig so schön und fein aus.«

»Und dann?«

»Sie waren so lieb miteinander, sind ganz lange vor dem Bett gestanden und haben sich umarmt. Kein Wort miteinander geredet, sich einfach nur gehalten. Das hatte ich bei meinen Eltern nie zuvor gespürt. Ein Bussi mal zwischendurch, ja, das schon. Aber diese Herzlichkeit hatte ich nie zuvor bei ihnen gefühlt. Dann begleitete mein Vater meine Mama zu ihrer Seite des Bettes.«

Ihre Stimme stockte. Ich war versucht, sie in den Arm zu nehmen oder ihr auf irgendeine andere Art beizustehen. Und wusste doch, dass ich nicht jene Person war, die das tun sollte. Ich war gerade eine andere Person. Jemand, der ein Verbrechen aufzuklären hatte. Und der sich gleichzeitig bemühen musste, die Gedanken an den Brief mit Luises Handschrift zu unter-drücken.

»Meine Mama legte sich auf ihre Seite des Bettes. Mein Vater wollte immer auf der Fensterseite liegen, also schlief sie auf der anderen Hälfte. Mein Vater deckte sie zu und gab ihr einen innigen Kuss, erst auf den Mund, dann noch einen auf die Stirn. Dann legte auch er sich nieder. Sie drehten sich zueinander, gaben sich noch einen Kuss, und dann griff mein Vater nach einer Dose, die auf seinem Nachtkastl lag. Ich habe überhaupt nicht begriffen, was das war. Und was das alles sollte. Es war ja mitten am Tag!«

»In der Dose waren die Schlaftabletten.«

»Ja«, schluchzte sie. »Erst als mein Vater nicht aufhörte, ihr noch eine Pille zu geben und dann noch eine und dann noch eine, realisierte ich, was da gerade passierte. Ich war starr vor

Angst, konnte mich nicht bewegen, musste weiter zusehen, konnte den Blick nicht abwenden. Ich war wie versteinert. Es war so schrecklich.«

»Warum haben Sie nicht eingegriffen?«

»Ich konnte nicht«, sagte Karin Pasche, und jetzt schossen wieder die Tränen aus ihren Augen. Ihre zitternden Finger suchten Halt, fanden diesen erst an einem Taschentuch, das sie aus der Innenseite ihrer Jacke gezogen hatte. Es dauerte eine ganze Weile, bis das Rascheln aufgehört und sie eines der weißen Papiertücher aus der Packung gezogen hatte. »Ich konnte einfach nicht.«

»Weil Sie wussten, dass Ihre Mutter unheilbar krank war?«

»Vielleicht.«

Sie hielt das Taschentuch zwischen den Fingern, drückte wie wild darauf herum. Sie dachte offenbar nicht daran, sich damit die Tränen aus dem Gesicht wischen zu wollen.

»Es hört sich verrückt an, aber es fühlte sich auf eine sehr schlimme Art richtig an.«

Ich ließ das mal ein paar Sekunden so stehen. Ließ es wirken. Sowohl bei mir als auch bei ihr. Ich konnte mir nicht ausmalen, was sich gerade in Karin Pasche abspielte. Was in ihr vorging. Ich war nur froh, dass ich nicht in ihrer Haut steckte. Alles daran musste einfach so unfassbar fürchterlich sein.

»Und dann ist etwas passiert, das sich nicht mehr richtig anfühlte«, sagte ich, als mich das Plätschern des Wassers ins Hier und Jetzt zurückholte. Ich musste dieses Gespräch, so schrecklich es für Karin Pasche auch war, ausnutzen. Musste ihr die Möglichkeit aufzeigen, ihr Gewissen zu erleichtern. Selbst Täter, die unvorstellbare Verbrechen begehen, wollen ihr Gewissen meistens eines Tages entlasten. Und hier ging es immerhin um ihre eigenen Eltern. Das konnte sie unmöglich kaltlassen. »Habe ich recht?«

Nicken.

»Ich hörte, wie meine Mama ›Jetzt du, mein Geliebter‹ zu meinem Vater sagte.«

Schon wieder brach ihre Stimme. Karin Pasche rang um

ihre Fassung, und ich hatte größte Mühe, mich zu beherrschen, nicht auch gleich loszuheulen. Meine Eltern erfreuten sich bester Gesundheit, in meiner Familie gab es keine Selbstmorde und zumindest in den vergangenen zwei Generationen keine unheilbaren schlimmen Krankheiten. Ich kannte nicht aus eigener Erfahrung, was Karin Pasche mir da schilderte. Es hatte nichts mit meinem eigenen Leben zu tun. Und doch berührte sie mich da gerade in allen Fasern meines Körpers.

»Und dann?«, forderte ich sie auf weiterzusprechen. Weniger weil ich wissen wollte, was dann passierte, sondern damit der Moment, in dem ich selbst zu weinen beginnen könnte, möglichst schnell verflog.

»Mein Vater nickte, streichelte ihr über die Haare und nahm die Dose. Und für einen Moment dachte ich, er würde zögern. Dass er meine Mama alleine gehen lassen würde. Doch dann steckte auch er sich eine Pille in den Mund. ›Ich liebe dich für immer und darüber hinaus‹, hörte ich meine Mama sagen. Dann schloss sie ihre Augen.«

Und dann? Und dann? Nicht aufhören zu reden! Ich spürte, wie sich meine Tränenkanäle füllten, wie das Verlangen in mir stieg, Karin Pasche in den Arm zu nehmen. Sie zu trösten.

»Im nächsten Augenblick spuckte mein Vater seine Pille wieder aus. Ganz leise, damit meine Mama es nicht bemerkte. Er hat sie in dem Glauben sterben lassen, dass auch er sich umbringt. Und hat sie dann ein letztes Mal in ihrem Leben betrogen.«

In meinen Überlegungen hatte ich vorab natürlich die verschiedensten Möglichkeiten und Szenarien durchgespielt. Diese hatte ich jedoch nicht im Repertoire gehabt.

»Und wissen Sie, was das Schlimmste in diesem Moment war?« Ich antwortete nicht, beobachtete lediglich diese Frau auf ihrer Reise zurück in eine schmerzvolle Vergangenheit. »Mein Vater hatte diesen einen berechnenden Blick in seinen Augen. Wenn ihm etwas gelungen war, er einen besonders guten Geschäftsabschluss gemacht oder wieder mal jemanden übers Ohr gehauen hatte. Und genau diesen Blick habe ich in diesem Moment in seinen Augen gesehen. Sein Plan war aufgegangen. Das habe ich nicht ausgehalten. Als ich realisiert habe, was da gerade passierte, ist eine unglaubliche Wut in mir aufgestiegen«, fuhr Karin Pasche fort. »Die Schockstarre war wie weggeblasen, und ich bin ins Schlafzimmer meiner Eltern gestürzt. Mein Vater lag noch auf seiner Betthälfte, er war total verwirrt. Ich bin auf ihn zugeschossen und …«

Nun waren es nicht die Tränen, die Karin Pasche am Weiterreden hinderten. Vielmehr war es wohl das Entsetzen über das eigene Verhalten.

»… haben ihm die Schlafmittel eingeflößt.«

Karin Pasche nickte, sah mich dabei nicht mehr an, sondern senkte den Blick beschämt zu Boden.

»Er hat sich nur kurz gewehrt«, fügte sie hinzu, so als ob das ihre Tat rechtfertigen würde. Daher wohl die Hämatome an seinen Unterarmen, von denen mir der Poidl berichtet hatte. »Er hat es geschehen lassen, so kam es mir in diesem Moment vor.«

»Gnädige Frau, wir müssen wirklich langsam los, die Weinsegnung!«

Der Chauffeur stand am Eingangstor und flashte uns alle drei gleichermaßen. Karin Pasche und mich, die mit einer plötzlichen Wucht aus diesem Gespräch rausgerissen wurden. Und Bella, die gerade an eine der Skulpturen gepinkelt hatte und sich ertappt fühlte. Zu Recht.

»Wir kommen!«, rief Karin Pasche ihm zu.

Und dann drehte sie sich wieder zu mir.

»Bitte lassen Sie mich die Verträge noch unterzeichnen. Das hätte mein Vater so gewollt. Und meine Mama auch. Auch wenn sie dann angefochten oder für nichtig erklärt werden, aber ich muss es zumindest versuchen. Danach gehe ich zur Polizei und erzähle alles.«

Fuck, nein. Um so was durfte sie mich nicht bitten. Ich hatte mich doch gerade erst mit Müh und Not aus dieser emotional aufwühlenden schweren See herausgerudert. »Frau Pasche,

Sie wissen, dass ich das nicht machen kann«, übernahm der Polizist in mir das Kommando.

»Sie sind kein Polizist, Sie müssen gar nichts«, sagte sie und legte ihre Hand auf meinen Oberarm. »Zumindest nicht jetzt.« Fuck. Fuck. Fuck. »Ich bitte Sie, Herr Lauda.«

Sie roch natürlich, dass sie mich gleich so weit hatte. Dass ich am Einknicken war. Sonst hätte sie nicht eine Salve nach der anderen auf mich abgefeuert.

»Ich gebe Ihnen mein Wort, dass ich unmittelbar nach der Unterzeichnung die Polizei informieren werde.«

Andererseits: Was sollte schon passieren? Ich würde sie die nächsten Stunden nicht aus den Augen lassen. Und würde nicht sie die Polizei anrufen, könnte ich dies tun. Mit allen gesammelten Indizien und meiner Schilderung ihres Geständnisses könnte Gruppeninspektorin Steffi Druck ausüben. Sollte auch das nicht zum erwünschten Erfolg führen, würde Karin Pasches Gewissen schon dafür sorgen, dass sie keine ruhige Minute haben würde, bis sie ihr Geständnis wiederholen würde. Da war ich mir sicher.

»Unter einer Bedingung«, sagte ich.

»Jede Bedingung dieser Welt«, antwortete sie.

Scheiße, das tat weh

Als wir in Jois angekommen waren, war es dunkel, und die Feierlichkeiten waren längst gelaufen. Irgendjemand hatte unser Timing kräftig durcheinandergebracht, und ich fürchtete, dieser Irgendjemand war ich gewesen. Die letzten Gäste der Weinsegnung strömten gerade aus der Kirche in der Unteren Hauptstraße. Darunter auch eine junge Frau, die mit ihrem Krönchen verdächtig nach Weinprinzessin aussah.

Ich ließ mir den Autoschlüssel vom Chauffeur aushändigen und rannte zur Kirche, konnte dabei gerade noch einem Schwall Wein entgehen, der plötzlich vom Ausgang der Kirche auf die Straße geschüttet wurde. Da schien es jemandem nicht geschmeckt zu haben.

Drinnen bot sich mir ein aufgeräumtes Bild. Die Kirchenbänke hatten sich geleert, von einem Pfarrer war weit und breit nichts zu sehen. Auf dem Altar standen festlich nebeneinander zweiundzwanzig Weinflaschen in Reih und Glied. Davor thronte auf einem Ständer ein kleines Holzfass, auf dessen Vorderseite, dort, wo sich auch der Stutzen befand, mit Kreide das Wort »Martiniloben« sowie der aktuelle Jahrgang vermerkt worden waren.

Dahinter, in einer Ecke des Altarraums, standen Vito und sein Schutzbefohlener, so wie besprochen. Wenigstens hatte Derek Lupo alias Wolfgang Pasche seinen Traum wahr machen und der Segnung des heurigen Weinjahrgangs beiwohnen können.

Wir verließen die Kirche und teilten uns auf.

»Du fährst mit Derek in deinem Auto, ich fahre mit Karin Pasche und ihrem Chauffeur«, erklärte ich Vito die Aufteilung der Fahrgemeinschaft. Die Taxiprucknerin wies ich an, Lena bei sich mitzunehmen.

»Geht klar, Cheffe«, sagte er gelassen und winkte Derek Lupo mit sich.

Im Konvoi erreichten wir wenige Minuten später die Villa Pasche. Am Einfahrtstor wurden wir von dem alten Mann in seiner Sicherheitsphantasieuniform eingelassen. Ich blickte durch die Heckscheibe nach hinten, um mich zu vergewissern, dass er die Schranke, die natürlich kein wirkliches Hindernis darstellte, wieder ordnungsgemäß zufallen ließ.

Insgesamt waren es drei Autos gewesen, die sich gemeinsam von der Weinsegnung auf den Weg zur Villa gemacht hatten. Im dritten Wagen surrte die Taxiprucknerin gemeinsam mit Lena Pasche hinter uns her. Von Norbert oder gar Hermann Schweigl war keine Spur. Meine Beruhigung hielt sich trotzdem in Grenzen.

Hätte ich nicht gewusst, dass Derek Lupo diesen Ort nur zu gut aus seiner Kindheit kannte, spätestens jetzt wäre es mir wie Schuppen von den Augen gefallen. Da war dieser eine Moment, nachdem er aus dem Auto gestiegen war, der ihn innehalten ließ. Er musterte die Fassade des Gebäudes, suchte vielleicht jenes Fenster, hinter dem sich sein Kinderzimmer befand. Erinnerte sich daran zurück, wie er hier mit seiner Sekretärin und Geliebten ein und aus marschiert war. Blickte anschließend in alle Richtungen der weitläufigen Gartenanlage. Wie ein Soldat, der nach langen Entbehrungen zurück nach Hause gekommen war und noch nicht ganz realisiert hatte, dass er tatsächlich wieder daheim war.

Ich tastete meine hintere Hosentasche ab. Das Handy war dort, wo es hingehörte. Karin Pasche hatte in knappen Worten ihr Geständnis mittels Diktierfunktion auf meinem Smartphone hinterlassen. Das war meine Bedingung dafür gewesen, sie die Vertragsunterzeichnung durchführen zu lassen, bevor sie sich der Polizei stellte.

Natürlich war so eine Audioaufnahme kein Beweis, der vor Gericht standhalten würde. Der gegnerische Anwalt würde mich gemeinsam mit Staatsanwalt, Richter und dem Putzmann auslachen, wenn ich die Tonspur vorlegen würde, dessen war ich mir bewusst. Aber ich hoffte, dass, falls Karin Pasche es sich noch anders überlegen sollte, sie aufgrund der Audioaufnahme vielleicht doch zu ihrem Wort stehen würde. Ich war ein hoffnungsloser Naivling.

Nach einem kurzen Plausch auf dem Vorplatz der Villa, auf dem nun die Autos fein säuberlich nebeneinanderstanden, marschierte das Grüppchen ins Innere. Karin Pasche hatte einige Worte über die Geschichte der Familienvilla verloren, Errichtung, Umbau, so ein Zeugs halt. Sie war sichtlich darum bemüht, jene Person, die sie nach wie vor für Derek Lupo hielt, mit der langjährigen Tradition der Familie Pasche zu beeindrucken.

Für den unbeteiligten Beobachter hatte es durchaus etwas Amüsantes, zu wissen, dass sie ihm nichts Neues erzählt haben dürfte. Mit Derek Lupo alias Wolfgang Pasche war der eigentliche Hausherr zurückgekehrt, es wusste nur noch niemand von den anderen Anwesenden. Er spielte seine Rolle ausgezeichnet. Und hatte offenbar nicht vor, diese vorzeitig aufzugeben, jetzt, da sein Sohn Norbert Pasche noch immer nicht aufgetaucht war.

Während Bella und ich die Stufen hinauf zum Eingang der Villa nahmen, stellte ich mir vor, wie Michaela Christiane Klierhofer an einem Arbeitstag in den 1980ern hier ankam, diese Stufen bewältigte, vielleicht darauf hoffte, dass sie im Inneren schon von ihrem Geliebten Wolfgang Pasche erwartet wurde. Wie sich die Blicke der beiden trafen, unbemerkt von Familienmitgliedern und Mitarbeitern. Unbemerkt auch vom kleinen Norbert, der als Sohn des Hausherrn durch die Gänge der riesigen Villa tollte und es sich als Nesthäkchen gut gehen ließ, von allen Mitarbeiterinnen und Mitarbeitern gehätschelt und verwöhnt wurde.

Nichts von alldem hatte an diesem Tag noch Bestand. Und doch beschäftigte ich mich so unendlich viel lieber mit diesen Gedankenspielen aus der Vergangenheit, als mich zu fragen, wie mich am Morgen ein Brief aus meiner eigenen Vergangenheit hatte erreichen und so dermaßen aus der Bahn werfen können.

»Es ist bereits alles vorbereitet«, sagte Karin Pasche, als alle Anwesenden im Foyer der Villa versammelt waren.

Sie stand vor jenem Kellerabgang, den ich sechs Tage zuvor hinabgestiegen war, um einem verdächtigen Geräusch nachzuspüren. Ein Geräusch, das mich zu einer mumifizierten Leiche geführt hatte, über deren Identität bis zum heutigen Tag Rätselraten herrschte. Handelte es sich dabei tatsächlich um einen aus Sri Lanka geflüchteten Menschen, so wie Eleonora Pruckner es mir erzählt hatte? Aber dann hätte die Polizei bei ihrem öffentlichen Suchaufruf doch die sicherlich dunklere Hautfarbe der mumifizierten Leiche kommuniziert? Falls diese nach all den Jahren zu erkennen war?

Wir folgten Pasche in den Salon. Ich gleich hinter ihr, Vito bildete die Nachhut. Im Inneren des geräumigen Wohnbereichs, durch dessen majestätische Fenster wir ins dunkle

Nichts der Gartenanlage blickten, war auf der langen Tafel bereits alles für die Unterzeichnung vorbereitet worden.

»Das ist Herr Dr. Nieoba«, stellte Karin Pasche den gütig dreinblickenden Herrn im Anzug vor. »Als Notar wird er dafür Sorge tragen, dass heute alles seine Richtigkeit hat.«

Der Notar kam mir ein bisserl wie der freundliche Märchenonkel aus dem Kinderfernsehen vor, aber bekanntlich kann das Äußere ja schnell mal über den wahren Charakter hinwegtäuschen. Da mir Karin Pasche im Vorhinein nichts von seiner Anwesenheit erzählt hatte, behielt ich den Kerl lieber mal im Auge.

Die Taxipruckernin öffnete die Tür zum Garten und ließ Bella nach draußen. Die Vierbeinerin übernahm quasi den Objektschutz von außen. Der Sekretär, der am vergangenen Samstag wie ein Postament neben dem Sekretär gestanden war, war wohl noch damit beschäftigt, das Auto zu versorgen, mit dem er uns aus Winden nach Jois kutschiert hatte.

Karin Pasche und Derek Lupo nahmen hinter den zwei Stühlen Aufstellung, Nieoba in ihrer Mitte. Daniela hatte die Aufgabe übernommen, mit ihrem Smartphone einige Fotos der Zeremonie zu machen. Es blitzte einige Male, während Pasche und Lupo in die Kamera blickten oder sich die Hände schüttelten. Auf manchen Fotos taten sie auch beides gleichzeitig. Dann setzten sie sich, und es konnte endlich losgehen.

Vito hatte sich am anderen Ende des Raumes positioniert, um mögliche von dort erscheinende Störenfriede frühzeitig abfangen zu können. Schließlich gab es noch einen zweiten Eingang von der Vorhalle ins Wohnzimmer.

Ich behielt jene Tür im Auge, durch die wir kurz zuvor vom Foyer in den Salon spaziert waren. Nichts deutete darauf hin, dass es hier zu Komplikationen kommen könnte. Keine verdächtigen Bewegungen, die durch das Panoramafenster hindurch im dunklen Garten auszumachen waren, keine verdächtigen Geräusche im Haus, kein seltsames Verhalten eines der Anwesenden. Alles hatte seine Richtigkeit.

Bis zu jener Sekunde, in der ich diesen Gedanken zu Ende gedacht hatte.

»Stopp!«, hörte ich Hermann Schweigls durchs Foyer hallende Stimme.

Ich stellte mich sofort in die Tür, machte mich breit, sodass er nicht einfach so in den Salon kommen konnte. Die Beteiligten hielten inne. Noch war nichts unterzeichnet, soweit ich das mitbekommen hatte. Ich wechselte einen kurzen Blick mit Vito. Der war auf Position.

Dem Anlass entsprechend hatte sich Schweigl ein orangefarbenes Jackett über sein Hawaiihemd geworfen.

»Das sollten sich alle Beteiligten gut überlegen!«, rief er.

»*Sie* sollten sich das auch gut überlegen«, konterte ich, als er sich vor mir aufgebaut hatte und Anstalten machte, mich zur Seite zu schieben.

Erst jetzt realisierte ich, dass er nicht alleine gekommen war. Norbert Pasche war hinter ihm. Ein Häufchen Elend. Der sah ja fast noch beschissener aus als ich. Und ich hatte an diesem Tag schon allerlei Grund, mich nicht wohl in meiner Haut zu fühlen.

»Da schau her, der verschwundene Sohn ist wieder aufgetaucht«, merkte ich süffisant an.

»Er hat sich vertrauensvoll an mich gewandt, weil er sich um sein rechtmäßiges Erbe betrogen fühlt«, erklärte Schweigl, ohne sich auch nur den Anflug von Skrupel oder Anstand anmerken zu lassen.

Dann nahm er Anlauf, um an mir vorbei in den Salon zu gelangen. Doch er scheiterte. So einfach war ich nicht aus dem Weg zu räumen.

»Lassen Sie ihn durch«, hörte ich Derek Lupo in seinem charmanten Dallas-Dialekt hinter mir rufen. »Wir haben nichts zu verbergen!«

Ich tat wie mir geheißen, und Hermann Schweigl sowie Norbert Pasche betraten die Bühne. Ich signalisierte Vito, nicht einzuschreiten. Wir brauchten keine rauchenden Colts. Noch nicht.

»Oder sehen Sie das anders?«, fragte Derek Lupo nun Karin Pasche.

»Wir tun hier nichts Unrechtmäßiges«, gab diese ihm recht. »Es handelt sich lediglich um eine Absichtserklärung«, fuhr sie fort. »Sie haben also nichts zu befürchten, Herr Schweigl.«

»Ihr alle könnt euch diesen Faschingsklamauk sparen, denn nichts von dem, was hier heute unterschrieben wird, ist im Interesse meines Mandanten!«, machte Schweigl sich wichtig.

Dann positionierte er, als ob es dies als Beweis brauchte, Norbert Pasche neben sich. Fehlte nur noch, dass Maximilian Plünder hier auftauchte.

Karins Bruder wirkte nicht so, als ob er genauso überzeugt wäre wie sein geschäftstüchtiger Anwalt.

»Ist das so, lieber Norbert?«, richtete sich Derek Lupo nun direkt an seinen Sohn, der noch nichts davon ahnte, dass er sich mit seinem biologischen Vater im selben Raum befand.

Aber vielleicht spürte er ja die Anwesenheit von Onkel Wolfgang. In Frauenkirchen hatte er ja noch erwähnt, dass er seit dem Auftauchen der Leiche im Weintank öfter mal das Gefühl habe, sein verschollener Onkel sei ganz in der Nähe.

Dass der US-Investor Norbert direkt angesprochen hatte, irritierte nicht nur diesen, sondern auch alle anderen Anwesenden. Zumindest jene, die noch nicht über das Verwandtschaftsverhältnis der beiden Männer Bescheid wussten.

»Äh, ja«, stammelte dieser.

Es fehlte nur, dass er sich mit einem »Oder?« an seinen Anwalt wandte, um auch wirklich sicherzugehen, dass es sich dabei um die richtige Antwort handelte.

Derek Lupo erhob sich von seinem Platz, was Karin Pasche etwas unrund zu machen schien. Das Gleiche mit Lena Pasche, dem jüngsten der drei Geschwister. Sie stand neben mir an der weißen Wand, erst ganz lässig angelehnt neben einem Ölschinken, der die Villa Pasche im Jahre Schnee zeigte. Nun wirkte sie aber reichlich angespannt. Schließlich war hier noch nichts unter Dach und Fach, die Firma noch nicht gerettet.

Und niemand wusste, wie die aufgeheizte Situation wieder beruhigt werden könnte.

Die Prucknerin hatte sich neben Lena postiert, das Smartphone in der Hand. Gebannt verfolgte sie das Geschehen. Mir wäre es irgendwie lieber gewesen, wenn sie sich ein bisschen absentiert, aus der potenziellen Schusslinie genommen hätte.

Derek Lupo erhob sich von seinem Platz, und nun wurde auch Dr. Niedoba etwas nervös. War ja noch nichts unterschrieben. Lupo umrundete den Tisch und stellte sich schließlich vor seinen Sohn. Es hätte ein epischer Moment werden können, wenn Lupo ein schwarzes Cape samt schwarzem Helm getragen hätte und »Luke, ich bin dein Vater« gesagt hätte. Aber den Gefallen tat er uns leider nicht.

»Unterstehen Sie sich! Wehe, Sie drohen meinem Mandanten!«, rief Schweigl aufgeregt. »Jean, ich brauch dich hier!«, schrie er anschließend.

Nicht zu Derek Lupo oder Norbert, schon gar nicht zu mir. Sondern in Richtung Foyer. Dort hatte offenbar sein Gorilla Position eingenommen. Verdammt, warum hatte ich den nicht bemerkt?

So schnell hatte ich gar nicht schauen können, da kam der Dolph-Lundgren-Verschnitt schon zur Tür herein. Ich stellte mich ihm in den Weg. Ohne Erfolg. Der Kerl räumte mich einfach zur Seite, so als ob ich ein faltbarer Pappkarton wäre, den man ganz easy mal irgendwo abstellen könnte.

»Hey!«, rief Vito von der anderen Seite des Raumes.

Wie es sich gehörte, blieb er auf Position, galt es doch, auch die andere Seite des Salons abzusichern. Aber ich bemerkte, wie er mit seiner rechten Hand nervös auf Höhe des Gürtels unter der Jacke herumfuchtelte. Lass bloß das Schießeisen stecken, dachte ich.

Wer war es noch gleich, der mich vor Jean gewarnt hatte? Johannes Pruckner? Oder Gruppeninspektorin Steffi? Irgendwer hatte doch erzählt, dass Jean auch gerne mal mit einer Waffe unterwegs war. Wo war die Polizistin eigentlich, wenn man sie mal brauchte?

»Jetzt werden wir diesem Schmäh ein Ende bereiten!«, rief Schweigl.

Anschließend kam so eine Art diabolisches Lachen aus seinem Mund. Oder zumindest das, was Schweigl dafür hielt. Es klang wie ein Braunbär mit Frosch im Hals.

»Norbert, erkennst du mich nicht?«, fragte der US-Investor dann seinen Sohn. »Ich bin es, dein Vater.«

Ha, da war er doch noch, unser Star-Wars-Moment!

Jetzt war Norbert total verwirrt, der arme Kerl. Es würde nicht mehr lange dauern, und er würde seine Dehnübungen beginnen, um die Spannung in den Muskeln abzubauen.

»Was?«, schrien Karin und Lena Pasche im Chor.

Das Durcheinander war perfekt.

»Was faseln Sie hier für einen Unsinn!«, rief Hermann Schweigl. »Jean, mach dem ein Ende«, befahl er seinem Gorilla.

Der zückte seine Waffe und richtete diese auf Derek Lupo. War das eine Smith & Wesson? Na klar, wie Detektiv Rockford in der gleichnamigen US-Fernsehserie!

Dass Jean, der Gorilla, der Einzige war, der hier mit einer Waffe herumfuchtelte, konnte Vito natürlich nicht auf sich sitzen lassen. Also holte auch er seine Puffn raus und richtete diese ruckzuck auf Jean. Darauf hatte der pensionierte Mafioso wohl nur gewartet. Endlich mal wieder so ein bisschen Wilder Westen spielen. Der Gorilla wiederum, flexibel, wie er nun mal war, schwenkte um und visierte nun seinerseits Vito an.

»Nun mal ganz ruhig, alle miteinander«, versuchte ich ein bisschen Druck vom Kessel zu nehmen. »Niemandem ist hier damit geholfen, wenn wir uns gegenseitig über den Haufen schießen. Das sehen Sie doch wahrscheinlich ähnlich, Herr Schweigl?«

Der Notar auf der anderen Seite des Tisches tauchte ab, kroch wahrscheinlich unter die lange Tafel und ging in Deckung. G'scheiter Mann.

Lena stand wie schockgefroren an der Wand, wusste nicht, wie ihr geschah. Die Prucknerin neben ihr. Alle hielten den Atem an.

Schweigl hatte nicht auf meine Worte reagiert. Was hatte er vor?

»Pfeifen Sie gefälligst Ihren Hofnarren zurück!«, rief nun Karin Pasche. Ihre weit aufgerissenen, dadurch noch größer erscheinenden Augen verliehen ihrem Appell den entsprechenden Nachdruck.

Doch Schweigl konnte gar nicht darauf antworten. Vielleicht hatte er sich nicht einmal ärgern können, dass Karin Pasche seinen Gorilla als Hofnarren bezeichnet hatte. Denn unter dem Tisch kam plötzlich der Notar hervorgeschossen, der nun gar nicht mehr so gütig dreinblickte. Das Ziel seines Überraschungsangriffs war Jean, der blitzschnell reagierte und seine Waffe auf Dr. Niedoba richtete. Was zur Folge hatte, dass Vito den richtigen Zeitpunkt für gekommen sah, eine Patrone aus seinem Colt Government Classic abzufeuern.

Ich hatte keine Ahnung, ob es wirklich der Colt war, mit dem Vito geschossen hatte. Damals, als wir im Ruhrgebiet die Real-Life-Version von »Räuber und Gendarm« nachgespielt hatten, war er jedenfalls stets mit dem Colt unterwegs. Al Capone hatte ihn dazu inspiriert, was auch immer das über Vito aussagte.

Das Schießen hatte Vito in der kurzen Periode seiner Mafia-Auszeit jedenfalls nicht verlernt, traf er doch Schweigls Hofnarren in die linke Schulter. Dieser ließ sich davon nur leider nicht beeindrucken. Während ich Anlauf nahm, um dem Kerl von hinten die Waffe aus der Hand zu schlagen, drehte der sich wieder zu Vito. Und drückte ab.

Ein zweiter Schuss erfüllte den lang gestreckten Salon mit einem dumpfhalligen Klang. Schreie folgten. Und dann wurde Vito von der Kugel zu Boden geworfen.

Das sorgte für allerhand Unwohlsein unter den Beteiligten. Selbst Schweigl, der die Schießerei ja eigentlich verursacht hatte, warf sich nun auf den Boden.

Hätte ich auch gerne gemacht. Aber ich hatte irgendwie das Problem, dass ich hier gerade für die Sicherheit zuständig war. Bis der alte Mann vom Einfahrtstor mit seinem Rollator hierhergefahren wäre und für Ordnung gesorgt hätte, hätte Jean wohl alle Anwesenden umgenietet.

Also tat ich, was getan werden musste. Und wer weiß, vielleicht hätte ich es nicht getan, wenn ich an dem Tag nicht ohnehin schon verwirrt und umnachtet gewesen wäre. Der Brief von Luise oder wer auch immer diesen verfasst hatte, hatte sicherlich nicht dafür gesorgt, dass ich zurechnungsfähiger wurde.

Ich machte also zwei Schritte auf den Gorilla zu, und in genau diesem Moment registrierte ich im Augenwinkel, dass da jemand den Raum betrat. Im hinteren Teil des Salons, von wo aus mir Vito bis vor wenigen Sekunden Rückendeckung gegeben hatte. Während mein Körper jene Bewegung ausführte, die sich mein Hirn kurz zuvor ausgedacht hatte, und nach Jeans Waffe griff, aus deren Mündung sich ein paar Rauchschwaden verdünnisierten, blieben meine Augen an der Frau hängen. Schwerer Fehler. Niemals den Kerl aus den Augen lassen, der mit einer Waffe auf dich zielt, schon gar nicht, während man sich auf ihn zubewegt.

»Nein, Niko, nicht!«, rief die Taxiprucknerin.

Durch ihr Rufen wurde Jean ein bisschen zu früh auf mein Vorhaben aufmerksam. Er vollzog erneut eine formvollendete Drehung, richtete die Waffe auf mich und drückte ab. Und dann noch mal, wohl weil ich wirklich schon ziemlich nah an ihm dran war. Quasi, um auf Nummer sicher zu gehen.

Ich bin zuvor noch nie angeschossen worden. Kannte das Gefühl nicht, wenn dich plötzlich ein Blitz trifft und dann gleich noch einer. Das machte mir nun tatsächlich zu schaffen. Der Stoß der ersten Kugel blockte meine Vorwärtsbewegung ab, der zweite ließ mich den Rückwärtsgang einlegen. Aber nur kurz, dann kippte ich nach hinten.

Es folgten wieder Schreie, die ich nun jedoch nicht mehr zuordnen konnte. Keine Ahnung, was jetzt in diesem Salon vor sich ging. War wohl auch nicht mehr mein Business. Ich war raus, fand mich auf der Ersatzbank wieder. Aber wer war diese Frau mit der blonden Kurzhaarfrisur, die dort hinten die Szenerie betreten hatte und deren Gesichtszüge jenen von Luise so täuschend ähnlich sahen?

Irgendwer rief nach einem Arzt, vom Foyer kamen laute Geräusche und Schreie.

Ich wartete darauf, dass mir kalt wurde. Oder dass von irgendwoher ein weißes Licht zu sehen wäre, sich eine Stimme dazugesellte, die versuchte, mich in besagtes Licht zu locken. Irgend so was halt, was man aus unzähligen Filmen und Erzählungen kannte. Doch nichts davon war da. Stattdessen taten mir meine Brust und mein Bauch einfach nur verdammt weh, scheiße, tat das weh! Und überall dieses Blut, verdammte Axt! Ich betrachtete meine blutverschmierten Hände. Wenn das alles aus meinem Körper rauslief, hatte ich echt ein Problem.

»Niko!«, hörte ich die Taxiprucknerin plötzlich ganz nah bei mir.

Anstatt meiner roten Hände sah ich jetzt die roten Locken von Daniela. Sie beugte sich über mich.

»Die Polizei und die Rettung sind gleich da!«, sagte sie.

Ach was, sie sagte es nicht, sie schrie es.

Aber war das wirklich sie, die da rief? Ich versuchte, mich zu konzentrieren. Kniff ein bisserl die Augen zusammen, um deutlicher sehen zu können. Aber das funktionierte nicht mehr so recht. Ihre Lippen bewegten sich, aber irgendwie schien sich mein Gehörsinn von meinem Sehsinn zu entkoppeln. Seltsam war das. Mein Spürsinn funktionierte aber noch ganz gut, denn kurz darauf bemerkte ich Bellas Zunge auf meinem Gesicht. Wo kam die denn auf einmal her? Sollte sie uns nicht im Garten Rückendeckung geben? Und wer war diese Frau dort hinten, konnte das nicht bitte mal jemand für mich herausfinden?

»Ziehen Sie den verdammten Hund von ihm weg, da gelangen ja jede Menge Bakterien in die Wunde!«, hörte ich jemanden rufen.

Das war nicht die Prucknerin, ganz sicher nicht. So was würde sie nicht sagen. Würde sie doch nicht, oder?

Und dann war da noch etwas, das ich spürte. Finger an meinem Hintern. Etwas unpassender Moment für einen Annäherungsversuch. Ich öffnete noch mal die Augenlider, verdammt, kaum zu bewegen waren die, wogen plötzlich mehrere Tonnen. Als wenn sie jemand zugenäht hätte, so schwer fiel es mir, die Dinger nach oben zu ziehen. Da war auf jeden Fall noch eine zweite Person, neben der Prucknerin. Auch diese beugte sich über mich, sah besorgt aus.

Hörte deswegen aber trotzdem nicht auf, an meiner Hose rumzufingern. Das war doch Karin Pasche. Karin Pasche, die ganz sorgsam mein Handy aus der Gesäßtasche zog. Das Handy mit der Audioaufnahme ihres Geständnisses.

Meine Augen klappten wieder zu. Da war jetzt offenbar keine Energie mehr für solche Lappalien wie das Offenhalten von so was Nebensächlichem wie Augen.

Hatte ich der Prucknerin eigentlich gesagt, dass sie dem Limbeck Herbert wieder die Benutzung seines bescheuerten Autoketterls erlauben solle, weil er mich so brav ans Parndorfer Meer geführt hatte? Scheiße, natürlich nicht. Doch wenn das mit den Augen schon ein Ding der Unmöglichkeit war, war an Sprechen natürlich erst gar nicht zu denken.

Und jetzt wurde mir tatsächlich kalt. Dann stimmte das, was Leute mit Nahtoderfahrung erzählten, also doch. Interessant.

Da fiel mir die alte Prucknerin ein. Die hatte doch so was Komisches erwidert, als ich mich mit »Auf Wiedersehen« von ihr verabschiedet hatte. »Ich glaube nicht«, hatte sie gesagt, oder? Die war ja ein richtiges Orakel. Oder wusste sie gar tatsächlich, dass wir uns nicht mehr wiedersehen würden?

»Das gibt es doch nicht! Luise!«, hörte ich auf einmal eine Frauenstimme rufen. War das die Prucknerin? Ich tat mir zunehmend schwer, bei diesem akustischen Durcheinander den Durchblick zu behalten. »Niko, Niko!«, rief dieselbe Stimme ganz aufgeregt. »Schau, die Luise ist da! Mach die Augen auf, du darfst jetzt net sterben!«

Die ersten Gehirnzellen in meinem Schädel hatten angesichts meines Zustands offenbar bereits die weiße Fahne gehisst. Anders konnte ich es mir nicht erklären, dass meine Ohren mir diesen Stuss über Luise von der Prucknerin oder wem auch immer die Frauenstimme gehörte, ins Hirn spielten. Abgesehen davon war es ja wohl gerade nicht so, dass ich mir hier irgendwas aussuchen konnte, schon gar nicht, ob ich sterben würde oder nicht.

Und überhaupt: Es gab wohl nicht mehr vieles, was ich in diesem Moment ziemlich fix wusste. Und diese seltsamen Träume und der Brief mit Luises Handschrift und das Auftauchen dieser Frau am anderen Ende des Salons gerade eben hatten ihre Wirkung bei mir ganz gewiss nicht verfehlt. Vielleicht wollte ich ja auch einfach so ein ganz kleines bisschen glauben, dass Luise doch noch lebte. Dass sie hier war. Aber auf einer rationalen Ebene war doch ganz klar, dass meine Frau tot war. Ermordet von Vito Violinos Schergen. Es konnte gar nicht anders sein. Und dass jetzt, in diesem Moment, jemand ganz unbequem an meinem Körper zu rütteln schien und »Luise, komm doch her!« rief, würde diese Überzeugung auch nicht umwerfen.

Wenn ich doch nur die Kraft hätte, um diese depperten Augen zu öffnen. Verdammt, für morgen hatte ich doch Danielas Bruder Johannes zu mir eingeladen, um ihn mit Strauben zu bekochen. Und ich hatte noch nicht eingekauft.

Was hatte dieser Autor bei der Lesung anlässlich des Martinilobens in Weiden erzählt? Dass es ihm am Ende eines Buches schwerfalle, von den Protagonisten Abschied zu nehmen?

Als ich da auf diesem edlen Parkettboden im Salon der Villa Pasche in meiner eigenen Blutlache lag und das außer Kontrolle geratene Stimmengewirr immer leiser wurde, konnte ich das ganz gut nachvollziehen.

Fiel einem tatsächlich schwer, am Ende einer Geschichte Abschied zu nehmen.

18. Juli 1995, 22:25 Uhr

»Geh, na, was ist jetzt das schon wieder!«, rief Hans aus.

Der Torwächter hatte soeben den Schranken wieder hinuntergelassen. Vor ihnen lag die schmale asphaltierte Straße, die das Häuschen des Sicherheitsmannes mit der Villa verband. Sie schlängelte sich durch die Parkanlage, die sein Großvater nach dem Ende der sowjetischen Besatzungszeit hatte anlegen lassen. Die Sowjets hatten nicht nur die Villa geplündert und in einem desolaten Zustand hinterlassen, sie hatten auch den gesamten Baumbestand der Parkanlage abholzen und verfeuern lassen.

»Was ist denn los?«, fragte Wolfgang.

Er war weggedöst, während Hans ausgestiegen war und sich mit dem Sicherheitsmann am Tor unterhalten hatte.

»Ich hab wieder meinen krampfigen Fuß«, erklärte Hans mit schmerzverzerrtem Gesicht, nachdem er sich auf den Fahrersitz hatte gleiten lassen. »So kann ich net weiterfahren.«

»Dann lass ma halt den Wagen stehen und gehen die paar Meter zu Fuß«, sagte Wolfgang, »ist ja net weit.«

»In deinem Zustand? Na, sicher net. Und ich kann mit meinem hinnigen Hax'n ja auch net g'scheit laufen.«

»Dann fragen wir den Pauli, ob er uns kurz mit 'm Wagen raufschupf'n kann«, schlug Wolfgang vor.

»Ein Sicherheitsmann am Steuer meines 420ers?«

Hans lachte dieses künstliche Lachen, das Wolfgang nicht ausstehen konnte. Wobei Wolfgang keines der Lachen seines Bruders ausstehen konnte. Das hieß also nicht viel.

»Rutsch du rüber und fahr uns schnell rauf«, schlug Hans vor und öffnete die Fahrertür.

»Was sagst?«

Noch bevor Wolfgang realisieren konnte, was sein älterer Bruder da gerade vorgeschlagen hatte, war dieser schon auf der Seite der Beifahrertür angekommen und hatte diese geöffnet.

»Komm, steig aus und setz dich hinters Lenkrad. Du wirst ja wohl imstande sein, uns die paar Meter raufzufahren.«

»Das schaffst doch auch mit einem Hax'n. Hast keine Automatik?«

»Na, hab ich net, ich will Auto fahren und net wie ein Hirnamputierter den Wagen alles machen lassen.«

Hans zerrte seinen Bruder aus dem Sitz, schob ihn vor sich her, einmal um die Motorhaube herum. Wolfgang versuchte, sich gegen das Geschiebe zu wehren, doch war er nicht nur geistig noch zu benommen, sondern auch körperlich nicht in der Lage, sich in diesem Zustand gegen seinen Bruder zur Wehr zu setzen.

Auf der anderen Seite angekommen, pflanzte Hans ihn ins Auto. Anschließend nahm er auf der Beifahrerseite Platz und schnallte sich an. Für all diese Aktionen schien der Krampf in Hans' Bein nicht allzu hinderlich zu sein.

»Geh, Hans, ich weiß wirklich net, ob das so eine g'scheite Idee ist«, stammelte Wolfgang und versuchte, die Fahrertür zu öffnen. Doch er erwischte anstelle des Türgriffs die Taste des elektrischen Fensterhebers, woraufhin kalte Luft in das Innere des Fahrzeugs strömte. »Scheißdreck«, kommentierte Wolfgang sein Missgeschick.

»Bleib halt sitzen und kutschier uns kurz rauf«, sagte Hans nun im Befehlston. »Reiß dich z'samm!«

»Das sagt grad der Richtige«, murmelte Wolfgang.

Der Weg wurde von den mächtigen Scheinwerfern ausgeleuchtet. Die Villa war trotz des dichten Baumbewuchses in der Parkanlage bereits zu erkennen. Warum also nicht?, dachte sich Wolfgang. Waren ja wirklich nur ein paar Meter. Und aus Erfahrung wusste er, dass er aus Diskussionen mit seinem Bruder meist als zweiter Sieger hervorging. Also konnte er auch gleich nachgeben und es hinter sich bringen.

Mit Müh und Not schaffte er es, den Schlüssel im Zündschloss umzudrehen. Der Achtzylinder-V-Motor heulte ein bisschen zu sehr auf. Wolfgangs Fuß hatte zu lang auf dem Gaspedal gestanden. Schließlich schaffte er es, die Limousine in Gang zu setzen, nur um kurz drauf mit einem heftigen Ruck wieder stehen zu bleiben.

Er rechnete mit harscher Kritik seines Bruders Hans, der ihn der groben Misshandlung seines geliebten Autos bezichtigen würde. Doch da kam nichts. Hans saß auf dem Beifahrersitz und beobachtete seinen Bruder. Fast liebevoll betrachtete er das patscherte Treiben von Wolfgang.

Wann war er das letzte Mal hinter dem Steuer eines von Hans' Autos gesessen? Zehn Jahre musste das doch mindestens schon her gewesen sein.

Beim zweiten Versuch hatte er es schließlich geschafft. Das Gas hatte zwar erneut aufgeheult, doch anschließend rollte der Wagen langsam an. Nicht Wolfgang hielt das Lenkrad fest in Händen, sondern das Lenkrad schien ihn zu halten. Mit seinem Oberkörper lehnte er daran, seine Hände darunter waren fast nicht zu sehen.

»Na, schau, wie das funktioniert«, lobte ihn Hans.

Arschloch, dachte Wolfgang. Am liebsten würde er den Wagen gegen den nächsten Baum setzen.

Ihm würde schon noch etwas einfallen, mit dem er es seinem Bruder heimzahlen konnte. Irgendwann würde er aus dem Schatten von Hans heraustreten und ihm beweisen, dass er mehr draufhatte.

Zwei lang gezogene Kurven lagen noch vor ihnen. Gäbe es die Scheinwerfer des Mercedes nicht, sie würden die eigene Hand vor Augen nicht erkennen, denn die Lampen in diesem Teil der Parkanlage waren ausgefallen. Erst jetzt, da er selbst hinter dem Steuer saß und alles an Aufmerksamkeit und Konzentration zusammenkratzte, was sein Gehirn und sein Körper noch hergaben, war ihm dies aufgefallen. Allein die schwache Außenbeleuchtung der Villa schien durch das Dickicht des vom Wind in Bewegung versetzten Geästs hindurch.

Der Mercedes rollte den Berg hinauf. Zum Glück schien er wie auf Schienen zu fahren. Wolfgang musste gar nicht viel machen, das Auto konnte den Weg auch alleine zurücklegen. Verbarg sich eine Art Autopilot hinter all der Technik, und der

Autohändler hatte Hans einfach nur nicht davon in Kenntnis gesetzt?

Und schon waren sie auf dem letzten geraden Stück, das kurz danach in die letzte lang gezogene Kurve hinauf zur Villa überging. Würden sie bei Tageslicht hier entlangfahren, sie würden den neuen Teepavillon sehen, den ihre Mutter auf der Wiese im Vorjahr hatte errichten lassen. Doch schaute er jetzt nach rechts, und das konnte er ja tun, denn der Wagen lief weiterhin wie auf Schienen, sah er nur die pure Dunkelheit. Wie wenn man im Bett liegt und die Augen öffnet. Da war nichts.

Und doch war da plötzlich alles. In den Augenwinkeln erkannte er für den Bruchteil einer Sekunde eine Bewegung. Wie ein Tier, das beim Seitenwechsel plötzlich von links aus dem Dickicht hervorgesprungen kam. Gleich im nächsten Moment schrie Hans: »Pass auf!«, doch noch bevor Wolfgang die logische Handlungskette aus Reagieren und Bremsen hätte in Gang setzen können, holperten die Vorderreifen bereits über einen größeren Gegenstand.

Wolfgangs rechter Fuß versuchte verzweifelt, das Bremspedal zu erreichen, doch da war der andere Fuß im Weg, es war kein Vorbeikommen. Und dann setzte es den zweiten Bumperer. Auch die Hinterreifen hatten den Gegenstand überrollt.

Das muss ein großes Viech gewesen sein, dachte Wolfgang so für sich, als er es schließlich geschafft hatte, den Wagen zum Stehen zu bringen. Zuvor hatte Hans ins Lenkrad gegriffen, sodass der Wagen auf die Wiese rollte. Wolfgang sorgte sich, dass das Auto den Teepavillon der Mutter treffen könnte, was wirklich ein großes Drama werden würde. So sehr hatte sich die Mutter über dessen Fertigstellung gefreut.

Und erst jetzt, da der Wagen auf der Wiese – glücklicherweise auch ohne Hilfe des Teepavillons – zum Stehen gekommen war, realisierte er, dass sein Bruder die ganze Zeit am Schreien und Rufen war. Das hatte er zuvor irgendwie gar nicht mitbekommen.

»Was hast denn getan, du Idiot!«, schrie Hans und sprang aus dem Auto.

Wolfgang blieb wie versteinert sitzen. Ja, was hatte er getan? Was denn nur? Es dauerte eine Weile, bis Hans die Tür auf- und seinen Bruder aus dem Auto rausgerissen hatte. Wahrscheinlich war er zuvor zu dem Reh oder dem Hirsch gelaufen, um nachzusehen, ob dem armen Tier noch zu helfen war.

»Schau, was du angerichtet hast!«, schrie Hans und zerrte Wolfgang hinter sich her, hin zu jener Stelle, an der kurz zuvor mindestens zwei der vier Reifen über einen holprigen Gegenstand geholpert waren.

Da lag der Hias, ihr Gärtner, regungslos.

»Was ...?«, stammelte Wolfgang. »Wer ...?«

»Das ist doch jetzt wurscht, du musst hier weg«, rief Hans, nun in gedämpfter Lautstärke, um offenbar sicherzugehen, dass niemand sonst sie hören könnte. »Wenn die Polizei kommt und die dich in deinem Zustand sehen, die zählen doch sofort eins und eins zusammen. Da wanderst ins Gefängnis, für ganz lange Zeit! Das lasse ich nicht zu!«, sagte Hans und schüttelte seinen Bruder, der immer noch nicht zu begreifen schien, was da gerade um ihn herum passierte. »Ich werde niemals zulassen, dass meinem kleinen Bruder so was Schlimmes passiert. Ich ruf dir ein Taxi, und du tauchst erst mal unter«, fuhr Hans fort. »Ich sag den Leuten, dass du in Eisenstadt nach dem Match noch woandershin wolltest und dass du nie hier warst. Und ich hab den Leichnam hier vorgefunden, als ich heimgekommen bin. Niemand wird das mit dir in Verbindung bringen, das versprech ich dir! Geh nur schnell zum Pauli und lass dir ein Taxi rufen!«

Wolfgang trottete den dunklen Weg hinunter. Er würde auch dieses Mal auf seinen großen Bruder hören.

Eisenstädter Express, Sonntagsausgabe

Jois wie Chicago: Schießerei an Martiniloben!

Zu bisher am Neusiedler See unvorstellbaren Szenen ist es am Freitag in der Villa Pasche in Jois gekommen. Zwei Tote, ein Schwerverletzter und zwei Festnahmen – so lautet die Bilanz einer Schießerei, die sich nach der Weinsegnung in der Villa des Familienunternehmens abgespielt hat.

Erst in der Vorwoche hatte sich das Ehepaar Pasche das Leben genommen (wir berichteten). Kurz darauf war die mumifizierte Leiche einer unbekannten Person im Weinkeller des Anwesens gefunden worden. Zwischenzeitiger Höhepunkt der Gewaltwelle am Neusiedler See war der Mord am Chauffeur eines US-Unternehmers am Mittwoch gewesen.

Die Polizei geht davon aus, dass es sich bei Letzterem um einen Einschüchterungsversuch im Rahmen einer milliardenschweren Firmenübernahme handelte. Dieselbe Tatwaffe, eine US-amerikanische Smith & Wesson, wurde bei einem der Täter im Rahmen der jüngsten Schießerei sichergestellt. »Das Burgenland darf nicht Chicago werden!«, sagte eine besorgte Bürgerin unserer Zeitung im Rahmen unseres Lokalaugenscheins.

Darüber hinaus dürfte die versuchte Entführung der mittlerweile international zur Berühmtheit gelangten »Mumie von Jois« aus der Eisenstädter Pathologie nicht mit den blutigen Geschehnissen in Zusammenhang stehen. Wie der Express von einer anonymen Quelle innerhalb der ermittelnden Behörden erfuhr, wurde am Samstag ein Mann (37 Jahre alt, österreichischer Staatsbürger, Name der Redaktion bekannt) verhört, der im Verdacht steht, in die Pathologie eingebrochen zu sein. Der Mann soll zugegeben haben, die Tat aus Faszination für mumifizierte Leichen begangen zu haben. Sein Arbeitgeber, die in Parndorf residierende Aktiengesellschaft des angesehenen

Unternehmers Maximilian Plünder, reagierte umgehend und trennte sich von ihrem Mitarbeiter.

Über die weiteren Ereignisse in dieser Causa informieren wir Sie live im Ticker auf unserer Website sowie in unserem kostenlosen Newsletter.

Danksagung

Danke an meine Familie, die auch in den vergangenen Monaten wieder allerhand in Kauf nehmen musste, damit ich in Ruhe recherchieren, schreiben und Lesungen absolvieren konnte. Auch wenn ich gerade am Neusiedler See herumhirsche, in einem Archiv nach kriminalistischen Schätzen suche oder nach einer Lesung eingeschneit in Bayern feststecke – in Gedanken seid ihr immer bei mir!

Das Wandern ist bekanntlich des Müllers Lust; spätestens seit meiner Wanderung um den Neusiedler See, bei der ich im Vorjahr in acht Orten aus »Rache am Neusiedler See« gelesen habe, darf ich mich auch zu den wanderlustigen Müllern zählen. Zu danken habe ich all jenen, die mich bei der Organisation der Wanderung und der Lesungen unterstützt haben, denn diese Wochen im August 2023 dienten gleichzeitig der Recherche für das Buch, das Sie gerade in Händen halten.

All das wäre nicht möglich gewesen ohne Steffi und Gernot; Familie Kroiss vom Gowerl-Haus; Familie Knoll (Podersdorf); Philipp, Jörg und Gabor vom Pannonia Tower Hotel in Parndorf; Caro und Michi von der WeinX1-Greisslerei in Jois; Familie Reichardt vom gleichnamigen Weingut in Donnerskirchen; Andrea, Heidi und all die anderen fleißigen Helfer*innen der Pannonischen Tafel, Renate vom Gemeindeamt in Mörbisch sowie alle, die mich auf den einzelnen Wanderetappen begleitet haben.

Danke an Hannu und Andi (ich lasse nie wieder das Licht brennen!) für die fahrbaren Untersätze sowie an Irene für den Support in Frauenkirchen und Umgebung. Bei der Recherche für die »sanfte Ruhe« waren unter anderem Brigitte Krizsanits, Jana Schmidt, Julian Schneps, Karin Steinwandtner und Ilse Thurner sehr behilflich. Simone aus Winden verdanke ich den Wander-Bertoni-Tipp! Danke an meine Testleser*innen

Elisabeth, Christian und Lisa für euren konstruktiv-kritischen Input. ☺ Und wie immer danke an Christiane Geldmacher für das unterhaltsame wie erkenntnisreiche Lektorat.

Stellvertretend für alle Leser*innen, die mir via Mail Fotos von meinen Büchern für die Bookwall auf meiner Website schicken oder Bilder meiner Bücher in den sozialen Medien posten: Danke an Marissa (Dänemark), Zsolt (Ungarn), Dominique (Vilsalpsee), Werner (Caorle), Uli (Neusiedler See) und Simone (São Paulo). Danke an alle Buchmenschen, die Nikolaus Lauda und mich auf unserer bisherigen Reise so tatkräftig und mit viel Freude unterstützt haben!

All jenen, die im Vorjahr im Rahmen meiner »Rache am Neusiedler See«-Tour insgesamt über viertausend Euro an die Pannonische Tafel oder eine andere Tafelorganisation gespendet und einer namentlichen Nennung zugestimmt haben, habe ich eine Danksagung in diesem Buch versprochen. Eine Pflicht, der ich sehr, sehr gerne nachkomme. Danke an: Melitta Heiden, Luna und Stefan Fröhlich-Dietrich, Karin Scheibenbauer, Tanja Handler, Evelyne, Die stumme und wilde Jägerin, Daniela Carelli, Natalija, Hubertus Waterhues, Peter Gerber, Pannonia Tower Hotel, Irene Paul, Adrian & Michael & Merrit Jansen, Steffi, Ursula, Christine Eckelt, Michael Seybold, Familie Heinig, Uschi und Otmar Lamprecht, Johanna Heider, Richard Deinhammer, Florentina Michlits, Romana Berger, Christian und Petra, Claudia und Markus, Petra Weber-Einramhof, Alex, Katharina Zethofer, Simone und Andreas, Brigitte, Noemi und Matthias, Christine Tinhof, Michi und Stefan von Stöhrs Lesefutter, Harald Winter, Johann Ackerl, Verena Udel, Demenzdolmetscherin, Regina & Martin Langer, Familie Reichardt, Christine Wendelin, Doris Barllits, Elisabeth Stipschitz, Familie Moßburger, Christa Palatin, Alfred Scheibenpflug, Ilse Thurner, Hans Neumayer, Georg Scheibenbauer, Lisa, Marlene, Helmut und Biggi, Richard, Herrn Huber, Michaela sowie an all jene, die anonym gespendet haben!

Unterstützung für die Pannonische Tafel:

Die Pannonische Tafel leistet einen wichtigen Beitrag für all jene Menschen, die nicht auf die Butterseite des Lebens gefallen sind. Das Team der Tafel bietet einkommensschwachen Menschen im Burgenland die Möglichkeit, Lebensmittel zu einem Unkostenbeitrag zu erhalten. Darüber hinaus organisiert die Pannonische Tafel Secondhandläden, »Wohnzimmer« als Raum für soziale Begegnungen und Kulturgenuss, Sozialberatungen und vieles mehr. Um die wertvolle Arbeit der Tafel zu unterstützen, spende ich einen Teil meines aus diesem Buch resultierenden Autorenhonorars an die Pannonische Tafel.

Wenn auch Sie die wertvolle Arbeit des Vereins unterstützen wollen, können Sie dies mit einer Spende an folgende Bankverbindung tun: RLB Eisenstadt, AT37 3300 0000 0221 5523.

Weitere Informationen finden Sie unter www.pannonischetafel.com.

Lukas Pellmann
TOD AM NEUSIEDLER SEE
Broschur, 304 Seiten
ISBN 978-3-7408-1523-3

Auf der Flucht vor einem deutschen Mafiaclan versteckt sich der ehemalige Polizist Nikolaus Lauda in Rust am Neusiedler See. Doch statt eines sicheren Rückzugsorts warten dort neue Probleme auf ihn. In einem nahe gelegenen Steinbruch wird die Leiche einer Journalistin gefunden, und für die örtliche Polizei steht fest: Lauda ist in den Fall verwickelt. Um seine Unschuld zu beweisen, stellt er eigene Ermittlungen an. Ein Wettlauf mit der Zeit beginnt, denn auch die Mafia kommt ihm wieder auf die Spur …

»Witzig, ironisch und voller Situationskomik kommt diese Geschichte daher, inmitten der Tristesse der spätherbstlichen ungarischen Tiefebene. Es bleibt nach der kurzweilig-unterhaltsamen Lektüre zu hoffen, dass Niki Lauda, dieser verschlossene Antiheld, nach Rust zurückkehren wird.« Buchkultur

www.emons-verlag.de

Lukas Pellmann
RACHE AM NEUSIEDLER SEE
Broschur, 304 Seiten
ISBN 978-3-7408-1882-1

Eigentlich hatte Ex-Polizist Nikolaus Lauda am Neusiedler See nur ein Versteck auf seiner Flucht vor der deutschen Mafia gesucht. Doch aus der Verlegenheitslösung ist inzwischen ein Daueraufenthalt geworden. Er nimmt kurzfristig einen Job bei der ortsansässigen Reederei an und soll als Sicherheitsbeauftragter die erste Kreuzfahrt auf dem Neusiedler See begleiten. Als dann ein prominenter Passagier spurlos auf dem Schiff verschwindet, findet sich Lauda in einem neuen Fall wieder, der ihn an seine persönlichen Grenzen bringt.

»Lukas Pellmann schickt seine Protagonisten auf ein sehr unterhaltsames, witziges und turbulentes Krimiabenteuer, das die Leser einmal quer über den Neusiedler See und durch die am Ufer liegenden Orte jagt.« Flachgauer Nachrichten

www.emons-verlag.de